INSURGENTE

RBA MOLINO

INSURGENTE

VERONICA ROTH

Traducción de Pilar Ramírez Tello

RBA

Título original: *Insurgent*.
Autora: Veronica Roth.

© Veronica Roth, 2012.
Publicado por acuerdo con HarperCollins Children's Books,
una división de HarperCollins Publishers.
© de la traducción, Pilar Ramírez Tello, 2012.
© de esta edición, RBA Libros, S.A., 2012.
Avda. Diagonal, 189 - 08018 Barcelona
www.rbalibros.com

Diseño de cubierta original: Joel Tippie.
Adaptación de la cubierta: Aura Digit.

Primera edición: septiembre de 2012
Octava edición: septiembre de 2013

REF: MONLO88
ISBN: 978-84-2720-318-1
DEPÓSITO LEGAL: B-21.387-2012

A Nelson,
que se merecía todos los riesgos.

La verdad es tan poderosa como un animal salvaje e,
igual que este, no puede permanecer enjaulada.

—Del manifiesto de la facción de Verdad.

CAPÍTULO UNO

Despierto con su nombre en los labios.

Will.

Antes de abrir los ojos, lo veo derrumbarse de nuevo sobre la acera. Muerto.

Obra mía.

Tobias está agachado frente a mí, con una mano apoyada sobre mi hombro izquierdo. El tren salta sobre los raíles, y Marcus, Peter y Caleb se encuentran junto a la puerta. Respiro profundamente y contengo el aliento para intentar liberar parte de la presión que se me acumula en el pecho.

Hace una hora, nada de lo ocurrido me parecía real. Ahora, sí.

Dejo escapar el aire, aunque la presión sigue ahí.

—Tris, vamos —dice Tobias, buscando mi mirada—, tenemos que saltar.

La oscuridad nos impide ver dónde nos encontramos, pero, si nos bajamos, será porque estaremos cerca de la valla. Tobias me ayuda a ponerme en pie y me guía a la puerta.

Los otros saltan de uno en uno: primero Peter, después Marcus y después Caleb. Le doy la mano a Tobias. Se levanta más viento cuando nos ponemos al borde del tren, como si una mano me empujara hacia el interior, hacia la seguridad.

Sin embargo, nos lanzamos a la oscuridad y nos damos un buen golpe al aterrizar en el suelo. Noto el impacto en la herida de bala del hombro y me muerdo el labio para no gritar mientras busco con la mirada a mi hermano.

—¿Bien? —pregunto cuando lo veo sentado en la hierba, a pocos metros de mí, restregándose la rodilla.

Él asiente con la cabeza, aunque lo oigo sorberse los mocos, como si intentara reprimir las lágrimas, y no me queda más remedio que mirar hacia otro lado.

Hemos aterrizado en la hierba cercana a la valla, a varios metros del desgastado camino que recorren los camiones de Cordialidad para repartir comida a la ciudad y de la puerta que los deja salir..., la puerta que está cerrada en estos momentos, impidiéndonos entrar. La valla se yergue ante nosotros, demasiado alta y flexible para treparla, demasiado resistente para derribarla.

—Se supone que debería haber guardias de Osadía —comenta Marcus—. ¿Dónde están?

—Seguramente estaban en la simulación —dice Tobias—. Y ahora están... —empieza, pero hace una pausa—. Quién sabe dónde haciendo quién sabe qué.

Detuvimos la simulación (me lo recuerda el peso del disco duro que llevo en el bolsillo de atrás), pero no nos paramos a ver los resultados. ¿Qué ha pasado con nuestros amigos, nuestros colegas, nuestros líderes y nuestras facciones? No hay forma de saberlo.

Tobias se acerca a una cajita metálica situada en el lateral de la puerta, la abre y deja al descubierto un teclado numérico.

—Esperemos que a los eruditos no se les ocurriera cambiar la configuración —dice mientras teclea una serie de números; se detiene en el octavo, y la puerta se abre.

—¿Cómo sabías eso? —pregunta Caleb; se le nota tal emoción en la voz que me sorprende que no se ahogue al decirlo.

—Trabajaba en la sala de control de Osadía, supervisando el sistema de seguridad. Solo cambiamos los códigos dos veces al año —explica Tobias.

—Qué suerte —dice Caleb, mirándolo con recelo.

—La suerte no tiene nada que ver con esto. Solo trabajaba allí porque quería asegurarme de poder salir.

Me estremezco. Habla de salir como si pensara que estamos atrapados. Nunca se me había ocurrido analizarlo desde ese punto de vista, y ahora me siento tonta.

Caminamos muy juntos, Peter con el brazo ensangrentado pegado al pecho (el brazo en el que le pegué un tiro) y Marcus con la mano en el hombro de Peter para ayudarlo a mantener el equilibrio. Caleb se seca las mejillas cada pocos segundos, y sé que está llorando, aunque no sé cómo consolarlo; ni siquiera sé si yo también lloro.

En vez de acercarme a él, lidero la marcha con Tobias a mi lado, y, aunque no me toca, su presencia me mantiene firme.

Los primeros indicios de que nos acercamos a la sede de Cordialidad son unos puntitos de luz. Después se transforman en cuadrados de luz que, a su vez, pasan a ser ventanas iluminadas: un grupo de edificios de madera y cristal.

Antes de llegar, tenemos que atravesar un huerto. Se me hunden los pies en el suelo, y las ramas se montan unas sobre otras formando una especie de túnel por encima de mi cabeza. Unos frutos oscuros cuelgan entre las hojas, listos para caer. El olor acre y dulce de las manzanas pasadas se mezcla con el aroma de la tierra mojada.

Cuando nos acercamos, Marcus se aparta de Peter y se pone delante.

—Sé adónde ir —afirma.

Dejamos atrás el primer edificio y vamos hacia el segundo por la izquierda. Todos los edificios, salvo los invernaderos, están construidos con la misma madera oscura sin pintar, basta. Oigo risas a través de una ventana abierta. El contraste entre las risas y el silencio pétreo de mi interior es inmenso.

Marcus abre una de las puertas. Me habría sorprendido la falta de seguridad de no encontrarnos en la sede de Cordialidad; a menudo cruzan la línea entre la confianza y la estupidez.

En este edificio está todo en silencio, salvo los chirridos de nuestros zapatos. Ya no oigo llorar a Caleb, pero tampoco es que antes hiciera mucho ruido.

Marcus se detiene delante de un cuarto abierto, donde Johanna Reyes, representante de Cordialidad, está sentada, mirando por la ventana. La reconozco porque es difícil olvidar su cara, ya la hayas visto una o mil veces. Una gruesa cicatriz le recorre la cara desde encima de la ceja derecha hasta los labios; por culpa de ella está ciega de un ojo y cecea un poco al hablar. Solo la he oído hacerlo una vez, pero me acuerdo. Habría sido una mujer preciosa, de no ser por la cicatriz.

—Oh, gracias a Dios —dice cuando ve a Marcus; camina hacia él con los brazos abiertos, pero, en vez de abrazarlo, le toca los hombros, como si recordara que los abnegados no aprecian mucho el contacto físico—. Los otros miembros de vuestro grupo llegaron hace unas horas, pero no sabían si lo habríais conseguido —explica.

Se refiere al grupo de Abnegación que estaba con mi padre y Marcus en el refugio. Ni siquiera se me había ocurrido preocuparme por ellos.

Johanna mira más allá de Marcus, primero a Tobias y a Caleb, después a Peter y a mí.

—Oh, no —dice al detener la mirada en la sangre que empapa la camiseta de Peter—. Iré a por un médico. Puedo daros permiso para pasar la noche aquí, aunque mañana habrá que reunir a la comunidad para tomar una decisión conjunta. Y... —añade, mirándonos a Tobias y a mí— seguramente no les entusiasmará la presencia de osados en nuestro complejo. Por supuesto, os pido que entreguéis las armas que llevéis encima.

De repente, me pregunto cómo sabe que soy osada. Todavía tengo puesta una camisa gris. La camisa de mi padre.

En ese momento me llega el olor de mi padre, que es una mezcla de jabón y sudor a partes iguales; su recuerdo me llena, me inunda. Aprieto los puños con tanta fuerza que me clavo las uñas. «Aquí no, aquí no», me repito.

Tobias entrega su pistola, pero, cuando me llevo la mano a la espalda para sacar la que llevo oculta, me coge la mano para apartármela y entrelaza sus dedos con los míos, ocultando lo que acaba de hacer.

Sé que lo más inteligente es quedarnos con una de las pistolas, aunque me habría aliviado entregarla.

—Me llamo Johanna Reyes —se presenta, ofreciéndonos la mano a Tobias y a mí, un saludo de Osadía; me impresionan sus conocimientos sobre las costumbres de las demás facciones, siempre se me olvida lo considerados que son los cordiales hasta que lo veo en persona.

—Este es T... —empieza Marcus, pero Tobias lo interrumpe.

—Me llamo Cuatro —dice—. Estos son Tris, Caleb y Peter. Hace unos días, yo era la única osada que conocía su verdadero nombre; me había entregado esa parte de él. Una vez fuera de Osadía, recuerdo por qué ocultó ese nombre al mundo: porque lo unía a Marcus.

—Bienvenidos al complejo de Osadía —nos saluda Johanna, mirándome fijamente con una sonrisa torcida—. Permitid que nos ocupemos de vosotros.

Y eso hacemos. Una enfermera de Cordialidad me da un ungüento (desarrollado por los eruditos para acelerar la curación) y me recomienda que me lo ponga en el hombro; después acompaña a Peter a la zona de hospital para mirarle el brazo. Johanna nos lleva a la cafetería, donde nos encontramos con algunos de los abnegados que estaban en el refugio con Caleb y mi padre. Susan está aquí, y también algunos de nuestros antiguos vecinos, además de unas cuantas filas de mesas de madera tan largas como la misma habitación. Todos nos saludan (sobre todo a Marcus) con lágrimas contenidas y sonrisas reprimidas.

Me aferro al brazo de Tobias; flaqueo bajo el peso de los miembros de la facción de mis padres, de sus vidas, de sus lágrimas.

Uno de los abnegados me pone una taza de líquido humeante bajo la nariz y dice:

—Bébete esto, te ayudará a dormir, igual que nos ayudó a algunos de nosotros. Sin sueños.

El líquido es rojo rosáceo, como las fresas. Acepto la taza y me lo bebo rápidamente. Por unos segundos, el calor del líquido me hace sentir llena de nuevo. Al apurar las últimas gotas, me relajo. Alguien me conduce por el pasillo hasta una habitación con una cama. Y ya está.

CAPÍTULO
DOS

Abro los ojos, aterrada, aferrada a las sábanas. Pero no estoy corriendo por las calles de la ciudad ni por los pasillos de la sede de Osadía, sino que me encuentro en una cama de la sede de Cordialidad y el aire huele a serrín.

Me muevo y hago una mueca cuando algo se me clava en la espalda. Me llevo la mano a la espalda y rodeo la culata de la pistola con los dedos.

Veo a Will frente a mí durante un segundo, veo nuestras armas entre nosotros (la mano, podría haberle disparado en la mano, ¿por qué no lo hice, por qué?) y estoy a punto de gritar su nombre.

Entonces, desaparece.

Salgo de la cama, levanto el colchón con una mano y me lo apoyo en una rodilla para mantenerlo ahí. Después meto la pistola debajo y dejo que el colchón la oculte. Una vez fuera de mi vista y lejos de mi piel, pienso con mayor claridad.

Como ya no cuento con el subidón de adrenalina de ayer y el efecto del líquido para dormir ya ha pasado, el hombro me duele mucho y me da pinchazos. Llevo la misma ropa que anoche. El pico del disco duro asoma bajo mi almohada, donde lo metí justo antes de dormirme. En él se encuentran los datos de la simulación que controló a Osadía, así como la grabación de lo que hicieron los eruditos. Es tan importante que ni siquiera me atrevo a tocarlo, aunque tampoco puedo dejarlo ahí, así que lo saco y lo meto entre el tocador y la pared. Parte de mí piensa que sería buena idea destruirlo, pero sé que contiene la única grabación de la muerte de mis padres, así que me conformaré con mantenerlo escondido.

Alguien llama a la puerta. Me siento en el borde de la cama e intento peinarme con las manos.

—Adelante —digo.

La puerta se abre, y Tobias entra a medias, dejando medio cuerpo fuera. Lleva los mismos vaqueros que ayer, aunque con una camiseta rojo oscuro, en vez de negra; seguramente se la ha prestado un cordial. En él resulta un color extraño, demasiado brillante, pero, cuando echa la cabeza atrás para apoyarla en el marco de la puerta, veo que así el azul de sus ojos parece más claro.

—Cordialidad se reúne dentro de media hora —anuncia, arqueando las cejas mientras añade, con una pizca de melodrama—: Para decidir cuál será nuestro destino.

—Jamás habría pensado que mi destino estaría en manos de un puñado de cordiales.

—Ni yo. Ah, te he traído una cosa —dice, y desenrosca el tapón de una botellita para sacar un cuentagotas lleno de líquido transparente—. Es para el dolor. Tómate el contenido de un cuentagotas cada seis horas.

—Gracias.

Aprieto el cuentagotas y el líquido me cae en el fondo de la garganta. La medicina sabe a limón rancio.

—¿Cómo te encuentras, Beatrice? —pregunta tras meter el pulgar en la presilla del cinturón.

—¿Me acabas de llamar Beatrice?

—Se me ha ocurrido probar —responde, sonriendo—. ¿No te parece bien?

—Puede que en ocasiones especiales. En los días de la Iniciación, los días de la Elección...

Hago una pausa; estaba a punto de añadir unas cuantas fiestas más, pero solo las celebran los abnegados. Supongo que los osados tienen sus propias fiestas, pero no las conozco y, de todos modos, la idea de celebrar algo en estos momentos resulta tan ridícula que no sigo hablando.

—Trato hecho —responde, y pierde la sonrisa—. ¿Cómo te encuentras, Tris?

No es una pregunta extraña, teniendo en cuenta lo que hemos pasado, pero me tenso cuando me la hace, temiendo que me lea los pensamientos de algún modo. Todavía no le he contado lo de Will. Aunque quiero hacerlo, no sé cómo. El mero hecho de pensar en decirlo en voz alta hace que me hunda tanto como para atravesar los tablones del suelo.

—Estoy... —empiezo, y sacudo la cabeza unas cuantas veces—. No lo sé, Cuatro, estoy despierta. Estoy...

Sigo sacudiendo la cabeza. Él me acaricia la mejilla y ancla un dedo tras mi oreja. Después se agacha y me besa, consiguiendo que un dolor cálido me recorra el cuerpo. Le rodeo el brazo con las manos para mantenerlo junto a mí el mayor tiempo posible. Cuando me toca, no noto tanto el vacío en el pecho y en el estómago.

No tengo que decírselo, puedo limitarme a intentar olvidarlo..., él me ayudará a olvidar.

—Lo sé —me responde—. Lo siento, no debería haber preguntado.

Por un instante solo puedo pensar: «¿Y cómo vas a saberlo tú?». Sin embargo, algo en su rostro me recuerda que sí que sabe algo sobre la pérdida. Perdió a su madre de niño. No recuerdo cómo murió, pero sí que asistimos al funeral.

De repente lo recuerdo agarrado a las cortinas de su salón, con unos nueve años, vestido de gris y con los ojos cerrados. La imagen es efímera y podría estar inventándomela en vez de recordándola.

Me suelta.

—Te dejo sola para que te prepares.

El baño de mujeres está dos puertas más allá. El suelo es de baldosas marrón oscuro, y todas las duchas tienen paredes de madera y unas cortinas de plástico que las separan del pasillo principal. Un cartel en la pared de atrás dice: «RECORDAD: PARA CONSERVAR NUESTROS RECURSOS, LAS DUCHAS SOLO FUNCIONAN DURANTE CINCO MINUTOS SEGUIDOS».

El chorro de agua es tan frío que no querría cinco minutos más, aunque los tuviera. Me lavo rápidamente con la mano izquierda y dejo la derecha colgando. La medicina contra el dolor que me dio Tobias me ha hecho efecto muy deprisa: el hombro ya solo me da algún que otro pinchazo.

Cuando salgo de la ducha veo que me han dejado una pila de ropa en la cama. Hay prendas amarillas y rojas, de Cordialidad, y algunas grises, de Abnegación, colores que no suelo ver juntos. A decir verdad, diría me las ha traído uno de los abnegados. Es la clase de cosas que se les suelen ocurrir.

Me pongo unos pantalones rojo oscuro de tela vaquera (tan largos que tengo que darles tres vueltas) y una camisa gris de Abnegación que me queda demasiado grande. Las mangas me llegan hasta las puntas de los dedos, así que también me las remango. Me duele cuando muevo la mano derecha, por lo que mis movimientos son pequeños y lentos.

Alguien llama a la puerta.

—¿Beatrice? —pregunta la suave voz de Susan.

Le abro la puerta. Me deja en la cama la bandeja de comida que lleva. Busco en su expresión una señal de lo que ha perdido (su padre, un líder de Abnegación, no sobrevivió al ataque), pero solo veo la plácida determinación que caracteriza a los abnegados.

—Siento que la ropa no te sirva —comenta—. Seguro que podemos encontrarte algo mejor si los cordiales permiten que nos quedemos.

—Están bien, gracias.

—He oído que te dispararon. ¿Necesitas ayuda con el pelo? ¿Con los zapatos?

Estoy a punto de negarme, pero lo cierto es que necesito ayuda.

—Sí, gracias.

Me siento en un taburete frente al espejo, y ella se coloca detrás de mí con la vista fija en la tarea entre manos y no en su reflejo. No levanta la mirada ni un instante mientras me peina, y no pregunta por mi hombro, ni por cómo me dispararon, ni qué pasó cuando salí del refugio de Abnegación para detener la simulación. Me da la impresión de que si pudiera pelarla capa a capa, descubriría que es abnegada hasta la médula.

—¿Has visto ya a Robert? —pregunto; su hermano, Robert, eligió Cordialidad cuando yo escogí Osadía, así que debe de estar en algún lugar de este complejo. Me pregunto si su reencuentro será como el de Caleb y yo.

—Brevemente, anoche —responde—. Lo dejé para que llorara su pena con los suyos mientras yo lo hago con los nuestros. Aunque ha sido agradable volver a verlo.

Su tono es tan irrevocable que me deja claro que el tema está cerrado.

—Es una pena que esto haya pasado ahora —comenta—. Nuestros líderes estaban a punto de hacer algo maravilloso.

—¿Ah, sí? ¿El qué?

—No lo sé —responde Susan, ruborizándose—. Solo sé que estaba pasando algo. No pretendía ser curiosa; es que me daba cuenta de algunas cosas.

—No te culparía por ser curiosa, ni siquiera aunque fuese cierto.

Ella asiente con la cabeza y sigue peinando. Me pregunto qué estaban haciendo los líderes abnegados, mi padre incluido, y me maravilla la hipótesis de Susan de que, fuera lo que fuese, sería maravilloso. Ojalá yo volviera a creer así en los demás.

Si es que lo he hecho alguna vez.

—Los osados lo llevan suelto, ¿no? —pregunta.

—A veces, ¿sabes trenzarlo?

Así que sus hábiles dedos recogen mis mechones en una trenza que me hace cosquillas en la espalda. Me quedo mirando fijamente mi reflejo hasta que termina. Le doy las gracias, y ella se va con una diminuta sonrisa en los labios y cierra la puerta al salir.

Me quedo mirando el reflejo, pero ya no me veo. Todavía noto sus dedos en la nuca, tan parecidos a los de mi madre en la última mañana que pasé con ella. Con los ojos llenos de lágrimas, me balanceo en el taburete, adelante y atrás, intentando quitarme el recuerdo de la cabeza. Si empiezo a llorar, temo no ser capaz de parar nunca y acabar reseca como una pasa.

Veo un costurero sobre el tocador; dentro hay hilo de dos colores, rojo y amarillo, y unas tijeras.

Me deshago la trenza tranquilamente y me vuelvo a peinar. Después divido la melena por la mitad y me aseguro de que esté lisa y plana. Me corto el pelo a la altura de la barbilla.

¿Cómo voy a parecer la misma si ella ya no está y todo es distinto? No puedo.

Lo corto lo más recto posible, guiándome por la mandíbula. Lo más complicado es la parte de atrás, ya que no la veo muy bien, así que hago lo que puedo al tacto. Los mechones rubios forman un semicírculo en el suelo, a mi alrededor.

Salgo del dormitorio sin volver a mirarme en el espejo.

Más tarde, cuando Tobias y Caleb van a buscarme, se me quedan mirando como si no fuese la misma persona de ayer.

—Te has cortado el pelo —dice Caleb, arqueando las cejas.

Es muy erudito por su parte ceñirse a los hechos en plena conmoción. Lleva el pelo de punta por un lado, el que estaba apoyado en la almohada, y tiene los ojos inyectados en sangre.

—Sí —respondo—. Hace demasiado... calor para llevar el pelo largo.

—Me parece bien.

Recorremos juntos el pasillo. Los tablones del suelo crujen bajo nosotros, y echo de menos el eco de mis pisadas en el complejo de Osadía; echo de menos el fresco aire subterráneo; pero, sobre todo, echo de menos los temores de las últimas semanas, que se quedan pequeños comparados con mis temores actuales.

Salimos del edificio. El aire del exterior me oprime como una almohada, me ahoga; huele a verde, igual que una hoja cuando la partes por la mitad.

—¿Todo el mundo sabe que eres hijo de Marcus? —pregunta Caleb—. En Abnegación, me refiero.

—No, que yo sepa —responde Tobias, mirándolo—. Y te agradecería que no lo mencionaras.

—No hace falta que lo mencione, cualquiera con ojos se dará cuenta —dice Caleb, frunciendo el ceño—. ¿Cuántos años tienes, por cierto?

—Dieciocho.

—¿Y no te parece que eres demasiado mayor para estar con mi hermana pequeña?

—No es tu «pequeña» nada —dice Tobias tras soltar una carcajada.

—Dejadlo los dos —los regaño.

Una multitud vestida de amarillo camina delante de nosotros hacia un edificio chato y ancho de cristal. La luz del sol se refleja en las paredes y me hace daño en los ojos, así que me protejo la cara con la mano y sigo caminando.

Las puertas del edificio están abiertas de par en par. Por todo el borde del invernadero circular crecen las plantas y los árboles en artesas con agua o pequeños estanques. Las docenas de ventiladores colocados por la sala solo sirven para mover el aire caliente de un lado a otro, y yo ya estoy sudando. Sin embargo, se me olvida cuando se dispersa un poco la multitud que tengo delante y veo el resto de la sala.

En el centro crece un árbol enorme. Sus ramas se extienden por encima de casi todo el invernadero, y las raíces salen del suelo formando una densa red de corteza. En los espacios entre las raíces no veo tierra, sino agua, y barras de metal que las mantienen en su sitio. No debería sorprenderme: los cordiales dedican sus vidas a lograr proezas agrícolas como esta con la ayuda de la tecnología de Erudición.

De pie en un grupo de raíces está Johanna Reyes, con el pelo sobre la mitad marcada de su rostro. En Historia de las Facciones aprendí que los cordiales no reconocen a ningún líder oficial, sino que lo votan todo y el resultado suele ser prácticamente unánime. Son como varias partes de una sola mente, y Johanna es su portavoz.

Los cordiales se sientan en el suelo, casi todos con las piernas cruzadas, formando grupitos que me recuerdan vagamente a las raíces del árbol. Los abnegados se sientan en apretadas filas a unos cuantos metros a mi izquierda. Los examino durante unos segundos hasta que me doy cuenta de lo que busco: a mis padres.

Trago saliva como puedo e intento olvidar. Tobias me pone la mano en la parte baja de la espalda para guiarme al borde del espacio de reunión, detrás de los abnegados. Antes de sentarnos, me pone los labios cerca de la oreja y dice:

—Me gusta tu pelo nuevo.

Consigo esbozar una sonrisita para él y me apoyo en su cuerpo cuando me siento, con un brazo contra el suyo.

Johanna levanta una mano e inclina la cabeza. Las conversaciones cesan en un abrir y cerrar de ojos. Todos los cordiales que me rodean guardan silencio, algunos con los ojos cerrados, otros moviendo los labios para formar palabras que no oigo y otros con la vista fija en un punto lejano.

Cada segundo me desgasta. Cuando Johanna por fin levanta la cabeza, estoy deshecha.

—Hoy tenemos ante nosotros una pregunta urgente —dice—, y es: como personas que persiguen la paz, ¿cómo nos comportaremos en esta época de conflicto?

Todos los cordiales de la sala se vuelven hacia la persona que tienen al lado y empiezan a hablar.

—Pero ¿así cómo van a hacer nada? —pregunto al ver que pasan los minutos de cháchara.

—No les preocupa la eficiencia —dice Tobias—. Les preocupa el consenso. Mira.

Dos mujeres con vestidos amarillos que están sentadas cerca de mí, se levantan y se unen a un trío de hombres. Un joven se mueve para que su circulito se convierta en un gran círculo, uniéndolo al grupo que tiene al lado. Por todas partes, los grupos pequeños crecen y se amplían, y cada vez se oyen menos voces en la sala, hasta que solo quedan tres o cuatro. Solo me llegan fragmentos de conversaciones: «Paz», «Osadía», «Erudición», «refugio», «implicación»...

—Esto es muy raro —comento.

—A mí me parece precioso —responde él, y le echo una mirada—. ¿Qué? —pregunta, riéndose un poco—. Todos participan por igual en su gobierno; todos se sienten igual de responsables. Y eso hace que se preocupen, que sean amables. Creo que es precioso.

—A mí me parece insostenible. Sí, funciona en Cordialidad, pero ¿qué pasa si no todo el mundo quiere tocar el banjo y cultivar? ¿Y si alguien hace algo terrible y no se soluciona hablando?

—Supongo que estamos a punto de averiguarlo —responde, encogiéndose de hombros.

Al final, una persona de cada uno de los grupos se levanta y se acerca a Johanna, caminando con cuidado entre las raíces del gran árbol. Aunque esperaba que se dirigieran al resto de nosotros, lo que hacen es formar un círculo con Johanna y los demás portavoces, y ponerse a hablar en voz baja. Empieza a darme la sensación de que nunca me enteraré de lo que están diciendo.

—No nos van a permitir discutirlo con ellos, ¿verdad?

—Lo dudo —responde Tobias.

Estamos acabados.

Una vez que todos han informado, se sientan de nuevo y dejan a Johanna sola en el centro de la sala. Se vuelve hacia nosotros y cruza las manos delante de ella. ¿Adónde iremos cuando nos echen? ¿De vuelta a la ciudad, donde nadie está a salvo?

—Nuestra facción ha mantenido una relación muy estrecha con Erudición desde que tenemos memoria. Nos necesitamos la una a la otra para sobrevivir y siempre hemos cooperado —dice Johanna—. Sin embargo, también hemos mantenido estrechos vínculos con Abnegación, y no nos parece bien retirar la mano tendida desde hace tanto tiempo.

Su voz es dulce como la miel y también se mueve como la miel, lentamente y con cuidado. Me seco el sudor de la frente con el dorso de la mano.

—Creemos que la única forma de conservar nuestras relaciones con ambas facciones es ser imparciales y no involucrarnos —sigue explicando—. Por tanto, aunque seáis bienvenidos, vuestra presencia aquí complica la situación.

«Allá vamos», pienso.

—Hemos llegado a la conclusión de que convertiremos nuestra sede en un refugio para miembros de todas las facciones, con una serie de condiciones. La primera es que no se permitirá ningún tipo de arma dentro del complejo. La segunda es que si surge algún conflicto serio, ya sea verbal o físico, se invitará a todas las partes implicadas a marcharse. La tercera es que no se podrá hablar del conflicto, ni siquiera en privado, dentro de los confines del complejo. Y la cuarta es que todo aquel que se quede debe contribuir con su trabajo al bienestar de este entorno. Informaremos de todo esto a Erudición, Verdad y Osadía en

29

cuanto podamos —concluye; entonces clava la mirada en Tobias y en mí—. Podéis quedaros si y solo si cumplís nuestras normas. La decisión es vuestra.

Pienso en la pistola que escondo bajo el colchón, y en la tensión entre Peter y yo, y entre Tobias y Marcus, y se me seca la boca. No se me da bien evitar los conflictos.

—No podremos quedarnos mucho tiempo —le digo a Tobias entre dientes.

Hace un momento seguía sonriendo débilmente, pero ha pasado de la sonrisa al ceño fruncido.

—No, es verdad.

CAPÍTULO
TRES

Por la noche, regreso a mi cuarto y meto la mano bajo el colchón para asegurarme de que la pistola sigue ahí. Rozo el gatillo con los dedos, y la garganta se me contrae, como si sufriera una reacción alérgica. Retiro la mano y me arrodillo junto a la cama, respirando profundamente hasta que remite la sensación.

«¿Qué me pasa? —me pregunto, sacudiendo la cabeza—. Contente».

Y así me sentía, como una presa, conteniendo mis distintos fragmentos para que no me desbordaran. Aunque me asfixiaba, al menos me sentía fuerte.

Veo movimiento por el rabillo del ojo y miro por la ventana que da al manzanal. Johanna Reyes y Marcus Eaton caminan juntos, deteniéndose en el herbario para arrancar hojas de menta de sus tallos. Salgo de mi cuarto antes de poder evaluar por qué quiero seguirlos.

Corro por el edificio para no perderlos y, una vez fuera, redoblo las precauciones. Rodeo el otro lateral del invernadero y, después de ver que Johanna y Marcus desaparecen detrás de una fila de árboles, avanzo con sigilo hacia la siguiente fila, con la esperanza de que las ramas me escondan si alguno de los dos vuelve la vista atrás.

—... me confunde es el momento del ataque —dice Johanna—. ¿Es solo porque Jeanine terminó de planearlo o hubo algún tipo de incidente que lo instigara?

Veo la cara de Marcus a través de un árbol con el tronco dividido.

—Hmmm —responde, apretando los labios.

—Supongo que nunca lo sabremos —comenta Johanna, arqueando su ceja buena—. ¿Lo sabremos?

—No, puede que no.

Johanna le pone una mano en el brazo y se vuelve hacia él. Me pongo rígida, por un momento temo que me vea, pero ella solo mira a Marcus. Me agacho y camino así hacia uno de los árboles, de modo que el tronco me esconda. La corteza me roza la espalda, pero no me muevo.

—Pero tú sí lo sabes —dice Johanna—. Sabes por qué atacó cuando lo hizo. Puede que ya no sea de Verdad, pero todavía percibo cuando alguien no es sincero.

—La curiosidad es interesada, Johanna.

De haber estado en el lugar de Johanna, habría saltado con un comentario así, pero ella responde con amabilidad:

—Mi facción depende de mí para obtener consejo, y, si conoces información crucial, es importante que yo también la sepa para compartirla con ellos. Seguro que lo entiendes, Marcus.

—Hay una razón para que no sepas todo lo que yo sé. Hace mucho tiempo, a los abnegados se nos confió una información muy delicada. Jeanine nos atacó para robarla y, si no tengo cuidado, la destruirá, así que esto es lo único que puedo decirte.

—Pero, sin duda...

—No —la corta Marcus—. Esta información es mucho más importante de lo que te imaginas. La mayoría de los líderes de esta ciudad arriesgaron sus vidas para protegerla de Jeanine y murieron en el intento, y no lo pondré todo en peligro por saciar tu egoísta curiosidad.

Johanna guarda silencio durante unos segundos. La oscuridad es tan completa que apenas me veo las manos. El aire huele a tierra y a manzanas, y yo intento no hacer demasiado ruido al respirar.

—Lo siento —dice Johanna—. Debo de haber hecho algo que te haga pensar que no soy digna de confianza.

—La última vez que confié esta información a un representante, asesinaron a todos mis amigos —contesta Marcus—. Ya no confío en nadie.

No puedo evitarlo: me echo hacia delante para ver lo que hay al otro lado del tronco del árbol. Tanto Marcus como Johanna están demasiado absortos en su conversación para notar el movimiento. Están cerca el uno del otro, aunque no se tocan, y nunca había visto a Marcus tan cansado ni a Johanna tan enfadada. Sin embargo, la expresión de la cordial se ablanda y vuelve a tocar el brazo de Marcus, esta vez con una ligera caricia.

—Para ganar la paz, primero hay que ganar la confianza —dice Johanna—, así que espero que cambies de idea. Recuerda que siempre me he contado entre tus amigos, Marcus, incluso cuando no tenías muchos.

Se inclina y le da un beso en la mejilla; después camina hasta el final del huerto, y Marcus se queda quieto unos segundos (al parecer, pasmado) antes de dirigirse de vuelta al complejo.

Las revelaciones de la última media hora me zumban en la cabeza. Creía que Jeanine había atacado Abnegación para hacerse con el poder, pero lo había hecho para robar información, información que solo sabían los abnegados.

Entonces recuerdo otra de las cosas que ha dicho Marcus, y el zumbido para: «La mayoría de los líderes de esta ciudad arriesgaron sus vidas para protegerla». ¿Era mi padre uno de esos líderes? Tengo que saberlo. Tengo que averiguar por qué estaban dispuestos a morir los abnegados... y a matar los eruditos.

Me detengo un momento antes de llamar a la puerta de Tobias y presto atención a las voces del interior.

—No, así no —dice Tobias, entre risas.

—¿Qué quieres decir con «así no»? Te he imitado a la perfección —respondía una segunda voz, la voz de Caleb.

—No, qué va.

—Bueno, pues hazlo otra vez.

Abro la puerta justo cuando Tobias, que está sentado en el suelo con una pierna extendida, lanza un cuchillo de untar mantequilla a la pared de enfrente. El cuchillo se clava por la punta en un gran trozo de queso que han colocado encima del tocador. Caleb, de pie a su lado, mira primero el queso y después me mira a mí, sin poder creérselo.

—Dime que es una especie de prodigio osado —me pide Caleb—. ¿Tú también puedes hacerlo?

Tiene mejor aspecto que antes; sus ojos ya no están tan rojos y en ellos se ve una pizquita de la antigua chispa de la curiosidad, como si volviera a interesarse por el mundo. Lleva el cabello revuelto y los botones de la camisa en los ojales equivocados. Mi hermano es guapo sin esforzarse, como si la mayor parte del tiempo no tuviera ni idea del aspecto que tiene.

—Puede que con la derecha, pero sí, Cuatro es una especie de prodigio osado —respondo, poniendo el énfasis en la palabra «cuatro»—. ¿Puedo preguntar por qué estáis lanzando cuchillos a un trozo de queso?

Tobias me mira a los ojos al oírme decir «Cuatro». Caleb no sabe que Tobias lleva la excelencia pintada en el apodo.

—Caleb ha venido para hablar de una cosa —dice Tobias, apoyando la cabeza en la pared de atrás mientras me mira—. Y el lanzamiento de cuchillos surgió, sin más.

—Como suele ocurrir siempre con el lanzamiento de cuchillos —respondo, y una sonrisita se abre camino poco a poco por mi cara.

Parece tan relajado con la cabeza hacia atrás y el brazo apoyado en la rodilla... Nos quedamos mirando el uno al otro unos segundos más de lo socialmente aceptable, y Caleb se aclara la garganta.

—En fin, debería volver a mi cuarto —dice, mirando primero a Tobias, después a mí, y vuelta a empezar—. Estoy leyendo un libro sobre los sistemas de filtrado de agua. El chico que me lo dio me miró como si me tomase por loco por querer leerlo. Creo que se supone que es un manual de reparación, pero resulta fascinante. —Hace una pausa—. Lo siento, seguramente vosotros también pensáis que estoy loco.

—En absoluto —responde Tobias, fingiendo sinceridad—. A lo mejor deberías leer ese manual de reparación, Tris. Es la clase de cosas que te gustan.

—Te lo puedo prestar —se ofrece Caleb.

—Puede que después —respondo.

Cuando Caleb se marcha y cierra la puerta, le echo una mirada asesina a Tobias.

—Muy amable —le digo—. Ahora va a estar dándome la tabarra con el filtrado de agua y su funcionamiento. Aunque supongo que lo prefiero al tema del que quiere hablar.

—¿Sí? ¿Y qué tema es ese? —pregunta, arqueando las cejas—. ¿Acuoponía?

—¿Acua... qué?

—Es una de las formas de agricultura que tienen aquí. Mejor que no lo sepas.

—Tienes razón, mejor. ¿De qué quería hablar contigo?

—De ti —responde—. Creo que era la charla de hermano mayor. Lo de «no tontees con mi hermana» y eso —añade, levantándose.

—¿Y qué le has dicho?

—Le he contado cómo acabamos juntos —me explica, acercándose—, de ahí que surgiera lo de los cuchillos, y le he dicho que no tonteaba.

Noto que me envuelve una ola de calor. Me rodea las caderas con las manos y me aprieta con cuidado contra la puerta. Sus labios encuentran los míos.

Ni siquiera recuerdo por qué he venido.

Y no me importa.

Lo rodeo con mi brazo bueno, acercándolo más a mí. Mis dedos dan con el borde de su camiseta y se deslizan bajo él, extendiéndose por la parte baja de su espalda. Es tan fuerte...

Me vuelve a besar con más insistencia, apretándome la cintura. Su aliento, mi aliento, su cuerpo, mi cuerpo..., estamos tan cerca que no hay diferencia.

Se retira unos cuantos centímetros, y casi no se lo permito.

—No has venido para esto —dice.

—No.

—¿A qué has venido?

—¿Qué más da?

Le meto los dedos entre el pelo y empujo su boca hacia la mía de nuevo. No se resiste, aunque, al cabo de unos segundos, masculla mi nombre contra mi mejilla:

—Tris.

—Vale, vale —me rindo, cerrando los ojos.

He venido para contarle algo importante: la conversación que había espiado.

Nos sentamos juntos en su cama y empiezo por el principio. Le cuento que he seguido a Marcus y a Johanna hasta el huerto; le cuento la pregunta de Johanna sobre el momento del ataque de la simulación y la respuesta de Marcus; y le cuento la discusión posterior. Mientras lo hago, me fijo en su expresión. No parece ni perplejo ni curioso, sino que frunce los labios, como hace siempre que se menciona a Marcus.

—Bueno, ¿tú qué crees? —pregunto al terminar.

—Creo que Marcus solo intenta parecer más importante de lo que es —responde, hablando con precaución.

No es la respuesta que esperaba.

—Entonces..., ¿qué? ¿Crees que solo dice tonterías?

—Creo que seguramente los abnegados sepan algo que Jeanine quiera saber, pero también creo que exagera su importancia, que intenta alimentar su propio ego haciendo que Johanna piense que él tiene algo que ella quiere, pero que no se lo va a dar.

—Creo que... —empiezo, y frunzo el ceño—. Creo que te equivocas. No tenía pinta de mentir.

—No lo conoces tan bien como yo. Es un mentiroso experto.

Tiene razón, no conozco a Marcus y, por supuesto, no lo conozco tan bien como él, pero mi instinto me dice que lo crea, y normalmente hago caso a mi instinto.

—Puede que sea eso —respondo—, pero ¿no deberíamos averiguar qué está pasando? Por asegurarnos.

—Es más importante solucionar lo que tenemos entre manos. Volver a la ciudad, descubrir lo que está pasando allí y encontrar la forma de acabar con Erudición. Después puede que podamos investigar lo que ha dicho Marcus, cuando todo lo demás esté resuelto, ¿vale?

Asiento con la cabeza. Parece un plan inteligente. Sin embargo, no me lo creo, no creo que sea más importante avanzar que descubrir la verdad. Cuando me dijeron que era divergente..., cuando descubrí que Erudición atacaría a Abnegación..., esas revelaciones lo cambiaron todo. La verdad acaba interfiriendo en los planes.

Pero es difícil convencer a Tobias para que haga algo que no quiere hacer y más difícil todavía justificar mis sensaciones sin más pruebas que mi intuición, así que acepto. Aunque no cambio de idea.

CAPÍTULO
CUATRO

—La biotecnología lleva existiendo mucho tiempo, aunque no siempre fue tan eficaz —dice Caleb mientras empieza a comerse el borde de la tostada; antes se ha comido el centro, como hacía cuando era pequeño.

Está sentado frente a mí en la cafetería, en la mesa más cercana a la ventana. En la madera, a lo largo del borde de la mesa, veo grabadas las letras de y te unidas por un corazón, tan pequeñas que casi ni las veo. Las recorro con los dedos mientras mi hermano sigue hablando.

—Pero, hace un tiempo, los científicos eruditos desarrollaron una solución mineral muy efectiva. Era mejor para las plantas que la tierra. Es una versión inicial de ese ungüento que te pones en el hombro; acelera el crecimiento de nuevas células.

Tanta información lo tiene descontrolado. No todos los eruditos están hambrientos de poder y faltos de conciencia, como su líder, Jeanine Matthews. Algunos son como Caleb: personas a las que todo fascina, que no se sienten satisfechas hasta saber cómo funcionan las cosas.

Apoyo la barbilla en la mano y le sonrío un poco. Esta mañana parece más animado, me alegro de que haya encontrado algo que lo distraiga de su pena.

—Entonces, Erudición y Cordialidad trabajan juntos, ¿no?

—Su vínculo es más estrecho que el de Erudición con las otras facciones. ¿No recuerdas lo que decía nuestro libro de Historia de las Facciones? Las llamaba «las facciones esenciales». Sin ellas, no sobreviviríamos. Algunos de los textos eruditos las llaman «las facciones enriquecedoras». Y una de las misiones de Erudición era ser las dos cosas: esencial y enriquecedora.

No me sienta bien saber lo mucho que nuestra sociedad necesita a los eruditos para funcionar. Sin embargo, sí que son esenciales: sin ellos nuestra agricultura sería poco eficaz, nos faltarían tratamientos médicos y no contaríamos con avances tecnológicos.

Le doy un mordisco a mi manzana.

—¿No te comes la tostada? —pregunta.

—El pan sabe raro. Quédatela, si quieres.

—Me sorprende cómo viven aquí —comenta mientras me quita la tostada del plato—. Son completamente autónomos. Tienen su propia fuente de energía, sus propias bombas de agua, su propio sistema de filtrado de agua, sus propias fuentes de alimentos... Son independientes.

—Independientes e imparciales. Debe de estar bien.

Y lo está, por lo que veo. Las grandes ventanas que hay junto a nuestra mesa dejan entrar tanta luz que es como estar sentada fuera. En las otras mesas hay grupitos de cordiales. El amarillo brilla sobre sus pieles bronceadas, mientras que en mí resulta pálido.

—Entonces, supongo que Cordialidad no era una de las facciones para las que tenías aptitudes —comenta, sonriendo.

—No. —El grupo de cordiales que tenemos a pocos asientos de nosotros se echa a reír; ni siquiera nos han mirado desde que nos sentamos a comer—. No hables tan alto, ¿vale? No quiero que lo sepa todo el mundo.

—Lo siento —responde, inclinándose sobre la mesa para hablar más bajo—. ¿Cuáles eran?

—¿Por qué quieres saberlo? —pregunto, tensándome, poniéndome rígida.

—Tris, soy tu hermano, puedes contarme cualquier cosa.

Sus verdes ojos no vacilan. Ha dejado de ponerse las inútiles gafas que llevaba en Erudición, y ahora lleva una camisa gris de Abnegación y su típico pelo corto. Tiene el mismo aspecto de hace unos meses, cuando vivíamos a ambos lados del pasillo de casa y los dos pensábamos en cambiar de facción, pero sin atrevernos a contárselo al otro. No confiar en él lo suficiente había sido un error que no quería repetir.

—Abnegación, Osadía y Erudición —respondo.

—¿Tres facciones? —pregunta, arqueando las cejas.

—Sí, ¿por qué?

—Es que parecen muchas. Cada uno tenía que elegir un tema de investigación en la iniciación de los eruditos, y el mío fue la simulación de la prueba de aptitud, así que sé mucho sobre su diseño. Es muy difícil que alguien obtenga dos resultados; de hecho, el programa no lo permite. Pero obtener tres... Ni siquiera sé cómo es posible.

—Bueno, la administradora de la prueba tuvo que modificarla. La forzó a pasar a la situación del autobús para poder descartar Erudición..., salvo que no la descartó.

—Una modificación del programa —comenta Caleb, apoyando la barbilla en uno de sus puños—. Me pregunto cómo sabía hacerlo. No es algo que se enseñe.

Frunzo el ceño. Tori era una tatuadora y voluntaria para las pruebas de aptitud..., ¿cómo sabía alterar el programa de la prueba? Si se le daban bien los ordenadores, era solo por *hobby*, y dudo que ese nivel de conocimientos sirva para jugar con una simulación erudita.

Entonces recuerdo algo de una de nuestras conversaciones: «Mi hermano y yo nos trasladamos desde Erudición».

—Era erudita —digo—. Una trasladada. Puede que sea por eso.

—Puede —responde, dándose golpecitos en la mejilla, de izquierda a derecha, con los dedos; nuestros desayunos siguen entre los dos, casi olvidados—. ¿Qué nos dice eso sobre la química de tu cerebro? ¿O sobre su anatomía?

—No lo sé —respondo, riéndome un poco—. Solo sé que siempre estoy consciente durante las simulaciones y que, a veces, puedo despertarme de ellas. Y otras veces ni siquiera funcionan conmigo, como en la simulación del ataque.

—¿Cómo te despiertas de ellas? ¿Qué haces?

—Pues... —digo, intentando recordarlo; es como si hubiese pasado mucho tiempo desde la última, aunque solo han sido unas semanas—. Cuesta explicarlo porque se suponía que las simulaciones de Osadía se acababan cuando nos calmábamos. Sin embargo, en una de las mías..., la que sirvió a Tobias para averiguar mi secreto..., hice algo imposible: rompí un cristal con tan solo tocarlo.

La expresión de Caleb se vuelve distante, como si observara un lugar lejano. A él no le había pasado nada semejante en la simulación de la prueba de aptitud, lo sé, así que quizá se pregunte lo que se siente o cómo es posible. Se me calientan las mejillas; mi hermano me analiza el cerebro como analizaría un ordenador o una máquina.

—Eh, vuelve —lo llamo.

—Lo siento —responde, centrándose de nuevo en mí—. Es que...

—Fascinante, sí, lo sé. Cuando algo te fascina, es como si alguien te hubiese chupado la vida —digo, y él se ríe—. ¿Podemos hablar de otra cosa? Puede que no haya traidores de Erudición u Osadía por aquí, pero me sigue resultando raro hablar de esto en público.

—Vale.

Antes de poder seguir, las puertas de la cafetería se abren y por ellas entra un grupo de abnegados. Llevan ropas de Cordialidad, como yo, pero, también como yo, resulta obvio a qué facción pertenecen en realidad. Guardan silencio, aunque no están taciturnos, sino que sonríen a los cordiales con los que se cruzan, inclinando la cabeza, y unos cuantos se detienen a intercambiar saludos.

Susan se sienta al lado de Caleb y sonríe un poco. Lleva el pelo peinado hacia atrás, con el moño de siempre, aunque la melena rubia le brilla como el oro. Caleb y ella se sientan un poco más cerca de lo que suelen sentarse los amigos, aunque no se tocan. Ella inclina la cabeza para saludarme.

—Lo siento —dice—. ¿Interrumpo?

—No —responde Caleb—. ¿Cómo estás?

—Bien, ¿y tú?

Estoy a punto de huir del comedor para no tener que participar en una educada y cuidadosa conversación abnegada cuando entra Tobias, nervioso. Debe de haber estado trabajando en la cocina esta mañana, como parte de nuestro acuerdo con Cordialidad. A mí me toca trabajar en la lavandería mañana.

—¿Qué ha pasado? —pregunto cuando se sienta a mi lado.

—En su entusiasmo por resolver conflictos, los cordiales parecen haber olvidado que entrometerse genera más conflicto todavía —responde Tobias—. Si nos quedamos más tiempo, acabaré pegándole un puñetazo a alguien, y no será bonito.

Caleb y Susan lo miran, arqueando las cejas. Unos cuantos cordiales de la mesa de al lado dejan de hablar y nos miran.

—Ya me habéis oído —les dice Tobias, y todos apartan la mirada.

—Como decía —sigo, tapándome la boca para ocultar la sonrisa—, ¿qué ha pasado?

—Te lo cuento después.

Debe de tener algo que ver con Marcus. A Tobias no le gustan las caras de sospecha de los abnegados cuando comenta algo sobre la crueldad de Marcus, y Susan está sentada frente a él. Cruzo las manos sobre el regazo.

Los abnegados se sientan a la mesa, aunque no justo a nuestro lado, sino a una respetuosa distancia de dos asientos. La mayoría nos saluda con la cabeza, eso sí. Son los amigos, los vecinos y los compañeros de trabajo de mi familia, y, antes, su presencia me habría animado a permanecer en silencio y comportarme con modestia. Sin embargo, ahora me dan ganas de hablar más fuerte, de apartarme todo lo posible de mi antigua identidad y del dolor que la acompaña.

Tobias se queda completamente inmóvil cuando una mano cae sobre mi hombro derecho, disparándome punzadas de dolor por todo el brazo. Aprieto los dientes para no gruñir.

—Le dispararon en ese brazo —dice Tobias sin mirar al hombre que se me ha puesto detrás.

—Mis disculpas —responde Marcus, levantando la mano antes de sentarse a mi izquierda—. Hola.

—¿Qué quieres? —pregunto.

—Beatrice —dice Susan en voz baja—. No hace falta...

—Susan, por favor —la interrumpe Caleb, también en voz baja; ella cierra la boca, aprieta los labios y aparta la mirada.

—Te he hecho una pregunta —insisto, volviéndome con el ceño fruncido hacia Marcus.

—Me gustaría discutir una cosa con vosotros —dice Marcus; parece tranquilo, pero está enfadado, la tensión de su voz lo delata—. Los otros abnegados y yo mismo hemos decidido que no deberíamos quedarnos. Creemos que, dado que es inevitable que continúe el conflicto en nuestra ciudad, sería egoísta permanecer aquí mientras lo que queda de nuestra facción sigue al otro lado de esa valla. Nos gustaría pediros que nos escoltarais.

No me lo esperaba. ¿Por qué quiere Marcus regresar a la ciudad? ¿Es de verdad una decisión de los abnegados o es que pretende hacer algo allí..., algo que tiene que ver con la información que oculta?

Me quedo mirándolo unos segundos y después miro a Tobias. Se ha relajado un poco, aunque mantiene la vista clavada en
la mesa. No sé por qué actúa así cuando su padre está cerca.
Nadie, ni siquiera Jeanine, es capaz de acobardarlo.

—¿Qué te parece? —le pregunto.

—Creo que deberíamos irnos pasado mañana.

—Vale, gracias —dice Marcus; después se levanta y se sienta
en el otro extremo de la mesa, con el resto de los abnegados.

Me acerco lentamente a Tobias sin saber cómo consolarlo sin
empeorar las cosas. Cojo mi manzana con la mano izquierda y le
doy la derecha bajo la mesa.

Sin embargo, no consigo apartar la mirada de Marcus. Quiero saber más sobre lo que le dijo a Johanna y, a veces, si quieres
la verdad, tienes que exigirla.

CAPÍTULO
CINCO

Después de desayunar, le digo a Tobias que voy a dar un paseo, aunque en realidad pienso seguir a Marcus. Había supuesto que se dirigiría a la residencia para invitados, pero cruza el campo que hay detrás del comedor y se mete en el edificio de filtrado de agua. Vacilo en el primer escalón, ¿de verdad quiero hacerlo?

Subo los escalones y entro por la puerta que Marcus acaba de cerrar.

El edificio de filtrado es pequeño, solo una sala con unas enormes máquinas dentro. Por lo que veo, algunas recogen el agua sucia del resto del complejo, unas cuantas la depuran, otras la examinan y el último grupo bombea el agua limpia de vuelta al complejo. Los sistemas de tuberías están todos enterrados, salvo uno que va por el suelo y envía agua a la central eléctrica, cerca de la valla. La central proporciona energía a toda la ciudad mediante una combinación de energía eólica, energía hidráulica y energía solar.

Marcus está al lado de las máquinas que filtran el agua. Allí, las tuberías son transparentes y veo agua teñida de marrón circulando por una hasta desaparecer en la máquina y salir transparente por el otro lado. Los dos observamos el proceso de depuración, y me pregunto si está pensando lo mismo que yo: que sería agradable que la vida funcionase así, filtrando la suciedad que llevamos encima para devolvernos limpios al mundo. Sin embargo, hay suciedad que no se va nunca.

Me quedo mirando la nuca de Marcus; tengo que hacerlo ahora.

Ahora.

—Te oí el otro día —suelto.

Marcus se vuelve a toda velocidad.

—¿Qué haces aquí, Beatrice?

—Te he seguido —respondo, cruzando los brazos sobre el pecho—. Te oí hablando con Johanna sobre los motivos del ataque de Jeanine a Abnegación.

—¿Te enseñaron los osados que está bien violar la intimidad de los demás o te lo has enseñado tú sola?

—Soy una persona curiosa por naturaleza. No cambies de tema.

Marcus tiene la frente arrugada, sobre todo entre las cejas, y se le ven unas profundas arrugas al lado de la boca. Parece un hombre que se ha pasado la vida frunciendo el ceño. Quizá fuera guapo de joven (puede que todavía lo sea para las mujeres de su edad, como Johanna), pero, al mirarlo, solo veo los ojos negros del paisaje del miedo de Tobias.

—Si me has oído hablar con Johanna, sabrás que ni siquiera se lo he contado a ella. ¿Qué te hace pensar que compartiré la información contigo?

Al principio no se me ocurre ninguna respuesta, pero, de repente, la tengo.

—Por mi padre —respondo—. Mi padre está muerto.

Es la primera vez que lo digo desde que le conté a Tobias, en el viaje en tren, que mis padres habían muerto por mí. En aquel momento, era un hecho que «habían muerto», algo desprovisto de emociones. Sin embargo, entre los burbujeos y ruidos de esta habitación, que «estén muertos» hace que note un golpe en el corazón, como el de un martillo, y el monstruo de la tristeza se despierta, y me araña los ojos y la garganta.

Me obligo a continuar.

—Puede que no muriera exactamente por la información de la que hablas, pero quiero saber si arriesgó la vida por ella.

—Sí —respondió Marcus con un tic en el labio—, así fue.

Los ojos se me llenan de lágrimas, y parpadeo para espantarlas.

—Bueno —digo, casi ahogada—, entonces, ¿me dices de una vez qué era? ¿Intentabais proteger algo? ¿O robarlo? ¿O qué?

—Era... —empieza Marcus, pero sacude la cabeza—. No te lo voy a contar.

—Pero quieres recuperarlo —respondo, dando un paso hacia él—. Y Jeanine lo tiene.

Marcus sabe mentir o, al menos, se le da bien ocultar secretos. No reacciona. Ojalá pudiera verlo como lo ve Johanna, como lo vería un veraz: ojalá pudiera descifrar su expresión. A lo mejor está a punto de decirme la verdad; si lo presiono lo suficiente, quizá se rinda.

—Podría ayudarte —me ofrezco.

El labio superior de Marcus se tuerce hacia arriba.

—No tienes ni idea de lo ridículo que suena eso —me suelta—. Puede que hayas logrado detener la simulación del ataque, niña, pero fue cuestión de suerte, no de habilidad. Si vuelves a hacer algo útil en el futuro próximo, me muero de la sorpresa.

Este es el Marcus que conoce Tobias, el que sabe dónde pegar para hacer más daño.

—Tobias no se equivoca contigo —respondo, temblando de rabia—: no eres más que una basura arrogante y mentirosa.

—Eso ha dicho, ¿eh? —comenta, arqueando las cejas.

—No, en realidad no te menciona lo suficiente para decir tanto, lo he supuesto yo sola —explico, y aprieto los dientes—. Para él no eres prácticamente nada, ¿sabes? Y, a medida que pasa el tiempo, cada vez eres menos.

Marcus no me responde, sino que se vuelve hacia la depuradora. Me quedo un momento para disfrutar de mi triunfo, y el sonido del agua en circulación se mezcla con los latidos de mi corazón en los oídos. Después salgo del edificio y, hasta que no llevo recorrido medio camino, no me doy cuenta de que no he ganado. Ha ganado Marcus.

Sea cual sea la verdad, tendré que sacársela a otro, porque a él no volveré a preguntársela.

Esa noche sueño que estoy en un campo y me encuentro con una bandada de cuervos posada en el suelo. Cuando espanto a unos cuantos, me doy cuenta de que están encima de un hombre, picoteándole la ropa, que es gris abnegado. Alzan el vuelo sin avisar, y veo que el hombre es Will.

Entonces me despierto.

Giro la cabeza para taparme la cara con la almohada y, en vez de su nombre, dejo escapar un sollozo que clava mi cuerpo al colchón. Vuelvo a sentir el monstruo de la tristeza retorciéndose en el vacío que antes ocupaban mi corazón y mi estómago.

Ahogo un grito llevándome las dos manos al pecho. Ahora, esa cosa monstruosa me rodea el cuello con sus garras, apretándome las vías respiratorias. Me giro y meto la cabeza entre las rodillas, respirando hasta que dejo de sentirme ahogada.

Aunque el aire es cálido, me estremezco. Salgo de la cama y me arrastro por el pasillo camino de la habitación de Tobias. Tengo las piernas tan blancas que casi brillan en la oscuridad. Su puerta cruje al abrirla, lo bastante como para despertarlo; se me queda mirando un segundo.

—Ven aquí —dice, medio dormido, y se aparta para dejarme sitio en la cama.

Debería habérmelo pensado con más detenimiento. Duermo con una larga camiseta que me ha prestado uno de los cordiales y que me llega justo debajo del culo, pero no se me ocurrió ponerme unos pantalones cortos antes de salir. Los ojos de Tobias se pasean por mis piernas desnudas y hacen que me ruborice. Me tumbo de cara a él.

—¿Pesadilla? —me pregunta, y asiento—. ¿Qué ha pasado?

Sacudo la cabeza, ya que no puedo decirle que tengo pesadillas por Will si no quiero explicarle el porqué. ¿Qué pensaría de mí si supiera lo que he hecho? ¿Cómo me miraría?

Me deja una mano en la mejilla y me acaricia lentamente el pómulo con el pulgar.

—Estamos bien, ¿sabes? —me dice—. Los dos. ¿Vale? —asiento, aunque me duele el pecho—. Lo demás está mal —susurra, y su aliento me hace cosquillas—, pero nosotros, no.

—Tobias —empiezo, pero pierdo el hilo de mis ideas y lo beso, porque sé que besarlo me distraerá de todo.

Me devuelve el beso. Su mano empieza en mi mejilla y después baja por mi costado, se amolda a la curva de mi cintura, se ahueca sobre mi cadera, se desliza hasta mi pierna desnuda y me hace estremecer. Me pego más a él y le echo una pierna encima. Estoy tan nerviosa que oigo un zumbido en la cabeza, pero el resto de mi cuerpo parece saber exactamente lo que hace, ya que todo late al mismo ritmo, todo mi cuerpo quiere lo mismo: escapar de mí y convertirse en parte de él.

Mueve la boca contra la mía y desliza la mano bajo el borde de mi camiseta; y no lo detengo, aunque sé que debería, sino que dejo escapar un débil suspiro y las mejillas se me ponen rojas de vergüenza. O no me oye o no le importa, porque aprieta la palma de la mano contra la parte baja de mi espalda y me empuja hacia él. Entonces me recorre lentamente la columna con la punta de los dedos. La camiseta se me sube, pero no la bajo, ni siquiera cuando noto el aire fresco en el estómago.

Me besa en el cuello, y le agarro el hombro para mantener el equilibrio mientras aprieto el puño con el que le sujeto la camiseta. Su mano llega hasta la parte alta de mi espalda y me rodea el cuello. Tiene mi camiseta enrollada en el brazo, y nuestros besos rallan la desesperación. Sé que me tiemblan las manos de tanta energía nerviosa, así que le sujeto con más fuerza los hombros con la esperanza de que no lo note.

Entonces sus dedos me rozan la venda del hombro y un relámpago de dolor me atraviesa. No ha sido para tanto, pero me devuelve a la realidad: no puedo estar con él de esa forma si una de mis razones para desearlo es olvidarme un momento de la tristeza.

Me aparto y, poco a poco, me bajo el borde de la camiseta hasta que me cubre de nuevo. Durante un segundo nos quedamos tumbados y nuestras alteradas respiraciones se mezclan. No pretendo llorar. «Ahora no es un buen momento para llorar; no, para ya». Sin embargo, soy incapaz de apartar las lágrimas por mucho que parpadeo.

—Lo siento —digo.

—No te disculpes —responde, casi como si me regañara, y me seca las lágrimas de las mejillas con la mano.

Sé que tengo cuerpo de pajarito, estrecho y pequeño, a punto de echar a volar, de cintura recta y frágil, pero, cuando él me toca así, como si no soportara apartar la mano, no deseo ser diferente.

—No quiero estar hecha un desastre —digo, aunque se me rompe la voz—. Es que me siento tan... —empiezo, sacudiendo la cabeza.

—Está mal. Da igual que tus padres estén en un lugar mejor..., el caso es que no están contigo, y eso está mal, Tris. No debería haber pasado. No debería haberte pasado a ti. Y cualquiera que te diga que no pasa nada, miente.

Un sollozo me vuelve a estremecer, y Tobias me abraza tan fuerte que me cuesta respirar, aunque no me importa. Mis dignos llantos dan paso a un horror total, con la boca abierta y la cara contraída, produciendo sonidos similares a los de un animal moribundo. Si esto sigue así, me romperé, y puede que sea lo mejor, puede que sea mejor hacerse añicos que seguir con esta carga.

Tobias guarda silencio durante un buen rato hasta que me tranquilizo.

—Duerme —me pide—. Si las pesadillas vienen a por ti, yo lucharé contra ellas.

—¿Con qué?

—Con mis propias manos, obviamente.

Le rodeo la cintura con el brazo y respiro hondo, con la cara sobre su hombro. Huele a sudor, aire fresco y menta, del ungüento que a veces usa para relajar los músculos doloridos. También huele a seguridad, como los paseos al sol por el huerto y los desayunos en silencio en el comedor. Y, justo antes de quedarme dormida, estoy a punto de olvidarme de nuestra ciudad desgarrada por la guerra y de todos los problemas que pronto irán a nuestro encuentro, si no los encontramos nosotros primero.

Justo antes de quedarme dormida, lo oigo susurrar:

—Te quiero, Tris.

Y puede que hubiera respondido con las mismas palabras de no estar ya apenas consciente.

CAPÍTULO
SEIS

Por la mañana me despierta el zumbido de una maquinilla de afeitar eléctrica. Tobias está frente al espejo, con la cabeza inclinada para poder verse la esquina de la mandíbula.

Me abrazo las rodillas, cubiertas por la sábana, y lo observo.

—Buenos días —saluda—, ¿cómo has dormido?

—Bien —respondo, levantándome, y mientras él vuelve a echar la barbilla atrás para pasarse la máquina, yo lo abrazo por la espalda y aprieto la frente contra el tatuaje de Osadía que le asoma bajo la camiseta.

Tobias deja la maquinilla y me coge las manos. Ninguno de los dos rompe el silencio. Escucho su respiración, y él me acaricia los dedos ociosamente, olvidando lo que estaba haciendo.

—Debería arreglarme —comento al cabo de un rato; no me apetece marcharme, pero se supone que me toca trabajar en la lavandería, y no quiero que los cordiales digan que no cumplo con mi parte del trato que nos ofrecieron.

—Te buscaré algo de ropa.

Unos minutos después, camino descalza por el pasillo con la camiseta de dormir y unos pantalones cortos que Tobias ha tomado prestados de los cordiales. Cuando llego a mi dormitorio, Peter está de pie junto a la cama.

El instinto hace que reaccione buscando con los ojos un objeto contundente.

—Sal de aquí —ordeno con toda la tranquilidad que logro reunir.

Sin embargo, me cuesta evitar que me tiemble la voz. Me viene a la memoria su expresión cuando me tenía colgada del abismo por el cuello o cuando me golpeó contra la pared en el complejo de Osadía.

Se vuelve para mirarme. Últimamente me mira sin su malicia habitual, como si estuviera exhausto, encorvado, con el brazo herido en cabestrillo. Pero no me engaña.

—¿Qué haces en mi cuarto?

—¿Y tú qué haces espiando a Marcus? —responde, acercándose—. Te vi ayer, después del desayuno.

—No es asunto tuyo —respondo, sosteniendo su mirada—. Vete.

—Estoy aquí porque no sé por qué eres tú la que guarda ese disco duro. Estos días no se te ve muy estable.

—¿Que yo soy inestable? —pregunto entre risas—. Qué gracioso, viniendo de ti.

Peter aprieta los labios y guarda silencio.

—¿Por qué te interesa tanto el disco duro? —pregunto, mirándolo con los ojos entrecerrados.

—No soy estúpido, sé que contiene algo más que los datos de la simulación.

—No, no eres estúpido, ¿verdad? Crees que, si se lo llevas a los eruditos, te perdonarán la indiscreción y recuperarás su confianza.

—No quiero su confianza —responde, dando otro paso adelante—. Si la quisiera, no te habría ayudado en el complejo de Osadía.

Le clavo el índice en el esternón, metiendo bien la uña.

—Me ayudaste porque no querías que volviera a dispararte.

—Puede que no sea un traidor amante de los abnegados —dice, agarrándome el dedo—, pero nadie me controla, y menos los eruditos.

Retiro el dedo de un tirón, retorciéndolo para que no pueda agarrarlo. Me sudan las manos.

—No espero que lo entiendas —le digo, limpiándome las palmas en el borde de la camiseta mientras me acerco poco a poco al tocador—. Estoy segura de que si hubiesen atacado a Verdad en vez de a Abnegación, habrías dejado que disparasen a tu familia entre los ojos sin protestar. Pero yo no soy así.

—Cuidado con lo que dices sobre mi familia, estirada.

Se mueve a mi par, hacia el tocador, aunque me giro con cuidado para colocarme entre los cajones y él. No pienso sacar el disco duro para que así sepa dónde está, pero tampoco quiero despejarle el camino.

Peter dirige la mirada al tocador que tengo detrás, hacia el lado izquierdo, donde está escondido el disco. Frunzo el ceño y, entonces, me doy cuenta de una cosa de la que no me había percatado antes: un bulto rectangular en uno de sus bolsillos.

—Dámelo —le ordeno—. Ahora.

—No.

—Dámelo o te juro que te mataré mientras duermes.

—Si vieras lo ridícula que estás cuando amenazas a la gente...
—responde, sonriendo—. Como una niñita diciéndome que va
a estrangularme con su comba.

Me acerco a él, y él retrocede hacia el pasillo.

—No me llames «niñita».

—Te llamaré lo que me dé la gana.

Entro en acción, apuntando con mi puño izquierdo al lugar
que más le duele: la herida de bala del brazo. Esquiva el puñetazo, pero, en vez de intentarlo de nuevo, lo agarro por el brazo
con todas mis fuerzas y se lo retuerzo a un lado. Peter grita a
todo pulmón y, mientras el dolor lo distrae, le doy una buena
patada en la rodilla y cae al suelo.

La gente empieza a salir al pasillo, todos vestidos de gris, negro, amarillo y rojo. Peter se lanza sobre mí, medio agachado, y
me da un puñetazo en el estómago. Me encorvo, pero el dolor
no me para; dejo escapar un ruido, entre grito y gruñido, y me
abalanzo sobre él con el codo izquierdo cerca de la boca, de
modo que pueda empotrárselo en la cara.

Uno de los cordiales me sujeta por los brazos y me aparta de
Peter tirando de mí y, prácticamente, levantándome del suelo.
Noto punzadas en la herida del hombro, aunque apenas lo registro
por el subidón de adrenalina. Intento volver a tirarme sobre él,
procurando no hacer caso de las caras de pasmo de cordiales y abnegados (y de Tobias) que me rodean, y la mujer que se ha arrodillado junto a Peter susurra para tranquilizarlo. No quiero prestar
atención a sus gruñidos de dolor ni al sentimiento de culpabilidad
que noto en el estómago. Lo odio. No me importa. Lo odio.

—¡Cálmate, Tris! —me dice Tobias.

—¡Tiene el disco duro! —chillo—. ¡Me lo ha robado! ¡Lo tiene!

Tobias se acerca a Peter haciendo caso omiso de la mujer que está agachada a su lado y pone un pie sobre las costillas del chico para que no se mueva. Después le mete la mano en el bolsillo y saca el disco duro.

—No estaremos en un refugio para siempre, y esto no ha sido muy inteligente por tu parte —le comenta Tobias con mucha tranquilidad; después se vuelve hacia mí y añade—: Ni tampoco por la tuya. ¿Quieres que nos echen?

Frunzo el ceño. El cordial que me sujeta el brazo empieza a tirar de mí por el pasillo. Intento zafarme de él.

—¿Qué crees que estás haciendo? ¡Suéltame!

—Has violado los términos de nuestro acuerdo de paz —me explica con amabilidad—. Tenemos que seguir el protocolo.

—Ve con él —me recomienda Tobias—, es mejor que te calmes un poco.

Examino los rostros de la multitud que nos rodea. Nadie discute con Tobias y todos evitan mirarme a los ojos, así que permito que dos cordiales me escolten por el pasillo.

—Cuidado con el suelo —me avisa uno de ellos—. Hay algunos tablones algo irregulares.

Noto el corazón golpeándome en el pecho, señal de que me estoy calmando. El canoso hombre de Cordialidad abre una puerta que tenemos a la izquierda. Tiene un cartel que pone: «SALA DE CONFLICTOS».

—¿Me vais a castigar en mi cuarto sin salir o algo así? —pregunto, frunciendo el ceño.

No me extrañaría un castigo de ese tipo en Cordialidad: meterme en una habitación durante un rato y enseñarme a hacer inspiraciones purificadoras o a emplear el pensamiento positivo.

En la habitación hay tanta luz que tengo que entrecerrar los ojos para ver algo. En la pared de enfrente hay unas enormes ventanas que dan al huerto. A pesar de ello, la habitación parece pequeña, seguramente porque el techo, al igual que las paredes y el suelo, está también cubierto de tablones de madera.

—Siéntate, por favor —dice el hombre mayor, haciendo un gesto hacia el taburete del centro del cuarto; como todos los muebles del complejo de Cordialidad está fabricado en madera sin pulir y parece recio, como si siguiera unido a la tierra. No me siento.

—Ya ha terminado la pelea, no volveré a hacerlo —le aseguro—. Aquí no.

—Tenemos que seguir el protocolo —dice el hombre más joven—. Siéntate, por favor, y hablaremos de lo sucedido antes de dejarte ir.

Todos hablan en voz baja, no como los abnegados, que susurran y siempre parecen pisar suelo sagrado e intentan no molestar, sino baja, suave, tranquilizadora... Entonces me pregunto si se lo enseñarán a los iniciados de esta facción: a hablar, a moverse y a sonreír para fomentar la paz.

No quiero sentarme, pero lo hago, me coloco en el borde del asiento para poder levantarme deprisa, en caso necesario. El hombre más joven se me pone enfrente y oigo que chirrían unas bisagras detrás de mí. Vuelvo la cabeza para mirar y veo que el otro hombre está manipulando algo en un mostrador.

—¿Qué haces?

—Preparar un té —responde.

—No creo que esto se solucione con té.

—Entonces, dinos —dice el hombre más joven, de modo que miro hacia él y las ventanas; me sonríe—, ¿cuál crees que es la solución?

—Echar a Peter del complejo.

—Me parece que tú fuiste la que lo atacó —contesta él en tono amable—. De hecho, que fuiste tú la que le disparó en el brazo.

—No tienes ni idea de lo que hizo para merecerlo. —Se me vuelven a teñir de rojo las mejillas, calentándose al ritmo de mi corazón—. Intentó matarme, y a otra persona..., a otra persona le clavó en el ojo... un cuchillo de untar mantequilla. Es malvado. Tengo todo el derecho del mundo a...

Entonces noto un pinchazo en el cuello, y unos puntos oscuros cubren al hombre que tengo delante y me tapan su cara.

—Lo siento querida —me dice—, solo seguimos el protocolo.

El hombre mayor lleva una jeringa en la mano, y dentro todavía quedan unas cuantas gotas de lo que me ha inyectado. Son verde brillante, el color de la hierba. Parpadeo rápidamente y los puntos oscuros desaparecen, aunque el mundo sigue pareciendo nadar delante de mí, como si me balanceara en una mecedora.

—¿Cómo te encuentras? —me pregunta el joven.

—Estoy... —Iba a decir «enfadada», enfadada con Peter, enfadada con los cordiales..., pero no es cierto, ¿no? Sonrío—. Estoy bien. Un poco como... como si flotara. O me meciera. ¿Qué tal estás tú?

—El mareo es un efecto secundario del suero, puede que necesites descansar un poco esta tarde. Y estoy bien, gracias por preguntar. Ya puedes irte, si quieres.

—¿Me podrías decir dónde está Tobias? —pregunto; cuando me imagino su cara, el afecto que siento por él me burbujea dentro y solo quiero besarlo—. Cuatro, me refiero. Es guapo, ¿verdad? La verdad es que no sé por qué le gusto tanto. No soy muy simpática, ¿no?

—No, la mayor parte del tiempo, no —responde—, pero creo que podrías serlo si lo intentaras.

—Gracias, es muy amable por tu parte.

—Creo que lo encontrarás en el huerto. Lo vi salir en esa dirección después de la pelea.

Me río un poco.

—La pelea, qué tontería... —comento.

Y sí que parece una tontería estrellar el puño contra el cuerpo de otra persona. Como una caricia, pero demasiado fuerte. Las caricias están mucho mejor. A lo mejor debería haber acariciado el brazo de Peter, así nos habríamos sentido mucho mejor los dos. Y ahora no me dolerían los nudillos.

Me levanto y me dirijo a la puerta. Tengo que apoyarme en la pared para mantener el equilibrio, pero es resistente, así que no me importa. Voy dando traspiés por el pasillo, riéndome de mis dificultades para mantenerme en pie. Vuelvo a ser torpe, como cuando era más joven. Mi madre siempre me sonreía y decía: «Ten cuidado con donde pisas, Beatrice. No quiero que te hagas daño».

Salgo al exterior, y el verde de los árboles parece más verde, tan potente que casi lo saboreo. A lo mejor puedo saborearlo y es como la hierba que decidí masticar cuando era pequeña, por curiosidad. Casi me caigo escaleras abajo por el balanceo, y me echo a reír cuando la hierba me hace cosquillas en los pies descalzos. Me dirijo al huerto.

—¡Cuatro! —lo llamo, pero ¿por qué grito un número? Ah, sí, porque es su nombre, así que lo repito—. ¡Cuatro! ¿Dónde estás?

—¿Tris? —me llega una voz desde los árboles a mi derecha.

Es casi como si el árbol me hablara. Suelto una risita, aunque, por supuesto, no es más que Tobias, que está agachado debajo de una rama.

Corro hacia él, y el suelo se echa a un lado y pierdo el equilibrio. Él me pone la mano en la cintura y me sujeta. Su contacto me hace estremecer de pies a cabeza, y todo mi cuerpo arde por dentro, como si sus dedos lo hubiesen encendido. Me aprieto más a él, pegándome, y levanto la cabeza para besarlo.

—¿Qué te han...? —empieza, pero lo detengo con mis labios; él me devuelve el beso, aunque es demasiado rápido, y dejo escapar un profundo suspiro.

—Te has quedado corto —comento—. Vale, no del todo, pero...

Me pongo de puntillas para besarlo otra vez, y él me pone un dedo en los labios para detenerme.

—Tris, ¿qué te han hecho? Te portas como una lunática.

—Eso ha sido muy grosero por tu parte. Me han puesto de buen humor, nada más. Y ahora quiero besarte, así que relájate y...

—No voy a besarte, voy a averiguar qué está pasando.

Hago morritos durante un segundo, pero sonrío al encajar las piezas del puzle.

—¡Por eso te gusto! —exclamo—. ¡Porque tú tampoco eres muy simpático! Ahora tiene mucho más sentido.

—Venga, vamos a ver a Johanna.

—Tú también me gustas.

—Eso es alentador —responde sin entonación—. Vamos. Venga ya, por amor de Dios, mejor te llevo en brazos.

Me levanta del suelo metiendo un brazo bajo mis rodillas mientras con el otro me rodea la espalda. Yo le rodeo el cuello con los brazos y le planto un beso en la mejilla. Entonces descubro que es muy agradable la sensación del aire en los pies cuando los balanceo, así que los muevo arriba y abajo de camino al edificio en el que trabaja Johanna.

Cuando llegamos a su despacho, está sentada detrás de un escritorio con una pila de papeles delante y mastica una goma de borrar. Nos mira y abre un poco la boca. Unos mechones de pelo oscuro le tapan el lado izquierdo de la cara.

—No deberías taparte la cicatriz —le digo—, estás más guapa sin el pelo en la cara.

Tobias me deja caer en el suelo, y el impacto hace que me duela un poco el hombro, pero me gusta el sonido de mis pies al golpear los tablones. Me río, aunque ni Johanna ni Tobias se ríen conmigo. Qué raro.

—¿Qué le habéis hecho? —pregunta Tobias, tenso—. Por amor de Dios, ¿qué habéis hecho?

—Pues... —empieza Johanna, mirándome con el ceño fruncido—, le habrán dado demasiado. Es muy pequeña, seguramente no tuvieron en cuenta su altura y su peso.

—¿Deben haberle dado demasiado de qué?

—Tienes una voz muy bonita —digo.

—Tris, cállate, por favor —me pide Tobias.

—Del suero de la paz —explica Johanna—. En pequeñas dosis tiene un leve efecto calmante y mejora el humor. El único efecto secundario es un ligero mareo. Se lo administramos a los miembros de nuestra comunidad a los que les cuesta mantener la paz.

—No soy idiota —responde Tobias, resoplando—. A todos los miembros de tu comunidad les cuesta mantener la paz porque todos son humanos. Seguramente lo echáis en el suministro de agua.

Johanna guarda silencio durante unos segundos y cruza las manos en el regazo.

—Está claro que no es el caso, ya que, de lo contrario, este conflicto no se hubiera producido —dice al fin—. Sin embargo, aquí todo lo que hacemos lo decidimos juntos, como facción. Si pudiera darles el suero a todos los habitantes de la ciudad, lo haría. De haberlo hecho, no os encontraríais ahora en esta situación.

—Claro, sin duda, drogar a toda la población es la mejor solución a nuestro problema. Un gran plan.

—El sarcasmo no es agradable, Cuatro —responde ella con calma—. Y siento el error de la sobredosis de Tris, de verdad, pero ha violado los términos de nuestro acuerdo, y me temo que ello os impida quedaros mucho más tiempo. No podemos pasar por alto el conflicto entre el chico, Peter, y ella.

—No te preocupes, pretendemos marcharnos en cuanto sea humanamente posible.

—Bien —responde Johanna, sonriendo un poco—. Cordialidad y Osadía solo podrán convivir en paz si mantenemos las distancias.

—Eso explica muchas cosas.

—¿Cómo dices? ¿Qué insinúas?

—Explica —contesta Tobias, con los dientes apretados— por qué, fingiendo neutralidad, ¡como si tal cosa fuera posible!, nos habéis dejado morir a manos de los eruditos.

Johanna deja escapar un suave suspiro y mira por la ventana. Al otro lado hay un huertecito con parras que se meten por las esquinas de las ventanas, como si intentaran entrar para unirse a la conversación.

—Los cordiales no harían algo así —digo—. Qué malo eres.

—Somos neutrales por el bien de la paz... —empieza a recitar Johanna.

—Paz —dice Tobias, casi como si escupiera la palabra—. Sí, estoy seguro de que se podrá disfrutar de una hermosa paz cuando estemos todos muertos, sometidos bajo la amenaza del control mental o inmersos en una simulación eterna.

Johanna contrae el rostro, y yo la imito para ver qué se siente al poner la cara así. No es muy agradable. La verdad es que no sé por qué lo habrá hecho.

—La decisión no era mía. De haberlo sido, seguramente estaríamos manteniendo una conversación distinta —dice al fin.

—¿Dices que no estás de acuerdo con ellos?

—Digo que no sería apropiado discrepar con mi facción en público, aunque sí lo haga en la intimidad de mi corazón.

—Tris y yo nos iremos dentro de dos días —responde Tobias—. Espero que tu facción no cambie de idea y mantenga este complejo como refugio.

—No es tan fácil deshacer nuestras decisiones. ¿Y qué pasa con Peter?

—Tendrás que encargarte de él por separado, porque no vendrá con nosotros.

Tobias me da la mano, y es agradable sentir su piel contra la mía, aunque no sea una piel suave ni blanda. Sonrío para disculparme de Johanna, pero su expresión no cambia.

—Cuatro —dice—, si tus amigos y tú preferís no... experimentar los efectos de nuestro suero, lo mejor sería que evitarais el pan.

Tobias vuelve la cabeza para darle las gracias mientras caminamos juntos hacia el pasillo; yo voy dando saltitos.

CAPÍTULO
SIETE

El suero pierde efecto cinco horas después, cuando empieza a ponerse el sol. Tobias me encerró en mi cuarto el resto del día y se acercó a verme cada hora. Esta vez, cuando entra, estoy sentada en la cama y miro la pared con rabia.

—Gracias a Dios —me saluda, apretando la frente contra la puerta—. Empezaba a pensar que nunca te recuperarías y que tendría que dejarte aquí... oliendo flores o lo que sea que quisieras hacer mientras estabas bajo los efectos de esa cosa.

—Los mataré. Los mataré.

—No te molestes, nos vamos dentro de nada —responde, y cierra la puerta; después se saca el disco duro del bolsillo de atrás—. Se me había ocurrido esconder esto detrás de tu tocador.

—Es donde estaba antes.

—Sí, por eso Peter no volverá a buscarlo ahí —asegura mientras aparta el tocador de la pared con una mano y mete el disco duro detrás con la otra.

—¿Por qué no pude luchar contra el suero de la paz? —pregunté—. Si mi cerebro es tan raro como para resistirse al suero de la simulación, ¿por qué no a este?

—La verdad es que no lo sé —responde, dejándose caer a mi lado en la cama y haciendo que bote el colchón—. Puede que, para luchar contra un suero, primero tengas que querer hacerlo.

—Bueno, es evidente que quería —respondo, frustrada, aunque sin convicción.

¿Quería? ¿O resultaba agradable olvidarme de la rabia, del dolor y de todo lo demás durante unas horas?

—A veces —me dice mientras me pasa el brazo sobre los hombros—, la gente solo quiere ser feliz, aunque no sea real.

Es verdad. Incluso ahora, este momento de paz y tranquilidad del que disfrutamos juntos se debe a que no hablamos de otras cosas: ni de Will, ni de mis padres, ni de Marcus, ni de que yo hubiese estado a punto de pegarle un tiro en la cabeza. Sin embargo, no me atrevo a perturbar el momento con la verdad, puesto que estoy demasiado ocupada aferrándome a él para no derrumbarme.

—A lo mejor tienes razón.

—¿Lo reconoces? —pregunta, abriendo la boca para fingir sorpresa—. Al final resulta que ese suero no te fue mal...

—Retira eso —lo amenazo mientras le pego un buen empujón—. Retíralo ahora mismo.

—¡Vale, vale! —responde, levantando las manos—. Es que... yo tampoco soy muy simpático, ¿sabes? Por eso me gustas tanto...

—¡Fuera! —le grito, señalando la puerta.

Tobias me besa en la mejilla mientras se ríe para sí y sale de la habitación.

Por la noche estoy demasiado avergonzada por lo sucedido como para ir al comedor, así que paso el rato en las ramas de un manzano del extremo más alejado del huerto, comiéndome las manzanas maduras. Trepo todo lo que me atrevo para recogerlas, y me arden los músculos. He descubierto que sentarme sin hacer nada deja abiertos huequecitos por los que se cuela el dolor, así que me mantengo ocupada.

Me estoy secando el sudor de la frente con el borde de la camiseta, de pie sobre una rama, cuando oigo el sonido. Al principio es débil y se mezcla con el zumbido de las cigarras. Me paro a escuchar y, al cabo de un instante, lo reconozco: son coches.

Cordialidad tiene una docena de camiones que usan para transportar mercancías, pero solo lo hacen los fines de semana. Noto un cosquilleo en la nuca; si no es Cordialidad, debe de ser Erudición, pero hay que asegurarse.

Me agarro a la rama de arriba con ambas manos, tiro de mi cuerpo con el brazo izquierdo y, sorprendentemente, lo consigo. Me quedo agachada sobre la rama con el pelo lleno de ramitas y hojas. Unas cuantas manzanas caen al suelo cuando me muevo para cambiar de apoyo. Los manzanos no son muy altos, puede que no vea a la distancia suficiente.

Utilizando las ramas cercanas como si fueran escalones y las manos para guardar el equilibrio, me retuerzo y avanzo por el laberinto del árbol. Recuerdo cuando subí a la noria del muelle, el dolor de los músculos y los pinchazos en las manos. Ahora estoy herida, pero soy más fuerte, así que el ascenso es más sencillo.

Las ramas se van haciendo más finas y frágiles. Me humedezco los labios y miro la siguiente. Necesito llegar lo más alto posible, pero la rama a la que me dirijo es corta y parece flexible. Pongo el pie encima para comprobar su resistencia y se dobla, aunque aguanta, así que empiezo a subirme a ella, pongo el otro pie encima, y la rama se parte.

Ahogo un grito al caer de espaldas y me agarro al tronco del árbol en el último segundo. Tendré que conformarme con esta altura. Me pongo de puntillas y escudriño el horizonte en dirección al sonido.

Al principio no veo nada salvo una extensión de cultivos, una zona vacía, la valla, y los campos y los primeros edificios que hay más allá. Sin embargo, unos cuantos puntos en movimiento se acercan a la puerta, y son plateados cuando les da la luz del sol. Coches con techos negros..., paneles solares, lo que significa que solo pueden ser de Erudición.

Dejo escapar el aire entre los dientes. No me permito pensar, simplemente bajo un pie y después el otro tan deprisa que la corteza se pela de las ramas y cae al suelo. En cuanto toco la tierra, salgo corriendo.

Cuento las filas de árboles a medida que las dejo atrás. Siete, ocho. Las ramas se inclinan hacia el suelo y apenas paso debajo de ellas. Nueve, diez. Me sujeto el brazo derecho contra el pecho y acelero el ritmo, aunque la herida de bala del hombro me aguijonea a cada paso que doy. Once, doce.

Cuando llego a la trece, tuerzo a la derecha y bajo por uno de los pasillos de árboles. En la fila trece están más pegados y sus ramas se entremezclan las unas con las otras creando un laberinto de hojas, ramas y manzanas.

Me arden los pulmones por la falta de oxígeno, pero no estoy lejos del final del huerto. El sudor se me mete en las cejas. Llego al comedor y abro la puerta de golpe, abriéndome paso entre un grupo de cordiales, y allí está: Tobias, sentado en un extremo de la cafetería con Peter, Caleb y Susan. Como empiezo a ver puntos negros, apenas los distingo, pero Tobias me toca un hombro.

—Eruditos —es lo único que consigo decir.

—¿Vienen? —pregunta, y yo asiento.

—¿Nos da tiempo a salir corriendo?

No estoy segura.

Los abnegados del otro extremo de la mesa empiezan a prestarnos atención y se reúnen a nuestro alrededor.

—¿Por qué tenemos que huir? —pregunta Susan—. Los cordiales han establecido que esto es un refugio, que no se permiten conflictos.

—A los cordiales les va a costar hacer cumplir esa política —dice Marcus—. ¿Cómo evitas un conflicto sin conflicto?

Susan asiente.

—Pero no podemos irnos —comenta Peter—. No tenemos tiempo, nos verán.

—Tris tiene un arma, podemos intentar abrirnos paso —responde Tobias, y se levanta para ir a los dormitorios.

—Espera, tengo una idea —lo detengo mientras examino el grupo de abnegados—. Disfraces. Los eruditos no saben seguro si seguimos aquí. Podemos fingir ser cordiales.

—Entonces, los que no vamos vestidos como cordiales deberíamos ir a los dormitorios —dice Marcus—. Los demás, soltaos el pelo e intentad imitar su comportamiento.

Los abnegados que van vestidos de gris salen del comedor

72

juntos y cruzan el patio hacia los dormitorios de invitados. Una vez dentro, corro a mi cuarto, me pongo a cuatro patas y meto la mano debajo del colchón para sacar la pistola.

Busco a tientas unos segundos antes de encontrarla y, cuando lo hago, se me contrae la garganta y no puedo tragar. No quiero tocarla, no quiero volver a tocarla.

«Venga, Tris», me digo, y me meto la pistola bajo la cintura de mis pantalones rojos. Es una suerte que sean tan anchos. Veo los frascos de ungüento curativo y de medicina para el dolor en la mesilla de noche y me los meto en el bolsillo, por si conseguimos escapar.

Después meto la mano detrás del tocador para sacar el disco duro.

Si los eruditos nos capturan (cosa bastante probable), nos registrarán, y no quiero entregarles otra vez la simulación del ataque. Sin embargo, en este disco están también las grabaciones de vigilancia del ataque, el registro de nuestras pérdidas, de la muerte de mis padres. Lo único que me queda de ellos. Además, como los abnegados no hacen fotos, es lo único que documenta su aspecto.

Dentro de unos años, cuando los recuerdos empiecen a difuminarse, ¿qué tendré para recordar su apariencia? Sus rostros cambiarán en mi mente. No volveré a verlos.

«No seas estúpida, no importa».

Aprieto tanto el disco duro que me duele.

«Entonces, ¿por qué me parece tan importante?».

—No seas estúpida —me digo en voz alta.

Aprieto los dientes y agarro la lámpara de la mesilla de noche. Arranco la clavija del enchufe, tiro la tulipa sobre la cama y me agacho sobre el disco duro. Mientras me limpio las lágrimas de los ojos, lo golpeo con la base de la lámpara y le hago una mella.

Lo machaco una y otra vez con la lámpara hasta que el disco duro se rompe y los trocitos se esparcen por el suelo. Después meto los fragmentos bajo el tocador de una patada, pongo la lámpara en su sitio y salgo al pasillo limpiándome los ojos con el dorso de la mano.

Unos minutos después me encuentro en el pasillo con una pequeña congregación de hombres y mujeres vestidos de gris (y Peter) buscando en unas pilas de ropa.

—Tris —dice Caleb—, todavía vas de gris.

Me pellizco la camisa de mi padre y vacilo.

—Es de papá —le explico; si me la quito, tendré que dejarla aquí. Me muerdo el labio para que el dolor me fortalezca. Tengo que librarme de ella, no es más que una camisa, ya está.

—Me la pondré debajo de la mía —se ofrece mi hermano—. No la verán.

Asiento y cojo una camisa roja del menguante montón de ropa. Es lo bastante grande como para ocultar el bulto de la pistola. Me meto en una habitación cercana para cambiarme y le paso la camisa gris a Caleb cuando salgo al pasillo. La puerta está abierta, y a través de ella veo a Tobias metiendo ropa de Abnegación en el cubo de la basura.

—¿Crees que los cordiales mentirán por nosotros? —le pregunto, asomándome por la puerta abierta.

—¿Para evitar conflictos? Sin duda —afirma Tobias, asintiendo con la cabeza.

Lleva una camisa roja de vestir y unos vaqueros que se deshilachan a la altura de la rodilla. En él, la combinación resulta ridícula.

—Bonita camisa —comento.

—Era lo único que me tapaba el tatuaje del cuello, ¿vale? —responde, arrugando la nariz.

Esbozo una sonrisa nerviosa: se me habían olvidado mis tatuajes, aunque la camisa los oculta bien.

Los coches eruditos llegan al complejo. Hay cinco, todos plateados y con techos negros. Sus motores parecen ronronear mientras botan por el irregular terreno. Me meto un poco en el edificio y dejo la puerta abierta detrás de mí, y Tobias se pone a cerrar con pestillo el cubo de la basura.

Todos los coches se detienen, las puertas se abren, y salen al menos cinco hombres y mujeres de azul erudito.

Y aproximadamente otros quince más de negro osado.

Cuando los osados se acercan, veo tiras de tela azul enrolladas en sus brazos, lo que solo puede significar que son aliados de Erudición, la facción que esclavizó sus mentes.

Tobias me da la mano y me lleva a los dormitorios.

—Pensaba que nuestra facción no sería tan estúpida —dice—. Tienes la pistola, ¿verdad?

—Sí, pero no te garantizo que tenga puntería con la mano izquierda.

—Deberías trabajar en eso —responde; siempre será un instructor.

—Lo haré —respondo, y tiemblo un poco al añadir—: Si vivimos.

—Tú anda dando saltitos —me pide, acariciándome los brazos desnudos antes de darme un beso en la frente— y finge que te dan miedo sus armas —añade, dándome otro beso entre las cejas—, y actúa como la tímida florecilla que jamás serás —dice, y me da un beso en la cara—. Todo irá bien.

—Vale —respondo, y veo que me tiemblan las manos al agarrarme al cuello de su camisa. Tiro de su cabeza para besarlo.

Suena una campana una, dos, tres veces. Es una llamada para reunirnos en el comedor, donde los cordiales mantienen los encuentros menos formales. Nos unimos a la multitud de abnegados convertidos en cordiales.

Le quito las horquillas del pelo a Susan, ya que su peinado es demasiado serio para Cordialidad. Ella me da las gracias con una sonrisa mientras el pelo le cae sobre los hombros. Es la primera vez que se lo veo suelto; tiene la mandíbula cuadrada, así que la melena se la suaviza.

Se supone que debo ser más valiente que los abnegados, pero ellos no parecen tan preocupados como yo. Se sonríen los unos a los otros y caminan en silencio..., en demasiado silencio. Me abro paso entre ellos y le doy un codazo a una de las mujeres de más edad.

—Di a los niños que jueguen al «pilla, pilla» —le pido.

—¿Al «pilla, pilla»?

—Se comportan con respeto y... como estirados —respondo, aunque me encojo un poco al decir la palabra que se convirtió en mi apodo entre los osados—. Y los niños de Cordialidad estarían armando follón. Tú hazlo, ¿vale?

La mujer toca en el hombro a uno de los niños abnegados y le susurra algo; pocos segundos después, un grupito de niños corre por el pasillo pisando pies cordiales y gritando: «¡Te he tocado! ¡Tú la llevas!» y «¡No, eso era la manga!».

Caleb lo capta y le da un codazo a Susan en las costillas para que ella chille de risa. Intento relajarme y caminar dando saltitos, como sugirió Tobias, y balanceando los brazos mientras doblo una esquina tras otra. Es sorprendente lo que cambia todo con tan solo fingir estar en una facción distinta, incluso mi forma de caminar. Seguramente por eso es tan raro que pueda pertenecer sin problemas a tres de ellas.

Alcanzamos a los cordiales que tenemos delante cuando cruzamos el patio hacia el comedor y nos dispersamos entre ellos. Mantengo a Tobias al alcance de la vista, no quiero alejarme demasiado de él. Los cordiales no hacen preguntas y nos permiten perdernos dentro de su facción.

Un par de traidores osados se colocan junto a la puerta del comedor, pistola en mano, y me pongo rígida. De repente, me doy cuenta de que es real, de que estoy desarmada y me conducen a un edificio rodeado de eruditos y osados, y que, si me descubren, no podré huir. Me dispararán sin pensárselo dos veces.

Considero la posibilidad de intentar salir corriendo, pero ¿adónde iría? Intento respirar con normalidad, ya casi los he dejado atrás. «No mires, no mires». Unos cuantos pasos más. «Aparta la mirada, aparta».

Susan me coge del brazo.

—Te estoy contando un chiste que te parece muy divertido —me dice.

Me tapo la boca con la mano y me obligo a soltar una risita que suena aguda y extraña, pero, a juzgar por la sonrisa de Susan, ha sido creíble. Caminamos del brazo como hacen las chicas cordiales, mirando a los osados y volviendo a soltar risitas. Me sorprende poder hacerlo teniendo en cuenta el nudo que tengo en el estómago.

—Gracias —mascullo una vez dentro.

—De nada —contesta.

Tobias se sienta frente a mí en una de las largas mesas, y Susan, a mi lado. El resto de abnegados se desperdiga por la sala, y Caleb y Peter se colocan unas asientos más allá del mío.

Me pongo a darme golpecitos en las rodillas mientras esperamos a que pase algo. Nos quedamos allí sentados un buen rato, y finjo escuchar a la chica cordial que cuenta una historia a mi izquierda. Sin embargo, miro a Tobias de vez en cuando, y él me mira a mí, como si nos pasáramos el miedo del uno al otro.

Johanna entra al fin en el comedor acompañada por una mujer erudita. Su camisa azul chillón parece brillar en contraste con su piel, que es marrón oscuro. La mujer examina la sala mientras habla con Johanna. Contengo el aliento cuando sus ojos me encuentran..., y lo dejo salir cuando pasa de largo sin vacilar: no me ha reconocido.

Al menos, todavía no.

Alguien da un golpe en una mesa, y el comedor guarda silencio. Ya está, este es el momento en el que decide si nos entrega o no.

—Nuestros amigos de Erudición y Osadía buscan a alguna gente —dice Johanna—. Varios miembros de Abnegación, tres miembros de Osadía y un antiguo iniciado de Erudición —explica, y sonríe—. Para demostrarles nuestra completa colaboración, les he dicho que las personas a las que buscan estaban, de hecho, aquí, pero que ya se han marchado. Desean mi permiso para registrar las instalaciones, lo que significa que tenemos que votar. ¿Alguien objeta al registro?

La tensión de su voz sugiere que, si alguien lo hace, mejor que se calle. No sé si los cordiales captarán ese tipo de cosas, pero nadie dice nada. Johanna asiente con la cabeza en dirección a la erudita.

—Tres de vosotros, quedaos aquí —dice la mujer a los guardias osados que están en la entrada—. El resto, registrad todos los edificios e informadme si encontráis algo. Adelante.

Podrían encontrar un montón de cosas: los trozos del disco duro; la ropa que se me olvidó tirar; una sospechosa falta de abalorios y decoración en nuestros dormitorios... Noto el latido del corazón detrás de los ojos cuando los tres soldados de Osadía que se han quedado atrás se ponen a recorrer las filas de mesas.

Me cosquillea la nuca cuando uno de ellos se pone detrás de mí y oigo sus potentes pisadas. No es la primera vez que me alegro de ser pequeñita y poco atractiva; así no atraigo las miradas de los demás.

Pero Tobias, sí; él lleva el orgullo reflejado en la postura, en la forma en que reclama con la mirada todo lo que lo rodea. No es un rasgo cordial, solo puede ser un rasgo osado.

La mujer osada que camina hacia él lo mira directamente y entrecierra los ojos al acercarse, hasta que se detiene justo detrás de él.

Ojalá el cuello de su camisa fuera más alto. Ojalá no tuviera tantos tatuajes. Ojalá...

—Llevas el pelo un poco corto para ser cordial —comenta ella.

... no se hubiese cortado el pelo como un abnegado.

—Hace calor —responde él.

La excusa podría funcionar de haber sabido cómo decirlo, pero lo dice de manera cortante.

La osada alarga la mano y, con el dedo índice, tira del cuello de su camisa para verle el tatuaje.

Y Tobias se mueve.

Agarra la muñeca de la mujer y tira de ella, de modo que pierde el equilibrio. La osada se golpea la cabeza contra el borde de la mesa y cae. Al otro lado de la sala, alguien dispara un arma, alguien grita, y todos se meten debajo de las mesas o se agachan junto a los bancos.

Todos menos yo. Me quedo sentada donde estaba antes del disparo, aferrada al borde de la mesa. Sé que estoy aquí, pero ya no veo la cafetería, sino el callejón por el que escapé tras morir mi madre. Me quedo mirando la pistola que tengo en las manos y la suave piel entre las cejas de Will.

Un sonido se me estrangula en la garganta. Habría sido un grito si no tuviera los dientes tan apretados. El recuerdo se desvanece, aunque sigo sin poder moverme.

Tobias agarra a la osada por la nuca y la pone en pie. Le ha quitado la pistola y usa a la mujer de escudo mientras dispara sobre su hombro derecho al soldado osado del otro lado del comedor.

—¡Tris! —grita—. ¿Me ayudas o qué?

Me levanto la camisa lo suficiente para llegar a la culata de la pistola, y mis dedos tocan el metal. Está tan frío que me hace daño, pero no puede ser, porque aquí hace calor. Un osado que está al final del pasillo me apunta con su revólver. El punto negro del extremo del cañón crece a mi alrededor, y solo oigo mi corazón, nada más.

Caleb se lanza sobre mí y me quita la pistola, la sostiene con ambas manos y dispara a las rodillas del osado que está a pocos metros de él.

El hombre grita y se derrumba con las manos sobre la pierna, lo que ofrece a Tobias la oportunidad de dispararle en la cabeza. Su dolor es momentáneo.

Me tiembla todo el cuerpo y no consigo parar. Tobias todavía tiene a la osada por el cuello, aunque, esta vez, apunta con la pistola a la erudita.

—Una palabra más y disparo —dice Tobias.

La erudita tiene la boca abierta, pero no habla.

—El que esté con nosotros, que empiece a correr —dice Tobias, y su voz llena la habitación.

Todos a una, los abnegados se levantan de debajo de mesas y bancos y corren hacia la puerta. Caleb me saca del banco y corro con ellos.

Entonces veo algo, un movimiento casi imperceptible: la erudita levanta una pistolita y apunta al hombre de camisa amarilla que tengo delante. El instinto, más que la presencia de ánimo, me empuja a lanzarme sobre él. Mis manos lo empujan, y la bala da en la pared en vez de en él, en vez de en mí.

—Suelta la pistola —dice Tobias, apuntando a la erudita—. Tengo una puntería excelente, y te apuesto lo que quieras a que tú no.

Parpadeo unas cuantas veces para aclararme la vista. Peter me mira: acabo de salvarle la vida. Él no me da las gracias, y yo no le hago caso.

La erudita suelta la pistola. Camino con Peter hacia la puerta, y Tobias nos sigue andando de espaldas para poder apuntar a la erudita. En el último segundo antes de cruzar el umbral, cierra la puerta que nos separa de ella.

Y todos corremos.

Avanzamos juntos por el pasillo central del huerto, sin aliento. El aire nocturno es pesado como una manta y huele a lluvia. Oímos gritos detrás de nosotros y puertas de coches que se cierran. Corro más deprisa de lo que realmente puedo, como si respirara adrenalina en vez de oxígeno. El ronroneo de los motores me persigue por los árboles. La mano de Tobias se cierra en torno a la mía.

Corremos formando una larga fila por un maizal. Los coches ya nos han alcanzado, y los faros se arrastran por los altos tallos, iluminando una hoja por aquí y una espiga por allá.

—¡Dividíos! —grita alguien que suena como Marcus.

Nos dividimos y nos repartimos por el campo como si fuésemos agua derramada. Agarro el brazo de Caleb y oigo a Susan jadear tras él.

Nos abrimos paso entre los tallos, y las hojas me cortan las mejillas y las manos. Miro un punto entre los omóplatos de Tobias mientras corremos. Entonces oigo un golpe sordo y un grito. Hay gritos por todas partes, a mi izquierda, a mi derecha... Disparos. Los abnegados vuelven a morir, como cuando fingí estar dentro de la simulación, y yo solo corro.

Por fin llegamos a la valla. Tobias corre en paralelo a ella, empujándola hasta que encuentra un agujero. Levanta el enrejado metálico para que Caleb, Susan y yo entremos a rastras, y, antes de ponernos a correr de nuevo, me detengo y miro hacia el maizal del que acabamos de salir. Veo faros iluminados a lo lejos, pero no oigo nada.

—¿Dónde están los demás? —susurra Susan.

—Se han ido —respondo.

Susan solloza, y Tobias tira de mí sin miramientos para ponerme a su lado y sigue adelante. Me arde la cara por culpa de los cortecitos del maíz, aunque tengo los ojos secos. Las muertes de los abnegados no son más que otro peso que no puedo soltar.

Nos mantenemos alejados de la carretera de tierra que emplearon los eruditos y los osados para llegar al complejo de Cordialidad, y seguimos las vías del tren hacia la ciudad. No hay donde esconderse, ni árboles ni edificios que nos protejan, pero da igual, los eruditos no pueden atravesar la valla con el coche y tardarán un rato en llegar a la puerta.

—Tengo que... parar... —dice Susan desde algún punto de la oscuridad que tengo detrás.

Nos detenemos. Susan se derrumba en el suelo, llorando, y Caleb se agacha a su lado. Tobias y yo miramos hacia la ciudad, que sigue iluminada porque todavía no es medianoche. Quiero sentir algo: miedo, rabia, pena..., pero no siento nada, tan solo la necesidad de seguir moviéndome.

Tobias se vuelve hacia mí.

—¿Qué ha sido eso, Tris? —me pregunta.

—¿El qué? —respondo, y me avergüenzo de lo débil que sueno; no sé si me habla de Peter, de lo que pasó antes o de alguna otra cosa.

—¡Te quedaste clavada! ¡Alguien estaba a punto de matarte y te quedaste sentada! —me recrimina, gritando—. ¡Creía que, al menos, podía confiar en que salvaras tu propia vida!

—¡Eh! —lo interrumpe Caleb—, dale un respiro, ¿vale?

—No —responde Tobias, mirándome—. No necesita un respiro. ¿Qué ha pasado? —pregunta, suavizando el tono.

Todavía cree que soy fuerte, lo bastante fuerte como para no necesitar su compasión. Antes pensaba que estaba en lo cierto, pero ya no estoy tan segura. Me aclaro la garganta.

—Me dejé llevar por el pánico —le digo—. No volverá a pasar. —Él arquea una ceja—. De verdad —repito, más alto.

—Vale —responde, aunque no parece muy convencido—. Tenemos que ir a un lugar seguro. Se reagruparán y empezarán a buscarnos.

—¿Tanto crees que les preocupamos? —pregunto.

—Nosotros, sí. En realidad, es probable que solo nos buscaran a nosotros y a Marcus, que estará muerto.

No sé cómo esperaba que lo dijera, puede que con alivio, ya que Marcus, su padre y la mayor amenaza de su vida, por fin ha desaparecido. O con dolor, ya que quizá hayan asesinado a su padre y, a veces, la tristeza no tiene mucho sentido. Pero lo dice como si no fuera más que un hecho, como la dirección en la que nos movemos o la hora que es.

—Tobias... —empiezo a decir, pero entonces me doy cuenta de que no sé lo que va después.

—Hora de irse —dice, volviendo la vista atrás.

Caleb consigue convencer a Susan para que se levante, y ella se mueve gracias a la ayuda del brazo de mi hermano, que la empuja.

Hasta ahora no era consciente de que la iniciación de Osadía me enseñó una importante lección: cómo seguir adelante.

CAPÍTULO
OCHO

Decidimos seguir las vías del tren hasta la ciudad porque ninguno de nosotros tiene un buen sentido de la orientación. Camino de traviesa en traviesa, y Tobias hace equilibrios sobre el raíl sin apenas tambalearse, mientras Caleb y Susan nos siguen arrastrando los pies. Cada ruido extraño me sobresalta, me pongo en tensión hasta que descubro que se trata del viento o de un chirrido de los zapatos de Tobias sobre el raíl. Ojalá pudiéramos seguir corriendo, pero, llegados a este punto, ya es suficiente hazaña seguir moviendo los pies.

Entonces oigo un gruñido sordo que procede de los raíles.

Me agacho y pongo las palmas de las manos sobre ellos, cerrando los ojos para concentrarme en la sensación del metal. La vibración parece un suspiro que me atraviesa el cuerpo. Me quedo mirando entre las rodillas de Susan, vías abajo, y no veo ninguna luz, aunque eso no quiere decir nada, ya que el tren podría circular sin claxon y sin faros que anuncien su llegada.

Me llega el destello de un vagoncito de tren que está lejos, pero se acerca deprisa.

—Ya llega —digo; me cuesta levantarme, ya que lo único

que me apetece es quedarme sentada, pero me levanto y me limpio las manos en los vaqueros—. Creo que deberíamos subir.

—¿Aunque lo conduzcan los eruditos? —pregunta Caleb.

—Si así fuera, se lo habrían llevado al complejo de Cordialidad para buscarnos —responde Tobias—. Creo que merece la pena correr el riesgo. Podremos escondernos en la ciudad, mientras que aquí solo esperamos a que nos encuentren.

Salimos de las vías, y Caleb, como un auténtico erudito, da instrucciones pormenorizadas a Susan sobre cómo subirse a un tren en marcha. Se acerca el primer vagón; presto atención al rítmico traqueteo sobre las traviesas y al susurro de la rueda de metal sobre las vías de metal.

Cuando pasa el primer vagón, empiezo a correr sin hacer caso de lo mucho que me arden las piernas. Primero, Caleb ayuda a Susan a subir a un vagón intermedio, y después salta él mismo. Tomo aire rápidamente, me lanzo hacia la derecha y me golpeo contra el suelo del vagón, con las piernas colgando por el borde. Caleb me agarra por el brazo izquierdo y me sube. Tobias usa el tirador de la puerta para meterse dentro detrás de mí.

Levanto la mirada y dejo de respirar.

Unos ojos brillan en la oscuridad, hay unas formas negras sentadas en el vagón, y son más que nosotros.

Los abandonados.

El silbido del viento cruza el vagón. Todos están de pie y armados, salvo Susan y yo, que no tenemos armas. Uno de los hombres sin facción, que tiene un parche en el ojo, apunta con su pistola a Tobias. Me pregunto de dónde la habrá sacado.

A su lado, una abandonada de mayor edad blande un cuchillo..., un cuchillo de los que yo usaba para cortar el pan. Detrás, alguien lleva una gran plancha de madera con un clavo.

—Nunca había visto cordiales armados —comenta la mujer del cuchillo.

El abandonado de la pistola me resulta familiar. Lleva ropas hechas jirones de distintos colores: una camiseta negra con una chaqueta destrozada de Abnegación encima, vaqueros azules remendados con hilo rojo y botas marrones. Toda la ropa de las facciones está representada en el grupo que tengo delante: pantalones negros de Verdad con camisas negras de Osadía; vestidos amarillos con sudaderas azules encima. La mayoría de las prendas están rotas o manchadas de algún modo, aunque otras, no. Imagino que serán recién robadas.

—No son cordiales —dice el hombre de la pistola—. Son osados.

Entonces lo reconozco: es Edward, un compañero iniciado que dejó Osadía después de que Peter lo atacara con un cuchillo de untar. Por eso lleva el parche en el ojo.

Recuerdo haberle sostenido la cabeza mientras él gritaba y haber limpiado después la sangre del suelo.

—Hola, Edward —lo saludo.

Él inclina la cabeza a modo de saludo, pero no baja la pistola.

—Tris.

—Seáis quienes seáis, tendréis que bajar del tren si queréis seguir con vida —dice la mujer.

—Por favor —le pide Susan; le tiembla el labio y los ojos se le llenan de lágrimas—. Llevamos corriendo... Y los demás están muertos y creo... —empieza, pero deja escapar otro sollozo—. Creo que no puedo seguir...

Siento el extraño impulso de darme cabezazos contra la pared. Los sollozos de los demás me hacen sentir incómoda. Puede que sea egoísta por mi parte.

—Huimos de los eruditos —explica Caleb—. Si bajamos, les resultará más sencillo encontrarnos. Así que os agradeceríamos que nos dejarais ir en el tren a la ciudad con vosotros.

—¿Ah, sí? —dice Edward, ladeando la cabeza—. ¿Acaso habéis hecho algo por nosotros alguna vez?

—Yo te ayudé cuando nadie quería hacerlo —respondo—. ¿Te acuerdas?

—Puede que tú sí, pero ¿y los otros? No mucho.

Tobias da un paso adelante, de modo que la pistola de Edward queda casi contra su cuello.

—Me llamo Tobias Eaton —anuncia—. Creo que no os conviene echarme del tren.

El efecto del nombre en la gente del vagón es inmediato y desconcertante: bajan las armas e intercambian miradas.

—¿Eaton? ¿De verdad? —pregunta Edward, arqueando las cejas—. Reconozco que no me lo esperaba. Vale —añade, aclarándose la garganta—, podéis venir. Pero cuando lleguemos a la ciudad, nos tendréis que acompañar. —Entonces, sonríe un poco y dice—: Sabemos de alguien que te ha estado buscando, Tobias Eaton.

Tobias y yo nos sentamos en el borde del vagón con las piernas colgando.

—¿Sabes de quién habla? —pregunto, y Tobias asiente—. ¿De quién?

—Es difícil de explicar. Tengo que contarte muchas cosas.

—Sí —respondo, apoyándome en él—, yo también.

No sé cuánto tiempo ha pasado cuando nos dicen que hay que bajar. Sin embargo, cuando lo hacen, estamos en la parte de la ciudad en la que viven los abandonados, aproximadamente a un kilómetro y medio del lugar donde crecí. Reconozco todos los edificios por los que pasamos de cuando perdía el autobús a clase y tenía que ir andando: el de los ladrillos rotos, el de la farola caída y apoyada en la fachada...

Nos ponemos los cuatro en fila en la puerta del vagón. Susan gime.

—¿Y si nos hacemos daño? —pregunta.

—Saltaremos juntas, tú y yo —respondo, dándole la mano—. Lo he hecho un montón de veces y nunca me he hecho daño.

Ella asiente con la cabeza y me aprieta tanto los dedos que me duelen.

—A la de tres —digo—. Una, dos y ¡tres!

Salto y tiro de ella. Mis pies tocan el suelo y siguen caminando, mientras que Susan cae al pavimento y rueda de lado. Sin embargo, salvo por un arañazo en la rodilla, parece que está bien. Los demás saltan sin problemas..., incluso Caleb, que lo hace por segunda vez, por lo que yo sé.

No sé bien qué abandonado conocerá a Tobias. Podrían ser Drew o Molly, que fallaron la iniciación osada..., pero ni siquiera sabían su verdadero nombre y, además, Edward ya los habría matado, a juzgar por lo dispuesto que estaba a dispararnos. Debe de ser alguien de Abnegación o del instituto.

Susan parece más tranquila. Camina sola, al lado de Caleb, y, como ya no hay lágrimas, se le están secando las mejillas.

Tobias camina junto a mí, tocándome el hombro con cuidado.

—Hace tiempo que no le echo un vistazo —comenta—. ¿Cómo está?

—Está bien. Por suerte, me he traído la medicina para el dolor —respondo, contenta de poder hablar de algo intrascendente..., todo lo intrascendente que puede ser una herida, por lo menos—. Creo que no estoy ayudando a que se cure bien, no dejo de usar el brazo o de aterrizar sobre él.

—Ya tendrá tiempo para curarse cuando acabe todo.

—Sí.

«O dará igual si me curo o no, porque estaré muerta», añado mentalmente.

—Toma —me dice, sacándose una navajita del bolsillo de atrás para dármela—. Por si acaso.

Me la meto en el bolsillo. Ahora estoy todavía más nerviosa.

Los abandonados nos conducen por la calle y tuercen a la izquierda para meterse en un mugriento callejón que apesta a basura. Las ratas salen corriendo entre chillidos de terror, y solo les veo las colas, que se meten entre las pilas de desperdicios, cubos de basura vacíos y cajas de cartón mojadas. Respiro por la boca para no vomitar.

Edward se detiene frente a uno de los destrozados edificios de ladrillo y fuerza la puerta de acero para entrar. Hago una mueca, como si esperase que el edificio entero se nos cayera encima si empuja demasiado. Las ventanas tienen tal capa de mugre que apenas entra la luz por ellas. Seguimos a Edward hasta una habitación oscura y húmeda, y, a la vacilante luz de un farol, veo... personas.

Hay personas sentadas junto a camas enrolladas. Personas abriendo latas de comida. Personas bebiendo botellas de agua. Y niños que pasan de un grupo de adultos a otro y que no se limitan a un color de ropa concreto; niños sin facción.

Estamos en un almacén de abandonados, y los abandonados, que, supuestamente, están desperdigados, aislados y no tienen comunidad..., están juntos en su interior. Están juntos, como una facción.

No sé qué me esperaba de ellos, pero me sorprende lo normales que parecen. No se pelean ni se evitan. Algunos cuentan chistes, otros hablan en voz baja. Sin embargo, poco a poco, todos se van dando cuenta de que no encajamos allí.

—Vamos —dice Edward, doblando un dedo para llamarnos—. Está allí.

Miradas y silencio nos reciben en nuestro recorrido por el edificio, que se supone que está abandonado. Al final no logro reprimir más las preguntas.

—¿Qué está pasando aquí? ¿Por qué estáis así, todos juntos?

—Creías que estaban..., que estábamos todos divididos —dice Edward, volviéndose para hablar conmigo—. Bueno, lo estuvieron durante un tiempo. Estaban demasiado hambrientos como para hacer otra cosa que no fuera buscar comida. Pero entonces llegaron los estirados y empezaron a darles comida, ropa, herramientas, de todo. Y así se hicieron más fuertes y esperaron. Ya estaban así cuando los encontré, y me dieron la bienvenida.

Entramos en un pasillo oscuro. Me siento como en casa en la oscuridad y en el silencio, ya que es como estar en los túneles de la sede de Osadía. Tobias, sin embargo, se enrolla un hilo suelto de la camisa en el dedo, adelante y atrás, una y otra vez. Sabe a quién vamos a ver, aunque yo sigo sin tener ni la más remota idea. ¿Cómo es posible que sepa tan poco del chico que dice que me quiere, del chico cuyo verdadero nombre es tan poderoso como para mantenernos vivos en un vagón de tren lleno de enemigos?

Edward se detiene frente a una puerta metálica y llama con el puño.

—Espera, ¿has dicho esperaban? —pregunta Caleb—. ¿Y qué es lo que esperaban, exactamente?

—A que el mundo se hiciera pedazos —responde Edward—. Y ya ha pasado.

La puerta se abre, y por ella se asoma una mujer con aspecto austero y un ojo vago. Su ojo bueno nos examina a los cuatro.

—¿Vagabundos? —pregunta.

—Ni de lejos, Therese —responde Edward, y señala con el pulgar a Tobias, que está detrás de él—. Ese de ahí es Tobias Eaton.

Therese se queda mirando a Tobias unos segundos y asiente.

—Sin duda lo es. Esperad.

Cierra de nuevo la puerta, y Tobias traga saliva, veo cómo se le mueve la nuez.

—Sabes a quién van a llamar, ¿no? —le dice Caleb.

—Caleb, cállate, por favor —responde Tobias.

Para mi sorpresa, veo que mi hermano reprime su curiosidad de erudito.

La puerta se vuelve a abrir, y Therese da un paso atrás para que pasemos. Entramos en una vieja sala de calderas con maquinaria que surge de la oscuridad de una forma tan repentina que me golpeo las rodillas y los codos. Therese nos conduce por el laberinto de metal hasta la parte de atrás de la habitación, donde varias bombillas cuelgan del techo, sobre una mesa.

Una mujer de mediana edad está detrás de la mesa. Tiene el pelo negro y rizado, y piel aceitunada. Sus rasgos son adustos, tan angulares que casi resulta poco atractiva, pero no del todo.

Tobias se aferra a mi mano. En ese momento me doy cuenta de que la mujer y él tienen la misma nariz: aguileña, algo grande para la cara de ella, pero del tamaño apropiado en la de él. También tienen la misma mandíbula cuadrada, la misma barbilla, el labio superior fino y orejas algo separadas. Lo único diferente son los ojos: en vez de azules, los de ella son tan oscuros que parecen negros.

—Evelyn —la saluda Tobias, y la voz le tiembla un poco.

Evelyn era el nombre de la mujer de Marcus y madre de Tobias. Suelto un poco la mano de Tobias. Hace unos días estuve recordando su funeral. Su funeral. Y ahora la tengo delante, mirándome con unos ojos que son más fríos que los de cualquier otra abnegada que haya conocido.

—Hola —lo saluda ella, rodeando la mesa, mientras lo examina—. Pareces mayor.

—Sí, bueno, el paso del tiempo le hace eso a la gente.

Él ya sabía que su madre estaba viva. ¿Desde cuándo?

—Así que por fin has venido... —empieza a decir ella, sonriendo.

—No por la razón que crees —la interrumpe Tobias—. Estábamos huyendo de los eruditos y nuestra única posibilidad de escapar pasaba por confesar mi nombre a tus mal armados lacayos.

Por algún motivo, está enfadado con ella, aunque no puedo evitar pensar que, si yo descubriera que mi madre está viva después de creerla muerta durante tanto tiempo, jamás me habría dirigido a ella como Tobias se dirige ahora a su madre, al margen de lo que hubiera hecho.

La idea me duele, así que la aparto de mi cabeza y me concentro en lo que tengo delante. En la mesa, detrás de Evelyn, hay un gran mapa con marcas por todas partes. Un mapa de la ciudad, obviamente, pero no estoy segura de qué indican las marcas. En la pared hay también una pizarra con un gráfico encima. No soy capaz de descifrar la información del gráfico, está escrito en una taquigrafía que desconozco.

—Ya veo —responde Evelyn, sin perder la sonrisa, aunque ya no le parece tan divertido—. Entonces, preséntame a tus compañeros refugiados.

Sus ojos se posan un instante en nuestras manos, y los dedos de Tobias se abren. Primero me señala a mí.

—Esta es Tris Prior. Su hermano, Caleb. Y su amiga, Susan Black.

—Prior —dice ella—. Conozco a varios Prior, pero a ninguno que se llame Tris. Sin embargo, Beatrice...

—Bueno —respondo—, yo conozco a varios Eaton vivos, pero ninguno se llama Evelyn.

—Prefiero que me llamen Evelyn Johnson. Sobre todo, si hablo con un grupo de abnegados.

—Y yo prefiero que me llamen Tris —contesto—. Y no somos abnegados. Al menos, no todos.

Evelyn mira a Tobias.

—Qué amigos más interesantes te has buscado.

—¿Eso son recuentos de población? —pregunta Caleb, que está detrás de mí; se acerca a ellos, boquiabierto—. Y... ¿qué? ¿Refugios de los abandonados? —añade, señalando la primera línea del gráfico, en la que pone: «7......... Grn Hse.»—. Me refiero a estos puntos del mapa. Son refugios, como este, ¿verdad?

—Demasiadas preguntas —dice Evelyn, arqueando una ceja; reconozco la expresión, es igual que la de Tobias..., al que también desagradan las preguntas—. Por razones de seguridad, no responderé a ninguna. De todos modos, es hora de cenar.

Hace un gesto hacia la puerta, y Susan y Caleb se dirigen a ella, seguidos por mí. Tobias y su madre salen los últimos. Nos volvemos a abrir paso entre el laberinto de máquinas.

—No soy estúpida —dice en voz baja—. Sé que no quieres saber nada de mí..., aunque todavía no entiendo por qué... —añade, y Tobias resopla—. Pero volveré a extender mi invitación. Aquí nos vendría bien tu ayuda, y sé que compartes mi opinión sobre el sistema de facciones...

—Evelyn —la interrumpe Tobias—, elegí Osadía.

95

—Se puede volver a elegir.

—¿Qué te hace pensar que estoy interesado en pasar más tiempo cerca de ti? —le suelta, y oigo que se detiene, así que freno un poco para escuchar lo que responde ella.

—Que soy tu madre —dice, y casi se le rompe la voz, que resulta de una vulnerabilidad inusitada—. Que eres mi hijo.

—Está claro que no lo entiendes. No tienes ni la más remota idea de lo que me has hecho —responde Tobias, sin aliento—. No quiero unirme a tu pequeña pandilla de abandonados. Lo que quiero es salir de aquí lo antes posible.

—Mi pequeña pandilla de abandonados es dos veces mayor que Osadía —responde Evelyn—. Será mejor que te la tomes en serio, porque puede que sus acciones decidan el futuro de esta ciudad.

Tras decir lo cual, lo adelanta y me adelanta. Vuelvo a oír sus palabras en mi cabeza: «Dos veces mayor que Osadía». ¿Cuándo han crecido tanto?

Tobias me mira con las cejas gachas.

—¿Desde cuándo lo sabes? —le pregunto.

—Desde hace un año —responde, dejándose caer sobre la pared mientras cierra los ojos—. Me envió un mensaje en código a Osadía en el que me decía que me reuniera con ella en la estación de clasificación de los trenes. Lo hice porque sentí curiosidad, y allí estaba ella, viva. No fue un reencuentro feliz, como ya te habrás imaginado.

—¿Por qué se fue de Abnegación?

—Tenía un amante —responde, sacudiendo la cabeza—. Y no me extraña, porque mi padre... —empieza, y vuelve a sacudir la

96

cabeza—. Bueno, digamos que Marcus no era más amable con ella que conmigo.

—¿Por eso... estás tan enfadado con ella? ¿Porque no le fue fiel?

—No —responde con demasiada contundencia, abriendo los ojos—. No, no es por eso.

Me acerco a él como quien se acerca a un animal salvaje, pisando con mucha precaución el suelo de cemento.

—Entonces, ¿por qué es?

—Tenía que dejar a mi padre, lo entiendo. Pero ¿es que ni siquiera pensó en llevarme con ella?

—Ah —respondo, apretando los labios—. Porque te dejó con él.

Lo dejó en su peor pesadilla, con razón la odia.

—Sí, eso fue lo que hizo —concluye, dándole una patada al suelo.

Busco sus dedos con la mano, y él los introduce en los huecos entre los míos. Sé que ya son suficientes preguntas, por ahora, así que dejo que se alargue el silencio entre nosotros hasta que él decide romperlo.

—Me da la impresión de que es mejor tener a los abandonados de amigos que de enemigos.

—Puede, pero ¿cuál será el coste de esa amistad? —pregunto.

—No lo sé, aunque quizá no tengamos alternativa.

CAPÍTULO
NUEVE

Uno de los abandonados ha encendido un fuego para calentar la comida. Los que quieren comer se sientan en círculo alrededor del gran cuenco metálico que contiene el fuego, calientan las latas, pasan los cubiertos, y después pasan las latas para compartirlas. Intento no pensar en la cantidad de enfermedades que podrían extenderse así mientras meto la cuchara en la sopa.

Edward se deja caer en el suelo a mi lado y me quita la lata de sopa de las manos.

—Entonces, todos erais de Abnegación, ¿eh? —pregunta mientras se mete varios fideos y un trozo de zanahoria en la boca, y le pasa la lata a la mujer de la izquierda.

—Antes, sí —respondo—. Pero es evidente que Tobias y yo nos trasladamos, y... —De repente se me ocurre que no debería decirle a nadie que Caleb se unió a los eruditos—. Caleb y Susan siguen siendo abnegados.

—Y él es tu hermano. Caleb. ¿Plantaste a tu familia para convertirte en osada?

—Suenas como un veraz —respondí, irritada—. ¿Te importaría dejar de juzgarme?

—En realidad, él antes era erudito —dice Therese, inclinándose hacia mí—, no veraz.

—Sí, lo sé —respondí—, estaba...

—Y yo también —añade Therese, interrumpiéndome—. Pero tuve que irme.

—¿Qué pasó?

—No era lo bastante lista —explica mientras se encoge de hombros; después coge la lata de alubias que tiene Edward y mete dentro la cuchara—. No obtuve la puntuación suficiente en el test de inteligencia de la iniciación, así que me dijeron: «O te pasas toda la vida limpiando los laboratorios de investigación o te marchas». Y me marché.

Baja la mirada y lame su cuchara. Yo cojo las alubias y se las paso a Tobias, que está mirando fijamente el fuego.

—¿Hay muchos de Erudición por aquí? —pregunto.

—En realidad, la mayoría son de Osadía —responde, sacudiendo la cabeza, y la mueve para señalar a Edward, que frunce el ceño—. Después va Erudición; después, Verdad, y también hay un puñado de Cordialidad. Pero nadie fracasa en la iniciación de los abnegados, así que tenemos muy pocos de esos, salvo por unos cuantos que sobrevivieron al ataque de la simulación y vinieron a nosotros en busca de refugio.

—Supongo que lo de Osadía no debería sorprenderme.

—Bueno, claro, tenéis la peor iniciación de todas, y luego está lo de los viejos.

—¿Lo de los viejos? —pregunto, y miro a Tobias, que ahora nos escucha y parece casi normal de nuevo, con ojos pensativos y oscuros a la luz del fuego.

—Una vez que los osados alcanzan cierto nivel de deterioro físico se les pide que se marchen —me cuenta—. De una manera o de otra.

—¿Y cuál es la otra? —pregunto, y el corazón me late muy deprisa, como si ya conociera una respuesta a la que no soy capaz de hacer frente sin ayuda.

—Digamos que, para algunos, la muerte es preferible a vivir sin facción —responde Tobias.

—Esa gente es idiota —dice Edward—. Yo preferiría vivir sin facción antes que ser osado.

—Entonces fue una suerte que acabaras aquí —responde Tobias en tono frío.

—¿Suerte? —repite Edward, resoplando—. Sí, qué suerte tengo, que soy tuerto y todo.

—Si no recuerdo mal, se rumoreaba que provocaste ese ataque —dice Tobias.

—¿De qué hablas? —le pregunto—. Estaba ganando, por eso Peter se puso celoso y...

Veo la sonrisita de satisfacción de Edward y dejo de hablar. Quizá no me enterase de todo lo que pasó durante la iniciación.

—Hubo un incidente en ese sentido —comenta Edward—, en el que Peter no salió victorioso. Aunque no como para merecer que me claven un cuchillo de untar en el ojo.

—Eso no te lo discuto —dice Tobias—. Si te hace sentir mejor, le dispararon en el brazo a treinta centímetros de distancia durante el ataque de la simulación.

Y sí que parece que lo hace sentir mejor, porque se le ensancha la sonrisa.

—¿Quién lo hizo? ¿Tú? —pregunta.

—No, Tris.

—Bien hecho.

Asiento con la cabeza, aunque me revuelve un poco el estómago que me feliciten por eso.

Bueno, no tanto. Al fin y al cabo, era Peter.

Me quedo mirando las llamas que envuelven los fragmentos de madera que las alimentan. Se agitan de un lado a otro, como mis pensamientos. Recuerdo la primera vez que me di cuenta de que nunca había visto a un osado anciano. Y cuando me di cuenta de que mi padre era demasiado viejo para subir por los caminos del Pozo. Ahora comprendo más de lo que me gustaría.

—¿Sabéis algo de cómo andan las cosas? —pregunta Tobias a Edward—. ¿Se han unido todos los osados a Erudición? ¿Ha hecho algo Verdad?

—Osadía está partida en dos —responde Edward, hablando entre la comida que tiene en la boca—. La mitad está en la sede de Erudición y la otra mitad en la sede de Verdad. Lo que queda de Abnegación está con nosotros. No ha pasado mucho más, salvo lo que os haya pasado a vosotros, supongo.

Tobias asiente. Me alivia un poco saber que, al menos, la mitad de los osados no son traidores.

Lleno la cuchara una y otra vez hasta llenarme. Después, Tobias nos busca camastros y mantas, y yo encuentro una esquina vacía para tumbarnos. Cuando se agacha para desatarse los cordones, veo el símbolo de Cordialidad en la parte baja de su espalda, las ramas que se curvan sobre su columna. Cuando se endereza, paso por encima de las mantas y lo rodeo con mis brazos para acariciar el tatuaje con la punta de los dedos.

Tobias cierra los ojos. Confío en que el menguante fuego nos oculte mientras le paso la mano por la espalda, tocando cada tatuaje sin verlo. Me imagino el ojo de Erudición, la balanza desequilibrada de Verdad, las manos unidas de Abnegación y las llamas de Osadía. Con la otra mano encuentro el fuego tatuado sobre sus costillas. Noto su aliento entrecortado en mi mejilla.

—Ojalá estuviéramos solos —me dice.

—Yo deseo eso mismo casi siempre.

Me quedo dormida arrullada por el sonido de las conversaciones lejanas. Estos días me cuesta menos dormir cuando hay ruido, así puedo concentrarme en eso en vez de en los pensamientos que se me cuelan en la cabeza cuando no se oye nada. El ruido y la actividad son el refugio de los afligidos y los culpables.

Me despierto cuando el fuego ya no es más que brasas y quedan pocos abandonados despiertos. Tardo unos segundos en darme cuenta de por qué me he despertado: oigo las voces de Evelyn y Tobias a unos cuantos metros de mí. Me quedo quieta y espero que no descubran que he despertado.

—Tendrás que contarme lo que está pasando aquí si esperas que te ayude —dice él—. Aunque todavía no sé bien para qué me necesitas.

Veo la sombra de Evelyn en la pared, parpadeando con el fuego. Es delgada y fuerte, como Tobias. Se mete los dedos en el pelo mientras habla.

—¿Qué te gustaría saber, exactamente?

—Háblame del gráfico. Y del mapa.

—Tu amigo acertó al pensar que el mapa y el gráfico indicaban todos nuestros refugios —dice—. Aunque se equivocaba con el recuento de población..., más o menos. Los números no documentan a todos los abandonados, sino solo a unos cuantos. Y me apuesto lo que quieras a que averiguas cuáles son.

—No estoy de humor para adivinanzas.

—A los divergentes —responde ella, suspirando—. Estamos documentando a los divergentes.

—¿Cómo sabéis quiénes son?

—Antes del ataque, parte de la ayuda abnegada consistía en examinar a los abandonados en busca de cierta anomalía genética. A veces, los exámenes suponían volver a pasar por la prueba de aptitud. Otras veces era más complicado, pero nos explicaron que sospechaban que teníamos el mayor índice de población divergente de todos los grupos de la ciudad.

—No lo entiendo, ¿por qué...?

—¿Por qué la población divergente es mayor entre los abandonados? —lo interrumpe ella, y suena como si sonriera—. Está claro que los que no consiguen limitarse a una sola forma de pensar tienen más probabilidades de abandonar una facción o de fallar en su iniciación, ¿no?

—No era eso lo que iba a preguntar. Quiero saber por qué te preocupa cuántos divergentes haya.

—Los eruditos buscan mano de obra, y la han encontrado temporalmente en Osadía. Ahora buscarán más, y nosotros somos el lugar más obvio, a no ser que averigüen que tenemos más divergentes que nadie. Por si acaso no lo hacen, quiero saber cuántas personas resistentes a las simulaciones tenemos entre nosotros.

—Me parece bien —responde Tobias—, pero ¿por qué les preocupa tanto a los abnegados encontrar a los divergentes? No era para ayudar a Jeanine, ¿no?

—Claro que no, pero me temo que no lo sé. Los abnegados eran reacios a proporcionar información que solo sirviera para saciar la curiosidad. Nos contaron lo que creían que debíamos saber.

—Extraño —masculla Tobias.

—A lo mejor deberías preguntárselo a tu padre. Él fue el que me contó lo tuyo.

—Lo mío. ¿El qué mío?

—Que sospechaba que eras divergente —responde ella—. Siempre te estaba observando, tomando nota de tu comportamiento, atento. Por eso... Por eso creí que estarías a salvo con él. Más a salvo con él que conmigo.

Tobias no dice nada.

—Ya veo que debí de equivocarme.

Él sigue sin decir nada.

—Ojalá... —empieza ella.

—No te atrevas a disculparte —la corta Tobias con voz temblorosa—. Esto no es una heridita que puedas curar con una palabra o dos y un abrazo, o algo así.

—Vale, vale. No lo haré.

—¿Para qué se están uniendo los abandonados? ¿Qué pensáis hacer?

—Queremos usurpar Erudición. Una vez que nos libremos de ellos, no habrá quien evite que nos hagamos con el control del Gobierno.

—Y a eso pretendes que te ayude, a derribar un Gobierno corrupto para instaurar una especie de tiranía sin facciones —responde Tobias, resoplando—. Ni de coña.

—No queremos ser tiranos, queremos establecer una sociedad nueva, sin facciones.

Se me seca la boca. ¿Sin facciones? ¿Un mundo en el que nadie sabe quién es ni dónde encaja? Ni siquiera soy capaz de imaginarlo, solo veo caos y aislamiento.

Tobias se ríe.

—Ya. Entonces, ¿cómo vais a usurpar Erudición?

—A veces, un cambio drástico requiere medidas drásticas —dice Evelyn, y su sombra se encoge de hombros—. Supongo que requerirá un alto grado de destrucción.

Me estremezco ante la palabra «destrucción». En alguna parte, en mi lado más oscuro, ansío la destrucción, siempre que se trate de los eruditos. Sin embargo, la palabra adquiere un nuevo sentido para mí ahora que ya he visto su aspecto: cuerpos de gris tirados en aceras y bordillos; líderes de Abnegación ejecutados en sus patios delanteros, al lado de los buzones. Aprieto tan fuerte la cara contra el camastro en el que duermo que me hago daño en la frente, todo por expulsar el recuerdo. Fuera, fuera.

—En cuanto a por qué te necesitamos —dice Evelyn—, para hacer esto necesitamos ayuda osada. Ellos tienen las armas y la experiencia en combate. Tú podrías salvar la distancia que nos separa.

—¿Tan importante crees que soy para los osados? Porque no lo soy, no soy más que una persona a la que no le da miedo casi nada.

—Lo que te estoy sugiriendo es que te hagas importante —responde su madre, y veo que su sombra se alarga del techo al suelo—. Seguro que encuentras un modo, si te lo propones. Piensa en ello. —Se echa atrás los rizos y se los recoge en un moño—. La puerta siempre está abierta.

Unos minutos después, vuelve a tumbarse a mi lado. No quiero reconocer que estaba espiando, aunque querría decirle que no confío en Evelyn, ni en los abandonados, ni en nadie que hable con tanta indiferencia de destruir una facción entera.

Antes de reunir el valor para hablar, su respiración se acompasa y se queda dormido.

CAPÍTULO DIEZ

Me paso la mano por la nuca para alisarme el pelo, que se me ha puesto de punta. Me duele todo el cuerpo, sobre todo las piernas, que me arden de ácido láctico, incluso cuando no me muevo. Y tampoco huelo demasiado bien, necesito una ducha.

Deambulo por el pasillo y me meto en el baño. No soy la única persona que tiene en mente darse una ducha: hay un grupo de mujeres junto a los lavabos, la mitad desnudas, la otra mitad sin inmutarse por ello. Encuentro un lavabo libre en la esquina y meto la cabeza bajo el grifo, dejando que el agua fría me caiga por las orejas.

—Hola —me saluda Susan.

Vuelvo la cabeza hacia ella, y el agua me cae por la mejilla y se me mete en la nariz. Veo que lleva dos toallas: una blanca y una gris, las dos con los bordes deshilachados.

—Hola —respondo.

—Tengo una idea —me dice.

Me da la espalda y levanta una toalla para taparme del resto del baño. Suspiro de alivio: intimidad..., o toda la intimidad posible.

Me desnudo a toda prisa y cojo la pastilla de jabón que hay al lado del lavabo.

—¿Cómo estás? —me pregunta.

—Bien —respondo, ya que sé que solo pregunta porque las normas de la facción dictan que lo haga; ojalá hablara conmigo sin cortapisas—. ¿Y cómo estás tú, Susan?

—Mejor. Therese me dijo que hay un grupo grande de Abnegación en uno de los refugios de los abandonados —responde mientras me enjabono el pelo.

—¿Ah, sí? —comento antes de volver a meter la cabeza bajo el grifo, esta vez masajeándome el cuero cabelludo con la mano izquierda para enjuagar el jabón—. ¿Piensas ir?

—Sí, a no ser que necesites mi ayuda.

—Gracias por la oferta, pero creo que tu facción te necesita más —respondo, y cierro el grifo.

Ojalá no tuviera que vestirme, hace demasiado calor para los vaqueros. Sin embargo, cojo del suelo la otra toalla y me seco rápidamente.

Me pongo la camisa roja que llevaba antes. No quiero ponerme algo tan sucio, pero no tengo alternativa.

—Sospecho que algunas de las mujeres sin facción tienen ropa de repuesto —comenta Susan.

—Seguramente tienes razón. Vale, te toca.

Me pongo con la toalla de cortina mientras Susan se lava. Me empiezan a doler los brazos al cabo de un rato, pero ella no hizo caso del dolor por mí, así que haré lo mismo por ella. El agua me salpica los tobillos cuando se lava el pelo.

—Jamás se me habría ocurrido que acabaríamos las dos en

esta situación —digo al cabo de un rato—: bañándonos en el lavabo de un edificio abandonado mientras huimos de los eruditos.

—Yo creía que seríamos vecinas —comenta Susan—. Que iríamos a los acontecimientos sociales juntas y que nuestros hijos esperarían juntos en la parada del autobús.

Me muerdo el labio. Es culpa mía que eso nunca fuera posible, claro, porque elegí otra facción.

—Lo siento, no pretendía sacar el tema —dice—. Es que lamento no haberte prestado más atención. De haberlo hecho, puede que hubiese sabido por lo que estabas pasando. Actué de manera egoísta.

—Susan —respondo, riéndome un poco—, tu forma de actuar no tuvo nada de malo.

—He terminado, ¿me pasas esa toalla?

Cierro los ojos y me vuelvo para que pueda coger la toalla que tengo en las manos. Cuando Therese entra en el baño, trenzándose el pelo, Susan le pregunta si tienen ropa de repuesto.

Cuando salimos del baño, yo llevo vaqueros y una camiseta negra que me queda tan grande por arriba que se me resbala de los hombros, y Susan lleva vaqueros anchos y una camisa blanca de Candor, que se abotona hasta el cuello. Los abnegados son modestos hasta la incomodidad.

Al entrar de nuevo en la habitación grande, algunos de los abandonados salen a la calle con cubos de pintura y brochas. Los observo hasta que se cierra la puerta.

—Van a escribir un mensaje a los otros refugios —me explica Evelyn, que está detrás de mí—. En una de las vallas publicitarias. Los códigos se componen de información personal: el color favorito de alguien, la mascota de otro...

No entiendo por qué ha decidido hablarme a mí sobre los códigos de los abandonados hasta que me vuelvo y veo una expresión familiar en su rostro: es la misma de Jeanine cuando le dijo a Tobias que había desarrollado un nuevo suero que podía controlarlo; es una expresión de orgullo.

—Muy ingenioso. ¿Idea tuya? —le pregunto.

—Pues, de hecho, sí —responde, encogiéndose de hombros con indiferencia, aunque no me engaña; de indiferente, nada de nada—. Antes de abnegada era erudita.

—Ah. Supongo que no podías seguirle el ritmo al mundo académico, ¿no?

—Algo así, sí —responde, sin picar el anzuelo; hace una pausa—. Supongo que tu padre se iría por lo mismo.

Casi le doy la espalda para acabar con la conversación, pero sus palabras ejercen una presión sobre mi cabeza, como si me apretase el cerebro entre las manos. Me quedo mirándola.

—¿No lo sabías? —pregunta, frunciendo el ceño—. Lo siento, se me olvidó que los miembros de las facciones rara vez hablan sobre su procedencia.

—¿Qué? —pregunto, y se me rompe la voz.

—Tu padre nació en Erudición —explica—. Sus padres eran amigos de los de Jeanine Matthews, antes de que murieran. Jeanine y tu padre jugaban juntos de pequeños. Yo los veía intercambiar libros en el colegio.

Me imagino a mi padre, un hombre adulto, sentado al lado de Jeanine, una mujer adulta, en el comedor de mi antigua cafetería, con un libro entre ellos. La idea es tan ridícula que suelto una mezcla de carcajada y resoplido. No puede ser cierto.

Salvo que...

Salvo que él nunca hablaba de su familia ni de su niñez.

Salvo que no demostraba el típico comportamiento tranquilo de alguien nacido en Abnegación.

Salvo que su odio por Erudición era tan vehemente que tenía que haber sido personal.

—Lo siento, Beatrice —dice Evelyn—, no quería reabrir antiguas heridas.

—Sí, sí querías —la contradigo, frunciendo el ceño.

—¿Qué quieres decir...?

—Escucha con atención —la interrumpo, bajando la voz.

Vuelvo la vista atrás por si aparece Tobias, para asegurarme de que no esté escuchando. Solo veo a Caleb y a Susan en el suelo, en una esquina, pasándose una lata de mantequilla de cacahuete. Ni rastro de Tobias.

—No soy estúpida —sigo—. Sé que intentas usarlo. Y se lo diré, si es que él no lo ha averiguado ya.

—Querida niña, yo soy su familia. Soy permanente. Tú eres temporal.

—Sí, su madre lo abandonó y su padre lo molió a palos. ¿Cómo no iba a ser leal a su sangre con una familia así?

Me alejo con las manos temblorosas y me siento al lado de Caleb en el suelo. Susan está ahora en el otro extremo de la sala, ayudando a uno de los abandonados a limpiar. Mi hermano me pasa la mantequilla de cacahuete. Recuerdo las filas de plantas de cacahuete en los invernaderos de Cordialidad. Los cultivan porque tienen muchas proteínas y grasas, cosa especialmente importante para los abandonados. Saco un poco de mantequilla con los dedos y me la como.

¿Debería contarle lo que acaba de decirme Evelyn? No quiero que piense que tiene sangre de Erudición en las venas. No quiero darle ninguna razón para regresar con ellos.

Decido guardármelo, por ahora.

—Quería hablar contigo de una cosa —me dice Caleb.

Asiento mientras me despego con la lengua la mantequilla de cacahuete del paladar.

—Susan quiere ir a ver a los abnegados —sigue—. Y yo también. Además, quiero asegurarme de que no le ocurra nada, pero no quiero dejarte sola.

—No pasa nada.

—¿Por qué no vienes con nosotros? Abnegación te admitiría otra vez, estoy seguro.

Y yo también; los abnegados no son rencorosos. Pero estoy de puntillas al borde de la pena y, si regreso a la facción de mis padres, la pena me tragará entera.

—Tengo que ir a la sede de Verdad y averiguar qué está pasando —respondo, sacudiendo la cabeza—. La incertidumbre me va a volver loca —añado, fingiendo una sonrisa—. Pero tú sí deberías ir, Susan te necesita. Aunque parece que está mejor, todavía te necesita.

—Vale. Bueno, intentaré reunirme contigo pronto. Ten cuidado.

—¿No lo tengo siempre?

—No, creo que la palabra que te suele describir mejor es «imprudente».

Caleb me da un leve apretón en el hombro bueno. Me como otra puntita de mantequilla de cacahuete.

Tobias sale del baño de hombres unos minutos después; ha cambiado su camisa roja de Cordialidad por una camiseta negra, y el agua hace que le brille el pelo. Nos miramos a los ojos desde puntos opuestos de la sala, y sé que ha llegado el momento de marcharse.

La sede de Verdad es lo bastante grande como para que quepa dentro el mundo entero. O eso me parece.

Es un ancho edificio de cemento con vistas a lo que antes era el río. El cartel dice «MERC MART»; antes decía «MERCHANDISE MART», pero casi todos lo llaman el Mercado del Martirio, porque los veraces son despiadados en sus comentarios. Y ellos parecen haber adoptado el nombre. No sé qué esperar, ya que no he estado nunca dentro. Tobias y yo nos detenemos frente a las puertas y nos miramos.

—Aquí estamos —dice.

No veo nada más allá de mi reflejo en las puertas de cristal: parezco cansada y sucia. Por primera vez, se me ocurre que no tengo que hacer nada, que podríamos escondernos entre los sin facción y dejar que los demás arreglen este lío. Podríamos ser dos personas sin importancia y estar a salvo, juntos.

Todavía no me ha contado nada sobre la conversación de anoche con su madre, y no creo que vaya a hacerlo. Parece tan decidido a llegar a la sede de Verdad que me pregunto si planea algo sin mí.

No sé por qué atravieso las puertas. Puede que haya decidido que, ya que hemos llegado tan lejos, lo mejor será ver qué está pasando. Sin embargo, sospecho que es más porque sé qué es cierto y qué no. Soy divergente, así que no puedo ser alguien sin importancia, no existe ningún lugar seguro y tengo otras cosas en la cabeza, aparte de jugar a las casitas con Tobias. Y, por lo visto, lo mismo le ocurre a él.

El vestíbulo es grande y está bien iluminado, con suelos de mármol negro que llegan hasta una zona de ascensores. En el centro hay un anillo de losetas de mármol blanco que forma el símbolo de Verdad: una balanza desequilibrada, que significa que la verdad tiene más peso que la mentira. La sala está llena a rebosar de osados armados.

Una soldado osada con un brazo en cabestrillo se nos acerca, pistola en alto, apuntando a Tobias.

—Identificaos —dice; es joven, aunque no lo bastante como para conocer a Tobias.

Los otros se arremolinan detrás de ella. Algunos nos miran con aire suspicaz, el resto con curiosidad, pero lo más extraño es la luz que veo en algunos de sus ojos: nos reconocen. Puede que conozcan a Tobias, pero ¿cómo podrían reconocerme a mí?

—Cuatro —dice, y asiente hacia mí—. Y esta es Tris, los dos somos osados.

Los ojos de la soldado se abren mucho, aunque no baja la pistola.

—¿Me ayuda alguien? —pregunta; algunos de los osados dan un paso adelante, pero con precaución, como si fuésemos peligrosos.

—¿Hay algún problema? —inquiere Tobias.

—¿Estáis armados?

—Claro que estoy armado, soy osado, ¿no?

—Poned las manos detrás de la cabeza —ordena ella con mucho énfasis, como si esperara que nos negásemos; miro a Tobias: ¿por qué todos actúan como si pretendiéramos atacarlos?

—Hemos entrado por la puerta —digo, despacio—. ¿Crees que lo habríamos hecho si hubiésemos venido a haceros daño?

Tobias no me mira, se limita a llevarse los dedos detrás de la cabeza. Tras un segundo, hago lo mismo. Los soldados nos rodean, y uno de ellos cachea las piernas de Tobias, mientras otro le quita la pistola de la cintura. Un tercero, un chico de cara redonda con mejillas sonrosadas, me mira como si se disculpara.

—Llevo una navaja en el bolsillo de atrás —le digo—. Si me pones las manos encima, te arrepentirás.

Él masculla una especie de disculpa y sus dedos cogen el mango de la navaja como si fueran pinzas, procurando no rozarme.

—¿Qué está pasando? —pregunta Tobias.

La primera soldado intercambia algunas miradas con los demás.

—Lo siento —dice—, pero se nos ordenó que os detuviéramos en cuanto llegarais.

CAPÍTULO
ONCE

Nos rodean, pero no nos esposan, y nos acompañan a los ascensores. Por mucho que pregunto por qué nos han detenido, nadie responde, ni siquiera nos miran. Al final me rindo y guardo silencio, como Tobias.

Subimos a la tercera planta, donde nos llevan a una habitacioncita con suelo de mármol blanco, en vez de negro. No hay muebles, salvo un banco que recorre la pared de atrás. Se supone que todas las facciones tienen celdas para los que causan problemas, aunque nunca había estado en una.

Las puertas se cierran con llave y volvemos a quedarnos solos.

Tobias se sienta en el banco y frunce el ceño. Yo me pongo a dar vueltas delante de él. Si tuviera alguna idea de por qué estamos aquí, me lo habría dicho, así que no pregunto. Doy cinco pasos adelante y cinco pasos atrás, cinco pasos adelante y cinco pasos atrás, al mismo ritmo, con la esperanza de que eso me ayude a sacar algo en claro.

Si Erudición no tomó el control de Verdad (y Edward nos aseguró que no lo hizo), ¿por qué iba a detenernos Verdad? ¿Qué podríamos haberle hecho?

Si Erudición no tomó el control, el único delito real que queda es ponernos de su lado. ¿He hecho algo que pudiera interpretarse como apoyo a Erudición? Me clavo los dientes con tanta fuerza en el labio inferior que hago una mueca. Sí, lo hice: disparé a Will. Disparé a otros osados. Los dirigía la simulación, pero puede que Verdad no lo sepa o no crea que es razón suficiente.

—¿Puedes calmarte, por favor? —me dice Tobias—. Me pones nervioso.

—Esto me calma.

Se echa hacia delante, apoyando los codos en las rodillas, y se queda mirando sus deportivas.

—La herida de tu labio no opina lo mismo —contesta.

Me siento a su lado y me llevo las rodillas al pecho con un brazo, mientras dejo el derecho colgando a un lado. No dice nada durante un buen rato, y me aprieto las piernas cada vez más. Cuanto más pequeña me haga, más segura estaré, o esa es la sensación que tengo.

—A veces me da la impresión de que no confías en mí —me dice Tobias.

—Confío en ti. Claro que confío en ti. ¿Por qué no iba a hacerlo?

—Es que parece que no me estás contando algo. Yo te cuento cosas... —añade, sacudiendo la cabeza— que no contaría a nadie. Pero a ti te ha pasado algo y todavía no me lo has contado.

—Han estado pasando muchas cosas, ya lo sabes. Además, ¿qué me dices de ti? Podría acusarte de lo mismo.

Me toca la mejilla y mete los dedos entre mi pelo. No hace caso de mi pregunta, igual que yo no he hecho caso de la suya.

—Si esto solo es por tus padres —me dice con voz suave—, dímelo y te creeré.

Aunque en sus ojos debería haber cierto temor, teniendo en cuenta donde estamos, siguen siendo tranquilos y oscuros, como siempre. Me transportan a lugares familiares, lugares seguros donde confesar que disparé a uno de mis mejores amigos sería fácil, donde no me daría miedo la cara de Tobias cuando descubra lo que hice.

Cubro su mano con la mía.

—Es solo por eso —le aseguro con voz débil.

—Vale —responde, y me da un beso en los labios; el sentimiento de culpa me hace un nudo en el estómago.

La puerta se abre, y entran unas cuantas personas en fila de a dos: dos veraces con pistolas; un veraz de más edad y piel oscura; una osada a la que no conozco; y, por último, Jack Kang, representante de Verdad.

Para lo habitual en la mayoría de las facciones, es un líder bastante joven, solo tiene treinta y nueve años. Sin embargo, para lo habitual en Osadía, eso no es nada. Eric se convirtió en líder a los diecisiete. Aunque es probable que por eso las otras facciones no se tomen nuestras opiniones o decisiones demasiado en serio.

Jack es guapo, con pelo negro corto y cálidos ojos achinados, como los de Tori, y pómulos altos. A pesar de su atractivo, no es famoso por su encanto, seguramente porque es veraz, y los veraces ven el encanto como engañoso. Confío en que nos explique lo que está pasando sin perder el tiempo en formalidades. Algo es algo.

—Me cuentan que parecéis desconcertados por el motivo de vuestra detención —empieza; tiene una voz profunda, aunque extrañamente plana, como si no tuviera eco, ni siquiera en el fondo de una cueva vacía—. En mi opinión, eso quiere decir que se os acusa falsamente o que sois buenos fingiendo. Lo único...

—¿De qué se nos acusa? —lo interrumpo.

—Él está acusado de crímenes contra la humanidad. Y tú, de ser su cómplice.

—¿Crímenes contra la humanidad? —pregunta Tobias, que por fin parece enfadado; mira con asco a Jack—. ¿Qué?

—Hemos visto grabaciones del ataque. Tú dirigías la simulación —dice Jack.

—¿Cómo podéis haber visto grabaciones? Nos llevamos los datos —responde Tobias.

—Os llevasteis una copia de los datos. Todas las grabaciones del complejo osado realizadas durante el ataque también se enviaron a otros ordenadores de la ciudad —explica Jack—. Solo te vimos a ti dirigiendo la simulación y a ella a punto de morir a golpes antes de rendirse. Después paraste, tuvisteis una reconciliación de amantes bastante abrupta y robasteis el disco duro juntos. Una posible razón es que la simulación había acabado y no queríais que la información llegara a nuestras manos.

Casi me río: mi gran acto de heroísmo, la única cosa importante que he hecho en toda mi vida, y ellos creen que trabajaba para Erudición cuando la hice.

—La simulación no había acabado —dije—. Nosotros la detuvimos, so...

—No me interesa lo que tengáis que decir ahora mismo —me interrumpe Jack, levantando una mano—. La verdad saldrá a la luz cuando se os interrogue con el suero de la verdad.

Christina me había hablado una vez del suero; decía que la parte más difícil de la iniciación veraz era recibir el suero de la verdad y responder a preguntas personales delante de toda la facción. No necesito pensar en mis más profundos y oscuros secretos para saber que lo último que necesito en mi cuerpo es eso.

—¿Suero de la verdad? —pregunto, sacudiendo la cabeza—. No, de ninguna manera.

—¿Es que tienes algo que ocultar? —pregunta Jack, arqueando ambas cejas.

Quiero responder que cualquier persona con un ápice de dignidad desea guardarse algo para sí misma, pero no quiero despertar sospechas, así que sacudo la cabeza.

—De acuerdo, entonces —dice, consultando la hora en su reloj—. Es mediodía. El interrogatorio tendrá lugar a las siete. No os molestéis en prepararos, no se puede ocultar información cuando se está bajo la influencia del suero de la verdad.

Se da media vuelta y sale del cuarto.

—Qué encanto de hombre —comenta Tobias.

Un grupo de osados armados me acompaña al cuarto de baño a primera hora de la tarde. Me tomo mi tiempo y dejo que se me pongan rojas las manos debajo del grifo del agua caliente mientras contemplo mi reflejo. Cuando estaba en Abnegación y no me permitían mirarme en los espejos, pensaba que el aspecto de una persona podía cambiar mucho en tres meses. Sin embargo, esta vez, solo han hecho falta unos cuantos días para transformarme.

Parezco mayor. Puede que sea el pelo corto o puede que solo sea porque llevo todo lo que me ha sucedido pintado en la cara. De un modo u otro, siempre había pensado que me alegraría cuando dejara de tener pinta de niña, pero lo único que siento en estos momentos es un nudo en la garganta. Ya no soy la hija que conocían mis padres. Si me vieran ahora, no me reconocerían.

Le doy la espalda al espejo y abro de un empujón la puerta que da al pasillo.

Cuando los osados me dejan en la celda, me quedo un momento en la puerta. Tobias tiene el mismo aspecto de la primera vez que lo vi: camiseta negra, pelo corto, cara seria. Antes me ponía nerviosa y emocionada con tan solo verlo. Recuerdo cuando le di la mano unos segundos en la puerta de la sala de entrenamiento y cuando nos sentamos juntos en las rocas, al lado del abismo, y echo de menos cómo eran las cosas.

—¿Hambre? —me pregunta, y me ofrece un sándwich de la bandeja que tiene al lado.

Lo acepto y me siento, apoyando la cabeza en su hombro. Solo nos queda esperar, así que eso hacemos. Comemos hasta que se acaba la comida; estamos sentados hasta que empezamos a sentirnos incómodos; y entonces nos tumbamos uno al lado del otro, en el suelo, hombro con hombro, mirando el mismo pedacito de techo.

—¿Qué te da miedo decir? —pregunta.

—Cualquier cosa. Todo. No quiero revivir nada.

Asiente con la cabeza. Cierro los ojos y finjo dormir. En el cuarto no hay reloj, así que no puedo contar los minutos que quedan para el interrogatorio. En este sitio es como si no existiera el tiempo, salvo porque lo noto aplastándome, empujándome contra las baldosas del suelo a medida que se acercan, inevitablemente, las siete.

Puede que no me pesara tanto el tiempo si no sintiera esta culpa, la culpa de saber la verdad y haberla enterrado en lo más profundo, donde nadie pueda verla, ni siquiera Tobias. Quizá no debería darme tanto miedo decir algo, porque la verdad me quitará ese peso de encima.

Supongo que al final me quedé dormida, ya que, de repente, me despierto de golpe con el sonido de la puerta al abrirse. Unos cuantos osados entran mientras nos ponemos en pie, y uno de ellos dice mi nombre. Christina se abre camino entre los demás y me rodea con sus brazos; mete los dedos en la herida de mi hombro, y dejo escapar un grito.

—Disparo —explico—. Hombro. Ay.

—¡Madre mía! —exclama, soltándome—. Lo siento, Tris.

No parece la misma Christina que recuerdo: lleva el pelo más corto, como el de un chico, y tiene la piel grisácea en vez de su cálido marrón de siempre. Me sonríe, aunque la sonrisa no le llega a los ojos, que se ven cansados. Intento devolverle la sonrisa, pero estoy demasiado nerviosa: Christina estará en mi interrogatorio, oirá lo que le hice a Will. No me perdonará nunca.

A no ser que luche contra el suero, que me trague la verdad..., si es que puedo.

Sin embargo, ¿de verdad es lo que quiero? ¿Dejar que se encone dentro de mí para siempre?

—¿Estás bien? Oí que estabas aquí, así que pedí participar en tu escolta —me dice mientras salimos de la celda—. Sé que no lo hiciste, no eres una traidora.

—Estoy bien. Y gracias. ¿Cómo estás tú?

—Ah, bueno... —empieza, pero deja la frase en el aire y se muerde el labio—. ¿Te ha dicho alguien...?, quiero decir, a lo mejor no es el momento, pero...

—¿Qué? ¿Qué pasa?

—Hmmm..., Will murió en el ataque —responde.

Me mira, preocupada y a la expectativa. ¿A la expectativa de qué?

Ah, se supone que no sé que Will está muerto. Podría fingir emocionarme, aunque es probable que no resulte demasiado convincente. Es mejor reconocer que ya lo sabía, pero no sé cómo explicarlo sin contarle la verdad.

De repente, me entran náuseas. ¿De verdad estoy calculando la mejor forma de engañar a mi amiga?

—Lo sé —respondo—. Lo vi en los monitores cuando estaba en la sala de control. Lo siento, Christina.

—Ah —dice, asintiendo—. Bueno, me... alegro de que ya lo supieras. La verdad es que no quería tener que darte la noticia en un pasillo.

Una breve carcajada, la sombra de una sonrisa. Ninguna de las dos cosas son como antes.

Entramos en fila en el ascensor. Noto que Tobias me mira, sabe que no vi a Will en los monitores y él no tenía ni idea de que estuviera muerto. Clavo la vista al frente y finjo que sus ojos no me están prendiendo fuego.

—No os preocupéis por el suero de la verdad —dice Christina—. Es fácil, apenas os daréis cuenta de lo que pasa. Solo eres consciente de lo que has dicho cuando pierde efecto. Yo pasé por esto de pequeña. Es bastante normal en Verdad.

Los otros osados del ascensor se miran entre ellos. En circunstancias normales, seguramente alguien la regañaría por hablar sobre su antigua facción, pero estas no son circunstancias normales. En ningún otro momento de su vida acompañará a su mejor amiga, ahora sospechosa de traición, a un interrogatorio público.

—¿Están bien todos los demás? —pregunto—. ¿Uriah, Lynn, Marlene?

—Todos están aquí, menos el hermano de Uriah, Zeke, que está con los otros osados.

—¿Qué? —pregunto; ¿Zeke, el que me aseguró las correas en la tirolina, un traidor?

El ascensor se detiene en la planta superior y los demás salen.

—Lo sé —responde Christina—, nadie lo vio venir.

Me coge del brazo y tira de mí hacia las puertas. Caminamos por un pasillo de mármol negro. No debe costar mucho perderse en la sede de Verdad, teniendo en cuenta que todo presenta el mismo aspecto. Recorremos otro pasillo y atravesamos unas puertas dobles.

Desde fuera, el Mercado del Martirio es un edificio achaparrado con una estrecha porción elevada en el centro. Desde el interior, esa porción elevada es una sala hueca de tres plantas de altura con espacios vacíos en las paredes, en vez de ventanas. Veo el cielo oscurecerse sobre mí, y no hay estrellas.

Aquí, los suelos de mármol son blancos, con un símbolo negro de Verdad en el centro de la sala, y varias filas de tenues luces amarillas iluminan las paredes, de modo que toda la sala brilla. Todas las voces arrancan ecos.

La mayoría de los veraces y los restos de Osadía ya están reunidos. Algunos se sientan en las gradas de bancos que rodean la sala, pero no hay sitio para todos, así que los demás se agrupan alrededor del símbolo de Verdad. En el centro del símbolo, entre los platillos de la balanza desequilibrada, hay dos sillas vacías.

Tobias me da la mano; entrelazamos nuestros dedos.

Los guardias osados nos llevan al centro de la sala, donde nos reciben, en el mejor de los casos, con murmullos, y, en el peor, con abucheos. Veo a Jack Kang en la primera fila de bancos.

Un anciano de piel oscura da un paso adelante; lleva una caja negra en las manos.

—Me llamo Niles —se presenta—. Seré vuestro interrogador. Tú —añade, señalando a Tobias— serás el primero. Así que, por favor, da un paso adelante...

Tobias me aprieta la mano, la suelta, y yo me quedo con Christina al borde del símbolo veraz. El aire es cálido en la sala (aire húmedo, de verano, aire de puesta de sol), pero tengo frío.

Niles abre la caja negra; dentro hay dos agujas, una para Tobias y otra para mí. También se saca una toallita antiséptica del bolsillo y se la ofrece a Tobias. En Osadía no nos molestábamos con esas cosas.

—La inyección se pone en el cuello —dice Niles.

Mientras Tobias se pasa la toallita por la piel, lo único que oigo es el viento. Niles se acerca y le clava la aguja en el cuello, introduciéndole el líquido turbio azulado en las venas. La última vez que vi cómo le inyectaban algo a Tobias fue cuando Jeanine lo metió en otra simulación, una que sí afectaba a los divergentes..., o eso creía ella. Sin embargo, entonces pensé que lo había perdido para siempre.

Me estremezco.

CAPÍTULO
DOCE

—Te haré una serie de preguntas sencillas para que te acostumbres al suero hasta que notes todo su efecto —dice Niles—. Bien, ¿cómo te llamas?

Tobias está sentado con los hombros caídos y la cabeza gacha, como si le pesara demasiado el cuerpo. Frunce el ceño y se retuerce en la silla antes de añadir, entre dientes:

—Cuatro.

Puede que no sea posible mentir con el suero de la verdad, pero sí se puede dar otra versión de la verdad: se llama Cuatro, aunque, en realidad no se llame Cuatro.

—Eso es un apodo —dice Niles—. ¿Cuál es tu verdadero nombre?

—Tobias.

—¿Lo sabías? —me pregunta Christina, y yo asiento con la cabeza.

—¿Cómo se llaman tus padres, Tobias?

Tobias abre la boca para responder, y entonces aprieta mucho la mandíbula, como si quisiera impedir que salieran las palabras.

—¿Qué importancia tiene? —pregunta.

Los veraces que me rodean murmuran entre ellos, algunos fruncen el ceño. Miro a Christina, arqueando una ceja.

—Es extremadamente difícil no responder de inmediato cuando te inyectan el suero de la verdad —me explica—. Quiere decir que tiene una voluntad muy fuerte y algo que ocultar.

—Puede que antes no la tuviera, Tobias —responde Niles—, pero ahora sí la tiene, ya que te resistes a responder. Los nombres de tus padres, por favor.

Tobias cierra los ojos.

—Evelyn y Marcus Eaton.

Los apellidos solo son una forma adicional de identificación que resulta útil para evitar confusiones en los registros oficiales. Cuando nos casamos, uno de los contrayentes debe adoptar el apellido del otro, o los dos deben elegir uno nuevo. De todos modos, aunque podemos llevarnos el apellido de nuestra familia de una facción a otra, rara vez lo mencionamos.

No obstante, todos reconocen el apellido de Marcus, lo noto en el clamor que surge en la sala después de las palabras de Tobias. Todos los veraces saben que Marcus es el funcionario gubernamental más influyente, y algunos deben de haber leído el artículo de Jeanine sobre la crueldad con la que trataba a su hijo. Era una de las pocas verdades que había contado, y ahora todo el mundo sabe que Tobias es ese hijo.

Tobias Eaton es un nombre poderoso.

Niles espera a que guarden silencio y sigue preguntando.

—Entonces, te trasladaste de facción, ¿no?

—Sí.

—¿De Abnegación a Osadía?

—Sí —responde Tobias en tono seco—. ¿Es que no resulta obvio?

Me muerdo el labio. Debería calmarse, está dando demasiada información. Cuanto más reacio se muestre a contestar una pregunta, más decidido estará Niles a conocer la respuesta.

—Uno de los objetivos de este interrogatorio es determinar cuáles son tus lealtades —dice Niles—, así que debo preguntarlo: ¿por qué te trasladaste?

Tobias lanza una mirada asesina a Niles y mantiene la boca cerrada. Pasan unos cuantos segundos en completo silencio. Cuanto más intenta resistirse al suero, más duro parece resultarle: se le ponen las mejillas rojas y cada vez respira más deprisa, con más dificultad. Verlo así me rompe el corazón; los detalles de su niñez deberían permanecer dentro de él, si así lo desea. Es una crueldad que esta facción lo obligue a entregarlos, le quite la libertad.

—Esto es horrible —le digo a Christina, muy alterada—. Está mal.

—¿El qué? Es una pregunta muy simple.

—Tú no lo entiendes —respondo, sacudiendo la cabeza.

—Sí que te preocupas por él —dice Christina, esbozando una sonrisita.

Estoy demasiado ocupada observando a Tobias para responder.

—Te lo preguntaré de nuevo —dice Niles—. Es importante que comprendamos el alcance de tu lealtad a la facción que has elegido. Bien, ¿por qué te trasladaste a Osadía, Tobias?

—Para protegerme —responde al fin—. Me trasladé para protegerme.

—¿De qué?

—De mi padre.

Todas las conversaciones se cortan de raíz, y la estela de silencio que dejan es mucho peor que los susurros. Espero a que Niles siga escarbando, pero no lo hace.

—Gracias por tu sinceridad —responde.

Los veraces repiten la misma frase en voz baja. A mi alrededor, escucho las palabras «gracias por tu sinceridad» con distintas intensidades y tonos, y mi enfado empieza a disiparse. Con esas palabras susurradas parecen dar la bienvenida a Tobias, abrazar su secreto más oscuro y descartarlo.

Puede que no sea crueldad lo que los motive, sino un deseo de comprender. Eso no quiere decir que esté menos asustada por tener que pasar por el suero de la verdad.

—¿Eres leal a tu actual facción, Tobias? —pregunta Niles.

—Soy leal a cualquiera que no apoye el ataque a Abnegación.

—Hablando de lo cual, creo que deberíamos centrarnos en lo que pasó aquel día. ¿Qué recuerdas de la simulación?

—Al principio no estaba en la simulación —responde Tobias—. No funcionó.

—¿Qué quieres decir con que no funcionó? —pregunta Niles, riéndose un poco.

—Una de las características que definen a los divergentes es que nuestras mentes son resistentes a las simulaciones —dice Tobias—. Y yo soy divergente, así que no, no funcionó.

Más murmullos. Christina me da un codazo.

—¿Tú también? —pregunta cerca de mi oreja, para no levantar la voz—. ¿Por eso estabas despierta?

La miro. Me he pasado los últimos meses temiendo la palabra «divergente», aterrada pensando que alguien descubriera lo que soy, pero no puedo seguir ocultándolo. Asiento con la cabeza.

Abre tanto los ojos que es como si se le salieran de las órbitas. Me cuesta identificar su expresión: ¿sorpresa? ¿Miedo? ¿Admiración?

—¿Sabes lo que significa? —pregunto.

—Oí algo cuando era pequeña —dice en un susurro reverente; admiración, sin duda—. Como si fuera un cuento: «¡Entre nosotros hay personas con poderes!». Algo así.

—Bueno, no es un cuento y no es para tanto. Es como en la simulación del paisaje del miedo: eres consciente cuando estás dentro y puedes manipularla. Salvo que, para mí, todas las simulaciones son así.

—Pero, Tris —dice ella, poniéndome una mano en el codo—, eso es imposible.

En el centro de la sala, Niles levanta las manos e intenta que la multitud guarde silencio, pero hay demasiados susurros: algunos hostiles, otros aterrados y otros asombrados, como los de Christina. Al final, Niles se levanta y grita:

—¡Si no os calláis ahora mismo, os echaremos de la sala!

Por fin se callan todos y Niles se sienta.

—Ahora —sigue—, cuando dices «resistente a las simulaciones», ¿qué quieres decir?

—Normalmente quiere decir que permanecemos conscientes durante las simulaciones —responde Tobias; parece resultarle más sencillo responder preguntas sobre hechos que sobre emociones; no suena como si estuviera bajo los efectos del suero, aunque su postura gacha y el movimiento errático de los ojos indiquen lo contrario—. Sin embargo, la simulación del ataque fue distinta, utilizaba un suero de simulación distinto, uno con transmisores de largo alcance. Evidentemente, los transmisores de largo alcance no funcionaban en absoluto con los divergentes, porque aquella mañana me desperté con pleno control de mis facultades mentales.

—Dices que, al principio, no estabas en la simulación. ¿Puedes explicarme qué has querido decir?

—Quería decir que me descubrieron y me llevaron ante Jeanine, y ella me inyectó una versión del suero de la simulación específicamente diseñada para los divergentes. Seguía siendo consciente durante esa simulación, aunque no me servía para mucho.

—En la grabación de la sede de Osadía se te ve dirigiendo la simulación —dice Niles en tono sombrío—. ¿Cómo lo explicas?

—Cuando estás en una simulación, tus ojos siguen viendo y procesando el mundo que te rodea, aunque tu cerebro ya no lo comprende. Sin embargo, a cierto nivel, tu cerebro sigue sabiendo lo que ve y dónde estás. Esta nueva simulación registraba mis respuestas emocionales a los estímulos externos —dice Tobias, cerrando los ojos unos segundos— y respondía modificando el aspecto de dichos estímulos. La simulación convertía a mis amigos en enemigos y a mis enemigos en amigos. Creía que estaba apagando la simulación, cuando, en realidad, recibía instrucciones para dirigirla.

Christina asiente con la cabeza. Me tranquilizo al ver que casi todos los presentes hacen lo mismo, y me doy cuenta de que esa es la ventaja del suero: el testimonio de Tobias es irrefutable.

—Hemos visto grabaciones de lo que pasó al final en la sala de control —sigue Niles—, pero es confuso. Descríbenoslo, por favor.

—Alguien entró en la sala, y yo creí que era una soldado de Osadía que intentaba evitar que destruyera la simulación. Estaba luchando contra ella y... —Tobias frunce el ceño, como si le costara—. Y entonces se detuvo, y yo me quedé desconcertado. Aunque hubiese estado despierto, me habría quedado desconcertado. ¿Por qué se rendía? ¿Por qué no me mataba?

Sus ojos buscan entre la multitud hasta que da con mi cara. Tengo el corazón en la garganta, en las mejillas.

—Sigo sin comprender cómo supo ella que funcionaría —añade en voz baja.

En las puntas de los dedos.

—Creo que mi conflicto emocional confundió a la simulación —concluye—, y entonces oí su voz. De algún modo, eso me permitió luchar contra la simulación.

Me arden los ojos. He intentado no pensar en aquel momento, cuando creía que lo había perdido y que pronto estaría muerta, y lo único que quería era notar el latido de su corazón. Intento no pensar en ello ahora; parpadeo para librarme de las lágrimas.

—Por fin la reconocí —dice Tobias—. Regresamos a la sala de control y detuvimos la simulación.

—¿Cómo se llamaba esa persona?

—Tris —responde—. Beatrice Prior, quiero decir.

—¿La conocías antes de que sucediera esto?

—Sí.

—¿De qué la conocías?

—Era su instructor —responde—. Ahora estamos juntos.

—Tengo una última pregunta —dice Niles—. Entre los veraces, antes de aceptar a una persona en nuestra comunidad, deben exponerse ante nosotros por completo. Teniendo en cuenta que nos encontramos en unas circunstancias extremas, exigimos lo mismo de vosotros. Así que, Tobias Eaton, ¿de qué te arrepientes más que nada en el mundo?

Lo miro, desde las deportivas desgastadas a las rectas cejas, pasando por sus largos dedos.

—Me arrepiento... —empieza a decir, hasta que ladea la cabeza y suspira—. Me arrepiento de mi elección.

—¿De qué elección?

—De Osadía —responde—. Nací en Abnegación. Pensaba abandonar Osadía y quedarme sin facción, pero entonces la conocía a ella y... sentí que quizá podría sacar algo bueno de mi decisión.

A ella.

Durante un instante, es como si mirase a una persona distinta que está dentro del pellejo de Tobias, una cuya vida no es tan simple como yo pensaba. Quería abandonar Osadía, pero se quedó por mí. No me lo había dicho.

—Elegir Osadía para escapar de mi padre fue un acto de cobardía —añade—. Me arrepiento de esa cobardía. Significa que no merezco estar en mi facción. Siempre lo lamentaré.

Espero que los osados prorrumpan en gritos de indignación, puede que se lancen sobre él para hacerlo papilla; son capaces de cosas mucho más erráticas que esa. Sin embargo, no lo hacen, sino que se levantan, silenciosos como tumbas, inexpresivos, y se quedan mirando al joven que no los traicionó, pero que nunca se sintió parte de ellos.

Todos guardamos silencio durante un momento. No sé quién inicia los susurros, parecen surgir de la nada, de nadie en concreto, pero alguien susurra: «Gracias por tu sinceridad». Y el resto de la sala lo repite.

—Gracias por tu sinceridad —susurran.

No me uno a ellos.

Soy lo único que lo mantuvo en la facción que deseaba abandonar. No me lo merezco.

Puede que él sí que se merezca saberlo.

Niles se pone de pie en el centro de la sala con una jeringa en la mano. Las luces del techo hacen que brille. A mi alrededor, los osados y los veraces esperan a que dé un paso adelante y confiese todos los detalles de mi vida delante de ellos.

Se me vuelve a ocurrir la posibilidad de luchar contra el suero, aunque no sé si debería intentarlo. Puede que contarlo todo sea mejor para la gente que quiero.

Camino con paso rígido hacia el centro de la sala mientras Tobias se aleja de él. Al pasar a mi lado, me da la mano y me aprieta los dedos. Después se marcha, y me quedo sola con Niles y la jeringa. Me limpio el cuello con el antiséptico, pero, cuando él va a pincharme, me aparto.

—Prefiero hacerlo yo sola —le digo, y extiendo la mano.

No pienso dejar que nadie vuelva a inyectarme nada, no después de que Eric me inyectara el suero de la simulación del ataque después de mi prueba final. No puedo cambiar el contenido de la jeringa por hacerlo yo misma, aunque, al menos, así seré el instrumento de mi propia destrucción.

—¿Sabes hacerlo? —pregunta, arqueando una de sus pobladas cejas.

—Sí.

Niles me ofrece la jeringa, y yo me la coloco sobre la vena del cuello, introduzco la aguja y aprieto el émbolo. Apenas noto el pinchazo, estoy demasiado cargada de adrenalina.

Alguien se acerca con una papelera y tiro la jeringa dentro. Empiezo a notar los efectos del suero de inmediato, es como tener plomo en las venas. Estoy a punto de derrumbarme de camino a la silla, pero Niles me sujeta por un brazo y me guía a ella.

Unos segundos después, mi cerebro guarda silencio. «¿En qué estaba pensando?». No parece importar, no importa nada, salvo la silla que tengo debajo y el hombre que está sentado frente a mí.

—¿Cómo te llamas? —me pregunta.

En cuanto hace la pregunta, la respuesta sale por mi boca:

—Beatrice Prior.

—Pero te haces llamar Tris, ¿no?

—Sí.

—¿Cómo se llaman tus padres, Tris?

—Andrew y Natalie Prior.

—También eres una trasladada, ¿verdad?

—Sí —respondo, aunque un nuevo pensamiento me susurra de fondo: «¿También?».

Se refiere a otra persona, y, en este caso, esa otra persona es Tobias. Frunzo el ceño e intento ver la cara de Tobias, pero me cuesta extraer su aspecto de mi cerebro. No tanto como para no poder hacerlo, eso sí, así que lo veo, y entonces capto una imagen de él sentado en la misma silla en la que estoy yo ahora.

—¿Venías de Abnegación? ¿Y elegiste Osadía?

—Sí —respondo otra vez, pero, en esta ocasión, la palabra suena seca y no sé por qué, la verdad.

—¿Por qué te trasladaste?

Esa pregunta es más complicada, aunque sé la respuesta. «No era lo bastante buena para Abnegación» es lo que tengo en la punta de la lengua, pero la sustituye otra frase: «Quería ser libre». Las dos son ciertas. Quiero decir las dos. Aprieto los brazos del asiento intentando recordar dónde estoy y qué estoy haciendo. Veo personas por todas partes, aunque no sé por qué están aquí.

Me esfuerzo, igual que me esforzaba cuando casi recordaba la respuesta a la pregunta de un examen, pero no conseguía sacarla a la luz. Entonces cerraba los ojos y me imaginaba la página del libro de texto en la que estaba la respuesta. Me esfuerzo unos segundos, sin éxito; no lo recuerdo.

—No era lo bastante buena para Abnegación —respondo—, y quería ser libre. Así que elegí Osadía.

—¿Por qué no eras lo bastante buena?

—Porque era egoísta.

—¿Eras egoísta? ¿Ya no?

—Claro que sí, mi madre me dijo que todos somos egoístas —respondo—. Pero me hice menos egoísta en Osadía. Descubrí que había personas por las que era capaz de luchar e incluso de morir.

La respuesta me sorprende, pero ¿por qué? Aprieto los labios un segundo. Porque es cierto, si lo digo aquí, debe ser cierto.

Esa idea me lleva al cabo suelto del hilo que intentaba encontrar: estoy aquí para una prueba de detección de mentiras. Todo lo que digo es verdad. Noto que una perla de sudor me cae por la nuca.

Un detector de mentiras. El suero de la verdad. Tengo que recordármelo, es demasiado sencillo perderse en la sinceridad.

—Tris, ¿nos cuentas qué pasó el día del ataque?

—Me desperté, y todos estaban metidos en la simulación, así que los imité hasta que encontré a Tobias.

—¿Qué pasó después de que os separaran a los dos?

—Jeanine intentó matarme, pero mi madre me salvó. Antes era osada, así que sabía usar armas.

Mi cuerpo parece más pesado, aunque ya no tengo frío. Siento algo que se me agita en el pecho, algo peor que la tristeza, peor que los remordimientos.

Sé lo que viene ahora: mi madre murió y después maté a Will; le disparé; lo maté.

—Mi madre distrajo a los soldados de Osadía para que yo huyera, y ellos la mataron —explico.

«Algunos de ellos me persiguieron, y yo los maté». Pero entre la multitud hay osados, osados, maté a algunos osados, no debería hablar de eso aquí.

—Seguí corriendo —dije—. Y... —«Y Will me persiguió. Y yo lo maté». No, no; noto que me suda la cabeza—. Y encontré a mi hermano y a mi padre —añadí en tono tenso—. Preparamos un plan para destruir la simulación.

El borde del reposabrazos se me clava en la palma de la mano. Me he guardado parte de la verdad; seguro que eso cuenta como engaño.

Había luchado contra el suero y, durante ese breve instante, gané.

En vez de disfrutar de la victoria, noto que el peso de mis actos pasados me aplasta de nuevo.

—Nos infiltramos en el complejo de Osadía, y mi padre y yo fuimos a la sala de control. Él alejó a los soldados y perdió la vida. Yo llegué a la sala de control, y allí estaba Tobias.

—Tobias nos ha contado que luchaste contra él, pero que después paraste. ¿Por qué lo hiciste?

—Porque me di cuenta de que uno de los dos tendría que matar al otro, y yo no quería matarlo.

—¿Te rendiste?

—¡No! —exclamo, sacudiendo la cabeza—. No, no del todo. Recordé una cosa que había hecho en mi paisaje del miedo, en la iniciación de Osadía... En una simulación, una mujer me ordenó que matase a mi familia y, en vez de hacerlo, dejé que me pegase un tiro. Entonces funcionó. Pensé que... —empiezo, pero me doy un pellizco en el puente de la nariz; me duele la cabeza, he perdido el control y mis pensamientos corren a transformarse en palabras—. Estaba desesperada, pero solo podía pensar en que quizá sirviera, que era una idea con fuerza. Y no era capaz de matarlo, así que tenía que intentarlo.

Parpadeo para espantar las lágrimas.

—Entonces, ¿nunca estuviste dentro de la simulación?

—No —respondo, apretándome los ojos con las palmas de las manos, empujando las lágrimas para que no me caigan por las mejillas, a la vista de todo el mundo.

—No —repito—. No, soy divergente.

—Solo para dejarlo claro —insiste Niles—. ¿Me estás diciendo que casi te asesinan los eruditos..., que después luchaste contra los soldados para entrar en el complejo de Osadía... y que, al final, destruiste la simulación?

—Sí.

—Creo que hablo en nombre de todos si afirmo que te has ganado el nombre de osada.

Surgen gritos de la parte izquierda de la sala, y veo una nube de puños que se alzan contra el oscuro aire. Mi facción, llamándome.

Pero no, se equivocan, no soy valiente, no soy valiente, disparé a Will y no puedo reconocerlo, ni siquiera soy capaz de reconocerlo...

—Beatrice Prior —dice Niles—. ¿De qué te arrepientes más que nada en el mundo?

¿De qué me arrepiento? No me arrepiento de elegir Osadía ni de abandonar Abnegación. Ni siquiera me arrepiento de disparar a los guardias del exterior de la sala de control, porque era importante llegar al otro lado.

—Me arrepiento...

Mi mirada se aparta del rostro de Niles y vaga por la habitación hasta posarse en Tobias. Su cara no revela nada, su boca forma una delgada línea y su mirada parece hueca. Sus manos, cruzadas sobre el pecho, aprietan con tanta fuerza sus brazos que tiene los nudillos blancos. A su lado está Christina. Noto un nudo en el pecho que me impide respirar.

Tengo que contárselo a los dos, tengo que decir la verdad.

—Will —respondo, y suena como un jadeo, como si me lo sacaran del estómago; ya no hay vuelta atrás—. Disparé a Will, que estaba dentro de la simulación. Lo maté. Iba a matarme, pero lo maté yo. A mi amigo.

Will, con la arruga entre las cejas, con unos ojos verdes como el apio, el chico capaz de citar de memoria el manifiesto de Osadía. El dolor de estómago es tan potente que estoy a punto de gruñir. Me duele recordarlo, me duele por todas partes.

Y hay algo más, algo peor de lo que no me había percatado antes: estaba dispuesta a morir antes que matar a Tobias, pero ni se me pasó por la cabeza en el caso de Will. Decidí matarlo en una fracción de segundo.

Me siento desnuda. Hasta ahora, que los he desvelado, no me había dado cuenta de que mis secretos me protegían como una armadura. Ahora todos ven cómo soy en realidad.

—Gracias por tu sinceridad —dicen.

Pero Christina y Tobias no dicen nada.

CAPÍTULO
TRECE

Me levanto del asiento. No estoy tan mareada como hace un instante, el suero ya empieza a perder efecto. Es como si la multitud se balancease. Busco una puerta. Normalmente no huyo de nada, pero de esto sí que huiría.

Todos se dirigen a la salida, salvo Christina, que se queda donde la he dejado, abriendo los puños tras haberlos cerrado. Me mira a los ojos, pero sin mirarme de verdad; los tiene llenos de lágrimas, aunque no está llorando.

—Christina —digo, pero las únicas palabras que se me ocurren, «lo siento», suenan más a insulto que a disculpa. Lo sientes cuando le das un codazo a alguien sin querer, cuando interrumpes a alguien. En mi caso, se queda corto—. Tenía una pistola, estaba a punto de dispararme. La simulación lo controlaba.

—Lo mataste —responde ella; las palabras suenan más grandes que las palabras normales, como si se expandieran en su boca antes de pronunciarlas.

Durante unos segundos, me mira como si no me reconociera. Después, se vuelve para marcharse.

Una chica más joven con el mismo color de piel y la misma altura que ella le da la mano: la hermana pequeña de Christina. La vi el Día de Visita, hace mil años. El suero de la verdad hace que su imagen flote delante de mí, o quizá sea por las lágrimas que se me acumulan en los ojos.

—¿Estás bien? —pregunta Uriah, que sale de entre la gente para tocarme el hombro; no lo había visto desde antes de la simulación del ataque, pero no encuentro las fuerzas suficientes para saludarlo.

—Sí.

—Eh, hiciste lo que tenías que hacer, ¿vale? —me asegura, apretándome el hombro—. Para salvarnos de ser esclavos de los eruditos. Al final se dará cuenta, cuando se le pase un poco la pena.

No consigo afirmar con la cabeza. Uriah me sonríe y se aleja. Algunos osados se rozan conmigo y mascullan palabras que suenan a gratitud, cumplidos o consuelo. Otros me esquivan ampliamente, y me miran con ojos entrecerrados y expresiones suspicaces.

Delante de mí, los cuerpos de negro se convierten en un manchurrón. Estoy vacía, me han dejado seca.

Tobias se pone a mi lado, me preparo para su reacción.

—He recuperado nuestras armas —dice, ofreciéndome la navaja.

Me la meto en el bolsillo de atrás sin mirarlo a los ojos.

—Podemos hablar del tema mañana —añade en voz baja; en Tobias, la voz baja es peligrosa.

—Vale.

Me pasa un brazo por los hombros, mi mano encuentra su cadera y lo acerca más a mí.

Me agarro con fuerza de camino al ascensor.

Tobias encuentra dos catres al final de un pasillo, y nos tumbamos con las cabezas a pocos centímetros de distancia, sin hablar.

Cuando estoy segura de que ya duerme, salgo de las mantas y recorro el pasillo, dejando atrás a una docena de osados dormidos. Llego a la puerta que conduce a las escaleras.

Mientras subo escalón a escalón, con los músculos ardiendo y los pulmones luchando por respirar, me siento aliviada por primera vez en muchos días.

Puede que sea buena corriendo sobre terreno llano, pero subir escaleras es otro tema. Me masajeo un calambre en el tendón cuando dejo atrás la planta doce, e intento recuperar parte del aliento perdido. Sonrío al notar el fuego de las piernas, del pecho. Usar el dolor para aliviar el dolor no tiene mucho sentido.

Cuando llego a la planta dieciocho, tengo las piernas que parecen líquidas. Arrastro los pies hacia la habitación en la que me interrogaron. Ahora está vacía, pero las gradas del anfiteatro siguen ahí, al igual que la silla donde me sentaron. La luna brilla detrás de una bruma de nubes.

Pongo las manos sobre el respaldo de la silla. Es sencilla, de madera, cruje un poco. Qué raro que algo tan simple pueda haber resultado esencial en mi decisión de arruinar una de las relaciones más importantes de mi vida y deteriorar la otra.

Por si no fuera lo bastante malo haber matado a Will y no haber pensado con la rapidez suficiente para dar con otra solución, ahora tengo que vivir con los juicios de los demás, sumados a los míos, y con el hecho de que nada (ni siquiera yo) será lo mismo de nuevo.

En Verdad ensalzan las virtudes de la sinceridad, pero nunca te hablan del coste.

El borde del respaldo se me clava en las manos, lo estaba apretando con más fuerza de la que creía. Me quedo mirándolo un segundo antes de levantar la silla, apoyando las patas en mi hombro bueno. Busco en el borde de la sala una escalera de algún tipo que me ayude a subir, pero solo veo las gradas del anfiteatro, que suben hacia el techo.

Me acerco a la más alta y levanto la silla por encima de mi cabeza. Apenas toca el antepecho de uno de los huecos de las ventanas. Salto, empujando la silla hacia delante, y se desliza por el antepecho. Me duele el hombro (en realidad, no debería usar el brazo), pero tengo otras cosas en la cabeza.

Salto de nuevo, me agarro al antepecho y me impulso con brazos temblorosos. Primero subo la pierna al saliente y después arrastro el resto de mi cuerpo. Una vez arriba, me quedo tumbada un momento, respirando entrecortadamente.

Me pongo de pie en el antepecho, bajo el arco de lo que antes era una ventana, y me quedo mirando la ciudad. El río muerto rodea el edificio y desaparece. El puente, con su pintura roja descascarillada, se extiende sobre la mugre. Al otro lado hay edificios, casi todos vacíos. Cuesta creer que alguna vez hubiera gente suficiente en la ciudad para llenarlos todos.

Durante un segundo me permito revivir el recuerdo del interrogatorio: la falta de expresión de Tobias; su rabia después, reprimida por el bien de mi cordura; la mirada vacía de Christina; los susurros de «gracias por tu sinceridad». Resulta fácil decirlo cuando lo que hice no les afecta.

Agarro la silla y la lanzo por la ventana, dejando escapar un débil grito. El grito crece y se convierte en un chillido que, a su vez, se transforma en alarido, y aquí estoy, en el antepecho del Mercado del Martirio, gritando mientras la silla vuela hacia el suelo, gritando hasta que me arde la garganta. Entonces, la silla se estrella y se rompe como un frágil esqueleto. Me siento en el saliente, apoyándome en el lateral del marco de la ventana, y cierro los ojos.

Y pienso en Al.

Me pregunto cuánto tiempo pasaría en el borde antes de saltar al Pozo de Osadía.

Debió de pasar bastante tiempo haciendo una lista de todas las cosas horribles que había hecho (estar a punto de matarme, por ejemplo) y otra lista de todas las cosas buenas, heroicas y valientes que no había hecho, y después seguramente decidiera que estaba cansado. Cansado no solo de vivir, sino de existir. Cansado de ser Al.

Abro los ojos y me quedo mirando los trozos de la silla que puedo vislumbrar en el pavimento. Por primera vez creo que entiendo a Al. Estoy cansada de ser Tris. He hecho cosas malas que no puedo deshacer y que forman parte de mí. La mayor parte del tiempo, parecen ser lo único que llevo dentro.

Me inclino hacia delante, en el aire, agarrándome al lateral de la ventana con una mano. Unos centímetros más y mi peso me lanzaría contra el suelo, no podría evitarlo.

Sin embargo, no soy capaz de hacerlo. Mis padres dieron la vida porque me querían. Perder la mía sin una buena razón sería una forma terrible de pagarles el sacrificio, por muy malo que sea lo que haya hecho.

«Que la culpa te enseñe a comportarte mejor la próxima vez», diría mi padre.

«Te quiero, pase lo que pase», diría mi madre.

Parte de mí desea extirpármelos de la cabeza para no tener que seguir lamentando su muerte, pero el resto de mí teme en qué me convertiría sin ellos.

Las lágrimas me nublan los ojos; bajo de nuevo a la sala del interrogatorio.

Regreso a mi catre a primera hora de la mañana, y Tobias ya está despierto. Se vuelve y se dirige a los ascensores, y yo lo sigo porque sé lo que quiere. Estamos en el ascensor, codo con codo. Oigo un pitido en los oídos.

El ascensor baja a la segunda planta, y empiezo a temblar. Empieza en las manos, pero sigue extendiéndose por los brazos y el pecho hasta que las sacudidas me recorren el cuerpo y no puedo detenerlas. Estamos entre los ascensores, justo encima de otro símbolo de Verdad, la balanza desequilibrada. El símbolo que también está dibujado en el centro de su columna vertebral.

Se pasa un buen rato sin mirarme. Permanece de pie, con los brazos cruzados y la cabeza gacha, hasta que no lo soporto más, hasta que temo ponerme a gritar. Debería decirle algo, pero no sé qué. No puedo disculparme, ya que solo he contado la verdad y la verdad no se puede transformar en mentira. No puedo poner excusas.

—No me lo contaste —dice—. ¿Por qué?

—Porque no... —empiezo, pero sacudo la cabeza—. No sabía cómo hacerlo.

—Es bastante fácil, Tris... —responde, frunciendo el ceño.

—Ah, sí —afirmo, asintiendo—, es facilísimo. Solo tengo que acercarme y decirte: «Por cierto, le pegué un tiro a Will y ahora la culpa me está haciendo pedazos. En fin, ¿qué hay para desayunar?». ¿No? ¿No? —insisto; de repente, es demasiado, no puedo reprimirlo más; las lágrimas me llenan los ojos y chillo—: ¿Por qué no pruebas a matar a uno de tus mejores amigos y después te enfrentas a las consecuencias?

Me tapo la cara con las manos, no quiero que me vea llorar otra vez. Él me toca el hombro.

—Tris —dice, esta vez en tono amable—, lo siento, no debería fingir que lo entiendo. Lo que quería decir es que... —Hace una pausa, como buscando las palabras—. Ojalá confiaras en mí lo suficiente como para contarme esas cosas.

«Confío en ti» es lo que quiero decir, pero no es verdad. No confiaba en que me quisiera a pesar de las atrocidades que yo había cometido. No confío en que nadie lo haga, pero eso no es problema suyo, es mío.

—Quiero decir que he tenido que enterarme por Caleb de que estuviste a punto de ahogarte en un tanque de agua. ¿No te parece un poco raro?

Vaya, justo cuando iba a disculparme.

Me seco con rabia las mejillas, usando la punta de los dedos, y me quedo mirándolo.

—Hay cosas más raras —respondo, intentando parecer despreocupada—. Como no saber que la madre de tu novio, supuestamente muerta, sigue viva... hasta verla en persona. U oír por casualidad los planes de tu novio para aliarse con los abandonados, aunque no te los haya contado él mismo. Eso me parece un poco raro. —Me quita la mano del hombro—. No finjas que el problema es solo mío —añado—. Puede que yo no confíe en ti, pero tú tampoco confías en mí.

—Creía que lo hablaríamos llegado el momento —responde—. ¿Tengo que contártelo todo en cuanto pasa?

Me siento tan frustrada que soy incapaz de hablar durante unos segundos. Las mejillas me arden.

—¡Por Dios, Cuatro! —exclamo—. ¿Tú no tienes por qué contarme las cosas en cuanto pasan, pero yo sí? ¿No ves que es una estupidez?

—En primer lugar, no utilices ese nombre como un arma contra mí —dice, señalándome con un dedo—. En segundo, no estaba planeando aliarme con los abandonados, solo me lo pensaba. Si hubiera tomado una decisión, te lo habría dicho. Y en tercero, la cosa cambiaría si de verdad hubieras tenido intención de contarme lo de Will en algún momento, pero está claro que no es así.

—¡Te conté lo de Will! No fue el suero de la verdad, lo dije porque quise hacerlo.

—¿De qué me hablas?

—Estaba consciente. Con el suero. Podría haber mentido;

podría habértelo ocultado. Pero no lo hice porque pensé que te merecías saber la verdad.

—¡Pues vaya forma de contármela! —exclama, frunciendo el ceño—. ¡Delante de cien personas! ¡Muy íntimo!

—Ah, así que ahora no vale con contarlo, ¿también tiene que ser en el escenario correcto? —pregunto, arqueando las cejas—. La próxima vez debería preparar un té y asegurarme de contar con la iluminación adecuada, ¿no?

Tobias deja escapar un suspiro de frustración, me da la espalda y se aleja unos pasos. Cuando regresa, le veo unas manchas en las mejillas. Que yo recuerde, jamás le había cambiado de color la cara.

—A veces no es fácil estar contigo, Tris —dice en voz baja, y aparta la mirada.

Quiero decirle que sé que no es fácil, pero que no habría sobrevivido a la última semana sin él. Sin embargo, me limito a mirarlo mientras noto los latidos del corazón en las orejas.

No puedo decirle que lo necesito, no puedo necesitarlo, punto... O, en realidad, no podemos necesitarnos, porque ¿quién sabe cuánto duraremos en esta guerra?

—Lo siento —respondo, evaporado el enfado—. Debería haber sido sincera contigo.

—¿Ya está? ¿Es lo único que tienes que decir? —pregunta con el ceño fruncido.

—¿Qué más quieres que diga?

—Nada, Tris —responde, sacudiendo la cabeza—. Nada.

Lo observo alejarse y me siento como si se hubiese abierto un vacío en mi interior, un vacío que se extiende tan deprisa que acabará rompiéndome en pedazos.

CAPÍTULO CATORCE

—Vale, ¿qué haces aquí? —exige saber una voz.

Estoy sentada en un colchón, en uno de los pasillos. He venido a hacer algo, pero perdí el hilo de mis pensamientos al llegar, así que me he sentado y ya está. Levanto la vista: Lynn (a quien conocí cuando me pisó en un ascensor del edificio Hancock) está de pie frente a mí con las cejas arqueadas. Empieza a crecerle el pelo; sigue corto, aunque ya no le veo el cuero cabelludo.

—Estoy sentada, ¿por qué?

—Estás ridícula, eso es lo que estás —responde, suspirando—. Recoge tus cosas. Eres de Osadía, y ya va siendo hora de que actúes como tal. Nos estás dando mala fama entre los veraces.

—¿Y cómo lo hago, exactamente?

—Actuando como si no nos conocieras.

—Le hago un favor a Christina.

—Christina —repite Lynn, resoplando— es una cachorrita herida. La gente muere, es lo que ocurre en la guerra. Al final se dará cuenta.

151

—Sí, la gente muere, pero no siempre la mata tu mejor amiga.

—Lo que tú digas —dice Lynn con un suspiro de impaciencia—. Vamos.

No veo ninguna razón para negarme, así que me levanto y la sigo por una serie de pasillos. Se mueve a paso ligero y me resulta difícil seguirle el ritmo.

—¿Dónde está tu espeluznante novio? —pregunta.

Frunzo los labios como si acabara de probar algo ácido.

—No es espeluznante.

—Claro que no —asegura, sonriendo.

—No sé dónde está.

—Bueno, puedes elegirle una litera —dice, encogiéndose de hombros—. Estamos intentando olvidar a esos hijos bastardos de osados y eruditos. Recuperarnos.

—Hijos bastardos de osados y eruditos, ¿eh? —comento, riéndome.

Ella abre una puerta de un empujón y entramos a una gran sala abierta que me recuerda al vestíbulo del edificio. Como cabría esperar, los suelos son negros con un enorme símbolo blanco en el centro del cuarto, aunque la mayor parte de su superficie está cubierta de camas. Hay hombres, mujeres y niños osados por todas partes, y ni un solo veraz a la vista.

Lynn me conduce a la izquierda, entre las filas de literas. Mira a un chico que está sentado en la parte de abajo de una de ellas; es unos cuantos años menor que nosotras e intenta deshacer un nudo del lazo de los zapatos.

—Hec, búscate otra cama —le ordena Lynn.

—¿Qué? Ni de coña —responde sin levantar la cabeza—. No pienso volver a cambiar de sitio solo porque tú quieras cotorrear por la noche con uno de tus estúpidos amigos.

—No es mi amiga —suelta Lynn, y yo casi me río—. Hec, esta es Tris. Tris, este es mi hermano pequeño, Hector.

Al oír mi nombre, el chico levanta la cabeza de golpe y se me queda mirando con la boca abierta.

—Encantada de conocerte —lo saludo.

—Eres divergente. Mi madre me dijo que me mantuviese alejado de vosotros por si sois peligrosos.

—Sí, es una aterradora divergente que hará que te estalle la cabeza con sus ondas cerebrales —le dice Lynn mientras le da unos golpecitos con el índice entre los ojos—. No me digas que de verdad te crees todas esas chorradas de críos sobre los divergentes.

Se le pone la cara de color rojo chillón y recoge algunas de sus cosas de una pila que hay junto a la cama. Me siento mal por obligarlo a mudarse, pero después veo que tira sus cosas en una litera que hay un poco más allá. No ha tenido que irse muy lejos.

—Eso podría haberlo hecho yo —comento—. Dormir allí, me refiero.

—Sí, lo sé —responde ella con una sonrisa—. Se lo merece, le dijo a Uriah a la cara que Zeke era un traidor. No es que sea mentira, pero eso no es excusa para portarse como un imbécil. Me parece que Verdad le está afectando. Es como si creyera que puede decir cualquier cosa que se le ocurra. ¡Hola, Mar!

Marlene, que está en otra litera, asoma la cabeza y sonríe enseñando los dientes.

—¡Hola, Tris! —me saluda—. Bienvenida. ¿Qué pasa, Lynn?

—¿Puedes pedir a las chicas más menuditas que te den algo de ropa? No solo camisetas, ¿eh? También vaqueros, ropa interior y puede que unos zapatos.

—Claro —responde Marlene.

Dejo mi navaja al lado de la cama de abajo.

—¿Qué querías decir con eso de «chorradas de críos»? —pregunto.

—Los divergentes. ¿Gente con poderes mentales? Venga ya —añade, encogiéndose de hombros—. Sé que tú te lo crees, pero yo no.

—Entonces, ¿cómo explicas que estuviera despierta durante las simulaciones? ¿O que me resistiera a una?

—Creo que los líderes escogieron a la gente al azar y cambiaron las simulaciones para ellos.

—¿Y por qué iban a hacerlo?

—Distracción —responde, agitando una mano delante de mi cara—. Estáis tan preocupados por los divergentes (como le pasa a mi madre) que se os olvida preocuparos por lo que hacen los líderes. Es otra clase de control mental.

Sus ojos pasan de refilón sobre los míos, y le da una patada al suelo de mármol con la punta del zapato. Me pregunto si recuerda la última vez que la sometieron a un control mental. Durante la simulación del ataque.

He estado tan concentrada en lo que pasó en Abnegación que casi se me olvida lo que pasó en Osadía. Al despertar, cientos de osados se encontraron con la negra mancha del asesinato sobre sus conciencias sin tan siquiera haberlo elegido.

Decido no discutir con ella. Si prefiere creer en una conspiración gubernamental, no podré disuadirla. Tendría que experimentarlo por sí misma.

—Vengo cargada de ropajes —dice Marlene, poniéndose delante de nuestra litera; lleva una pila de ropa del tamaño de su torso, y me la ofrece con cara de orgullo—. Hasta he conseguido chantajear psicológicamente a tu hermana para que me dé un vestido, Lynn. Se había traído tres.

—¿Tienes una hermana? —pregunto a Lynn.

—Sí, tiene dieciocho años, estaba en la clase de iniciación de Cuatro.

—¿Cómo se llama?

—Shauna —responde, mirando a Marlene—. Le dije que no íbamos a necesitar vestidos en el futuro próximo, pero no me hizo caso, como siempre.

Recuerdo a Shauna. Era una de las personas que me recogió cuando la tirolina.

—Creo que sería más sencillo luchar con vestido —afirma Marlene, dándose unos golpecitos en la mandíbula—. Así las piernas tendrían más libertad de movimiento. ¿Y a quién le importa que le enseñes las bragas a alguien, siempre que le pegues una buena paliza?

Lynn se calla, como si le pareciese una idea genial, pero no quisiera reconocerlo.

—¿Qué es eso de enseñar las bragas? —pregunta Uriah, esquivando una litera—. Sea lo que sea, me apunto.

Marlene le da un puñetazo en el brazo.

—Unos cuantos vamos al edificio Hancock esta noche —sigue diciendo Uriah—. Deberíais venir todas. Nos vamos a las diez.

—¿Tirolina? —pregunta Lynn.

—No, vigilancia. Hemos oído que los eruditos dejan las luces encendidas toda la noche, así que será fácil asomarnos a sus ventanas y ver qué hacen.

—Yo voy —respondo.

—Y yo —dice Lynn.

—¿Qué? Ah, yo también —dice Marlene, sonriendo a Uriah—. Voy a por comida, ¿te vienes?

—Claro —responde él.

Marlene camina zigzagueando. Antes caminaba con energía, como si avanzara a saltitos. Ahora sus pasos son más tranquilos, puede que más elegantes, pero sin esa alegría infantil que asocio con ella. Me pregunto qué haría cuando estaba en la simulación.

Lynn frunce los labios.

—¿Qué? —pregunto.

—Nada —me suelta, y sacude la cabeza—. Últimamente pasan mucho tiempo juntos.

—Me parece que cuantos más amigos tenga ahora, mejor —respondo—. Con lo de Zeke y eso.

—Ya. Fue una pesadilla. Un día lo teníamos aquí, y al siguiente... —se detiene y suspira—. Da igual el tiempo que te pases enseñando a alguien a ser valiente, nunca sabes si lo es hasta que no sucede algo real.

Me mira a los ojos. No me había dado cuenta antes de lo extraños que son los suyos, de un castaño dorado. Y ahora que el pelo le ha crecido un poco y no me fijo solo en la calva, también me doy cuenta de su delicada nariz, sus labios carnosos... Es despampanante sin pretenderlo. La envidio durante un momento, pero entonces se me ocurre que seguro que lo odia y por eso se rapó la cabeza.

—Eres valiente —me dice—. No hace falta que te lo diga porque tú ya lo sabes, pero quiero que sepas que lo sé.

Es un cumplido, aunque me siento como si me hubiera golpeado con algo.

Después añade:

—No la cagues.

Unas horas más tarde, después de comer y echar una siesta, me siento al borde de la cama para cambiarme la venda del hombro. Me quito la camiseta y me dejo puesta una camiseta sin mangas; hay muchos osados cerca, reunidos en torno a las literas, contando chistes y riéndose. Justo cuando acabo de extenderme la pomada oigo que alguien chilla entre risas y veo que Uriah sale corriendo por el pasillo entre las literas con Marlene sobre su hombro, como si fuera un saco. La chica me saluda con la mano al pasar, roja como un tomate. Lynn, que está sentada en la litera de al lado, resopla.

—No sé cómo puede tontear ese chico, con todo lo que está pasando.

—¿Se supone que debe ir por ahí arrastrando los pies y frunciendo el ceño? —pregunto mientras me llevo la mano al hombro para apretarme la venda—. A lo mejor aprendes algo de él.

—Mira quién habla, siempre deprimida. Deberíamos empezar a llamarte Beatrice Prior, reina de la tragedia.

Me levanto y le doy un puñetazo en el brazo más fuerte que de broma y menos fuerte que en serio.

—Cierra la boca.

Sin mirarme, me empuja en el hombro hacia la litera.

—No acepto órdenes de estiradas.

Distingo un ligero movimiento en su labio, y yo también reprimo la sonrisa.

—¿Lista para salir? —pregunta Lynn.

—¿Adónde vamos? —dice Tobias, que se acaba de meter entre su litera y la mía para salir al pasillo con nosotras. Tengo la boca seca; no he hablado con él en todo el día, y no sé bien qué esperar. ¿Será incómodo o volveremos a la normalidad?

—A lo alto del edificio Hancock, a espiar a los eruditos —responde Lynn—. ¿Te vienes?

—No, tengo que encargarme de unas cuantas cosas por aquí —dice Tobias, y me echa una miradita—. Pero tened cuidado.

Asiento. Sé por qué no quiere venir: Tobias procura evitar las alturas, si es posible. Me toca el brazo para retenerme un segundo. Yo me tenso, ya que no me ha tocado desde nuestra pelea, y él me suelta.

—Nos vemos después —murmura—. No cometas ninguna estupidez.

—Gracias por el voto de confianza —respondo, frunciendo el ceño.

—No quería decir eso. Quiero decir que no dejes que nadie cometa una estupidez. Te escucharán.

Se inclina hacia mí como si pretendiera besarme, pero después parece pensárselo mejor y se echa atrás, mordiéndose el labio. Aunque es un acto sin importancia, me sabe a rechazo, así que evito mirarlo a los ojos y salgo corriendo detrás de Lynn.

Lynn y yo recorremos el pasillo de camino a los ascensores. Algunos osados han empezado a marcar las paredes con cuadrados de colores. La sede de Verdad es como un laberinto para ellos, y quieren ser capaces de orientarse. Yo solo sé cómo llegar a los lugares más básicos: la zona de dormitorio, la cafetería, el vestíbulo y la sala de interrogatorios.

—¿Por qué se fueron todos de la sede de Osadía? —pregunto—. Los traidores no están allí, ¿no?

—No, están en Erudición. Nos fuimos porque la sede de Osadía es la que cuenta con más cámaras de vigilancia de toda la ciudad. Sabíamos que los eruditos seguramente podrían acceder a las grabaciones, y que tardaríamos un siglo en encontrar todas las cámaras, así que pensamos que lo mejor era marcharnos.

—Muy listos.

—Tenemos nuestros momentos.

Lynn aprieta el botón de la planta baja. Me quedo mirando nuestro reflejo en las puertas. Es unos cuantos centímetros más alta que yo y, a pesar de que intenta ocultarlo con camisetas y pantalones anchos, está claro que su cuerpo tienes las curvas y redondeces apropiadas.

—¿Qué? —me suelta, frunciendo el ceño.

—¿Por qué te afeitaste la cabeza?

—Iniciación. Me encanta Osadía, pero los chicos osados no ven a las chicas osadas como una amenaza durante la iniciación.

Me harté. Supuse que si no parecía una chica, dejarían de mirarme así.

—Creo que podrías haber aprovechado la situación.

—Sí, ¿y qué? ¿Ponerme en plan frágil cada vez que pasaba algo? —pregunta, y pone los ojos en blanco—. ¿Crees que no tengo dignidad o qué?

—Creo que uno de los errores de Osadía es negarse a ser astutos. No siempre hay que pegar a la gente en la cara para demostrar lo fuerte que eres.

—A lo mejor deberías empezar a vestirte de azul, si es que piensas hablar como una erudita. Además, tú haces lo mismo, salvo que sin afeitarte la cabeza.

Salgo del ascensor antes de decir algo de lo que me arrepienta. Lynn perdona deprisa, pero también salta deprisa, como casi todos los osados. Como yo, salvo por lo de perdonar deprisa.

Como siempre, unos cuantos osados con grandes armas marchan delante de la puerta por si aparecen intrusos. Justo delante de ellos hay un grupito de osados más jóvenes, entre los que están Uriah, Marlene, la hermana de Lynn (Shauna), y Lauren, que enseñaba a los iniciados nacidos en Osadía, igual que Cuatro enseñaba a los trasladados. Su oreja refleja la luz al mover la cabeza: está agujereada de una punta a la otra.

Lynn se para de golpe y me tropiezo con ella. Suelta una palabrota.

—Eres un encanto —dice Shauna, sonriéndole; no se parecen mucho, salvo por el color del pelo, que es castaño medio, aunque a Shauna le llega hasta la barbilla, como a mí.

—Sí, ese es mi objetivo en la vida, ser encantadora —contesta Lynn.

Shauna le echa un brazo sobre los hombros. Me resulta raro ver a Lynn con una hermana..., en realidad, ver a Lynn estableciendo una conexión con alguien, en general. Shauna me mira y desaparece su sonrisa; parece cautelosa.

—Hola —la saludo, porque no hay nada más que decir.

—Hola.

—Dios mío, mamá también te ha comido la olla, ¿verdad? —pregunta Lynn, tapándose la cara con una mano—. Shauna...

—Lynn, cierra la boca por una vez —la corta Shauna, sin dejar de mirarme; parece tensa, como si pensara que la voy a atacar en cualquier momento... con mis poderes mentales especiales.

—¡Ah! —exclama Uriah, al rescate—. Tris, ¿conoces a Lauren?

—Sí —dice ella antes de que yo pueda responder; su voz es brusca y clara, como si lo regañara, aunque me da la impresión de que es su tono de voz natural—. Pasó por mi paisaje del miedo durante la iniciación, así que seguramente me conoce mejor de lo que debería.

—¿De verdad? Creía que los trasladados pasarían por el paisaje de Cuatro —dice Uriah.

—Como si fuese a permitírselo a alguien —resopla Lauren.

Algo dentro de mí se ablanda. A mí sí me lo permitió.

Veo un relámpago azul por encima del hombro de Lauren y me asomo para ver mejor.

Entonces empiezan los disparos.

Las puertas de cristal estallan en pedazos. En el exterior hay soldados de Osadía con brazaletes de tela azul, y llevan unas armas que no había visto nunca, pistolas con unos estrechos rayos de luz azul saliéndoles por encima de los cañones.

—¡Traidores! —grita alguien.

Los osados sacan las armas casi al unísono. Yo no tengo ninguna, así que me agacho detrás de la pared de osados leales que tengo delante mientras aplasto con los zapatos los trocitos de cristal y saco la navaja del bolsillo trasero.

A mi alrededor, la gente cae al suelo, mis compañeros de facción, mis mejores amigos. Todos caen (deben de estar muertos o moribundos) mientras el ruido de las balas me destroza los tímpanos.

Entonces me quedo paralizada: tengo uno de los rayos azules apuntándome al pecho. Me lanzo a un lado para salir de la línea de fuego, pero no soy lo bastante rápida.

El arma dispara y yo caigo.

CAPÍTULO QUINCE

El dolor remite hasta quedar reducido a un pinchazo. Me meto la mano por debajo de la chaqueta y me palpo la herida.

No sangro, aunque la fuerza del disparo me derribó, así que han tenido que darme con algo. Me paso los dedos por el hombro y noto un bulto duro donde antes la piel era lisa.

Oigo un crujido en el suelo, al lado de la cara, y un cilindro metálico del tamaño de mi mano rueda por el suelo y se para junto a mi cabeza. Antes de poder moverlo, un humo blanco sale disparado de ambos extremos el objeto. Toso y lo alejo de mí, lanzándolo hacia el fondo del vestíbulo. Sin embargo, no es el único cilindro..., están por todas partes, llenando la habitación de un humo que no quema ni pica. De hecho, solo sirve para entorpecerme la visión durante unos segundos antes de evaporarse por completo.

«¿Por qué han hecho eso?».

En el suelo, tumbados a mi alrededor con los ojos cerrados, están los soldados de Osadía. Frunzo el ceño mientras observo a Uriah de arriba abajo: no parece sangrar, no veo ninguna herida cerca de sus órganos vitales, lo que significa que no está muerto.

Entonces, ¿qué lo ha dejado inconsciente? Vuelvo la vista para examinar a Lynn, que está tirada en el suelo en una posición extraña, medio encogida; y también inconsciente.

Los traidores osados entran en el vestíbulo con las armas en alto. Decido hacer lo que siempre hago cuando no estoy segura de lo que pasa: actuar como los demás. Dejo caer la cabeza y cierro los ojos. El corazón está a punto de estallarme en el pecho cuando las pisadas de los soldados se acercan, chirriando sobre el suelo de mármol. Uno de ellos me pisa la mano y tengo que morderme la lengua para reprimir un grito de dolor.

—No sé por qué no podemos meterles un tiro en la cabeza —comenta uno—. Sin ejército, ganamos.

—Venga, Bob, no podemos matarlos a todos —responde una voz fría.

El pelo de la nuca se me pone de punta; reconocería esa voz en cualquier parte: es Eric, el líder de Osadía.

—Si no hay gente, no quedará nadie que trabaje por la prosperidad —sigue diciendo—. De todos modos, tu misión no es hacer preguntas —añade, alzando la voz—. ¡La mitad, en los ascensores, la otra mitad, por las escaleras, izquierda y derecha! ¡Moveos!

Hay una pistola a pocos centímetros a mi izquierda. Si abriera los ojos podría cogerla y dispararle antes de que se entere de lo que ha pasado. Sin embargo, no tengo ninguna garantía de ser capaz de tocarla sin volver a caer presa del pánico.

Espero hasta oír la última pisada desaparecer detrás de la puerta de un ascensor o por unas escaleras antes de abrir los ojos. En el vestíbulo, todos parecen inconscientes. Sea lo que sea el gas que han usado, inducirá una simulación, si no, no sería la única que está despierta. No tiene ningún sentido, no sigue las reglas de las simulaciones a las que estoy acostumbrada, pero no tengo tiempo de meditarlo.

Agarro mi navaja y me levanto intentando no hacer caso del dolor del hombro. Corro hasta una de las traidoras osadas muertas que está cerca de la salida. Era una mujer de mediana edad, le veo algunas canas grises en el pelo oscuro. Procuro no mirar el agujero de bala que tiene en la cabeza, aunque la tenue luz del vestíbulo se refleja en algo que parece hueso, y me dan arcadas.

«Piensa». Me da igual quien fuera, cómo se llamara o la edad que tuviera. Solo me importa su brazalete de tela azul. Tengo que concentrarme en eso. Intento meter el dedo bajo la tela para tirar, pero no se suelta. Al parecer, está cosido a su chaqueta negra. Tendré que llevármela también.

Me bajo la cremallera de la mía y se la echo sobre la cara para no tener que mirarla. Después le bajo la suya y tiro, primero del brazo izquierdo y después, del derecho, con los dientes apretados, hasta que consigo deslizarla por debajo de su pesado cuerpo.

—¡Tris! —me llama alguien, y me doy la vuelta con la chaqueta en una mano y la navaja en la otra; escondo la navaja, ya que los invasores no las llevaban y no quiero destacar.

Uriah está de pie, detrás de mí.

—¿Divergente? —le pregunto, no hay tiempo para sorprenderse.

—Sí.

—Coge una chaqueta.

Uriah se agacha al lado de otro de los osados traidores, uno joven, ni siquiera lo bastante mayor como para ser miembro de la facción. Me encojo al ver su rostro blanco como el papel. Una persona tan joven no debería estar muerta; ni siquiera debería estar aquí, para empezar.

Roja de rabia, me coloco la chaqueta de la mujer, y Uriah se pone la suya mientras aprieta los labios.

—Solo han muerto los suyos —dice en voz baja—. ¿No te parece raro?

—Debían de saber que dispararíamos, pero vinieron de todos modos. Las preguntas, después. Tenemos que subir ahí.

—¿Subir? ¿Por qué? Deberíamos salir de aquí.

—¿Quieres huir antes de saber lo que pasa? —pregunto, frunciendo el ceño—. ¿Antes de que los osados de arriba sepan lo que se les viene encima?

—¿Y si nos reconoce alguien?

—Esperemos que no —respondo, encogiéndome de hombros.

Corro hacia las escaleras y él me sigue. En cuanto mis pies tocan el primer escalón, me pregunto qué pretendo hacer. Seguro que habrá más divergentes en el edificio, pero ¿sabrán que lo son? ¿Sabrán que tienen que esconderse? ¿Y qué espero conseguir metiéndome en medio de un ejército de traidores osados?

En el fondo conozco la respuesta: estoy siendo imprudente. Es probable que no me sirva de nada, es probable que muera, pero lo más inquietante es que... no me importa mucho.

—Irán de abajo arriba —digo entre jadeos—, así que deberías... ir a la tercera planta. Diles que... evacúen. En silencio.

—¿Y adónde vas tú?

—A la segunda —respondo mientras empujo la puerta de la segunda planta con el hombro. Sé qué hacer aquí: buscar a los divergentes.

Mientras avanzo por el pasillo pisando gente inconsciente vestida de negro y blanco, pienso en uno de los versos de la canción que los niños veraces cantaban cuando creían que no los oía nadie: «Osadía es la más cruel de los cinco, se destrozan entre sí...».

Nunca me ha parecido tan acertada como en estos momentos, viendo cómo los traidores osados inducen al sueño mediante una simulación que no difiere tanto de la que los obligó a matar a los miembros de Abnegación hace menos de un mes.

Somos la única facción capaz de dividirse así. Cordialidad no permitiría un cisma; en Abnegación no hay nadie tan egoísta; en Verdad lo debatirían hasta dar con una solución común; y ni siquiera Erudición haría algo tan ilógico. Sin duda, somos la facción más cruel.

Piso un brazo doblado y a una mujer con la boca abierta, y canturreo entre dientes el inicio del siguiente verso: «Erudición es la más fría de las cinco, el saber tiene su precio...».

Me pregunto cuándo se dio cuenta Jeanine de que Erudición y Osadía serían una combinación letal. Al parecer, la lógica fría y despiadada puede conseguir cualquier cosa, incluso dormir a una facción y media.

Examino cuerpos y caras al pasar, en busca de alientos irregulares, movimientos de párpados o cualquier cosa que indique

que las personas del suelo fingen estar inconscientes. Hasta ahora, la respiración es acompasada y todos los párpados permanecen inmóviles. Puede que no haya ningún veraz divergente.

—¡Eric! —oigo a alguien gritar más abajo.

Contengo el aliento cuando se acerca e intento no moverme. Si me muevo, me mirará y me reconocerá, lo sé. Bajo la cabeza y me tenso tanto que tiemblo. «No me mires, no me mires...».

Eric pasa junto a mí y se mete por el pasillo que hay a mi izquierda. Debería seguir buscando lo más deprisa posible, pero la curiosidad me impulsa a seguir adelante, hacia la persona que ha llamado a Eric. El grito parecía urgente.

Cuando levanto la mirada, veo a un soldado de Osadía de pie frente a una mujer arrodillada. La mujer lleva una blusa blanca y una falda negra, y tiene las manos detrás de la cabeza. La sonrisa de Eric parece ávida, incluso de perfil.

—Divergente —dice—. Bien hecho. Llévala a los ascensores. Después decidiremos a quién matar y a quién llevarnos.

El soldado de Osadía agarra a la mujer por la coleta y camina hacia los ascensores arrastrándola tras él. Ella chilla y se pone de pie como puede, doblada. Aunque intento tragar saliva, es como si tuviera una bola de algodón en la garganta.

Eric sigue avanzando por el pasillo, alejándose de mí, y yo intento no quedarme mirando a la veraz cuando pasa por mi lado dando trompicones, con el pelo todavía atrapado en el puño del soldado. A estas alturas, sé bien cómo funciona el terror: dejo que me controle durante unos segundos y después me obligo a actuar.

«Uno..., dos..., tres...».

Empiezo a caminar con energía renovada. Observar a todos los caídos para ver si están despiertos me estaba llevando mucho tiempo, así que, cuando llego hasta la siguiente persona inconsciente, le piso con fuerza el meñique. No hay reacción, ni siquiera un temblor. Paso por encima y busco el dedo de la siguiente para pisarlo con la punta del zapato. Sin respuesta.

—¡Tengo a uno! —oigo gritar a alguien desde un pasillo cercano, y empiezo a desesperarme. Salto encima de hombres y mujeres, de niños, adolescentes y ancianos, pisando dedos, estómagos y tobillos en busca de signos de dolor. Apenas les veo las caras al cabo de un rato, aunque sigo sin encontrar reacciones. Juego al escondite con los divergentes, aunque no soy la única que «la lleva».

Y entonces ocurre: piso el meñique de una chica veraz y se le tuerce el rostro. Solo un poquito (un impresionante intento de ocultar el dolor), pero basta para llamarme la atención.

Vuelvo la vista atrás por si hay alguien cerca y compruebo que todos han salido de este pasillo principal. Busco las escaleras más cercanas, hay una a tan solo tres metros, por un pasillo lateral a mi derecha. Me agacho al lado de la cabeza de la chica.

—Hola, chica —le digo lo más bajo que puedo—. No pasa nada, no soy uno de ellos.

Abre los ojos un poquito.

—Hay unas escaleras a unos tres metros. Te avisaré cuando no mire nadie y tendrás que correr, ¿entendido?

Ella asiente.

Me vuelvo y doy un giro completo, despacio. A mi izquierda, un traidor empuja con el pie a un osado inconsciente. Detrás de mí, dos traidores se ríen de algo. Delante de mí, uno avanza en mi dirección, pero entonces levanta la cabeza y vuelve a alejarse por el pasillo.

—Ahora —digo.

La chica se levanta y corre hacia la puerta de las escaleras. La observo hasta que oigo el clic, y miro mi reflejo en una de las ventanas. Sin embargo, no estoy de pie sola en un pasillo lleno de gente dormida, como creía. Eric está justo detrás de mí.

Miro su reflejo y él me mira a mí. Podría salir corriendo. Si soy lo bastante rápida, quizá no reaccione a tiempo de agarrarme. Sin embargo, en el instante en que se me ocurre, sé que no seré capaz de ganar, ni tampoco de dispararle, porque no tengo pistola.

Me vuelvo y levanto el codo mientras lo hago para estrellarlo contra su cara. Le da en la parte baja de la barbilla, pero no con la fuerza necesaria para causar algún daño. Eric me sujeta el brazo izquierdo con una mano y me pone el cañón de una pistola en la frente con la otra, sonriendo.

—No llevas pistola —me dice—. No entiendo cómo puedes ser tan estúpida como para subir sin un arma.

—Bueno, soy lo bastante lista como para hacer esto —respondo, dándole un buen pisotón en el pie en el que le disparé hace menos de un mes.

Eric grita, se le contrae el gesto y me golpea en la cara con la culata de la pistola. Aprieto los dientes para no gruñir. Me cae sangre por el cuello; me ha rasgado la piel.

Durante toda la escena, no me ha soltado el brazo ni un momento, pero el hecho de que no me haya pegado un tiro en la cabeza me dice algo: todavía no tiene permiso para matarme.

—Me sorprendió descubrir que seguías viva —dice—. Teniendo en cuenta que fui yo el que pidió a Jeanine que te construyera aquel tanque de agua.

Intento pensar en algo lo bastante doloroso como para que me suelte. Justo cuando me he decidido por una patada en la entrepierna, se coloca detrás de mí, me sujeta los dos brazos y se aprieta tanto contra mi cuerpo que apenas puedo mover los pies. Se me clavan sus uñas en la piel y aprieto los dientes tanto por el dolor como por la nauseabunda sensación de tener su pecho pegado a mi espalda.

—Se le ocurrió que sería fascinante estudiar la reacción de un divergente a la versión real de una simulación —comenta, y me empuja para que camine; su aliento me hace cosquillas en el pelo—. Y me pareció bien. Verás, el ingenio, una de las cualidades que más valoramos en Erudición, requiere creatividad.

Retuerce las manos de modo que sus callos me arañan los brazos. Me muevo un poco a la izquierda mientras camino para intentar colocar uno de los pies entre los suyos. Noto un feroz placer al darme cuenta de que cojea.

—A veces, la creatividad parece un despilfarro, ilógica..., a no ser que sirva para un objetivo más importante. En este caso, la acumulación de conocimientos.

Dejo de caminar un segundo para subir el talón con fuerza, entre sus piernas. Consigue detener un grito agudo antes de que empiece de verdad, y se le atasca en la garganta; las manos se le quedan flojas durante un instante. En ese momento, me retuerzo como puedo y me suelto. No sé adónde correr, pero tengo que hacerlo, tengo...

Me coge del codo, tira de mí hacia atrás y me mete el pulgar en la herida del hombro, hurgando hasta que el dolor me nubla la visión por los bordes y grito a todo pulmón.

—Me pareció recordar de la grabación del taque que te dispararon en ese hombro —me dice—. Me alegra no haberme equivocado.

Se me doblan las rodillas, y él me coge del cuello de la chaqueta como si nada y me arrastra por el suelo hacia los ascensores. La tela se me clava en la garganta, me ahoga, y doy traspiés tras él. El cuerpo me palpita de dolor.

Cuando llegamos a los ascensores, me obliga a ponerme de rodillas al lado de la veraz que había visto antes. Ella y cuatro más están sentados entre las dos filas de ascensores, inmovilizados por osados con pistolas.

—Quiero que alguien mantenga una pistola pegada a ella en todo momento —ordena Eric—. No solo apuntándola, sino pegada a ella.

Un osado me pone el cañón de una pistola contra la nuca, y noto un círculo frío en la piel. Alzo la vista hacia Eric, que tiene la cara roja y los ojos llorosos.

—¿Qué te pasa, Eric? —pregunto, arqueando las cejas—. ¿Te da miedo una niñita?

—No soy estúpido —responde, metiéndose las manos en el pelo—. Puede que te haya funcionado antes el teatro de la niñita, pero ya no. Eres el mejor perro de ataque que tienen —añade, acercándose más—. Y por eso estoy seguro de que no tardaré en sacrificarte.

Se abren las puertas de uno de los ascensores, y un soldado empuja a Uriah (que tiene los labios manchados de sangre) hacia la corta fila de los divergentes. Uriah me mira, pero no sé descifrar bien su expresión, así que desconozco si ha tenido éxito o ha fracasado. Si está aquí, seguramente habrá fracasado. Ahora encontrarán a todos los divergentes del edificio, y la mayoría moriremos.

Debería tener miedo, pero, en vez de eso, una risa histérica crece dentro de mí, porque he recordado algo: puede que no sea capaz de llevar una pistola, pero tengo una navaja escondida en el bolsillo de atrás.

CAPÍTULO
DIECISÉIS

Muevo la mano hacia atrás, centímetro a centímetro, de modo que el soldado que me apunta con un arma no se dé cuenta. Las puertas del ascensor se abren de nuevo, y de él salen más divergentes con más traidores osados. La veraz que está a mi derecha gime. Se le han pegado a los labios varios mechones de pelo, que está mojado de saliva o de lágrimas, no sabría decirlo.

Mi mano llega a la esquina del bolsillo de atrás. La mantengo firme, aunque me tiemblan los dedos por culpa de los nervios. Tengo que esperar al momento justo, cuando Eric esté cerca.

Me concentro en la mecánica de la respiración, imaginándome que el aire llena por completo mis pulmones al inspirar y recordando al espirar que mi sangre oxigenada y sin oxigenar viaja en ambas direcciones impulsada por el mismo corazón.

Resulta más sencillo pensar en la biología que en la fila de divergentes sentados entre los ascensores. Un veraz que no debe de tener más de once años se sienta a mi izquierda. Es más valiente que la mujer de mi derecha; se queda mirando fijamente, sin vacilar, al soldado que tiene enfrente.

Inspirar, espirar. La sangre me llega a las extremidades; el corazón es un músculo poderoso, el más fuerte del cuerpo en cuanto a longevidad. Llegan más osados para informar de que han barrido con éxito algunas plantas concretas del Mercado del Martirio. Hay cientos de personas inconscientes por el suelo, les han disparado con algo que no son balas y no tengo ni idea del porqué.

Pero estoy pensando en el corazón. Ya no en el mío, sino en el de Eric, y en lo hueco que sonará su pecho cuando ya no le lata. A pesar de lo mucho que lo odio, en realidad no quiero matarlo, al menos, no con una navaja, desde tan cerca que podré ver cómo se le escapa la vida. Sin embargo, solo tengo una oportunidad de hacer algo útil, y quiero darles a los eruditos donde más les duela, tengo que arrebatarles a uno de sus líderes.

Me doy cuenta de que nadie ha traído a la chica veraz a la que avisé, lo que significa que debe de haber huido. Bien.

Eric junta las manos detrás de la espalda y empieza a dar vueltas, adelante y atrás, frente a la línea de divergentes.

—Mis órdenes son llevarme a tan solo dos de vosotros a la sede de Erudición para haceros pruebas —dice—. El resto será ejecutado. Hay varias formas de decidir quiénes nos serán menos útiles.

Sus pisadas se acercan. Tenso los dedos, a punto de agarrar el mango de la navaja, pero no se acerca lo suficiente, sino que sigue caminando y se detiene delante del niño que tengo a mi izquierda.

—El cerebro concluye su desarrollo a los veinticinco —continúa Eric—, así que tu divergencia no se ha desarrollado por completo.

Levanta la pistola y dispara.

Dejo escapar un grito estrangulado cuando el niño cae al suelo, y aprieto los ojos con fuerza. Todos y cada uno de los músculos de mi cuerpo tiran de mí hacia él, pero me contengo. «Espera, espera, espera». No puedo pensar en el niño. Me obligo a abrir los ojos y parpadeo para espantar las lágrimas.

Mi grito ha conseguido una cosa: ahora tengo a Eric enfrente, sonriendo. He captado su atención.

—Tú también eres bastante joven —dice—, te queda mucho para terminar tu desarrollo.

Da un paso hacia mí; acerco los dedos unos centímetros al mango de la navaja.

—La mayoría de los divergentes obtienen dos resultados en la prueba de aptitud. Algunos, solo uno. Nadie ha sacado nunca tres, no por sus aptitudes, sino, simplemente, porque para obtener ese resultado tienes que negarte a elegir algo —añade, acercándose más aún; ladeo la cabeza para mirarlo, para mirar todos los fragmentos de metal que le brillan en la cara, para mirar sus ojos huecos—. Mis superiores sospechan que sacaste dos, Tris. No creen que seas tan compleja, solo una mezcla homogénea de Abnegación y Osadía, sacrificada hasta el punto de resultar idiota. ¿O es valiente hasta el punto de resultar idiota?

Cierro la mano en torno al mango de la navaja y lo aprieto. Eric se inclina sobre mí.

—Entre tú y yo…, creo que quizá sacaras tres, porque eres tan cabezota que serías capaz de negarte a tomar una simple elección solo porque te obligaran a hacerlo. ¿Me iluminas?

Me lanzo sobre él, sacando la mano del bolsillo. Cierro los

ojos a la vez que levanto la hoja hacia arriba y hacia él. No quiero verle la sangre.

Noto que la navaja entra y la saco de nuevo. Todo el cuerpo me late al ritmo de mi corazón. Noto la nuca pegajosa de sudor. Abro los ojos cuando Eric cae al suelo, y después..., el caos.

Los traidores osados no llevan pistolas letales, solo unas que disparan lo mismo que nos han disparado antes, así que todos corren a por sus armas de verdad. Mientras lo hacen, Uriah se lanza sobre uno de ellos y le da un buen puñetazo en la mandíbula. Los ojos del soldado se apagan, y el hombre cae al suelo, sin sentido. Uriah le quita la pistola y empieza a disparar a los osados que tenemos más cerca.

Voy a por la pistola de Eric, tan aterrada que apenas veo, y, al levantar la mirada, juro que la cantidad de osados en la habitación se ha multiplicado por dos. Todo son disparos, me tiro al suelo y los demás empiezan a correr. Rozo con los dedos el cañón del arma y me estremezco. Tengo las manos demasiado débiles para cogerla.

Un pesado brazo me rodea los hombros y me empuja contra la pared. Me arde el hombro derecho, y veo el símbolo de Osadía tatuado en una nuca. Tobias se vuelve, agachado delante de mí para protegerme de los disparos, y dispara a su vez.

—Avísame si tengo a alguien detrás —me pide.

Me asomo por encima de su hombro, cerrando los puños contra su camiseta.

Hay más osados en la sala, osados sin brazaletes azules: osados leales. Mi facción. Mi facción ha venido a salvarnos. ¿Cómo es que están despiertos?

Los traidores salen corriendo de la zona de ascensores. No estaban preparados para un ataque, no desde tantos ángulos. Algunos resisten, pero la mayoría corre hacia las escaleras. Tobias dispara una y otra vez, hasta que se queda sin balas y el gatillo solo hace clic. Lo veo todo borroso por las lágrimas y mis manos no están como para disparar un arma. Grito entre dientes apretados, frustrada; no puedo ayudar, no sirvo para nada.

En el suelo, Eric gime. Sigue vivo, por ahora.

Poco a poco van terminando los tiros. Tengo la mano húmeda. Un atisbo de rojo me dice que está cubierta de sangre, de la sangre de Eric. Me la limpio en los pantalones e intento parpadear para apartar las lágrimas. Me pitan los oídos.

—Tris —dice Tobias—. Ya puedes bajar la navaja.

CAPÍTULO
DIECISIETE

Tobias me cuenta su historia:

Cuando los eruditos llegaron a las escaleras del vestíbulo, uno de ellos no subió a la segunda planta, sino que corrió a una de las plantas más altas del edificio. Allí evacuó a un grupo de osados leales (Tobias incluido) hasta una salida de incendios que los traidores no habían sellado. Estos osados leales se reunieron en el vestíbulo, y se dividieron en cuatro grupos que subieron a la vez las escaleras y rodearon a los traidores, que se habían reunido alrededor de los ascensores.

Los traidores no estaban preparados para tanta resistencia, creían que todos, salvo los divergentes, estaban inconscientes, así que huyeron.

La erudita era Cara, la hermana mayor de Will.

Con un suspiro, dejo que la chaqueta me resbale de los brazos y me examino el hombro. Un disco metálico del tamaño de mi meñique está apretado contra mi piel. Alrededor hay una zona de hilos azules, como si alguien me hubiese inyectado tinte azul en las diminutas venas que están justo debajo de la piel. Frunzo el ceño e intento quitarme el disco del brazo, pero noto un dolor intenso.

Aprieto los dientes y meto la hoja de la navaja bajo el disco para obligarlo a salir. Grito entre dientes cuando el dolor me recorre, haciendo que todo se vuelva negro durante un segundo. Sin embargo, sigo empujando con todas mis fuerzas hasta que el disco se levanta lo bastante como para agarrarlo con los dedos. Hay una aguja unida a la otra cara del disco.

Me dan náuseas, pero sujeto el disco con las puntas de los dedos y tiro una última vez. Esta vez, la aguja se suelta. Es tan larga como mi meñique y está manchada de sangre, de mi sangre. Sin hacer caso de la sangre que me baja por el brazo, acerco el disco y la aguja a la luz que hay encima del lavabo.

A juzgar por el tinte azul del brazo y la aguja, deben de habernos inyectado algo, pero ¿qué? ¿Veneno? ¿Un explosivo?

Sacudo la cabeza, porque, de haber querido matarnos, la mayoría ya estábamos inconscientes, así que solo tenían que dispararnos. Sea lo que sea lo que nos inyectaron, no era para matarnos.

Alguien llama a la puerta. No sé por qué; total, estoy en un baño público.

—Tris, ¿estás ahí? —pregunta Uriah desde el otro lado de la puerta.

—Sí.

Tiene mejor aspecto que hace una hora; se ha lavado la sangre de la boca y ha recuperado parte del color de la cara. De repente, me doy cuenta de lo guapo que es: todos sus rasgos son proporcionados, tiene unos ojos oscuros y alegres, y su piel es marrón bronce. Y probablemente siempre ha sido igual de guapo; solo los chicos que han sido guapos desde críos tienen esa sonrisa tan arrogante.

No como Tobias, que casi resulta tímido cuando sonríe, como si le sorprendiera que te molestases en mirarlo.

Noto un nudo en la garganta. Dejo la aguja y el disco en el borde del lavabo.

Uriah me mira, mira la aguja y mira el reguero de sangre que me baja del hombro a la muñeca.

—Qué asco —dice.

—No estaba prestando atención —respondo mientras cojo una toalla de papel para secarme la sangre del brazo—. ¿Cómo están los demás?

—Marlene está contando chistes, como siempre —responde, y su sonrisa se ensancha tanto que le sale un hoyuelo en la mejilla—. Lynn gruñe. Espera, ¿te has arrancado eso de tu propio brazo? —pregunta, señalando la aguja—. Dios, Tris, ¿es que no tienes terminaciones nerviosas o qué?

—Creo que necesito una venda.

—¿Tú crees? —repite, sacudiendo la cabeza—. También deberías ponerte hielo en la cara. En fin, todos se están despertando. Lo de ahí fuera es una casa de locos.

Me toco la mandíbula; duele donde Eric me pegó... Me pondré una pomada curativa para que no salga moretón.

—¿Está muerto Eric? —pregunto, y no sé si quiero oír que sí o que no.

—No. Algunos veraces decidieron atenderlo —responde

Uriah, mirando el lavabo con el ceño fruncido—. Algo sobre tratar con honor a los prisioneros. Kang lo está interrogando en privado ahora mismo. No nos quiere por allí, perturbando la paz o lo que sea. —Resoplo—. Sí. En fin, que nadie lo entiende —añade, sentándose en el lavabo de al lado—. ¿Por qué entrar al asalto y dispararnos esas cosas para dejarnos inconscientes? ¿Por qué no nos han matado?

—Ni idea. El único sentido que le veo es que los ha ayudado a averiguar quién es divergente y quién no. Pero no puede ser la única razón.

—No sé por qué la han tomado con nosotros. Quiero decir, cuando estaban intentando controlar mentalmente un ejército, claro, pero ¿ahora? No parece muy útil.

Frunzo el ceño mientras aprieto una toalla de papel limpia contra el hombro para que deje de sangrar. Tiene razón, Jeanine ya tiene un ejército. Entonces, ¿por qué matar a los divergentes ahora?

—Jeanine no quiere matar a todo el mundo —digo despacio—. Sabe que sería ilógico. Sin todas las facciones, la sociedad no funcionaría, porque cada facción entrena a sus miembros para unos trabajos concretos. Lo que ella quiere es el control.

Miro mi reflejo: tengo la mandíbula hinchada y marcas de uñas en los brazos. Asqueroso.

—Debe de estar planeando otra simulación —añado—, lo mismo de antes, aunque, esta vez, quiere asegurarse de que todos estén dentro o muertos.

—Pero la simulación solo dura un tiempo. No resulta útil si no pretendes algo específico.

—Cierto —respondo, suspirando—. No lo sé, no lo entiendo —digo, levantando la aguja—. Y tampoco entiendo para qué es esta cosa. Si fuera como las otras inyecciones para inducir una simulación, sería de un solo uso. Entonces, ¿por qué dispararlas solo para dejarnos inconscientes? No tiene ningún sentido.

—No sé, Tris, pero ahora mismo tenemos que enfrentarnos a un edificio lleno de gente aterrada. Vamos a que te venden —dice; entonces hace una pausa y añade—: ¿Me haces un favor?

—¿El qué?

—No le cuentes a nadie que soy divergente —responde, mordiéndose el labio—. Shauna es mi amiga, y no quiero que, de repente, me tenga miedo.

—Claro —le aseguro, obligándome a sonreír—. No diré nada.

Me paso despierta toda la noche, sacando agujas de los brazos de la gente. Al cabo de unas cuantas horas, dejo de intentar tener cuidado y tiro con todas mis fuerzas.

Descubro que el chico veraz al que Eric ha disparado en la cabeza se llamaba Bobby, que Eric está estable y que de los cientos de personas del Mercado del Martirio solo ochenta se han librado de las agujas clavadas en la carne. Setenta de ellas son osados, y una de ellas es Christina. Me paso la noche cavilando sobre agujas, sueros y simulaciones, intentando introducirme en la mente de mis enemigos.

Por la mañana me quedo sin agujas que extraer y voy a la cafetería, restregándome los ojos. Jack Kang ha anunciado que habrá una reunión a las doce, así que puede que tenga tiempo para una siesta larga después de comer.

Sin embargo, cuando entro en la cafetería veo a Caleb, y él corre hacia mí y me abraza con cuidado. Suspiro aliviada. Creía que había llegado a un punto en el que ya no necesitaba a mi hermano, pero creo que ese punto, en realidad, no existe. Me relajo entre sus brazos un momento y capto la mirada de Tobias detrás de Caleb.

—¿Estás bien? —me pregunta mi hermano, apartándose—. Tienes la mandíbula...

—No es nada, solo está hinchada.

—He oído que atraparon a unos cuantos divergentes y empezaron a dispararles. Gracias a Dios que no te encontraron.

—La verdad es que sí me encontraron, pero solo mataron a uno —respondo, y me pellizco el puente de la nariz para aliviar la presión de la cabeza—. Estoy bien, tranquilo. ¿Cuándo has llegado?

—Hace como diez minutos. He venido con Marcus. Como nuestro único líder político legal, creyó que su obligación era estar aquí. No nos enteramos del ataque hasta hace una hora. Uno de los abandonados vio a los osados entrar en el edificio, y las noticias tardan un poco en llegar a todos los abandonados.

—¿Marcus está vivo? —pregunto.

En realidad, no lo vimos morir cuando escapamos del complejo de Cordialidad, aunque yo había supuesto que eso era lo que había pasado. No sé bien cómo me siento. ¿Decepcionada, porque lo odio por cómo trató a Tobias? ¿O aliviada, porque el último líder de Abnegación sigue vivo? ¿Es posible sentir las dos cosas?

—Peter y él escaparon, y fueron a pie hasta la ciudad —dice Caleb.

Descubrir que Peter sigue vivo no me produce tanto alivio.

—¿Y dónde está Peter?

—Donde cabría esperar —contesta.

—Con Erudición —digo, sacudiendo la cabeza—. Qué...

Ni siquiera se me ocurre una palabra lo bastante fuerte para describirlo. Al parecer, necesito ampliar mi vocabulario.

La cara de Caleb se contrae durante un momento; después asiente con la cabeza y me toca el hombro.

—¿Tienes hambre? ¿Quieres que te traiga algo?

—Sí, por favor. Vuelve dentro de un momento, ¿vale? Tengo que hablar con Tobias.

—De acuerdo —responde Caleb, y me aprieta el brazo antes de alejarse, seguramente camino de la cola de la cafetería, que mide varios kilómetros.

Tobias y yo nos quedamos a unos metros de distancia durante varios segundos. Después, él se acerca lentamente.

—¿Estás bien? —me pregunta.

—A lo mejor vomito si tengo que volver a responder a esa pregunta. No tengo una bala en la cabeza, ¿no? Pues estoy bien.

—Tienes la mandíbula tan hinchada que parece que llevas una bola de algodón metida en la boca y acabas de apuñalar a Eric —responde, frunciendo el ceño—, ¿y no se me permite preguntarte si estás bien?

Suspiro. Debería decirle lo de Marcus, pero no quiero hacerlo aquí, con tanta gente alrededor.

—Sí, estoy bien.

Se le mueve el brazo como si hubiese pensado en tocarme y, al final, decidiera que no es buena idea. Entonces se lo vuelve a pensar y me pasa un brazo por encima para empujarme hacia él.

De repente, creo que quizá sea mejor dejar que otro se arriesgue, que mejor empiezo a ser un poco egoísta para poder quedarme cerca de Tobias sin hacerle daño. Solo me apetece enterrar la cara en su cuello y olvidarme de que existe todo lo demás.

—Siento haber tardado tanto en ir a por ti —me susurra en el pelo.

Suspiro y le toco la espalda con las puntas de los dedos. Aunque podría quedarme aquí hasta caer inconsciente por el agotamiento, no puedo hacerlo.

—Tengo que hablar contigo —respondo, apartándome un poco—. ¿Vamos a un lugar tranquilo?

Él asiente, y salimos de la cafetería. Uno de los osados nos grita al pasar:

—¡Eh, mira! ¡Tobias Eaton!

Casi se me había olvidado el interrogatorio y el nombre que desveló a toda Osadía.

Otro grita:

—¡Hace un rato he visto a tu padre, Eaton! ¿Te vas a esconder?

Tobias se pone derecho y rígido, como si alguien lo estuviera apuntando con una pistola en vez de burlándose de él.

—Sí, ¿te vas a esconder, cobarde?

Unas cuantas personas se ríen. Me agarro del brazo de Tobias y lo dirijo a los ascensores antes de que reaccione. Tenía cara de querer pegar a alguien. O algo peor.

—Te lo iba a decir, ha venido con Caleb. Peter y él escaparon de Cordialidad...

—¿Y a qué estabas esperando? —pregunta, aunque sin enfado; es como si su voz no le perteneciera, como si flotara entre los dos.

—No es una noticia que se pueda dar en la cafetería.

—Me parece justo.

Esperamos en silencio a que llegue el ascensor mientras Tobias se muerde el labio y mira al infinito. Lo hace durante todo el camino hasta la planta dieciocho, que está vacía. Allí, el silencio me envuelve como el abrazo de Caleb y me calma. Me siento en uno de los bancos del borde de la sala de interrogatorios, y Tobias acerca la silla de Niles para sentarse frente a mí.

—¿No había dos? —pregunta, frunciendo el ceño.

—Sí. Es que yo... La tiraron por la ventana.

—Qué raro —comenta antes de sentarse—. Vale, ¿de qué querías hablar? ¿O era lo de Marcus?

—No, no era eso. ¿Estás... bien? —pregunto con cautela.

—No tengo una bala en la cabeza, ¿no? —dice, mirándose las manos—. Así que estoy bien. Me gustaría hablar de otra cosa.

—Quiero hablar de simulaciones —respondo—. Pero, primero, hay otra cosa: tu madre creía que Jeanine iría a por los abandonados. Está claro que se equivocaba..., y no sé bien por qué. Tampoco es que Verdad esté dispuesta para la batalla, ni nada de eso.

—Bueno, piénsalo. Piénsalo bien, como los eruditos —me pide, y le echo una mirada—. ¿Qué? Si tú no eres capaz, no hay esperanza para el resto de nosotros.

—Vale. Hmmm..., ha tenido que ser porque Osadía y Verdad eran los objetivos más lógicos. Porque... los abandonados están más repartidos, mientras que nosotros estamos todos en el mismo sitio.

—Bien. Además, cuando Jeanine atacó Abnegación, obtuvo todos los datos de los abnegados. Mi madre me contó que Abnegación tenía documentada la población de divergentes sin facción, así que Jeanine tiene que haber descubierto que la proporción de divergentes entre los abandonados es mayor que entre los veraces. Eso los convierte en un objetivo poco lógico.

—Vale. Pues cuéntame otra vez lo del suero —le pido—. Tiene unas cuantas partes, ¿no?

—Dos —responde, asintiendo—. El transmisor y el líquido que induce la simulación. El transmisor comunica información al cerebro desde el ordenador y viceversa, y el líquido altera el cerebro para ponerlo en modo simulación.

—Y el transmisor solo sirve para una simulación, ¿verdad? —pregunto, asintiendo—. ¿Qué le pasa después?

—Se disuelve. Por lo que sé, los eruditos no han sido capaces de desarrollar un transmisor que dure más de una simulación, aunque la simulación del ataque duró mucho más que cualquier otra que haya visto.

Las palabras «por lo que sé» se me quedan grabadas. Jeanine se ha pasado casi toda su vida adulta desarrollando los sueros. Si sigue persiguiendo a los divergentes es porque seguramente sigue obsesionada con crear versiones más avanzadas de esa tecnología.

—¿De qué va esto, Tris?

—¿Has visto esto ya? —pregunto, señalando la venda que me tapa el hombro.

—No de cerca. Uriah y yo nos hemos pasado toda la mañana trasladando eruditos heridos a la cuarta planta.

Levanto el borde de la venda y dejo al descubierto la herida del pinchazo (que, por suerte, ya no sangra) y la mancha de tinte azul que no quiere desaparecer. Después, me meto la mano en el bolsillo y saco la aguja que tenía clavada en el brazo.

—Cuando atacaron, no intentaban matarnos. Nos disparaban con esto —le explico.

Su mano toca la piel teñida de la herida. Antes no me di cuenta, porque estaba pasando ante mis narices, pero Tobias ha cambiado desde la iniciación. Ha dejado que el pelo facial le crezca un poco, y lleva el pelo más largo que antes, lo bastante para ver que es castaño y no negro.

Coge la aguja y le da unos golpecitos al disco de metal de la punta.

—Seguramente está hueco. Debía de contener esa cosa azul que tienes en el brazo. ¿Qué pasó después de que te dispararan?

—Lanzaron por la habitación unos cilindros que escupían gas y todos cayeron inconscientes. Bueno, todos menos Uriah, yo y los demás divergentes. —Tobias no parece sorprendido—. ¿Sabías que Uriah era divergente? —pregunto, entrecerrando los ojos.

—Claro. También dirigía sus simulaciones.

—¿Y no me lo contaste?

—Información privilegiada. Información peligrosa.

Me pongo furiosa (¿cuántas cosas pretende ocultarme?) e in-

189

tento calmarme. Claro que no me contó que Uriah era divergente, estaba respetando su intimidad. Tiene sentido.

—Nos has salvado la vida, ¿sabes? —digo tras aclararme la garganta—. Eric intentaba acabar con nosotros.

—Creía que ya no llevábamos la cuenta de las veces que uno había salvado al otro —responde, y se me queda mirando durante unos largos segundos.

—En fin —digo, para romper el silencio—. Cuando averiguamos que todos estaban dormidos, Uriah corrió escaleras arriba para avisar a la gente que estaba allí, y yo fui a la segunda planta para ver qué pasaba. Eric tenía a todos los divergentes junto a los ascensores e intentaba decidir a quién llevarse. Nos dijo que tenía permiso para llevarse a dos. No sé para qué los querrían.

—Qué raro.

—¿Alguna idea?

—Diría que la aguja inyectó un transmisor y que el gas era una versión en aerosol del líquido que altera el cerebro. Pero ¿por qué? —se pregunta, y veo aparecer una arruga entre sus cejas—. Ah. Durmió a todos para averiguar quiénes eran los divergentes.

—¿Crees que es la única razón por la que nos disparó los transmisores?

Sacude la cabeza y me mira a los ojos. Los suyos son de un azul tan oscuro y familiar que es como si pudieran tragarme entera. Durante un instante deseo que lo hagan para escapar de este lugar y de todo lo sucedido.

—Creo que ya lo has adivinado —me dice—, pero quieres que te contradiga. Y no pienso hacerlo.

—Han desarrollado un transmisor más duradero —respondo, y él asiente—. Así que ahora estamos todos conectados para pasar por varias simulaciones. Puede que tantas como Jeanine desee.

Vuelve a asentir.

Cuando vuelvo a espirar, mi aliento tiembla en el aire.

—Esto no es nada bueno, Tobias.

En el pasillo, tras salir de la sala de interrogatorios, se detiene y se apoya en la pared.

—Así que atacaste a Eric. ¿Fue durante la invasión? ¿O cuando estabas junto a los ascensores?

—Junto a los ascensores.

—Lo que no entiendo es que estabas abajo. Podrías haber huido. Sin embargo, decidiste meterte tú sola en medio de un enorme grupo de osados armados. Y me apuesto lo que quieras a que no llevabas una pistola —dice, y yo aprieto los labios—. ¿Acierto?

—¿Qué te hace pensar que no la llevaba? —pregunto, frunciendo el ceño.

—No has sido capaz de tocar una pistola desde el ataque —responde—. Entiendo el porqué, con todo lo de Will y eso, pero...

—No tiene nada que ver con eso.

—¿No? —pregunta, arqueando las cejas.

—Hice lo que tenía que hacer.

—Sí, pero ya deberías haber acabado —responde, apartándose de la pared para ponerse frente a mí. Los pasillos de Verdad son anchos, lo bastante para todo el espacio que quiero dejar entre nosotros—. Tendrías que haberte quedado en Cordialidad. Tendrías que haberte mantenido lejos de todo esto.

—No, no es verdad. ¿Crees que sabes lo que es mejor para mí? No tienes ni idea. Me estaba volviendo loca en Cordialidad. Aquí por fin me siento... cuerda de nuevo.

—Lo que es raro, teniendo en cuenta que actúas como una psicópata. Elegir la posición en la que te encontraste ayer no es ser valiente, es peor que ser estúpida..., es ser una suicida. ¿Te importa algo tu vida?

—¡Claro que sí! —respondo—. ¡Intentaba hacer algo útil!

Se limita a mirarme durante unos segundos.

—Eres más que una osada —dice en voz baja—. Pero, si quieres ser igual que ellos, meterte de cabeza en situaciones ridículas sin razón y vengarte de tus enemigos sin pensar en lo que es ético, adelante. Creía que eras mejor, ¡aunque quizá me equivocaba!

Aprieto las manos y después, la mandíbula.

—No deberías insultar a Osadía —respondo—. Te aceptaron cuando no tenías a donde ir. Te confiaron un buen trabajo. Te dieron amigos.

Me apoyo en la pared con la mirada clavada en el suelo. Las baldosas del Mercado del Martirio son siempre blancas y negras, y aquí están colocadas a cuadros. Si desenfoco la mirada, veo justo aquello en lo que no creen los veraces: el gris. A lo mejor Tobias y yo tampoco creemos en él, en el fondo.

Peso demasiado, más de lo que soporta mi constitución, tanto que debería atravesar el suelo.

—Tris.

Sigo mirando las baldosas.

—Tris.

Al final, lo miro.

—Es que no quiero perderte —me dice.

Nos quedamos así durante unos minutos. No quiero decir lo que pienso, que es que puede que esté en lo cierto: parte de mí desea perderse, lucha por unirse a mis padres y a Will para no tener que seguir sufriendo por ellos. Parte de mí desea ver lo que hay después.

—Entonces, ¿tú eres su hermano? —pregunta Lynn—. Supongo que ahora sabemos quién se ha llevado los genes de calidad.

Me río al ver la expresión de Caleb, que tiene los labios un poco fruncidos y los ojos muy abiertos.

—¿Cuándo tienes que volver? —le pregunto, dándole un codazo.

Le doy un bocado al sándwich que Caleb me ha traído de la cola de la cafetería. Me pone nerviosa que esté aquí, de modo que se mezclen los tristes restos de mi familia con los tristes restos de mi vida osada. ¿Qué pensará de mis amigos, de mi facción? ¿Qué pensará mi facción de él?

—Pronto —responde—. No quiero que nadie se preocupe.

—No sabía que Susan se hubiese cambiado el nombre por Nadie —comento, arqueando una ceja.

—Ja, ja —dice, haciendo una mueca.

Las bromas entre hermanos deberían resultarme familiares, pero, para nosotros, no lo son. En Abnegación se veía con malos ojos cualquier cosa que pusiera a alguien incómodo, incluidas las bromas.

Noto lo cautelosos que somos entre nosotros mientras descubrimos esta nueva forma de relacionarnos desde la perspectiva de nuestras nuevas facciones y de la muerte de nuestros padres. Cada vez que lo miro me doy cuenta de que es la única familia que me queda, y me entra la ansiedad, ansiedad por tenerlo cerca, ansiedad por reducir la distancia que nos separa.

—¿Susan es otra desertora de Erudición? —pregunta Lynn mientras atraviesa una judía verde con el tenedor; Uriah y Tobias siguen en la cola, esperando detrás de las dos docenas de veraces que están demasiado ocupados discutiendo como para recoger su comida.

—No, era nuestra vecina cuando éramos pequeños. Es de Abnegación —respondo.

—¿Y tienes una relación con ella? —pregunta a Caleb—. ¿No te parece una idea un poco estúpida? Quiero decir, cuando acabe todo esto estaréis en facciones distintas, viviréis en sitios completamente distintos...

—Lynn —dice Marlene, tocándole el hombro—, cállate, ¿vale?

Al otro lado de la sala, algo azul llama mi atención: Cara acaba de entrar. Pierdo el apetito, así que dejo el sándwich y la miro con la cabeza gacha. Ella se dirige al otro extremo de la cafetería, donde hay unas cuantas mesas con refugiados de Erudición. La mayoría ha abandonado su ropa azul para ponerse ropa negra y blanca, aunque todavía llevan las gafas. Intento concentrarme en Caleb..., pero Caleb también los está mirando.

—Tengo las mismas posibilidades de volver a Erudición que ellos —dice—. Cuando esto acabe, no tendré facción.

Por primera vez me doy cuenta de lo triste que parece cuando habla de Erudición. No me había percatado de lo difícil que tiene que haber sido para él la decisión de abandonarlos.

—Podrías sentarte con ellos —sugiero, señalándolos con la cabeza.

—No los conozco —responde, y se encoge de hombros—. Solo estuve allí un mes, ¿no te acuerdas?

Uriah suelta su bandeja en la mesa, con el ceño fruncido.

—He oído a alguien hablar en la cola sobre el interrogatorio de Eric. Al parecer, no sabía casi nada del plan de Jeanine.

—¿Qué? —exclama Lynn, dejando de golpe el tenedor en la mesa—. ¿Cómo es posible?

Uriah se encoge de hombros y se sienta.

—A mí no me sorprende —comenta Caleb, y todos lo miran—. ¿Qué pasa? —pregunta, ruborizado—. Sería una estupidez confiarle todo tu plan a una única persona. Es muchísimo más inteligente contar una pequeña parte a cada persona que trabaja contigo. Así, si alguien te traiciona, la pérdida no es demasiado importante.

—Ah —responde Uriah.

Lynn recoge el tenedor y sigue comiendo.

—He oído que los veraces han hecho helado —dice Marlene, girando la cabeza para mirar la cola—. Ya sabéis, en plan: «Es un asco que nos hayan atacado, pero al menos tenemos postre».

—Me siento mejor con tan solo pensarlo —comenta Lynn con ironía.

—Seguro que no está tan bueno como la tarta de Osadía —dice Marlene en tono lastimero; suspira, y un mechón de pelo castaño desvaído le cae sobre los ojos.

—Teníamos una tarta muy buena —le explico a Caleb.

—Y nosotros teníamos bebidas con burbujas —responde Caleb.

—Ah, pero ¿teníais un saliente que daba a un río subterráneo? —pregunta Marlene, moviendo las cejas—. ¿Y una habitación en la que te enfrentabas a todas tus pesadillas juntas?

—No, y, si te digo la verdad, casi que lo prefiero.

—Ga-lli-na —le canturrea Marlene.

—¿Todas tus pesadillas? —pregunta Caleb, y se le iluminan los ojos—. ¿Cómo funciona eso? Quiero decir, ¿las pesadillas las produce el ordenador o tu cerebro?

—Oh, no, ya estamos —comenta Lynn, dejando caer la cabeza entre las manos.

Marlene se lanza a describir las simulaciones, y yo dejo que su voz y la de Caleb me pasen por encima mientras termino el sándwich. Después, a pesar del tintineo de los tenedores y el rugido de cientos de conversaciones, apoyo la cabeza en la mesa y me quedo dormida.

CAPÍTULO DIECIOCHO

—¡Callaos todos!

Jack Kang alza las manos y la multitud guarda silencio. Hay que tener talento para eso.

Estoy entre el grupo de osados que llegaron tarde, cuando ya no quedaban asientos libres. Un reflejo de luz me llama la atención: un relámpago. No es el mejor momento para reunirse en una habitación con agujeros en las paredes, en vez de ventanas, pero es la sala más grande que tienen.

—Sé que muchos de vosotros estáis desconcertados y conmocionados por lo ocurrido ayer —dice Jack—. He oído muchos informes desde distintas perspectivas, y me he hecho una idea de lo que está claro y de lo que requiere más investigación.

Me meto el pelo mojado detrás de las orejas. Me desperté diez minutos antes de la hora a la que supuestamente empezaba la reunión y corrí a la ducha. Aunque estoy agotada, ahora me siento más alerta.

—Lo que parece requerir más investigación es el asunto de los divergentes —añade Jack.

Parece cansado, tiene círculos oscuros bajo los ojos y el pelo de punta sin orden ni concierto aparente, como si se hubiese pasado la noche tirándose de él. A pesar del calor sofocante que hace en la sala, lleva una camisa de manga larga que se abotona en las muñecas; debía de estar distraído cuando se vistió esta mañana.

—Si sois divergentes, por favor, dad un paso adelante para que podamos oír vuestra experiencia.

Miro de lado a Uriah, esto parece peligroso. Se supone que debo ocultar mi divergencia, se supone que reconocerla significa la muerte. Sin embargo, ya no tiene sentido ocultarla: ya saben lo que soy.

Tobias es el primero que se mueve. Se mete entre la gente, primero poniéndose de lado para abrirse paso, y después, cuando se empiezan a apartar, caminando directamente hacia Jack Kang con la espalda bien recta.

Yo también me muevo mientras mascullo disculpas a las personas que tengo delante. Se retiran como si acabara de amenazar con escupirles veneno. Unos cuantos más dan un paso adelante, veraces de blanco y negro, aunque no muchos. Uno de ellos es la chica a la que ayudé.

A pesar de la mala fama de la que ahora disfruta Tobias entre los osados y de mi nuevo título de Aquella Chica Que Apuñaló a Eric, en realidad no somos el centro de atención. El centro de atención es Marcus.

—¿Tú, Marcus? —pregunta Jack cuando Marcus llega al centro de la sala y se coloca encima del plato más bajo de la balanza dibujada en el suelo.

—Sí —responde él—. Entiendo que estés preocupado..., que todos estéis preocupados. Hace una semana nunca habíais oído hablar de los divergentes y ahora solo sabéis que son inmunes a algo a lo que vosotros sí sois susceptibles, y eso da miedo. Sin embargo, os aseguro que no hay nada que temer en lo que a nosotros respecta.

Mientras habla, ladea la cabeza y arquea las cejas, compasivo, y entiendo de repente por qué gusta a alguna gente. Te hace sentir que se ocupará de todo si lo dejas en sus manos.

—Me resulta obvio que nos atacaron para que los eruditos pudieran encontrar a los divergentes —dice Jack—. ¿Sabes por qué?

—No —responde Marcus—. Quizá solo pretendieran identificarnos. Parece una información útil si piensan volver a usar sus simulaciones.

—No era eso lo que pretendían —dice mi boca antes de que yo decida hacerlo; mi voz suena aguda y débil comparada con la de Marcus y Jack, aunque es demasiado tarde para detenerme—. Querían matarnos. Llevan matándonos desde antes de que pasara todo esto.

Jack junta las cejas y oigo cientos de diminutos sonidos, gotas de lluvia que caen sobre el tejado. La habitación oscurece, como si la ensombreciese mi comentario.

—Eso suena a teoría de la conspiración —dice Jack—. ¿Qué razón tendrían los eruditos para mataros?

Mi madre decía que la gente teme a los divergentes porque no puede controlarlos. A lo mejor es cierto, aunque el miedo a lo que no puedes controlar no es una razón lo bastante concreta como para explicar a Jack Kang por qué Erudición nos quiere ver muertos. El corazón se me acelera al darme cuenta de que no soy capaz de responder.

—Pues... —empiezo, y Tobias me interrumpe.

—Resulta obvio que no lo sabemos —dice—, pero se han documentado casi una docena de muertes misteriosas en Osadía en los últimos seis años, y existe una correlación entre esas personas y unos resultados irregulares en las pruebas de aptitud o en las simulaciones de la iniciación.

Cae un rayo y la habitación se ilumina. Jack sacude la cabeza.

—Aunque resulta interesante, la correlación no equivale a una prueba.

—Un líder osado disparó a un niño veraz en la cabeza —le suelto—. ¿Te llegó un informe de eso? ¿Te pareció que requería investigarlo?

—Pues sí. Y disparar a un niño a sangre fría es un crimen terrible que no quedará sin castigo. Por suerte, tenemos al culpable en custodia y lo juzgaremos. Sin embargo, hay que tener presente que los soldados osados no dieron muestras de querer hacer daño a la mayoría de los veraces. De haber querido, nos habrían asesinado mientras estábamos inconscientes.

Oigo murmullos de irritación a mi alrededor.

—Su invasión pacífica me indica que quizá sea posible negociar un tratado de paz con Erudición y los otros osados —sigue diciendo—. Así que concertaré una reunión con Jeanine Matthews para analizar esa posibilidad lo antes posible.

—Su invasión no fue «pacífica» —respondo; veo por el rabillo del ojo la boca de Tobias, y está sonriendo, así que respiro hondo y empiezo otra vez—. Que no os dispararan a todos en la cabeza no quiere decir que sus intenciones fueran honorables. ¿Por qué crees que vinieron? ¿Solo para recorrer vuestros pasillos, dejaros inconscientes y marcharse?

—Supongo que vendrían por los que son como tú —dice Jack—. Y, aunque me preocupa vuestra seguridad, no creo que podamos atacarlos solo porque quisieran matar a un pequeño porcentaje de nuestra población.

—Lo peor que pueden hacer no es mataros, sino controlaros.

Jack sonríe, como si le hiciera gracia. Gracia.

—¿Ah, sí? ¿Y cómo van a hacer eso?

—Os han disparado agujas —dice Tobias—. Agujas llenas de transmisores de simulaciones. Las simulaciones os controlan. Así lo van a hacer.

—Sabemos cómo funcionan las simulaciones —responde Jack—. El transmisor no es un implante permanente. Si pretendieran controlarnos, lo habrían hecho de inmediato.

—Pero... —empiezo.

—Sé que has estado sometida a mucha presión, Tris —me interrumpe en voz baja—, y que has prestado un gran servicio a tu facción y a Abnegación, pero creo que tu traumática experiencia puede haber comprometido tu capacidad de ser completamente objetiva. No puedo lanzar un ataque basándome en las especulaciones de una niña.

Me quedo inmóvil como una estatua, incapaz de creer que pueda ser tan estúpido. Me arde la cara. Me ha llamado «niña». Una niña que está tan estresada que ha llegado al borde de la paranoia. No es cierto, pero ahora eso es lo que creen los veraces.

—Tú no tomas decisiones por nosotros, Kang —dice Tobias.

A mi alrededor, los osados gritan para expresar su aprobación. Otra persona grita:

—¡Tú no eres el líder de nuestra facción!

Jack espera a que se acaben los gritos y responde:

—Es cierto. Si queréis, sois muy libres de asaltar solos el complejo de Erudición. Sin embargo, lo haréis sin nuestro apoyo, y os recuerdo que os superan en número y en preparación.

Tiene razón, no podemos atacar a los traidores de Osadía y a Erudición sin los miembros de Verdad. Si lo intentáramos, sería un baño de sangre. Jack Kang tiene el poder en sus manos, y ahora lo sabemos todos.

—Eso me parecía —comenta, con aire de suficiencia—. Muy bien, me pondré en contacto con Jeanine Matthews y veremos si podemos negociar un tratado de paz. ¿Objeciones?

«No podemos atacar sin Verdad —pienso—, a no ser que contemos con los abandonados».

CAPÍTULO
DIECINUEVE

Por la tarde me uno a un grupo de veraces y osados que van a limpiar las ventanas rotas del vestíbulo. Me concentro en el camino que recorre la escoba y mantengo los ojos clavados en el polvo que se acumula entre los fragmentos de cristal. Mis músculos recuerdan el movimiento antes de que lo haga el resto de mi persona, aunque, cuando bajo la vista, en vez de mármol oscuro veo sencillas baldosas blancas y el fondo de una pared gris claro; veo los mechones de pelo rubio que cortaba mi madre y el espejo bien guardado detrás del panel de la pared.

Me siento flaquear y busco apoyo en el palo de la escoba.

Una mano me toca el hombro y reacciono apartándome, pero no es más que una chica veraz, una niña, que me mira con los ojos muy abiertos.

—¿Estás bien? —pregunta con voz aguda y poco clara.

—Sí —respondo con demasiada brusquedad, así que me apresuro a arreglarlo—. Es que estoy cansada. Gracias.

—Creo que mientes.

Veo que le asoma una venda por la manga, seguramente una venda que tapa el pinchazo de una aguja. La idea de esta niña dentro de una simulación me da náuseas. Ni siquiera puedo mirarla; me vuelvo.

Y los veo: en el exterior, un traidor osado que sostiene a una mujer con una pierna ensangrentada. Veo los mechones grises en el pelo de la mujer, el extremo de la nariz aguileña del hombre y el brazalete azul de los traidores osados justo bajo los hombros, y entonces los reconozco a los dos: Tori y Zeke.

Tori intenta caminar, pero lleva a rastras una de las piernas, inutilizada. Una mancha húmeda y oscura le cubre casi todo el muslo.

Los veraces dejan de barrer y se quedan mirándolos. Los guardias osados que están en fila junto a los ascensores corren a la entrada con las armas en alto. Mis compañeros barrenderos retroceden para quitarse de en medio, pero yo me quedo donde estoy, notando cómo el calor me recorre el cuerpo conforme se acercan Zeke y Tori.

—Pero ni siquiera están armados, ¿no? —pregunta alguien.

Tori y Zeke llegan hasta donde antes estaban las puertas, y él levanta una mano cuando ve la fila de osados con pistolas. Con la otra mano no deja de sujetar la cintura de Tori.

—Necesita atención médica ahora mismo —dice Zeke.

—¿Y por qué íbamos a dar atención médica a una traidora? —pregunta desde el otro lado de su arma un osado con ralo pelo rubio y dos pendientes en el labio; se le ve una mancha de tinte azul en el antebrazo.

Tori gime, y yo me meto entre dos osados para llegar hasta ella. La mujer me pone una mano, pegajosa de sangre, en la mía. Zeke la deja en el suelo y se le escapa un gruñido.

—Tris —dice Tori, que parece aturdida.

—Será mejor que retrocedas un paso, chica —dice el osado rubio.

—No, baja el arma.

—Ya te dije que los divergentes están locos —masculla uno de los otros osados armados a la mujer que tiene al lado.

—¡Me da igual si la atáis a la cama para evitar que se líe a tiros! —exclama Zeke, frunciendo el ceño—. ¡Pero no dejéis que se desangre en el vestíbulo de la sede de Verdad!

Por fin, unos cuantos osados dan un paso adelante y levantan a Tori.

—¿Adónde la... llevamos? —pregunta uno de ellos.

—Buscad a Helena —responde Zeke—. Enfermera osada.

Los hombres asienten y la llevan hacia los ascensores. Zeke y yo nos miramos a los ojos.

—¿Qué ha pasado? —le pregunto.

—Los osados traidores averiguaron que les estábamos sacando información. Tori intentó huir, pero le dispararon por la espalda. La he ayudado a llegar aquí.

—Bonita historia —comenta el rubio—. ¿Quieres repetirla con el suero de la verdad?

—De acuerdo —responde Zeke, encogiéndose de hombros; después junta las muñecas delante de él con aire teatral—. Llevadme a rastras, si tantas ganas tenéis.

Entonces sus ojos dan con algo que hay detrás de mí y empieza a caminar. Me vuelvo y veo a Uriah, que ha salido corriendo de los ascensores; sonríe.

—Me llegaron rumores de que eras un sucio traidor —dice Uriah.

—Sí, bueno.

Chocan y se funden en un abrazo que casi parece doloroso, dándose palmadas en la espalda y riéndose con los puños unidos entre ellos.

—No puedo creerme que no nos lo contaras —dice Lynn, sacudiendo la cabeza; está sentada frente a mí en la mesa, con los brazos cruzados y una de sus piernas sobre la silla.

—Venga, no te enfurruñes —responde Zeke—. Ni siquiera podía decírselo a Shauna y a Zeke. Y no tiene mucho sentido ser un espía si se lo cuentas a todo el mundo.

Estamos sentados en una habitación de la sede de Verdad a la que llaman el Lugar de Reunión, nombre que los osados utilizan con socarronería siempre que pueden. Es grande y abierta, con grandes cortinas negras y blancas colgadas de todas las paredes, y un círculo de estrados en el centro. Unas grandes mesas redondas rodean los estrados. Lynn me contó que aquí mantienen debates mensuales, por entretenimiento, e incluso hay servicios religiosos una vez a la semana. Sin embargo, cuando no hay programado ningún acontecimiento, la habitación suele estar llena.

Zeke recibió el visto bueno de los veraces hace una hora, en un corto interrogatorio en la planta dieciocho. No fue una ocasión tan sombría como el interrogatorio de Tobias y mío, en parte porque no contaban con ninguna grabación sospechosa que implicara a Zeke, y en parte porque Zeke es gracioso incluso bajo los efectos del suero de la verdad. Puede que sobre todo con el suero. En cualquier caso, hemos venido al Lugar de Reunión para celebrar el «¡Oye, pues resulta que no eres un traidor asqueroso!», como dice Uriah.

—Sí, pero te hemos estado insultando desde el ataque de la simulación —responde Lynn—. Y ahora me siento como una imbécil.

Zeke echa un brazo por encima de Shauna.

—Es que eres una imbécil, Lynn. Forma parte de tu encanto.

Lynn le tira un vaso de plástico, que él esquiva. El agua se derrama por la mesa y le salpica en un ojo.

—En fin, como decía —dice Zeke mientras se restriega el ojo mojado—, sobre todo trabajaba sacando a los desertores eruditos de allí. Por eso aquí hay un grupo tan grande, y otro grupo más pequeño en la sede de Cordialidad. Pero Tori... No tengo ni idea de lo que estaba haciendo. Siempre se escabullía y desaparecía durante varias horas, y, cuando estaba, era como si fuese a estallar de un momento a otro. No me extraña que nos descubrieran por su culpa.

—¿Cómo es que te dieron el trabajo a ti? —pregunta Lynn—. Tampoco es que seas tan especial.

—Fue más bien por dónde estaba después del ataque: justo en medio de un grupo de traidores osados. Decidí seguirles la corriente. En cuanto a Tori, ni idea.

—Es una trasladada de Erudición —respondo.

Lo que no cuento, ya que no estoy segura de querer que lo sepa todo el mundo, es que Tori seguramente pareciese a punto de estallar en Erudición porque asesinaron a su hermano por ser divergente.

Una vez me contó que esperaba su oportunidad para vengarse.

—Ah —responde Zeke—, ¿y cómo lo sabes?

—Bueno, todos los trasladados tenemos un club secreto —respondo, echándome atrás en la silla—. Nos reunimos cada tercer jueves del mes.

Zeke resopla.

—¿Dónde está Cuatro? —pregunta Uriah mientras consulta la hora en su reloj—. ¿Deberíamos empezar sin él?

—No podemos —responde Zeke—, él es el que iba a recibir la información.

Uriah asiente como si eso significase algo, pero después se detiene y pregunta:

—¿Y qué información era esa, por cierto?

—La información sobre la pequeña conferencia de paz de Kang con Jeanine, obviamente —responde su hermano.

Al otro lado de la habitación, veo a Christina sentada a una mesa con su hermana. Las dos leen algo.

Se me tensa todo el cuerpo. Cara, la hermana mayor de Will, está cruzando el cuarto en dirección a la mesa de Christina. Agacho la cabeza.

—¿Qué? —pregunta Uriah, volviendo la vista atrás; me dan ganas de pegarle un puñetazo.

—¡Estate quieto! —le digo—. Es que no se puede ser más obvio, vamos. —Me inclino hacia delante y cruzo los brazos sobre la mesa—. La hermana de Will está ahí.

—Sí, hablé con ella una vez sobre salir de Erudición mientras estaba allí —dice Zeke—. Decía que había visto cómo asesinaban a una abnegada mientras estaba en una misión para Jeanine y que ya no lo soportaba más.

—¿Seguro que no es una espía erudita? —pregunta Lynn.

—Lynn, salvó a media facción osada de esta cosa —responde Marlene, dándose unos golpecitos en el brazo en el que había recibido el disparo de los traidores—. Bueno, a la mitad de la mitad de la facción osada.

—En algunos círculos llaman a eso un cuarto, Mar —comenta Lynn.

—De todos modos, ¿qué más da que sea una traidora? —dice Zeke—. No estamos planeando nada de lo que pueda informarles. Además, si lo hacemos, no vamos a incluirla a ella.

—Puede sacar mucha información —insiste Lynn—. Cuántos somos, por ejemplo, o cuántos de nosotros no estamos conectados a las simulaciones.

—No estabas allí cuando me contó por qué se fue —dice Zeke—. La creo.

Cara y Christina se han levantado, y se dirigen a la puerta de la habitación.

—Ahora vuelvo —les digo a todos—, tengo que ir al servicio.

Espero a que Cara y Christina salgan, y después las sigo a paso ligero. Abro despacio una de las puertas para no hacer ruido y la cierro con la misma lentitud. Estoy en un pasillo en penumbra que huele fatal..., aquí debe de estar la tolva para tirar la basura de los veraces.

Distingo dos voces femeninas al volver la esquina, así que me acerco con sigilo al final del pasillo para oír mejor.

—... es que no soporto que esté aquí —dice una de ellas entre sollozos. Christina—. No puedo dejar de imaginarme... lo que hizo... ¡No entiendo cómo pudo hacerlo!

Los sollozos de Christina hacen que me sienta como si fuera a partirme en dos de un momento a otro.

Cara se toma su tiempo para responder.

—Yo sí —responde.

—¿Qué?

—Tienes que entenderlo: nos entrenan para ver las cosas de la forma más lógica. Así que no pienses que soy insensible. Sin embargo, seguramente esa chica estaba muerta de miedo y era incapaz de evaluar las situaciones con inteligencia, si es que alguna vez ha sido capaz de hacerlo.

Abro los ojos como platos. «Será...». Repaso una corta lista de insultos en mi cabeza antes de seguir escuchándola.

—Y la simulación hizo que no pudiera razonar con él, así que, cuando amenazó su vida, reaccionó como la habían entrenado en Osadía: disparó a matar.

—Entonces, ¿qué estás diciendo? —pregunta Christina con amargura—. ¿Que tenemos que olvidarnos del tema porque tiene mucho sentido?

—Claro que no —responde Cara, y la voz le tiembla un poquito—. Claro que no —repite, esta vez en voz baja; se aclara la garganta—. El problema es que vas a tener que estar cerca de ella, y quiero que te resulte más fácil. No tienes que perdonarla. De hecho, no sé muy bien por qué erais amigas; siempre me ha parecido un poco errática.

Me tenso mientras espero a que Christina esté de acuerdo

con ella, pero compruebo, sorprendida (y aliviada), que no lo hace.

—En fin —sigue Cara—. No tienes que perdonarla, pero deberías intentar comprender que no lo hizo por malicia, sino por culpa del pánico. Así podrás mirarla sin querer darle un puñetazo en esa nariz tan larga que tiene.

Me llevo automáticamente la mano a la nariz. Christina se ríe un poco, lo que me sienta como un mazazo en el estómago. Retrocedo por la puerta hacia el Lugar de Reunión.

Aunque Cara ha sido grosera (y el comentario sobre la nariz es un golpe bajo), le agradezco lo que ha dicho.

Tobias sale de una puerta escondida detrás de una tela blanca. Aparta con irritación la tela de su camino antes de dirigirse a nosotros y sentarse a mi lado en la mesa del Lugar de Reunión.

—Kang va a reunirse con un representante de Jeanine Matthews a las siete de la mañana —nos cuenta.

—¿Un representante? —repite Zeke—. ¿No viene ella en persona?

—Sí, claro, para colocarse a tiro de un montón de gente enfadada y armada —comenta Uriah, sonriendo un poco—. Me gustaría que lo intentara. No, en serio, me encantaría.

—¿Y Kang el Genio se va a llevar una escolta osada, por lo menos? —pregunta Lynn.

—Sí —responde Tobias—. Algunos de los miembros mayores se han presentado voluntarios. Pero dice que mantendrá los ojos bien abiertos e informará a la vuelta.

Lo miro con el ceño fruncido: ¿cómo se ha enterado de todo eso? ¿Y por qué, después de dos años evitando a toda costa convertirse en un líder osado, de repente actúa como uno?

—Así que supongo que la verdadera pregunta es: si fuerais eruditos, ¿qué diríais en esa reunión? —pregunta Zeke, cruzando las manos sobre la mesa.

Todos me miran a mí, expectantes.

—¿Qué? —pregunto.

—Eres divergente —contesta Zeke.

—Y Tobias también.

—Sí, pero él no tenía aptitud para Erudición.

—¿Y cómo sabes que yo sí?

—Me parece probable —responde, encogiéndose de hombros—. ¿No parece probable?

Uriah y Lynn asienten. Tobias tuerce la boca, como si sonriera, pero, si era eso, se reprime antes de completar el movimiento. Me siento como si tuviera una piedra en el estómago.

—A todos os funciona el cerebro, la última vez que miré —digo—. Vosotros también podéis pensar como eruditos.

—¡Pero no tenemos cerebros divergentes especiales! —exclama Marlene; me toca la cabeza con la punta de los dedos y aprieta un poco—. Venga, haz tu magia.

—No hay magia divergente, Mar —dice Lynn.

—Y, si la hubiera, no deberíamos consultarla —añade Shauna; es lo primero que dice desde que nos hemos sentado, y ni siquiera me mira al hacerlo, sino que frunce el ceño mirando a su hermana.

—Shauna... —empieza Zeke.

—¡No me vengas con esas! —salta ella, centrando en él su ceño fruncido—. ¿No crees que alguien con aptitud para varias facciones pueda tener algún problema de lealtad? Si tiene aptitud para Erudición, ¿cómo sabemos que no trabaja para ellos?

—No seas ridícula —dice Tobias en voz baja.

—No estoy siendo ridícula —responde ella, golpeando la mesa—. Sé que pertenezco a Osadía porque todo lo que hice en la prueba de aptitud me lo indicó. Soy leal a mi facción por eso, porque no podría estar en ningún otro lugar. ¿Y ella? ¿Y tú? —pregunta, sacudiendo la cabeza—. No tengo ni idea de cuáles son vuestras lealtades, y no voy a fingir que todo va bien.

Se levanta y, cuando Zeke intenta detenerla, ella le aparta la mano y se dirige a las puertas. La observo hasta que se cierra la puerta y la tela negra que cuelga delante se queda quieta.

Estoy furiosa, como con ganas de gritar, pero Shauna se ha ido, así que no puedo desahogarme con ella.

—No es magia —afirmo—. Solo tenéis que preguntaros cuál sería la respuesta más lógica a una situación concreta.

Se me quedan mirando como si no entendieran nada.

—En serio —insisto—. Si yo estuviera en esta situación, mirando a un grupo de guardias osados y a Jack Kang, seguramente no recurriría a la violencia, ¿no?

—Bueno, puede que sí, si tú tuvieras tus propios soldados osados. Y entonces solo haría falta un buen tiro y, pum, muerto, y eso que gana Erudición —dice Zeke.

—La persona a la que envíen a hablar con Kang no será un chaval erudito al azar, sino alguien importante —respondo—.

Sería una estupidez disparar a Jack Kang y arriesgarse a perder al que manden de representante de Jeanine.

—¿Ves? Por eso necesitamos que analices tú la situación —comenta Zeke—. Si fuera yo, lo mataría; merecería la pena el riesgo.

Me pellizco el puente de la nariz, ya tengo dolor de cabeza.

—Vale —respondo, e intento ponerme en el lugar de Jeanine Matthews.

Ya sé que no negociará con Jack Kang, ¿de qué le serviría? Él no tiene nada que ofrecer. Así que Jeanine utilizará la situación en beneficio propio.

—Creo que Jeanine Matthews lo manipulará. Y que él hará lo que sea para proteger a su facción, aunque suponga sacrificar a los divergentes —digo, y me detengo un momento al recordar cómo nos restregó por las narices en la reunión la influencia de Verdad—. O a los osados. Así que necesitamos saber lo que se dice en esa reunión.

Uriah y Zeke intercambian miradas. Lynn sonríe, pero no es su sonrisa de siempre, no le llega a los ojos, que son más dorados que nunca, fríos.

—Pues lo sabremos —anuncia.

CAPÍTULO
VEINTE

Miro la hora en mi reloj: son las siete de la tarde. Solo quedan doce horas para saber lo que quiere decirle Jeanine a Jack Kang. He mirado el reloj doce veces, como mínimo, en la última hora, como si así el tiempo fuese más deprisa. Estoy ansiosa por hacer algo, lo que sea, salvo quedarme sentada en la cafetería con Lynn, Tobias y Lauren, jugando con la cena mientras lanzo miradas furtivas a Christina, que está sentada con su familia veraz a una de las mesas.

—Me pregunto si podremos volver a las antiguas costumbres cuando todo esto acabe —comenta Lauren.

Tobias y ella llevan ya al menos cinco minutos hablando sobre los métodos de entrenamiento para la iniciación osada. Seguramente es lo único que tienen en común.

—Si es que queda una facción cuando acabe todo esto —añade Lynn, colocando su puré de patatas sobre un panecillo.

—No me digas que te vas a comer un sándwich de puré de patatas —le digo.

—¿Y qué pasa?

Un grupo de osados se mete entre nuestra mesa y la que hay al lado. Son mayores que Tobias, aunque no por mucho. Una

215

de las chicas lleva el pelo de cinco colores distintos y los brazos cubiertos de tatuajes, de modo que no le veo ni un centímetro de piel libre. Uno de los chicos se inclina sobre Tobias, que está de espaldas a ellos, y susurra al pasar:

—Cobarde.

Algunos de los demás hacen lo mismo, le susurran «cobarde» al oído y siguen su camino. Tobias se queda inmóvil con el cuchillo contra un trozo de pan y la mantequilla esperando a que la unte, y clava la vista en la mesa.

Espero, tensa, a que estalle.

—Qué idiotas —dice Lauren—. Y los veraces, por hacerte escupir la historia de tu vida delante de todo el mundo... Esos también son idiotas.

Tobias no responde, deja el cuchillo y el pan, y se aparta de la mesa. Levanta la mirada y la detiene en un punto del otro lado de la habitación.

—Esto tiene que acabar —dice en tono distante, y se dirige a lo que estuviera mirando antes de que me dé cuenta de lo que es.

La cosa no pinta bien.

Se mete entre las mesas y las personas como si fuera más líquido que sólido, y yo lo sigo dando traspiés, mascullando disculpas cada vez que aparto a alguien de un empujón.

Y justo entonces veo el objetivo de Tobias: Marcus. Está sentado con unos cuantos de los veraces de más edad.

Tobias llega hasta él y lo agarra por la nuca, obligándolo a levantarse. Marcus abre la boca para decir algo, pero eso es un error, porque Tobias le da un buen puñetazo en los dientes.

Alguien grita, aunque nadie corre a ayudar a Marcus. Al fin y al cabo, estamos en una habitación llena de osados.

Tobias empuja a Marcus hasta el centro de la sala, donde hay un espacio entre las mesas en el que se ve el símbolo de Verdad. Marcus avanza tambaleante hasta uno de los platillos; se tapa la boca con las manos, así que no puedo ver qué daños ha causado Tobias.

Tobias lo empuja para que caiga al suelo y apoya el talón del zapato en el cuello de su padre. Marcus golpea la pierna de Tobias mientras le cae sangre por los labios, pero, ni siquiera en su mejor momento físico, sería tan fuerte como su hijo. Tobias se desabrocha el cinturón y lo saca de las presillas. Después levanta el pie y echa el cinturón hacia atrás.

—Es por tu propio bien —dice.

Recuerdo que eso le decían Marcus y sus muchas manifestaciones a Tobias en su paisaje del miedo.

Entonces, el cinturón corta el aire y golpea a Marcus en el brazo. Marcus tiene la cara de un color rojo intenso y se cubre la cabeza cuando cae el siguiente latigazo, esta vez en la espalda. A mi alrededor, los de las mesas osadas ríen, pero yo no. No soy capaz de reírme de algo así.

Al final me recobro y corro a detener el brazo de Tobias.

—¡Para! —exclamo—. ¡Tobias, para ahora mismo!

Espero encontrarme con una expresión salvaje en su rostro. Sin embargo, cuando me mira, no la veo, no tiene la cara roja y no respira con dificultad. No se ha dejado llevar por la pasión del momento.

Ha sido un acto calculado.

Suelta el cinturón, se mete la mano en el bolsillo y saca una cadena de plata de la que cuelga un anillo. Marcus está de lado, jadeando. Tobias deja caer el anillo en el suelo, al lado de la cara de su padre. Está hecho de metal mate y deslustrado: una alianza abnegada.

—Saludos de mi madre —dice Tobias.

Después se aleja, y tardo unos segundos en volver a respirar. Cuando lo hago, dejo a Marcus encogido en el suelo y corro detrás de él; no logro alcanzarlo hasta salir al pasillo.

—¿Qué ha sido eso? —exijo saber.

Tobias pulsa la flecha descendente del ascensor y no me mira.

—Era necesario —asegura.

—¿Necesario para qué?

—¿Qué? ¿Ahora te da pena? —pregunta, volviéndose hacia mí con el ceño fruncido—. ¿Sabes cuántas veces me ha hecho eso mismo? ¿Cómo crees que aprendí los movimientos?

Me siento frágil, como si fuera a romperme. Sí que parecía algo ensayado, como si hubiese repetido los pasos en su mente y recitado las palabras ante un espejo. Se lo sabía de memoria; solo que, esta vez, interpretaba el papel contrario.

—No —respondo en voz baja—, no me da pena, en absoluto.

—Entonces, ¿qué, Tris? —pregunta en tono áspero; su voz podría ser lo que terminara de romperme—. Hace una semana que no te importa ni lo que hago ni lo que digo, ¿qué tiene esto de diferente?

Casi me da miedo, no sé qué decir ni qué hacer cuando me enfrento a su parte errática, y aquí la tengo, hirviendo bajo la superficie de lo que hace, igual que mi parte cruel. Una guerra se libra dentro de nosotros, una guerra que, a veces, nos mantiene vivos, y que, a veces, amenaza con destruirnos.

—Nada —respondo.

El ascensor pita al llegar. Se sube y aprieta el botón para cerrar las puertas entre nosotros. Me quedo mirando el metal cepillado e intento pensar en los últimos diez minutos.

«Esto tiene que acabar», había dicho. Con «esto» se refería al ridículo, resultado del interrogatorio en el que reconoció que se había unido a Osadía para escapar de su padre. Y después le da una paliza a Marcus..., en público, para que lo vean todos los osados.

¿Por qué? ¿Para recuperar su orgullo? No creo, ha sido demasiado calculado.

De vuelta a la cafetería, veo a un hombre veraz acompañar a Marcus al baño. Camina despacio, aunque no está muy encorvado, lo que me hace pensar que Tobias no le ha causado ninguna herida de importancia. Me quedo mirando la puerta que se cierra detrás de él.

Casi se me olvida lo que oí en el complejo de Cordialidad, la información por la que mi padre arriesgó la vida. «Supuestamente», me recuerdo. Quizá no sea inteligente confiar en Marcus, y me prometí que no volvería a preguntarle por el tema.

Me entretengo cerca de la puerta del baño hasta que el veraz sale y entro antes de que la puerta se cierre del todo. Marcus está sentado en el suelo, junto al lavabo, con un taco de toallas de papel apretado contra la boca. No parece alegrarse de verme.

—¿Qué, has venido a regodearte? Sal de aquí.

—No.

¿Por qué he entrado, exactamente?

—¿Y bien? —pregunta, expectante.

—Me pareció que te vendría bien un recordatorio. Sea lo que sea lo que quieres de Jeanine, no lo conseguirás solo, y no podrás hacerlo sin la ayuda de los abnegados.

—Creía que ya lo habíamos dejado zanjado —le oigo decir desde detrás de las toallas—. La idea de que tú pudieras ayudarme...

—No sé de dónde has sacado la falsa impresión de que no sirvo para nada, pero no es más que eso, una falsedad —lo interrumpo—. Y no me interesa escucharlo. Lo único que quería decirte es que, cuando dejes de engañarte y empieces a desesperar porque eres demasiado inepto como para resolver esto tú solito, ya sabes a quién acudir.

Salgo del baño justo cuando el veraz regresa con una bolsa de hielo.

CAPÍTULO
VEINTIUNO

Estoy de pie frente a uno de los lavabos de los servicios de mujeres de la planta recientemente reclamada por Osadía. Tengo una pistola en la palma de la mano. Lynn la ha puesto ahí hace unos minutos, aunque se quedó algo perpleja al ver que no cerraba la mano en torno a ella para guardarla en una pistolera o en la cintura de los vaqueros. Simplemente la he dejado ahí, y ella ha salido del baño antes de que me entrara el pánico.

«No seas idiota», me digo. No tiene sentido disponerse a hacer lo que pienso hacer sin llevar un arma. Sería una locura. Así que tendré que resolver en cinco minutos el problema que llevo ya un tiempo arrastrando.

Primero cierro el meñique en torno a la culata, después el siguiente dedo y después el siguiente. El peso me resulta familiar. El índice se mete en el gatillo. Dejo escapar el aire.

Empiezo a levantarla, llevando mi mano izquierda a reunirse con la derecha para estabilizarla. Sostengo la pistola alejada del cuerpo, con los brazos rectos, como me enseñó Cuatro cuando ese era su único nombre. Usé una pistola como esta para defender a mi padre y a mi hermano de los osados absorbidos por la simula-

221

ción. La utilicé para evitar que Eric disparase a Tobias en la cabeza. No es malvada por naturaleza, no es más que un instrumento.

Veo un movimiento en el espejo y, antes de poder detenerme, miro mi reflejo. «Así me vio él —pienso—. Así me vio cuando le disparé».

Gimo como un animal herido y dejo que la pistola se me caiga de las manos para aferrarme el estómago. Quiero sollozar porque sé que me hará sentir mejor, pero no puedo forzar las lágrimas, así que me encojo en el suelo y me quedo mirando las baldosas blancas. No puedo hacerlo, no puedo llevarme la pistola.

Ni siquiera debería ir; pero iré.

—¿Tris? —dice alguien, llamando a la puerta; me levanto y descruzo los brazos mientras la puerta se abre, con un chirrido, unos centímetros, y Tobias entra en el cuarto.

—Zeke y Uriah me han dicho que vas a espiar a Jack —me dice.

—Ah.

—¿Es verdad?

—¿Y por qué te lo iba a contar? Tú nunca me cuentas tus planes.

—¿De qué me hablas? —pregunta, juntando las rectas cejas.

—Te hablo de machacar a Marcus delante de todos los osados sin razón aparente —respondo, dando un paso hacia él—. Salvo que había una razón, ¿no? Porque no es propio de ti perder el control; tampoco hizo nada para provocarte, ¡así que tiene que haber una razón!

—Debía probar a los osados que no soy un cobarde. Eso es todo, no hubo más.

—¿Y por qué debías...? —empiezo.

¿Por qué debía probarse Tobias ante los osados? El único motivo es que quisiera que le tuvieran un gran respeto. Que quisiera convertirse en líder de Osadía. Recuerdo la voz de Evelyn hablando entre las sombras del refugio de los abandonados: «Lo que te estoy sugiriendo es que te hagas importante».

Quiere que los osados se unan a los sin facción, y sabe que la única forma de lograrlo es hacerlo él mismo.

Por qué no ha sentido la necesidad de compartir su plan conmigo es otro misterio distinto. Antes de poder hablar, me dice:

—Entonces, ¿vas a espiar o no?

—¿Qué más da?

—Otra vez te lanzas al peligro sin motivo, igual que cuando subiste a enfrentarte a los eruditos con tan solo una... navajita para protegerte.

—Hay un motivo, un buen motivo. No sabremos qué pasa si no espiamos, y necesitamos saber lo que pasa.

Se cruza de brazos. No es corpulento, como algunos chicos osados. Y puede que algunas chicas se fijen en lo que le sobresalen las orejas o en que su nariz es algo corva en la punta, pero para mí...

Me trago el resto de ese pensamiento. Ha venido para gritarme, me está ocultando cosas. Seamos lo que seamos ahora, no puedo permitirme pensar en lo atractivo que es; eso solo servirá para que me cueste más hacer lo que hay que hacer. Y, ahora mismo, lo que hay que hacer es oír lo que Jack Kang quiere decir a Erudición.

—Ya no te cortas el pelo como los abnegados —comento—. ¿Es porque quieres parecer más osado?

—No cambies de tema. Ya hay cuatro espías, no tienes por qué ir.

—¿Por qué insistes tanto en que me quede en casa? —pregunto, alzando la voz—. ¡No soy de esos que se sientan a esperar mientras los demás se arriesgan por ellos!

—Mientras seas de los que no aprecian su propia vida..., alguien que ni siquiera es capaz de coger una pistola... —empieza, inclinándose sobre mí—, deberías sentarte a esperar mientras los demás se arriesgan por ti.

Su voz tranquila late a mi alrededor como un segundo corazón. Oigo las palabras «que no aprecian su propia vida» una y otra vez.

—¿Y qué vas a hacer? —respondo—. ¿Encerrarme en el cuarto de baño? Porque es la única forma de evitar que vaya.

Se toca la frente y deja caer la mano por un lado de su cara. Nunca lo había visto tan decaído.

—No quiero detenerte, quiero que te detengas tú sola —me dice—, pero, si vas a ser imprudente, no puedes evitar que vaya contigo.

Todavía es de noche, aunque apenas, cuando llegamos al puente, que tiene dos niveles y pilares de piedra en cada esquina. Bajamos las escaleras junto a uno de los pilares de piedra y avanzamos con sigilo a la altura del río. Grandes charcos de agua estancada brillan cuando la luz del día los alcanza. El sol empieza a salir, debemos ponernos en posición.

Uriah y Zeke están en los edificios a ambos lados del puente, de modo que puedan ver mejor y cubrirnos desde lejos. Tienen mejor puntería que Lynn o Shauna, que ha venido porque se lo ha pedido Lynn, a pesar de su crisis en el Lugar de Reunión.

Lynn va la primera, con la espalda contra la piedra, acercándose poco a poco al borde inferior de los soportes del puente. La sigo, con Shauna y Tobias detrás. El puente está apoyado en cuatro estructuras de metal curvas que lo aseguran al muro de piedra, y también en un laberinto de estrechas vigas metálicas bajo el nivel inferior. Lynn se mete bajo una de las estructuras de metal y trepa a toda velocidad, manteniendo las estrechas vigas bajo ella y avanzando hacia el centro del puente.

Dejo que Shauna suba delante de mí porque no soy capaz de trepar tan bien. Me tiembla el brazo izquierdo cuando intento mantener el equilibrio encima de la estructura de metal. Noto la fresca mano de Tobias en mi cintura, estabilizándome.

Me agacho para encajar en el espacio entre el fondo del puente y las vigas que tengo debajo. No llego muy lejos antes de verme obligada a parar con un pie en una viga y el brazo izquierdo en otra, y tendré que quedarme así durante un buen rato.

Tobias se desliza por una de las vigas y pone la pierna debajo de mí. Es lo bastante larga como para estirarse hasta una segunda viga. Dejo escapar el aire y le sonrío para darle las gracias. Es la primera vez que nos comunicamos desde que salimos del Mercado del Martirio.

Él me devuelve la sonrisa, aunque es algo forzada.

Aguardamos el momento en silencio. Respiro por la boca e intento controlar el temblor de brazos y piernas. Shauna y Lynn parecen comunicarse entre ellas sin palabras. Se hacen muecas que no entiendo, asienten y se sonríen cuando llegan a un entendimiento. Nunca he pensado en cómo sería tener una hermana. ¿Estaríamos Caleb y yo más unidos si él fuera una chica?

La ciudad está tan tranquila por la mañana que las pisadas hacen eco al acercarse al puente. El sonido llega por detrás de mí, lo que significa que son Jack y su escolta osada, no los eruditos. Los osados saben que estamos aquí, aunque Jack Kang, no. Si baja la mirada unos cuantos segundos podría vernos a través de la red metálica que tiene bajo los pies. Intento respirar haciendo el menor ruido posible.

Tobias mira la hora y levanta el brazo para enseñármela: las siete en punto.

Levanto la vista y me asomo por la red de acero que tengo encima. Unos pies pasan por encima de mi cabeza, y, entonces, lo oigo:

—Hola, Jack —dice.

Es Max, el que nombró a Eric líder osado siguiendo órdenes de Jeanine, el que aplicó las políticas de crueldad y brutalidad durante la iniciación osada. Nunca he hablado con él directamente, pero el sonido de su voz me estremece.

—Max —dice Jack—. ¿Dónde está Jeanine? Creía que, al menos, tendría la cortesía de aparecer en persona.

—Jeanine y yo dividimos nuestras responsabilidades de acuerdo con nuestros puntos fuertes —responde—. Eso significa que yo tomo todas las decisiones militares. Creo que eso incluye lo que estamos haciendo hoy.

Frunzo el ceño. No he oído hablar mucho a Max, pero hay algo... raro en las palabras que usa, en su ritmo.

—Vale —dice Jack—. He venido a...

—Debo informarte de que esto no es una negociación —lo interrumpe Max—. Para negociar, hay que estar en igualdad de condiciones, y tú, Jack, no lo estás.

—¿Qué quieres decir?

—Quiero decir que sois la única facción innecesaria. Verdad no nos ofrece protección, ni alimento, ni innovación tecnológica, por tanto, sois prescindibles. Y tampoco habéis trabajado para ganaros el favor de vuestros huéspedes de Osadía —añade Max—, así que sois completamente vulnerables e inútiles. Te recomiendo, por tanto, que hagas lo que te diga al pie de la letra.

—Eres un cerdo —dice Jack entre dientes—. Cómo te atreves...

—Vamos, no seas tan irascible —lo interrumpe Max.

Me muerdo el labio. Debo confiar en mi instinto, y mi instinto me dice que algo va mal. Ningún osado que se precie diría la palabra «irascible», ni reaccionaría con tanta calma ante un insulto. Está hablando como otra persona, está hablando como Jeanine.

Se me pone de punta el vello de la nuca. Tiene mucho sentido, ya que Jeanine no confiaría en nadie lo suficiente como para que hablase por ella, y menos en un volátil osado. La mejor solución al problema es darle a Max un auricular. Y la señal de un auricular tiene un rango de medio kilómetro, como mucho.

Miro a Tobias a los ojos y, poco a poco, muevo la mano para señalarme la oreja. Después apunto hacia arriba, más o menos hacia donde está Max.

Tobias frunce el ceño un momento y después asiente, pero no estoy segura de que me haya entendido.

—Tengo tres exigencias —dice Max—. En primer lugar, que entreguéis ileso al líder osado que tenéis retenido. En segundo, que permitáis que nuestros soldados registren vuestro complejo para que podamos extraer a los divergentes; y tercero, que nos deis los nombres de las personas que no recibieron el suero de la simulación.

—¿Por qué? —preguntó Jack con amargura—. ¿Qué estáis buscando? ¿Y para qué necesitáis esos nombres? ¿Qué pretendéis hacer con ellos?

—El objetivo de nuestro registro sería localizar y sacar a todos los divergentes de las instalaciones. Y, en cuanto a los nombres, no es asunto tuyo.

—¡Que no es asunto mío! —exclama Jack; oigo unas pisadas que rechinan por encima de mí, así que intento mirar a través de la red. Por lo que veo, Jack ha agarrado con un puño el cuello de la camisa de Max.

—Suéltame —dice Max—, si no quieres que ordene a mis guardias disparar.

Frunzo el ceño. Si Jeanine habla a través de Max, tiene que verlo para saber que lo ha agarrado. Me echo hacia delante para observar los edificios del otro lado del puente. A mi izquierda, el río hace una curva, y en el borde hay un edificio de cristal bajo. Seguro que está ahí.

Empiezo a trepar de espaldas hacia la estructura metálica que soporta el puente, hacia las escaleras que me llevarán a Wacker Drive. Tobias me sigue de inmediato, y Shauna le da unos golpecitos a Lynn en el hombro, pero Lynn está haciendo otra cosa.

Estaba demasiado ocupada pensando en Jeanine, así que no me di cuenta de que Lynn había sacado la pistola y había empezado a trepar hacia el borde del puente. Shauna abre la boca y se le ponen los ojos como platos cuando Lynn se balancea hacia delante y se agarra al borde del puente, pasando un brazo por encima. Su dedo aprieta el gatillo.

Max jadea, se lleva la mano al pecho y se tambalea hacia atrás. Cuando retira la mano, está manchada de sangre.

No me molesto en seguir trepando, sino que me dejo caer en el barro, seguida de cerca por Tobias, Lynn y Shauna. Se me hunden las piernas en el lodazal y los pies hacen un sonido como de ventosa al levantarlos. Se me caen los zapatos, pero sigo avanzando hasta llegar al hormigón. Se oyen disparos, y las balas se hunden en el barro, a mi lado. Me lanzo contra el muro que hay bajo el puente para que no puedan apuntarme.

Tobias se aprieta contra el muro, a mi lado, tan cerca que su barbilla flota sobre mi cabeza y noto su pecho contra los hombros, protegiéndome.

Podría volver corriendo a la sede de Verdad y ponerme temporalmente a salvo. O podría buscar a Jeanine, ya que seguramente no volverá a encontrarse en un momento tan vulnerable como este.

Ni siquiera tengo que pensarlo.

—¡Vamos! —digo, y subo corriendo las escaleras, con los demás pisándome los talones.

En el nivel inferior del puente, nuestros osados disparan a los traidores. Jack está a salvo, agachado y con un brazo osado sobre la espalda. Corro más deprisa. Cruzo corriendo el puente sin mirar atrás. Ya oigo los pasos de Tobias, que es el único capaz de seguirme el ritmo.

El edificio de cristal está a la vista. Entonces, oigo más pasos y más disparos. Corro en zigzag para ponérselo más difícil a los traidores.

Estoy cerca del edificio de cristal, a pocos metros. Aprieto los dientes y me fuerzo más. Tengo las piernas entumecidas y apenas noto el suelo debajo de los pies. Sin embargo, antes de llegar a las puertas, veo movimiento en el callejón de la derecha, así que giro y voy en esa dirección.

Tres figuras corren por el callejón: una es rubia, la otra es alta..., y la otra es Peter.

Tropiezo y estoy a punto de caer.

—¡Peter! —grito.

Él levanta la pistola y, detrás de mí, Tobias levanta la suya, y nos quedamos de pie, a pocos metros, todos inmóviles. Detrás de él, la mujer rubia (probablemente Jeanine) y el traidor alto doblan la esquina. Aunque no tengo ni arma ni plan, quiero correr detrás de ellos, y quizá lo habría hecho de no haberme puesto Tobias una mano en el hombro para retenerme.

—Traidor —le digo a Peter—. Lo sabía. Lo sabía.

Un grito corta el aire. Es un grito de angustia, un grito de mujer.

—Parece que tus amigos te necesitan —dice Peter, esbozando la sombra de una sonrisa... o enseñando los dientes, no estoy segura; no baja la pistola—. Tienes que elegir: puedes dejarnos marchar y ayudarlos o puedes morir intentando seguirnos.

Casi grito; los dos sabemos lo que voy a hacer.

—Espero que te mueras —le digo.

Retrocedo de espaldas hacia dar con Tobias, que sigue retrocediendo conmigo, hasta que llegamos al final del callejón, nos volvemos y echamos a correr.

CAPÍTULO
VEINTIDÓS

Shauna está tirada en el suelo, cabeza abajo, y una mancha de sangre se le extiende por la camiseta. Lynn está agachada a su lado, mirándola sin hacer nada.

—Es culpa mía —masculla Lynn—, no debería haberle disparado. No debería...

Me quedo mirando la mancha de sangre. La bala le ha dado en la espalda. No sé si respira o no. Tobias le pone dos dedos en el lateral del cuello y asiente.

—Tenemos que salir de aquí —dice—. Lynn, mírame. Yo cargaré con ella, y le va a doler mucho, pero no hay otra alternativa.

Lynn asiente. Tobias se agacha junto a Shauna y le mete las manos bajo los brazos. La levanta, y ella gime. Corro a ayudarlo a echarse su cuerpo inerte sobre el hombro. Noto un nudo en la garganta, así que toso para aliviar la presión.

Tobias deja escapar un gruñido al levantarse, por el esfuerzo, y, juntos, caminamos hacia el Mercado del Martirio: Lynn delante con su pistola y yo detrás. Camino de espaldas para vigilar, pero no veo a nadie. Aunque creo que los traidores osados se han retirado, debo asegurarme.

—¡Eh! —grita alguien; es Uriah, que corre hacia nosotros—. Zeke ha ido a ayudarlos a llevar a Jack... Oh, no —se interrumpe, de repente—. Oh, no. ¿Shauna?

—Ahora no es el momento —lo corta Tobias en seco—. Corre de vuelta al Mercado y busca un médico.

Pero Uriah no hace más que mirarla.

—¡Uriah! ¡Vete, ahora!

El grito resuena en la calle, donde no hay nada que amortigüe el sonido. Por fin Uriah da media vuelta y corre en dirección al edificio.

A pesar de que es menos de un kilómetro, con los gruñidos de Tobias, la respiración entrecortada de Lynn y la certeza de que Shauna se desangra, se me hace interminable. Observo el movimiento de expansión y contracción de los músculos de la espalda de Tobias cada vez que respira, y no oigo nuestras pisadas, solo mi corazón. Cuando por fin llegamos a las puertas, me dan ganas de vomitar, de desmayarme o de gritar a todo pulmón.

Uriah, un erudito que se tapaba la calva peinándose con cortinilla y Cara nos reciben nada más entrar. Colocan una sábana para tumbar a Shauna, Tobias la deja encima y el médico se pone a trabajar de inmediato, cortándole la camiseta de la espalda. No quiero ver la herida de bala.

Tobias se pone frente a mí, rojo de cansancio. Quiero que vuelva a envolverme en sus brazos, como después del último ataque, pero no lo hace, y no soy tan tonta como para iniciarlo yo.

—No fingiré entender lo que pasa contigo —dice—, pero si vuelves a arriesgar la vida sin ningún motivo...

—No estoy arriesgando la vida sin motivo, intento hacer sacrificios, como habrían hecho mis padres, como...

—Tú no eres tus padres. Eres una chica de dieciséis años...

—¿Cómo te atreves...? —respondo, apretando los dientes.

—... que no entiende que el valor de un sacrificio reside en su necesidad, ¡no en malgastar tu vida! Y si vuelves a hacerlo, hemos terminado.

No esperaba que dijera eso.

—¿Me estás dando un ultimátum? —pregunto, bajando la voz para que los demás no lo oigan.

—No, te lo digo como es —responde, y sus labios no son más que una fina línea—. Si vuelves a ponerte en peligro sin motivo, te habrás convertido en otra osada enganchada a la adrenalina que busca un chute, y yo no pienso ayudarte a conseguirlo —explica, escupiendo las palabras como si amargaran—. Yo quiero a Tris, la divergente, la que toma decisiones sin tener en cuenta la lealtad a la facción, la que es algo más que el arquetipo de una facción. Pero la Tris que hace todo lo que puede por destruirse... A esa no puedo quererla.

Me dan ganas de gritar, pero no porque esté enfadada, sino porque temo que tenga razón. Me tiemblan las manos y me aferro al borde de la camiseta para calmarlas.

Él apoya su frente en la mía y cierra los ojos.

—Creo que sigues ahí dentro —dice contra mi boca—. Vuelve.

Me da un suave beso, y estoy demasiado conmocionada para detenerlo.

Regresa junto a Shauna, mientras yo me quedo sobre uno de los platillos de la balanza veraz del vestíbulo, sin saber qué hacer.

—Ha pasado mucho tiempo.

Me dejo caer en la cama que hay frente a la de Tori, que está sentada con la pierna apoyada en una pila de almohadas.

—Es verdad —respondo—. ¿Cómo estás?

—Como si me hubiesen disparado —dice, esbozando una breve sonrisa—. Me han dicho que estás familiarizada con la sensación.

—Sí, es estupendo, ¿verdad? —contesto, aunque solo puedo pensar en la bala de la espalda de Shauna; al menos, Tori y yo nos recuperaremos de nuestras heridas.

—¿Descubristeis algo interesante en la reunión de Jack?

—Unas cuantas cosas. ¿Sabes cómo podríamos convocar una reunión de Osadía?

—Puedo organizarlo. Lo bueno de dedicarse a los tatuajes en nuestra facción es que... conoces prácticamente a todo el mundo.

—Claro. También cuentas con el prestigio de haber sido espía.

—Casi se me había olvidado —responde, torciendo el gesto.

—¿Descubriste tú algo interesante? Como espía, me refiero.

—Mi misión se centraba principalmente en Jeanine Matthews —dice, mirándose con rabia las manos—. En ver a qué se dedica. Y, sobre todo, dónde lo hace.

—En su despacho, no, ¿verdad?

Al principio, no responde.

—Supongo que puedo confiar en ti, divergente —contesta al fin, mirándome por el rabillo del ojo—. Tiene un laboratorio privado en la planta más alta, con unas medidas de seguridad demenciales. Estaba intentando entrar cuando averiguaron quién era.

—Estabas intentando entrar —repito, y aparta la mirada—. Imagino que no para espiar.

—Creía que sería más... conveniente que Jeanine Matthews no sobreviviera.

Reconozco la sed en su expresión, es la misma que vi cuando me contó lo de su hermano en la habitación de atrás del estudio de tatuajes. Antes de la simulación del ataque, quizá hubiese pensado que se trataba de una sed de justicia o incluso de venganza, pero, ahora, la identifico como una sed de sangre. Y, aunque me asuste, la entiendo.

Lo que a lo mejor debería asustarme todavía más.

—Iré organizando esa reunión —dice Tori.

Los osados están reunidos en el espacio entre las filas de literas y las puertas, que han cerrado usando una sábana bien enrollada, el mejor cerrojo dentro de las posibilidades. No me cabe duda de que Jack Kang accederá a las demandas de Jeanine. Ya no estamos seguros aquí.

—¿Cuáles fueron los términos? —pregunta Tori.

Está sentada en una silla entre algunas literas, con la pierna herida estirada delante de ella. Se lo pregunta a Tobias, pero él no parece prestarle atención; está apoyado en una de las literas, de brazos cruzados, mirando al suelo.

—Puso tres condiciones —respondo tras aclararme la garganta—: devolver a Eric a los eruditos, informar de los nombres de todas las personas que no recibieron los disparos de las agujas y llevar a los divergentes a la sede de Erudición.

Miro a Marlene, que me devuelve la mirada, sonriendo con cierta tristeza. Seguramente le preocupa Shauna, que sigue con el doctor erudito. Lynn, Hector, sus padres y Zeke están con ella.

—Si Jack Kang está haciendo tratos con Erudición, no podemos quedarnos aquí —dice Tori—. Bueno, ¿adónde podemos ir?

Pienso en la sangre en la camiseta de Shauna y echo de menos los huertos de Cordialidad, el sonido del viento entre las hojas, la sensación de la corteza de los árboles en las manos. Quién iba a pensar que desearía volver a aquel lugar; creía que no era para mí.

Cerré los ojos un momento y, al abrirlos, vuelvo a la realidad y Cordialidad no es más que un sueño.

—A casa —interviene Tobias, levantando por fin la cabeza; todos prestan atención—. Deberíamos volver a nuestro sitio. Podemos romper las cámaras de seguridad de la sede de Osadía para que no nos vean en Erudición. Deberíamos volver a casa.

Alguien lo aprueba con un grito, y otra persona se le une. Así es como se deciden las cosas en Osadía: con movimientos de cabeza y gritos. En estos momentos ya no parecemos individuos, sino partes de una misma mente.

—Pero, antes de eso —dice Bud, que antes trabajaba con Tori en el estudio de tatuajes y ahora está de pie, con la mano en el respaldo de su silla—, debemos decidir qué hacer con Eric, si lo dejamos aquí, con los eruditos, o lo ejecutamos.

—Eric es osado —responde Lauren mientras le da vueltas con la punta de los dedos al anillo que lleva en el labio—. Eso significa que nosotros decidimos su destino, no Verdad.

Esta vez, el grito se me escapa solo y se une a los demás que expresan su aprobación.

—De acuerdo con la ley de Osadía, solo los líderes de la facción pueden ejecutar a alguien. Nuestros cinco antiguos líderes son traidores —dice Tori—, así que creo que ha llegado el momento de elegir nuevos líderes. La ley exige que sean más de uno, y necesitamos un número impar. Si tenéis sugerencias, gritadlas ahora, y votaremos en caso necesario.

—¡Tú! —grita alguien.

—Vale —responde Tori—. ¿Alguien más?

Marlene se pone las manos en la boca para hacer bocina y grita:

—¡Tris!

Se me acelera el corazón, pero me sorprendo al comprobar que nadie masculla una negativa y nadie se ríe. Todo lo contrario, unos cuantos asienten con la cabeza, igual que cuando se mencionó el nombre de Tori. Examino el grupo y doy con Christina, que está con los brazos cruzados y no parece reaccionar a mi nominación.

Me pregunto cómo me verán, porque seguro que ven algo que yo no veo, a alguien capaz y fuerte. A alguien que no puedo ser; a alguien que puedo ser.

Tori responde a Marlene asintiendo con la cabeza y busca entre nosotros otra recomendación.

—Harrison —dice alguien.

No sé quién es Harrison hasta que alguien da una palmada en

el hombro de un hombre de mediana edad rubio con coleta, y él sonríe. Lo reconozco: es el osado que me llamó «chica» cuando Zeke y Tori regresaron de la sede de Erudición.

Los osados guardan silencio durante un momento.

—Yo voy a nominar a Cuatro —dice Tori.

Salvo por algunos murmullos de enfado en el fondo de la sala, nadie muestra su desacuerdo. Después de la paliza a Marcus en la cafetería, ya nadie lo llama cobarde. Me pregunto cómo reaccionarían de saber lo calculado que fue aquel movimiento. Ahora podría conseguir justo lo que pretendía, a no ser que me interponga en su camino.

—Solo necesitamos tres líderes —anuncia Tori—. Tendremos que votar.

Nunca habrían pensado en mí si no hubiese detenido la simulación. Y puede que nunca me hubieran considerado de no ser por la puñalada a Eric junto a los ascensores o porque me metí debajo del puente. Cuanto más imprudente me vuelvo, más popular soy entre los osados.

Tobias me mira; no puedo ser popular entre los osados porque él tiene razón: no soy osada, sino divergente. Soy lo que decida ser, y no puedo decidir ser esto. Tengo que mantenerme separada de ellos.

—No —contesto; después me aclaro la garganta y lo repito más alto—. No, no hace falta votar. Renuncio a mi nominación.

—¿Seguro, Tris? —pregunta Tori, arqueando las cejas.

—Sí, no la quiero, estoy segura.

Entonces, sin discusión y sin ceremonia, eligen a Tobias como líder de Osadía. Y a mí, no.

CAPÍTULO
VEINTITRÉS

Ni diez segundos después de elegir a nuestros nuevos líderes, suena un timbre: un timbrazo largo y dos cortos. Me muevo hacia el sonido, coloco la oreja derecha contra la pared y descubro un altavoz colgado del techo. Hay otro en el otro extremo de la habitación.

Entonces, la voz de Jack Kang resuena a nuestro alrededor:

—Atención, ocupantes de la sede de Verdad. Hace unas horas me reuní con un representante de Jeanine Matthews. Me recordó que nos encontramos en una posición de inferioridad, ya que dependemos de Erudición para nuestra supervivencia, y me dijo que, si pretendía salvaguardar la libertad de mi facción debía acceder a unas cuantas demandas.

Me quedo mirando el altavoz, pasmada. No debería sorprenderme que el líder de Verdad sea tan directo, pero no esperaba un anuncio público.

—Para satisfacer dichas demandas, todo el mundo debe presentarse en el Lugar de Reunión para informar sobre si tienen o no un implante —sigue diciendo—. Los eruditos también han ordenado que entreguemos a todos los divergentes a Erudición. Desconozco con qué propósito.

Suena apático, derrotado. «Bueno, lo han derrotado —pienso—, porque es demasiado débil para defenderse».

Osadía sabe algo que Verdad desconoce: cómo luchar incluso cuando la lucha parece inútil.

A veces me siento como si fuera recogiendo las lecciones que me enseña cada facción y las guardara en mi cabeza como una guía para moverme por el mundo. Siempre hay algo que aprender, siempre se aprende algo importante.

El anuncio de Jack Kang termina con los mismos timbrazos con los que empezó. Los osados corren por la habitación metiendo sus cosas en bolsas. Unos cuantos osados jóvenes cortan la sábana de la puerta mientras gritan algo sobre Eric. El codo de alguien me pega contra la pared, y me quedo mirando cómo se intensifica el pandemónium.

Por otro lado, si hay algo que saben hacer los veraces y no los osados es no dejarse llevar por las emociones.

Los osados estamos en semicírculo alrededor de la silla de interrogatorios, en la que se sienta Eric. Parece más muerto que vivo, caído sobre la silla y con la pálida frente brillante de sudor. Se queda mirando a Tobias con la cabeza inclinada, de modo que las pestañas se le funden con las cejas. Intento mantener la vista fija en él, pero su sonrisa (cómo se abren los agujeros de los pendientes cuando estira los labios) es tan horrible que cuesta soportarla.

—¿Quieres que recite tus crímenes? —pregunta Tori—. ¿O prefieres hacerlo tú mismo?

La lluvia cae sobre el lateral del edificio y baja por las paredes. Estamos en la sala de interrogatorios, en la planta más alta del Mercado del Martirio. Aquí se oye con más fuerza la tormenta de la tarde. Cada trueno y cada relámpago hace que se me ponga de punta el vello de la nuca, como si me bailara electricidad por la piel.

Me gusta el olor a pavimento mojado. Tan arriba no se nota mucho, aunque, cuando terminemos, todos los osados bajaremos en tropel las escaleras, dejaremos atrás el Mercado, y el pavimento húmedo será lo único que pueda oler.

Vamos cargados con nuestras bolsas. La mía es un saco hecho con una sábana y una cuerda. Dentro está mi ropa y unos zapatos de repuesto. Llevo puesta la chaqueta que robé al traidor osado; quiero que Eric la vea si me mira.

Eric examina al grupo durante unos segundos hasta que sus ojos se detienen en mí. Entrelaza los dedos y los deja, con mucho cuidado, sobre el estómago.

—Me gustaría que me los recitara ella. Como es la que me apuñaló, seguramente estará familiarizada con ellos.

No sé a qué juega ni qué motivo tiene para ponerme nerviosa, sobre todo ahora, antes de su ejecución. Parece arrogante, aunque noto que le tiemblan los dedos al moverlos. Hasta a Eric debe de darle miedo morir.

—No la metas a ella —dice Tobias.

—¿Por qué? ¿Porque te la tiras? —pregunta Eric, esbozando una sonrisita—. Ah, no, espera, que los estirados no hacéis esas cosas. Solo os atáis mutuamente los cordones de los zapatos y os cortáis el pelo el uno al otro.

La expresión de Tobias no se altera. Creo que ahora lo comprendo: en realidad no le importo a Eric, pero sabe muy bien dónde golpear a Tobias y con qué fuerza hacerlo. Y uno de los puntos más débiles de Tobias soy yo.

Esto es lo que quería evitar a toda costa: que mis triunfos y derrotas se convirtieran en los triunfos y derrotas de Tobias. Por eso no puedo permitirle que salga ahora en mi defensa.

—Quiero que los diga ella —repite Eric.

Así que lo hago, procurando mantener la voz firme:

—Conspiraste con Erudición. Eres responsable de la muerte de cientos de abnegados. —Cuanto más hablo, más me cuesta mantener la voz firme; empiezo a escupir las palabras como si fuesen veneno—. Traicionaste a Osadía. Disparaste a un niño en la cabeza. Eres un ridículo juguete de Jeanine Matthews.

Pierde la sonrisa.

—¿Y merezco morir? —pregunta.

Tobias abre la boca para interrumpirme, pero respondo antes de que logre hacerlo.

—Sí.

—Me parece justo —asegura; sus ojos oscuros son como pozos vacíos, como noches sin estrellas—. Pero, ¿tienes tú derecho a decidirlo, Beatrice Prior? ¿Igual que decidiste el destino de aquel otro chico...? ¿Cómo se llamaba? ¿Will?

No respondo, sino que vuelvo a oír la pregunta de mi padre cuando intentábamos entrar en la sala de control de la sede de Osadía: «¿Qué te hace pensar que tienes derecho a disparar a alguien?». Me dijo que había una forma correcta de hacer las cosas y que tenía que averiguar cuál era. Noto algo en la garganta, como una bola de cera tan gorda que apenas puedo tragar, apenas puedo respirar.

—Has cometido todos los delitos que se castigan con la muerte en Osadía —dice Tobias—. La facción tiene derecho a ejecutarte, según sus leyes.

Se agacha junto a las tres pistolas que hay en el suelo, a los pies de Eric. Una a una, les saca las balas, que hacen una especie de tintineo al caer al suelo y después ruedan hasta dar contra las puntas de los zapatos de Tobias. Tobias coge la pistola del centro y mete una bala en el primer hueco.

Después da vueltas y más vueltas a las tres armas hasta que mis ojos ya no saben cuál de ellas es la del centro. Pierdo el rastro de la pistola cargada. Entonces levanta las pistolas, ofrece una a Tori y otra a Harrison.

Intento pensar en la simulación del ataque y en lo que supuso para Abnegación. Todos aquellos inocentes vestidos de gris muertos por las calles. No quedaban suficientes abnegados para recoger los cadáveres, así que, seguramente, la mayoría sigue allí. Y todo eso no habría sido posible sin Eric.

Pienso en el niño veraz al que disparó sin vacilar, en lo rígido que estaba al caer al suelo a mi lado.

Puede que no seamos los que deciden si Eric vive o muere, puede que él lo haya decidido solito al cometer esas atrocidades.

Aun así, me cuesta respirar.

Lo miro sin malicia, sin odio y sin miedo. Le brillan los anillos de la cara y un mechón de pelo sucio le cae sobre los ojos.

—Espera —dice—, tengo una petición.

—No aceptamos peticiones de criminales —responde Tori.

Está de pie, apoyada en una pierna, y así lleva unos minutos. Suena como si estuviera cansada, seguramente quiere terminar de una vez para volver a sentarse. Para ella, esta ejecución no es más que una molestia.

—Soy líder de Osadía —dice Eric—. Y solo quiero que sea Cuatro el que dispare esa bala.

—¿Por qué? —pregunta Tobias.

—Para que tengas que vivir con la culpa. Con la culpa de saber que usurpaste mi puesto y me disparaste en la cabeza.

Creo que lo entiendo: quiere ver cómo se desmoronan los demás, siempre ha sido así, desde que colocó la cámara en la sala de mi ejecución cuando estuve a punto de ahogarme y, seguramente, mucho antes de eso. Y cree que si Tobias lo mata, lo verá desmoronarse antes de morir.

Enfermizo.

—No habrá culpa alguna —asegura Tobias.

—Entonces no te supondrá ningún problema hacerlo —responde Eric, sonriendo.

Tobias recoge una de las balas.

—Aclárame una duda que siempre he tenido —le dice Eric—: ¿es tu papi el que sale en todos los paisajes del miedo por los que has pasado?

Tobias mete la bala en la recámara vacía sin levantar la mirada.

—¿No te ha gustado la pregunta? —insiste Eric—. ¿Qué, te da miedo que los osados cambien de opinión sobre ti? ¿Que se den cuenta de que, aunque solo tienes cuatro miedos, no dejas de ser un cobarde?

Se endereza en la silla y pone las manos en los reposabrazos.

Tobias levanta la pistola, apartándola del hombro izquierdo.

—Eric, sé valiente —le dice, y aprieta el gatillo.

Cierro los ojos.

CAPÍTULO
VEINTICUATRO

La sangre tiene un color extraño. Es más oscura de lo que cabría esperar.

Me quedo mirando la mano de Marlene, que me sujeta el brazo. Sus uñas son cortas e irregulares; se las muerde. Me empuja adelante, y debo de estar caminando, ya que noto que me muevo, aunque, en mi cabeza, estoy de pie delante de Eric y él sigue vivo.

Murió igual que Will, se derrumbó en el suelo igual que Will.

Creía que el nudo en la garganta desaparecería cuando muriese, pero no, tengo que hacer respiraciones profundas y forzadas para que me entre aire. Por suerte, la multitud que me rodea hace tanto ruido que nadie me oye. Marchamos hacia las puertas. Al frente va Harrison, que lleva a Tori sobre la espalda, como si fuera una niña. Ella, que le rodea el cuello con los brazos, ríe.

Tobias me pone una mano en la espalda, lo sé porque lo veo acercarse por detrás y hacerlo, no porque lo sienta. No siento nada en absoluto.

Las puertas se abren desde fuera, y estamos a punto de aplastar a Jack Kang y el grupo de veraces que lo sigue.

—¿Qué habéis hecho? —dice—. Me acaban de contar que Eric no está en su celda.

—Era de nuestra jurisdicción —responde Tori—. Lo juzgamos y lo ejecutamos. Deberías darnos las gracias.

—¿Por qué...? —empieza Jack, y la cara se le pone roja; la sangre es más oscura que el rubor, aunque una cosa se componga de la otra—. ¿Por qué iba a daros las gracias?

—Porque tú también querías ejecutarlo, ¿verdad? ¿Por haber matado a uno de vuestros niños? —pregunta Tori, ladeando la cabeza mientras abre mucho los ojos, fingiendo inocencia—. Bueno, pues lo hemos solucionado por ti. Y ahora, si nos disculpas, nos vamos.

—¿Qué? ¿Que os vais?

Si nos vamos, no satisfará dos de las tres demandas de Max. La idea lo aterra, como se le ve claramente en el rostro.

—No puedo permitíroslo —añade.

—Tú no tienes derecho a permitirnos nada —dice Tobias—. Si no te apartas, nos veremos obligados a pasar por encima de ti, en vez de rodearte.

—¿Acaso no vinisteis en busca de aliados? —pregunta Jack, frunciendo el ceño—. Si hacéis esto, nos pondremos del lado de Erudición, te lo prometo, y jamás volveréis a contar con nosotros...

—No os necesitamos como aliados —responde Tori—. Somos de Osadía.

Todos gritan y, de algún modo, su grito penetra en mi bruma mental. El grupo entero avanza a la vez, y los veraces del pasillo chillan y se apartan del camino, mientras nosotros nos derramamos por el pasillo como una tubería que acaba de romperse. El agua osada llena el espacio vacío.

Marlene me suelta el brazo. Corro escaleras abajo, tras los talones de los osados que tengo delante, sin hacer caso de los codazos y gritos que me rodean. Es como si volviera a ser iniciada y bajara a lo bruto las escaleras del Centro después de la Ceremonia de la Elección. Me arden las piernas, aunque me parece bien.

Llegamos al vestíbulo. Un grupo de veraces y eruditos nos espera allí, incluida la mujer divergente a la que arrastraron por el pelo hasta los ascensores, la chica que ayudé a escapar y Cara. Se quedan mirando con cara de impotencia el río de osados que pasa junto a ellos.

Cara me localiza y me agarra del brazo, tirando de mí hacia atrás.

—¿Adónde vais todos?

—A la sede de Osadía —respondo mientras intento soltar el brazo, pero ella no me suelta; no la miro a la cara, ahora mismo no me veo capaz de hacerlo—. Id a Cordialidad, prometieron dar refugio al que lo necesite. Allí estaréis a salvo.

Cara me suelta, casi como si me apartara de ella al hacerlo.

En el exterior, el suelo resbala bajo las deportivas y el saco de ropa me da golpes en la espalda al correr. La lluvia me salpica la cabeza y la espalda. Piso charcos y me empapo las perneras de los pantalones.

Huele a pavimento mojado, y finjo que no existe nada más.

Estoy en la barandilla, mirando al abismo. El agua se estrella contra el muro que tengo debajo, aunque no sube lo suficiente para salpicarme los zapatos.

Unos cien metros más abajo. Bud reparte pistolas de *paintball* y otra persona reparte bolas de pintura. Dentro de poco, los rincones ocultos de la sede de Osadía estarán cubiertos de pintura de colores, tapando así las lentes de las cámaras de seguridad.

—Hola, Tris —dice Zeke, que se une a mí en la barandilla; tiene los ojos rojos e hinchados, aunque esboza una leve sonrisa.

—Hola. Lo has conseguido.

—Sí, esperamos hasta que Shauna estuviera estable y después la trajimos aquí. —Se restriega un ojo con el pulgar—. No quería moverla, pero... en Verdad ya no estaba segura. Obviamente.

—¿Cómo se encuentra?

—No sé, sobrevivirá, aunque la enfermera cree que a lo mejor se queda paralizada de cintura para abajo. A mí eso no me importa, pero... ¿cómo va a ser osada si no puede andar? —pregunta, encogiéndose de hombros.

Me quedo mirando el Pozo, donde algunos niños osados juegan a perseguirse camino arriba mientras lanzan bolas de pintura a las paredes. Una de ellas se rompe y mancha de amarillo la piedra.

Pienso en lo que me contó Tobias la noche que pasamos con los abandonados, lo de los osados mayores que se iban de la facción porque su estado físico ya no les permitía quedarse. Pienso en la rima veraz, la que dice que somos la facción más cruel.

—Puede serlo —respondo.

—Tris, ni siquiera será capaz de moverse por aquí.

—Claro que sí —insisto, mirándolo—. Puede buscarse una silla de ruedas, y alguien la empujará por los senderos del Pozo, y, además, en el edificio hay un ascensor, ahí mismo —añado, y señalo un punto sobre nuestras cabezas—. No le hace falta caminar para usar una tirolina o disparar un arma.

—No querrá que la empuje —responde Zeke; se le quiebra un poco la voz—. No me dejará que la lleve en brazos ni que la levante.

—Pues tendrá que superarlo. ¿Vas a permitir que abandone Osadía por una razón tan estúpida como no poder andar?

Zeke guarda silencio unos segundos, me recorre la cara con la mirada y entrecierra los ojos, como si me sopesara y evaluara.

Después se vuelve, se inclina y me rodea con sus brazos. Hace tanto tiempo que no me abrazan que me pongo rígida, pero después me relajo y dejo que el gesto me caliente, ya que estoy helada por culpa de la lluvia.

—Voy a disparar a algo —dice cuando se aparta—. ¿Te vienes?

Me encojo de hombros y lo persigo por el fondo del Pozo. Bud nos pasa una pistola de *paintball* a cada uno, y cargo la mía. Su peso, forma y material son tan distintos a los de un revólver que cogerla no me supone ningún problema.

—Tenemos prácticamente cubierto el Pozo y la parte subterránea —explica Bud—, así que deberíais poneros con la Espira.

—¿La Espira?

Bud señala el edificio de cristal que tenemos encima. Verlo es como si me atravesaran con un puñal. La última vez que estuve en este sitio y miré este mismo techo, mi misión era destruir la simulación. Estaba con mi padre.

Zeke ya ha empezado a subir. Me obligo a seguirlo, un pie detrás del otro. Me cuesta caminar porque me cuesta respirar, aunque, de algún modo, me las apaño. Cuando consigo llegar a las escaleras, la presión del pecho casi ha desaparecido.

Una vez en la Espira, Zeke levanta el arma y apunta a una de las cámaras cercanas al techo. Dispara, y la pintura verde se extiende por una de las ventanas, sin darle a la lente.

—Oooh, ay —comento, haciendo una mueca.

—¿Ah, sí? Me gustaría verte acertar a la primera.

—¿Sí? —pregunto.

Levanto el arma, apoyándola en el brazo izquierdo, en vez del derecho. Me resulta extraño llevarla en la mano izquierda, pero todavía no soy capaz de soportar el peso con la otra. Localizo la cámara con la mira y entrecierro los ojos para concentrarme en la lente. En mi cabeza, una voz susurra: «Inspira, apunta, espira, dispara». Tardo unos segundos en percatarme de que se trata de la voz de Tobias, ya que él fue el que me enseñó a disparar. Aprieto el gatillo, y la bola da en la cámara y reparte la pintura azul por la lente.

—Ea, ahí lo tienes. Y con la mano contraria.

Zeke masculla entre dientes algo que no suena nada agradable.

—¡Eh! —exclama una voz alegre, y vemos que Marlene asoma la cabeza por encima del suelo de cristal. Tiene pintura por toda la frente, de modo que parece tener una ceja morada. Esboza una sonrisa pícara, apunta a Zeke, le da en una pierna, y después me apunta a mí. La bola de pintura me da en el brazo; pica.

Marlene se ríe y se agacha bajo el cristal. Zeke y yo nos miramos, y después corremos detrás de Marlene, que se ríe y sale pitando camino abajo, metiéndose entre un grupo de críos. Disparo, pero doy en la pared. Marlene acierta a un chico que está cerca de la barandilla: Hector, el hermano pequeño de Lynn. Al principio, él la mira con cara de pasmo, pero después responde con más disparos, aunque acierta en la persona que hay al lado de Marlene.

Los balazos de pintura resuenan por la sede cuando todos los habitantes del Pozo empiezan a dispararse entre sí, tanto viejos como jóvenes, olvidándose por un momento de las cámaras. Bajo por el camino, a la carga, rodeada de risas y gritos. Nos agrupamos para formar equipos y después nos volvemos los unos contra los otros.

Cuando por fin decae la pelea, se ve muy poco negro en mi ropa. Decido quedarme la camiseta para recordar por qué elegí Osadía: no porque sean perfectos, sino porque están vivos; porque son libres.

CAPÍTULO VEINTICINCO

Alguien saquea la cocina osada y calienta los productos no perecederos que encuentra, así que nos encontramos con una cena caliente. Me siento en la misma mesa que antes compartía con Christina, Al y Will. En cuanto me siento, noto un nudo en la garganta: ¿cómo es posible que solo quedemos la mitad?

Me siento responsable de eso. Mi perdón podría haber salvado a Al, pero no se lo di. De haber pensado con claridad, podría haber salvado a Will, pero no lo logré.

Antes de hundirme demasiado en la miseria, aparece Uriah y suelta su bandeja a mi lado. Está cargada de estofado de ternera y tarta de chocolate. Me quedo mirando la pila de tarta.

—¿Había tarta? —pregunto, mirando mi plato, que tiene una ración más sensata que la de Uriah.

—Sí, alguien acaba de sacarla. Han encontrado un par de bolsas con la mezcla al fondo y la han horneado. Puedes coger un poquito de la mía.

—¿Un poquito? ¿Es que piensas comerte esa montaña de tarta tú solo?

—Sí, ¿por qué? —pregunta, desconcertado.

—Da igual.

Christina se sienta enfrente, aunque lo más lejos de mí que puede. Zeke pone la bandeja al lado de la suya. Pronto se nos unen Lynn, Hector y Marlene. Veo un movimiento veloz bajo la mesa, y me doy cuenta de que la mano de Marlene se une a la de Uriah sobre la rodilla de él. Entrelazan los dedos. Está claro que los dos intentan comportarse como si nada, pero no hacen más que lanzarse miraditas.

A la izquierda de Marlene, Lynn pone cara de haber mordido un limón. Se mete la comida en la boca a lo bruto.

—¿Dónde está el incendio? —le pregunta Uriah—. Vas a potar si sigues comiendo tan deprisa.

—Voy a potar de todos modos si seguís con las miraditas —responde Lynn, frunciendo el ceño.

—¿De qué hablas? —dice Uriah; se le han puesto rojas las orejas.

—No soy idiota, ni tampoco los demás. Así que, ¿por qué no te enrollas con ella y se acabó?

Uriah parece sorprendido. Sin embargo, Marlene lanza una mirada asesina a Lynn, se inclina sobre Uriah y le da un buen beso en la boca mientras le desliza los dedos por el cuello, bajo la camisa. Me doy cuenta de que se me han caído los guisantes del tenedor, que iba camino de mi boca.

Lynn levanta su bandeja y se aleja hecha una furia.

—¿De qué iba eso? —pregunta Zeke.

—A mí no me lo preguntes —dice Hector—. Siempre está enfadada por algo, así que ya ni me molesto.

Los rostros de Uriah y Marlene siguen muy cerca el uno del otro, y siguen sonriendo.

Me obligo a mirar a mi plato. Es muy extraño ver juntas a dos personas que has conocido por separado, aunque ya lo he visto antes. Oigo un ruido muy desagradable: Christina está arañando su plato con el tenedor.

—¡Cuatro! —exclama Zeke con cara de alivio—. Ven aquí, tenemos sitio.

Tobias me pone la mano en el hombro bueno, y veo que tiene algunos nudillos desgarrados y que la sangre parece fresca.

—Lo siento, no puedo quedarme. ¿Te importa venir un momento? —añade, inclinándose a mi lado.

Me levanto, me despido con la mano de los comensales que me prestan atención (básicamente, de Zeke, porque Christina y Hector tienen la vista fija en sus platos, y Uriah y Marlene hablan en voz baja). Salgo de la cafetería con Tobias.

—¿Adónde vamos?

—Al tren —responde—. Tengo una reunión y quiero que me ayudes a interpretar la situación.

Subimos por uno de los caminos que recorren las paredes del Pozo hacia las escaleras que dan a la Espira.

—¿Por qué me necesitas para...?

—Porque se te da mejor que a mí.

No tengo respuesta para eso. Subimos las escaleras y cruzamos el suelo de cristal. De camino al exterior, atravesamos la habitación húmeda y fría en la que me enfrenté a mi paisaje del miedo. A juzgar por la jeringa del suelo, alguien ha estado aquí hace poco.

—¿Has recorrido hoy tu paisaje del miedo? —pregunto.

—¿Por qué lo dices? —responde, mirándome a los ojos; empuja la puerta para abrirla, y el aire veraniego me rodea, sin viento.

—Tienes cortes en los nudillos y alguien ha usado esta habitación.

—¿Ves? A eso me refería. Eres más perspicaz que la mayoría —comenta, y mira la hora en su reloj—. Me dijeron que cogiera el que sale a las 8:05. Vamos.

Noto una chispa de esperanza, puede que esta vez no discutamos, puede que por fin las cosas mejoren entre los dos.

Caminamos hacia las vías. La última vez que lo hicimos, él quería enseñarme que las luces estaban encendidas en la sede de Erudición, quería contarme que los eruditos planeaban atacar Abnegación. Ahora me da la sensación de que vamos a reunirnos con los abandonados.

—Lo bastante perspicaz como para notar que evitas la pregunta.

—Sí —responde, suspirando—, he atravesado mi paisaje del miedo. Quería ver si había cambiado.

—Y ha cambiado, ¿verdad?

Se aparta de la cara un mechón de pelo suelto y evita mirarme a los ojos. No sabía que tuviera tanto pelo; resultaba difícil darse cuenta cuando se lo rapaba estilo Abnegación, pero ahora ya tiene cinco centímetros de largo y casi le cuelga sobre la frente. Le da un aspecto menos amenazador, más como la persona que he llegado a conocer en privado.

—Sí —responde—, pero el número no varía.

Oigo la bocina del tren a mi izquierda, aunque la luz del

primer vagón no está encendida. Se desliza por las vías como una criatura oculta y sigilosa.

—¡El quinto por detrás! —grita.

Los dos salimos corriendo. Encuentro el quinto vagón, me agarro al asidero del lateral con la mano izquierda y tiro de mi cuerpo con todas mis fuerzas. Intento meter las piernas dentro, pero no lo consigo del todo; están peligrosamente cerca de las ruedas... Chillo y me araño la rodilla contra el suelo cuando por fin me lanzo al interior.

Tobias sube detrás de mí y se agacha a mi lado. Me agarro la rodilla y aprieto los dientes.

—Ven, deja que te lo mire —me dice, y me sube los vaqueros por encima de la rodilla. Sus dedos me dejan un rastro frío en la piel, invisible al ojo humano, y se me pasa por la cabeza envolverme su camiseta en el puño y tirar de él para que me bese; se me pasa por la cabeza apretarme contra él, pero no puedo, ya que todos nuestros secretos seguirían abriendo un hueco entre los dos.

—Es poco profundo —dice mientras me examina la rodilla, que está manchada de sangre—. Se te curará deprisa.

Asiento con la cabeza y noto que empieza a dolerme menos. Tobias me enrolla bien los pantalones para que no se me bajen, y yo me tumbo y miro el techo.

—Entonces, ¿sigue en tu paisaje del miedo? —pregunto.

—Sí —responde, y es como si alguien hubiese encendido una cerilla detrás de sus ojos—, aunque no del mismo modo.

Una vez me contó que su paisaje del miedo no había cambiado desde que pasó por él la primera vez, durante su iniciación.

Así que, si ha cambiado, aunque sea en un detalle pequeño, ya es algo.

—Pero sales tú —añade, mirándose las manos con el ceño fruncido—. En vez de tener que disparar a esa mujer, como antes, tengo que verte morir. Y no hay nada que pueda hacer para evitarlo.

Le tiemblan las manos. Intento pensar en un comentario útil, como «no voy a morir», pero mentiría, porque no lo sé. Vivimos en un mundo peligroso, y yo no le tengo tanto apego a la vida como para ser capaz de cualquier cosa con tal de sobrevivir. No tengo forma de tranquilizarlo.

—Llegarán en cualquier momento —comenta, mirando el reloj.

Me levanto, y veo a Evelyn y a Edward junto a las vías. Corren antes de que los deje atrás el tren y saltan con casi la misma facilidad que Tobias. Deben de haber estado practicando.

Edward me dedica una sonrisita; hoy lleva una gran equis azul bordada en el parche.

—Hola —saluda Evelyn; solo mira a Tobias al decirlo, como si yo ni siquiera estuviera aquí.

—Bonito lugar de reunión —responde Tobias.

Ya casi es de noche, así que solo veo las sombras de los edificios contra el cielo azul oscuro y unas cuantas luces cerca del lago, seguramente en la sede de Erudición.

El tren gira en un punto en el que no suele girar y se dirige a la izquierda, lejos de las luces de Erudición, hacia la parte abandonada de la ciudad. Sé que frenamos porque se reduce el ruido dentro del vagón.

—Nos pareció lo más seguro —dice Evelyn—. Bueno, querías verme, ¿no?

—Sí, me gustaría acordar una alianza.

—Una alianza —repite Edward—. ¿Y quién te ha dado autoridad para eso?

—Es uno de los líderes de Osadía —respondo—. Tiene autoridad.

Edward arquea una ceja, impresionado. Evelyn por fin me mira, aunque solo durante un segundo, antes de volver a sonreír a Tobias.

—Interesante —comenta—. ¿Y ella también es líder?

—No, ha venido para ayudarme a decidir si confío en ti o no.

Evelyn frunce los labios. Parte de mí desea carcajearse y exclamar: «¡Ja!». Sin embargo, me contento con una sonrisita.

—Por supuesto, accederemos a una alianza... si se cumplen una serie de condiciones —dice Evelyn—. Que se comparta con nosotros, a partes iguales, el Gobierno que se forme después de la destrucción de los eruditos, y queremos un control completo sobre los datos de Erudición después del ataque. Está claro que...

—¿Qué vais a hacer con los datos de Erudición? —pregunto, interrumpiéndola.

—Obviamente, destruirlos. La única forma de privar a Erudición de su poder es privarlos del conocimiento.

Mi primer instinto es decirle que es idiota, pero algo me detiene. Sin la tecnología de la simulación, sin los datos sobre todas las facciones, sin su fijación por el progreso tecnológico, no habrían atacado a Abnegación. Mis padres seguirían con vida.

Aunque consigamos matar a Jeanine, ¿podríamos confiar en

259

que los eruditos no intentaran volver a atacarnos y controlarnos? No estoy convencida.

—¿Y qué recibiríamos a cambio de esas condiciones? —pregunta Tobias.

—Nuestros recursos humanos, que tanto necesitáis, para haceros con la sede de Erudición, y compartir el gobierno con nosotros.

—Estoy seguro de que Tori también exigiría el derecho a librar al mundo de Jeanine Matthews —dice Tobias en voz baja.

Arqueo las cejas, no sabía que los sentimientos de Tori fueran de dominio público..., o puede que no lo sean. Él debe de saber cosas que los demás no saben, ahora que Tori y él son líderes.

—Seguro que podemos arreglarlo —contesta Evelyn—. Me da igual quién la mate, con tal de que muera.

Tobias me mira de reojo. Ojalá pudiera decirle por qué estoy tan confundida..., explicarle por qué yo, precisamente, tengo mis reservas sobre quemar Erudición hasta los cimientos, por así decirlo. Sin embargo, no sabría cómo expresarlo, aunque tuviera tiempo para hacerlo.

—Entonces, estamos de acuerdo —dice, volviéndose hacia Evelyn.

Le ofrece la mano, y ella la acepta.

—Deberíamos reunirnos dentro de una semana —propone ella—. En territorio neutral. Casi todos los abnegados nos han permitido quedarnos en su sector de la ciudad para realizar nuestros preparativos mientras ellos limpian los destrozos del ataque.

—La mayoría —repite Tobias.

—Me temo que muchos son todavía leales a tu padre —responde Evelyn, inexpresiva—, y él les aconsejó que nos evitaran cuando vino de visita, hace unos días. Y ellos lo aceptaron —añadió, esbozando una sonrisa amarga—, igual que cuando los convenció para que me desterraran.

—¿Te desterraron? —pregunta Tobias—. Creía que te habías marchado.

—No, los abnegados tienden al perdón y la reconciliación, como cabría esperar, pero tu padre ejerce una gran influencia sobre ellos, como siempre. Decidí marcharme en vez de enfrentarme a la humillación de ser desterrada delante de todos.

Tobias parece pasmado.

Edward, que llevaba unos segundos asomado al exterior, dice:

—¡Ahora!

Cuando el tren baja hasta la altura de la calle, Edward salta. Unos segundos después, lo sigue Evelyn. Tobias y yo nos quedamos dentro, oyendo el susurro de las ruedas sobre las vías, callados.

—¿Para qué me has traído si ibas a cerrar la alianza de todos modos? —pregunto sin más.

—No me has detenido.

—¿Y qué iba a hacer, agitar los brazos? —pregunto, frunciendo el ceño—. No me gusta.

—Tenía que hacerse.

—No lo creo. Tiene que haber otra forma de...

—¿Qué otra forma? —me interrumpe, cruzándose de brazos—. El problema es que no te gusta Evelyn. No te ha gustado desde que la conociste.

—¡Pues claro que no! ¡Te abandonó!

—La desterraron. Y si yo decido perdonarla, ¡será mejor que tú también lo intentes! Me abandonó a mí, no a ti.

—No es solo eso. No confío en ella. Creo que intenta utilizarte.

—Bueno, eso no lo decides tú.

—Entonces, repito, ¿para qué me has traído? —insisto, e imito sus brazos cruzados—. Ah, sí, para que interprete la situación por ti. Bueno, pues ya lo he hecho, y solo porque no te guste lo que he decidido, no quiere decir que...

—Se me olvidó que tus prejuicios siempre te impiden ser imparcial. De haberlo recordado, no te habría traído.

—Mis prejuicios. ¿Y los tuyos? ¿Y eso de pensar que cualquier persona que odie a tu padre tanto como tú tiene que ser un aliado?

—¡Esto no tiene nada que ver con él!

—¡Claro que sí! Él sabe cosas, Tobias, y deberíamos averiguar de qué se trata.

—¿Otra vez lo mismo? Creía que lo habíamos resuelto: es un mentiroso, Tris.

—¿Ah, sí? —pregunto, arqueando las cejas—. Bueno, pues tu madre también. ¿De verdad te crees que los abnegados desterrarían a alguien? Porque yo no me lo trago.

—No hables así de mi madre.

Veo luces delante, son las de la Espira.

—Vale —respondo, acercándome a la puerta del vagón—. No lo haré.

Salto y corro unos pasos para mantener el equilibrio. Tobias salta detrás de mí, pero, en vez de darle la oportunidad de alcanzarme, voy directa al edificio, bajo las escaleras y regreso al Pozo para buscar un sitio en el que dormir.

CAPÍTULO
VEINTISÉIS

Alguien me sacude para despertarme.

—¡Tris! ¡Despierta!

Un grito. No lo cuestiono, bajo las piernas de la cama y dejo que una mano me lleve hacia la puerta. Voy descalza, y aquí el suelo es irregular, me araña los dedos y los bordes de los talones. Entrecierro los ojos para ver lo que tengo delante y averiguar quién me arrastra. Christina. Casi me arranca el brazo izquierdo del hombro.

—¿Qué ha pasado? —pregunto—. ¿Qué ocurre?

—¡Cállate y corre!

Corremos al Pozo, y el rugido del río me sigue por los caminos. La última vez que Christina me sacó de la cama fue para ver cómo subían del abismo el cadáver de Al. No puede haber pasado de nuevo. No es posible.

Entre jadeos (ella corre más deprisa que yo) recorremos el suelo de cristal de la Espira. Christina golpea con la palma de la mano el botón de un ascensor y se mete dentro antes de que las puertas terminen de abrirse, arrastrándome con ella. Después aprieta el botón de cierre de puertas y el de la planta superior.

—Simulación —dice—. Hay una simulación. No son todos, solo... unos cuantos. —Se pone las manos en las rodillas y respira hondo—. Uno de ellos dijo algo sobre los divergentes.

—¿El qué? —pregunto—. ¿Estaba dentro de la simulación?

—Marlene —responde, asintiendo—, pero no sonaba con ella, la voz era demasiado... monótona.

Se abren las puertas y la sigo por el pasillo hacia la puerta que pone: «Acceso al tejado».

—Christina, ¿por qué vamos al tejado?

No me responde. Las escaleras de subida huelen a pintura vieja y hay grafitis osados garabateados con pintura negra en las paredes de bloques de cemento: el símbolo de Osadía; iniciales unidas con signos de suma (RG + NT, BR + FH). Parejas que ya, seguramente, serán viejas o puede que estén rotas. Me toco el pecho para ver si noto el latido del corazón; va muy deprisa, es un milagro que siga respirando.

El aire nocturno es fresco, me pone de gallina la piel de los brazos. Ya se me han acostumbrado los ojos a la oscuridad, así que veo a tres figuras de pie junto al borde, al otro lado del tejado, mirándome. Una es Marlene, otra es Hector y la otra no la reconozco, es una osada más joven, de apenas ocho años, con un mechón verde en el cabello.

Están de pie en el borde, aunque el viento sopla con fuerza y les pone el pelo en los ojos, en la boca y en la frente. También les azota la ropa, pero ellos siguen sin moverse.

—Bajad ya de la cornisa —dice Christina—. No hagáis ninguna estupidez. Venga, vamos...

—No pueden oírte —la interrumpo en voz baja mientras me acerco a ellos—. Ni verte.

—Deberíamos saltar sobre ellos a la vez, yo me encargo de Hec, tú...

—Nos arriesgaríamos a empujarlos por el borde. Ponte al lado de la niña, por si acaso.

«Es demasiado pequeña para esto», pienso, aunque no tengo valor para decirlo en voz alta, ya que eso quiere decir que Marlene sí lo es.

Me quedo mirando a Marlene, cuyos ojos están tan vacíos como piedras pintadas, como esferas de cristal. Es como si esas piedras me bajaran por la garganta y me cayeran en el estómago, empujándome hacia el suelo. No hay forma de sacarla de esa cornisa.

Por fin, abre la boca y habla.

—Tengo un mensaje para los divergentes —dice en tono monocorde; la simulación usa sus cuerdas vocales, pero les roba la inflexión natural de las emociones humanas.

Miro a Marlene y después a Hector. Hector, que me tenía mucho miedo por lo que le había contado su madre. Seguro que Lynn sigue junto a la cama de Shauna, esperando que pueda mover las piernas cuando despierte. Lynn no debe perder a Hector.

Doy un paso adelante para recibir el mensaje.

—Esto no es una negociación, sino una advertencia —dice la simulación a través de Marlene, moviéndole los labios y vibrándole en la garganta—. Esto volverá a suceder cada dos días, hasta que uno de vosotros se entregue en la sede de Osadía.

Esto.

Marlene da un paso atrás, y yo me lanzo adelante, pero no para atraparla a ella. No a Marlene, la que una vez se puso una magdalena en la cabeza para que Uriah disparara contra ella. La que reunió un montón de ropa para dármela. La que siempre, siempre me recibía con una sonrisa. No, no a Marlene.

Cuando Marlene y la otra niña osada saltan del tejado, me abalanzo sobre Hector.

Me aferro a las manos que encuentro, un brazo, un trozo de camiseta. El basto suelo del tejado me araña las rodillas cuando su peso me arrastra hacia delante. No soy lo bastante fuerte para levantarlo.

—Ayuda —susurro—, porque no soy capaz de hablar más alto.

Christina ya está junto a mi hombro; me ayuda a subir el cuerpo inerte de Hector, que tiene los brazos caídos, sin vida. Unos cuantos metros más allá, la niña está tumbada de espaldas sobre el tejado.

Entonces, la simulación termina. Hector abre los ojos, y ya no están vacíos.

—Ay —dice—, ¿qué está pasando?

La niña gime, y Christina se acerca a ella para murmurar algo en tono tranquilizador.

Me pongo de pie, me tiembla todo el cuerpo. Me acerco poco a poco al borde y me quedo mirando el pavimento. La calle de abajo no está demasiado iluminada, aunque veo perfectamente la tenue silueta de Marlene.

Respirar..., ¿a quién le importa?

Me aparto y noto cómo el corazón me palpita en los oídos. Christina mueve la boca, pero no le hago caso, me voy hacia la puerta, bajo las escaleras, recorro el pasillo y me meto en el ascensor.

Las puertas se cierran y, mientras desciendo hacia el suelo, justo como Marlene cuando decidí no salvarla, grito y me tiro de la ropa. Al cabo de unos segundos tengo la garganta destrozada y arañazos en los brazos, en los puntos donde no he dado con tela, pero sigo gritando.

Al detenerse el ascensor, suena una campanilla. Las puertas se abren.

Me aliso la camiseta y el pelo, y salgo.

«Tengo un mensaje para los divergentes».

Yo soy divergente.
«Esto no es una negociación».
No, no lo es.
«Sino una advertencia».
Lo entiendo.

«Esto volverá a suceder cada dos días...».
No volverá a pasar
«Hasta que uno de vosotros se entregue en la sede de Osadía».
Yo lo haré.

CAPÍTULO
VEINTISIETE

Me abro paso entre la gente que hay cerca del abismo. Hay mucho ruido en el Pozo, y no solo por el rugido del río. Necesito algo de silencio, así que escapo al pasillo que lleva a los dormitorios. No quiero oír el discurso que dará Tori en honor a Marlene, ni estar durante el brindis y los gritos con los que los osados celebrarán su vida y su valentía.

Esta mañana, Lauren informó de que nos habíamos dejado algunas cámaras intactas en los dormitorios de los iniciados, donde Christina, Zeke, Lauren, Marlene, Hector y Kee, la niña del pelo verde, estaban durmiendo. Así averiguó Jeanine a quién controlaba la simulación. No me cabe duda de que Jeanine eligió a los osados más jóvenes porque sabía que sus muertes nos afectarían más.

Me detengo en un pasillo que me resulta familiar y aprieto la frente contra la pared. La piedra es basta y fresca. Oigo los gritos osados detrás de mí, aunque las capas de roca amortiguan sus voces.

Después oigo que se acerca alguien, así que vuelvo la cabeza hacia el sonido. Christina, todavía con la misma ropa de anoche, está a pocos metros.

—Hola —saluda.

—Ahora mismo no estoy de humor para sentirme más culpable todavía, así que vete, por favor.

—Solo quiero decirte una cosa y después me iré.

Tiene los ojos hinchados y la voz algo adormilada, lo que puede deberse al agotamiento, al alcohol o a ambas cosas. Sin embargo, su mirada es lo bastante directa como para saber lo que está diciendo. Me aparto de la pared.

—Nunca antes había visto una simulación así. Ya sabes, desde fuera. Pero, ayer... —empieza, y sacude la cabeza—. Tenías razón, no podían oírte, no podían verte. Igual que Will...

Se ahoga con el nombre, hace una pausa, respira y traga saliva con dificultad. Parpadea unas cuantas veces y vuelve a mirarme.

—Me contaste que habías tenido que hacerlo, que te habría disparado, y no te creí. Ahora te creo y... voy a intentar perdonarte. Eso es... lo que quería decirte.

Parte de mí se siente aliviada. Me cree, intenta perdonarme, aunque no será sencillo.

Sin embargo, otra parte de mí se enfada: ¿qué pensaba antes de esto? ¿Que quería disparar a Will, uno de mis mejores amigos? Debería haber confiado en mí desde el principio, debería haber sabido que no lo habría hecho de tener otra opción en aquellos momentos.

—Qué suerte para mí que por fin tengas pruebas de que no soy una asesina a sangre fría. Ya sabes, unas pruebas que no sean mi palabra. En fin, ¿por qué razón ibas a confiar solo en mi palabra? —pregunto, y fuerzo una carcajada, intentando sonar despreocupada; ella abre la boca, pero sigo hablando, incapaz de detenerme—. Será mejor que te des prisa con eso del perdón, porque no queda mucho tiempo...

Se me rompe la voz y no soy capaz de seguir conteniéndome: empiezo a sollozar. Me apoyo en la pared para no caerme y noto que me deslizo por ella cuando me fallan las piernas.

Tengo la vista demasiado borrosa para verla, pero noto sus brazos cuando me rodea con ellos y me aprieta tan fuerte que duele. Huele a aceite de coco y parece fuerte, justo como era durante la iniciación de Osadía, cuando se quedó colgando del abismo por las puntas de los dedos. Entonces (en realidad, no hace tanto tiempo), me hacía sentir débil en comparación. Sin embargo, en estos momentos, su fuerza me hace sentir que yo también puedo ser más fuerte.

Nos arrodillamos juntas en el suelo de piedra, y me aferro a ella con la misma intensidad con la que ella se aferra a mí.

—Ya está hecho —dice—. Eso quería decir, que ya te he perdonado.

Los osados callan cuando entro en la cafetería por la noche. No los culpo; como soy divergente, en mis manos está que Jeanine mate a uno de ellos. Es probable que casi todos deseen que me sacrifique. O que los aterrorice que no lo haga.

Si esto fuera Abnegación y no Osadía, no quedaría ningún divergente aquí sentado.

Durante un instante no sé adónde ir ni cómo llegar hasta allí. Entonces, Zeke, con gesto abatido, me invita a acercarme a su mesa, y yo muevo los pies hacia allí. Sin embargo, por el camino, Lynn se me acerca.

Es una Lynn distinta a la que conocía, no tiene la misma expresión feroz, sino que está pálida y se muerde el labio para esconder su temblor.

—Hmmm... —empieza; mira a la izquierda, después a la derecha, a cualquier parte excepto a mi cara—. Echo mucho... Echo de menos a Marlene. La conocía desde hacía mucho tiempo y... —se interrumpe, sacudiendo la cabeza—. El tema es que no creas que esto que te digo tenga nada que ver con Marlene —sigue, como si me regañara—, pero... gracias por salvar a Hec.

Lynn cambia el peso del cuerpo de un pie al otro mientras sus ojos dan vueltas por la habitación. Después me abraza con un solo brazo, agarrándome la camiseta con la mano. Noto una punzada de dolor en el hombro, aunque no digo nada al respecto.

Me suelta, se sorbe la nariz y regresa a su mesa, como si no hubiese pasado nada. Me quedo mirándola unos segundos y después me siento.

Zeke y Uriah están sentados juntos en la mesa, que, por lo demás, se encuentra vacía. El rostro de Uriah parece flojo, como si no estuviese del todo despierto. Tiene una botella marrón oscuro delante y bebe de ella cada pocos segundos.

Intento ser precavida. Salvé a Hec..., lo que quiere decir que no salvé a Marlene. Sin embargo, Uriah no me mira. Saco la silla que hay frente a él y me siento en el borde.

—¿Dónde está Shauna? —pregunto—. ¿Sigue en el hospital?

—No, está ahí —responde Zeke, señalando con la cabeza la mesa a la que ha regresado Lynn; la veo allí, tan pálida que podría ser translúcida, en una silla de ruedas—. No debería haberse levantado, pero Lynn está bastante fastidiada, así que le hace compañía.

—Y si te preguntas por qué están todos allí... Shauna descubrió que soy divergente —añade Uriah, arrastrando las sílabas—. Y no quiere que se le pegue.

—Ah.

—También se puso muy rara conmigo —dice Zeke, suspirando—. «¿Cómo sabes que tu hermano no trabaja contra nosotros? ¿Lo has estado vigilando?». Daría lo que fuera por pegarle un puñetazo al que le ha estado metiendo esa porquería en la cabeza.

—No tienes que dar nada —responde Uriah—, su madre está ahí mismo, ve y pégale.

Sigo su mirada hasta llegar a una mujer de mediana edad con mechones azules en el pelo y anillos por toda la oreja. Es guapa, igual que Lynn.

Tobias entra en el cuarto un momento después, seguido de Tori y de Harrison. He estado evitándolo, no he hablado con él desde la pelea, antes de lo de Marlene...

—Hola, Tris —me saluda cuando llega a mi altura; su voz es grave y tosca, me transporta a lugares tranquilos.

—Hola —respondo con una vocecita tensa que no me pertenece.

Se sienta a mi lado y apoya el brazo en el respaldo de mi silla, acercándose. No le devuelvo la mirada, me niego a devolverle la mirada.

Pero se la devuelvo.

Ojos oscuros, un peculiar tono azul, capaz, de algún modo, de aislarme del resto de la cafetería, de consolarme y también de recordarme que estamos más lejos el uno del otro de lo que a mí me gustaría.

—¿No me vas a preguntar cómo estoy? —digo.

—No, estoy bastante seguro de que no estás bien —responde, sacudiendo la cabeza—. Pero sí te voy a pedir que no tomes ninguna decisión hasta que lo hayamos hablado.

«Demasiado tarde —pienso—, la decisión ya está tomada».

—Hasta que todos lo hayamos hablado, querrás decir, ya que nos afecta a todos —interviene Uriah—. Creo que no debería entregarse nadie.

—¿Nadie? —pregunto.

—¡No! —insiste Uriah, frunciendo el ceño—. Creo que deberíamos atacar.

—Sí, lo mejor es provocar a la mujer que puede obligar a medio complejo a suicidarse. Qué gran idea —respondo con voz apagada.

He sido demasiado dura. Uriah apura la botella y la deja sobre la mesa con tanta fuerza que temo que se rompa.

—No hables de eso así —me dice, gruñendo.

—Lo siento, pero sabes que tengo razón. La mejor forma de asegurarse de que media facción no muera es sacrificar una vida.

No sé qué me esperaba, quizá que Uriah, que sabe demasiado bien lo que sucederá si uno de nosotros no se marcha, se presentase voluntario. Sin embargo, baja la vista, poco dispuesto.

—Tori, Harrison y yo hemos decidido aumentar la seguridad. Con suerte, si todos son más conscientes de la posibilidad

273

de los ataques, conseguiremos detenerlos —dice Tobias—. Si no funciona, pensaremos en otra solución. Fin de la discusión. Pero nadie va a hacer nada todavía, ¿de acuerdo?

Me mira al hacer la pregunta y arquea las cejas.

—De acuerdo —respondo, sin mirarlo del todo a los ojos.

Después de la cena, intento volver al dormitorio donde he estado durmiendo, pero no consigo pasar por la puerta, así que recorro los pasillos rozando las paredes de piedra con las puntas de los dedos y prestando atención al eco de mis pisadas.

Sin querer, paso junto a la fuente donde Peter, Drew y Al me atacaron. Supe que era Al desde el principio por su olor, todavía recuerdo el aroma a hierba limón. Ahora lo asocio no solo con mi amigo, sino también con la impotencia que sentí cuando me arrastraron hasta el abismo.

Acelero el paso con los ojos muy abiertos para que me cueste más trabajo visualizar el ataque en mi cabeza. Tengo que salir de aquí, que alejarme de los lugares donde mi amigo me atacó, donde Peter apuñaló a Edward, donde un ejército ciego de mis amigos inició la marcha hacia el sector de Abnegación, dando comienzo a toda esta locura.

Voy derecha al sitio donde me sentía segura: el pequeño apartamento de Tobias. En cuanto llego a la puerta, me calmo.

La puerta no está del todo cerrada, así que la abro con el pie. No está aquí, pero no me voy, me siento en su cama y abrazo la colcha, enterrando la cara en la tela y respirando hondo por la nariz.

El olor que solía tener casi ha desaparecido, ya que hace mucho tiempo que no duerme aquí.

La puerta se abre y entra Tobias. Los brazos se me caen a los lados y la colcha se queda en mi regazo. ¿Cómo explico mi presencia? Se supone que estoy enfadada con él.

No frunce el ceño, aunque su boca está tan tensa que sé que él también está enfadado conmigo.

—No seas idiota —me dice.

—¿Idiota?

—Estabas mintiendo. Dijiste que no irías a Erudición, pero estabas mintiendo; ir a Erudición te convertiría en idiota. Así que no lo hagas.

Dejo la colcha y me levanto.

—Intentas que suene sencillo, pero no lo es. Sabes tan bien como yo que es lo correcto.

—¿Tenías que elegir este momento para comportarte como una abnegada? —pregunta, y su voz llena la habitación y despierta el miedo en mi pecho; su rabia es demasiado repentina, demasiado extraña—. Después de pasar tanto tiempo insistiendo en que eras demasiado egoísta para ellos, ahora, cuando tu vida está en juego, ¿tienes que ser un héroe? ¿Qué pasa contigo?

—¿Qué pasa contigo? Ha muerto gente, ¡se tiraron desde la azotea de un edificio! ¡Y yo puedo evitar que suceda de nuevo!

—Eres demasiado importante para... morir sin más —responde, sacudiendo la cabeza; ni siquiera me mira, no deja de apartar la mirada para dirigirla a la pared que tengo detrás, al techo que tengo encima, a cualquier cosa, salvo a mí. Estoy demasiado sorprendida para enfadarme.

—No soy importante. A todo el mundo le irá bien sin mí.

—¿Y a quién le importa todo el mundo? ¿Qué hay de mí?

Baja la cabeza hasta la mano para cubrirse los ojos; le tiemblan los dedos.

Después cruza la habitación de dos grandes zancadas y me roza los labios con un beso. Su suave presión borra los últimos meses, y vuelvo a ser la chica que se sentó en las rocas junto al abismo, con el agua del río salpicándole los tobillos, y que lo besó por primera vez. Soy la chica que le dio la mano en el pasillo solo porque le apeteció hacerlo.

Me retiro y le pongo la mano en el pecho para apartarlo. El problema es que también soy la chica que disparó a Will y mintió al respecto, la que eligió entre Hector y Marlene, y la que hizo mil cosas más. Y no puedo borrarlo.

—Te irá bien —le aseguro, sin mirarlo; clavo la vista en su camiseta, que aprieto entre los dedos, y en la tinta negra que le da vueltas por el cuello, pero no lo miro a la cara—. Al principio, no, pero seguirás adelante y harás lo que tengas que hacer.

Me rodea la cintura con un brazo y me aprieta contra él.

—Eso es mentira —dice antes de volver a besarme.

Esto está mal, está mal olvidar en quién me he convertido y permitir que me bese cuando sé lo que estoy a punto de hacer.

Pero quiero permitirlo. Sí, quiero.

Me pongo de puntillas y lo abrazo. Le aprieto la espalda con una mano, entre los omóplatos, mientras que, con la otra, le abarco la parte de atrás del cuello. Noto su respiración en la palma de la mano, su cuerpo expandiéndose y contrayéndose, y sé que él es fuerte, firme, imparable. Todo lo que tengo que ser yo, pero no lo soy, no lo soy.

Camina de espaldas y tira de mí sin apartarse, así que tropiezo. Tropiezo de tal modo que pierdo los zapatos. Se sienta en el borde de la cama y me quedo de pie frente a él, de manera que, por fin, nos miramos a los ojos.

Me toca la cara y me cubre las mejillas con las manos, deslizando las puntas de los dedos por mi cuello, encajándolos en la suave curva de mis caderas.

No puedo parar.

Aprieto mi boca contra la suya, y noto su sabor a agua y su olor a aire fresco. Le paso la mano desde el cuello hasta la parte inferior de la espalda y después se la meto bajo la camiseta. Él me besa con más ganas.

Aunque sabía que era fuerte, no lo había podido comprobar hasta este momento en que los músculos de su espalda se tensan bajo mis dedos.

«Detente», me digo.

De repente es como si tuviéramos prisa, las puntas de sus dedos me rozan el costado, bajo la camiseta, y mis manos lo agarran, luchan por acercarlo más a mí, aunque es imposible. Nunca antes había deseado a nadie así, ni tanto.

Se aparta lo suficiente para mirarme a los ojos con los párpados medio entornados.

—Prométeme que no irás —susurra—. Por mí, es lo único que te pido.

¿Podría hacerlo? ¿Podría quedarme aquí, arreglar las cosas con él, dejar que otra persona fuera en mi lugar? Al mirarlo, creo por un instante que podría. Entonces veo a Will, veo la arruga entre sus cejas, los ojos vacíos por la simulación, el cuerpo que cae.

«Es lo único que te pido». Los oscuros ojos de Tobias me suplican.

Sin embargo, si no voy a Erudición, ¿quién irá? ¿Tobias? Es la clase de cosa que haría.

Noto una punzada de dolor en el pecho cuando le miento.

—Vale —respondo.

—Promételo —insiste, frunciendo el ceño.

El dolor se vuelve atroz, se extiende por todas partes..., todo se mezcla: culpa, terror y ansia.

—Lo prometo.

CAPÍTULO VEINTIOCHO

Cuando empieza a quedarse dormido, mantiene sus brazos a mi alrededor con actitud feroz, como si me aprisionara para mantenerme a salvo. Sin embargo, espero (me mantiene despierta pensar en cuerpos que se estrellan contra el pavimento) hasta que su abrazo se afloja un poco y su respiración se vuelve acompasada.

No permitiré que Tobias vaya a Erudición cuando esto suceda de nuevo, cuando muera otra persona. No lo permitiré.

Salgo con cuidado de la cama y me pongo una de sus sudaderas para llevarme su olor conmigo. Me meto los zapatos y no me llevo ni armas ni recuerdos.

Me detengo junto a la puerta y lo miro, medio enterrado en la colcha, en paz, fuerte.

—Te quiero —digo en voz baja, probando cómo suenan las palabras.

Dejo que la puerta se cierre cuando salgo.

Ha llegado el momento de ponerlo todo en orden.

Me voy al cuarto en el que antes dormían los iniciados de Osadía. La habitación no se distingue del dormitorio de los iniciados procedentes de otras facciones: es larga y estrecha, con literas a ambos lados, y una pizarra en una pared. Gracias a una lucecita azul colocada en la esquina compruebo que nadie se molestó en borrar la clasificación de la pizarra; el nombre de Uriah sigue el primero.

Christina duerme en una litera, debajo de Lynn. No quiero asustarla, pero no hay forma de despertarla de otro modo, así que le tapo la boca con la mano. Se despierta de golpe, mirando aterrada a su alrededor, hasta que me ve. Me llevo un dedo a los labios y le pido que me siga.

Camino hasta el final del pasillo y doblo una esquina. El pasillo lo ilumina una lámpara de emergencia manchada de pintura que cuelga sobre una de las salidas. Christina no lleva zapatos, así que dobla los dedos de los pies para protegerlos del frío.

—¿Qué pasa? —pregunta—. ¿Vas a alguna parte?

—Sí, voy... —empiezo, pero tengo que mentir si no quiero que me detenga—. Voy a ver a mi hermano, está con los abnegados, ¿recuerdas? —explico, y ella entorna los ojos—. Siento haberte despertado, pero necesito que hagas una cosa. Es muy importante.

—Vale. Tris, te comportas de una forma muy rara, ¿seguro que no...?

—Seguro. Escúchame. El momento en el que se llevó a cabo el ataque de la simulación no fue aleatorio. La razón de que se programara cuando se hizo fue que los abnegados estaban a punto de hacer algo... No sé qué era, pero tiene que ver con una información importante, y ahora Jeanine tiene esa información...

—¿Qué? —pregunta, frunciendo el ceño—. ¿No sabes lo que van a hacer? ¿No sabes qué información es?

—No —respondo; debo de parecer una loca—. La verdad es que no he sido capaz de averiguar mucho porque Marcus Eaton es la única persona que lo sabe todo y él no me lo quiere contar. Es que... es el motivo por el que nos atacaron. Es el motivo. Y tenemos que descubrir de qué se trata.

No sé qué más decir, aunque Christina ya está asintiendo.

—La razón por la que Jeanine nos obligó a atacar a personas inocentes —comenta en tono amargo—. Sí, claro que necesitamos descubrirlo.

Casi se me había olvidado que ella había estado metida en la simulación. ¿A cuántos abnegados mataría guiada por ella? ¿Cómo se sentiría al despertar de aquel sueño y saberse una asesina? Nunca se lo he preguntado y nunca se lo preguntaré.

—Necesito tu ayuda, y pronto. Necesito a alguien que convenza a Marcus para que coopere, y creo que tú puedes hacerlo.

Ella ladea la cabeza y se me queda mirando unos segundos.

—Tris, no cometas ninguna estupidez.

—¿Por qué me dice eso todo el mundo? —pregunto, forzando una sonrisa.

—No estoy de coña —responde, y me agarra por el brazo.

—Ya te he dicho que voy a ver a Caleb. Volveré dentro de unos días, y entonces diseñaremos una estrategia. Es que me ha parecido buena idea que alguien más lo supiera antes de marcharme. Por si acaso, ¿vale?

Ella me retiene unos segundos y después me suelta.

—Vale.

Me voy hacia la salida. Me contengo hasta llegar al otro lado y, entonces, dejo que lleguen las lágrimas.

Mi última conversación con ella ha tenido que ser una sarta de mentiras.

Una vez fuera, me subo la capucha de la sudadera de Tobias. Cuando llego al final de la calle, miro arriba y abajo en busca de señales de vida. Nada.

El aire frío hace que me piquen los pulmones al entrar y se despliega en una nube de vapor al salir. El invierno llegará pronto. Me pregunto si Erudición y Osadía seguirán en tablas entonces, esperando a que un grupo destruya al otro. Me alegra saber que no estaré aquí para verlo.

Antes de elegir Osadía nunca se me habían pasado por la cabeza ese tipo de cosas. Una de las pocas cosas de las que estaba segura era de que viviría mucho tiempo. Ahora no hay nada seguro, salvo que voy a donde voy porque así lo he elegido.

Camino a la sombra de los edificios y espero que mis pisadas no llamen la atención. En esta zona no hay luces, pero la luna brilla tanto que no me cuesta demasiado andar.

Camino bajo las vías elevadas, que se estremecen con el movimiento del tren que se acerca. Tengo que ir deprisa si quiero llegar allí antes de que alguien se percate de mi ausencia. Esquivo una gran grieta del suelo y salto por encima de una farola caída.

Al salir, no pensé en la distancia, y el cansancio de la caminata, unido a la precaución de volver la vista atrás de vez en cuando y de esquivar los obstáculos de la carretera, hacen que empiece a sentir calor. Mantengo el ritmo, medio andando, medio corriendo.

Al poco rato llego a una parte de la ciudad que reconozco; aquí las calles están mejor cuidadas, limpias, con menos agujeros. A lo lejos veo el resplandor de la sede de Erudición, sus luces violan nuestras leyes de conservación de energía. No sé qué haré cuando llegue, ¿exigir ver a Jeanine? ¿O quedarme allí hasta que alguien se percate de mi presencia?

Rozo con las puntas de los dedos una de las ventanas del edificio que tengo al lado. Ahora que estoy tan cerca, me pongo a temblar y me cuesta avanzar. Tampoco me resulta fácil respirar; dejo de intentar no hacer ruido, y permito que el aire entre y salga de mis pulmones entre resuellos. ¿Qué harán conmigo cuando llegue? ¿Qué planes me tendrán reservados hasta que ya no les resulte útil y me maten? No me cabe duda de que me matarán en algún momento. Me concentro en seguir adelante, en mover las piernas de manera regular, aunque no parezcan dispuestas a soportar mi peso.

Entonces me encuentro de pie frente a la sede de Erudición.

En el interior, grupos de personas de camisa azul se sientan alrededor de mesas, escribiendo en ordenadores, inclinados sobre libros o pasando páginas adelante y atrás. Algunos son personas decentes que no entienden lo que ha hecho su facción, pero, si todo el edificio se derrumbara sobre ellos ante mis ojos, quizá ni siquiera me inspiraran lástima.

Es la última oportunidad para volver. El aire frío me pincha las mejillas y las manos mientras vacilo. Ahora podría marcharme, refugiarme en el complejo de Osadía, esperar, rezar y desear que nadie más muera por culpa de mi egoísmo.

Sin embargo, no puedo alejarme si no quiero que la culpa, que el peso de la vida de Will, de la vida de mis padres y, ahora, de la vida de Marlene me aplaste y me rompa los huesos, me impida respirar.

Camino despacio hacia el edificio y abro las puertas.

Es la única forma de no ahogarme.

Durante un segundo, cuando mis pies tocan el suelo de madera, frente al gigantesco retrato de Jeanine Matthews colgado en la pared, nadie me presta atención, ni siquiera los dos traidores osados que vigilan la entrada. Me acerco a la recepción, donde un hombre de mediana edad con una calva en la coronilla hojea un montón de papeles. Pongo las manos en el escritorio.

—Perdone.

—Deme un momento —me responde sin mirar.

—No.

Eso sí que hace que levante la vista, con las gafas torcidas, y frunza el ceño como si estuviese a punto de regañarme. Fuese lo que fuese lo que pensaba decirme, se le atraganta. Me mira con la boca abierta, pasando la mirada de mi rostro a la sudadera negra que llevo puesta.

Como estoy aterrada, su expresión me hace gracia. Esbozo una sonrisita y oculto las manos, que tiemblan.

—Creo que Jeanine Matthews quería verme —le digo—, así que le agradecería que la avisara.

Él hace señas a los traidores osados que hay junto a la puerta, pero no hace falta, ellos por fin se han dado cuenta. Soldados osados de otras partes de la sala también se acercan, rodeándome, aunque no me tocan ni me hablan. Examino sus caras intentando parecer lo más tranquila posible.

—¿Divergente? —pregunta al fin uno de ellos, mientras el hombre de recepción levanta el auricular del sistema de comunicaciones del edificio.

Si cierro los puños, no tiemblo. Asiento.

Miro hacia los osados que salen del ascensor que está a la izquierda de la sala, y los músculos de la cara se me sueltan: Peter viene hacia nosotros.

De repente se me ocurren mil reacciones potenciales, desde lanzarme a su cuello para estrangularlo hasta hacer algún tipo de chiste. No consigo decidirme por una, así que me quedo quieta y lo observo. Jeanine debía de saber que vendría yo, debe de haber elegido a Peter a posta para recogerme, seguro.

—Nos han dado órdenes de llevarte arriba —dice Peter.

Quiero decir algo agudo o despreocupado, pero el único sonido que me sale es un ruidito de conformidad, ahogado en el nudo de mi garganta. Peter inicia la marcha hacia los ascensores, y yo lo sigo.

Recorremos una serie de pasillos. A pesar de que subimos varios tramos de escaleras, todavía me siento como si descendiera a las profundidades de la tierra.

Creía que me llevarían a ver a Jeanine, cosa que no hacen. Se detienen en un corto pasillo con varias puertas metálicas a cada lado, y Peter introduce un código para abrir una de las puertas.

A continuación, los traidores osados que me rodean, codo con codo, forman un estrecho túnel por el que entrar a la habitación.

El cuarto es pequeño, puede que metro ochenta de largo por metro ochenta de ancho. El suelo, las paredes y el techo tienen los mismos paneles claros, ahora oscurecidos, que iluminaban la sala de la prueba de aptitud. En cada esquina hay una diminuta cámara negra.

Por fin me dejo llevar por el pánico.

Miro de una esquina a otra, a las cámaras, y reprimo el grito que se me forma en el estómago, en el pecho y en la garganta, el grito que me llena por completo. De nuevo siento la culpa y la pena desgarrarme por dentro, luchar entre ellas por la supremacía, pero el terror es más fuerte que ambas cosas. Inspiro, pero no espiro. Mi padre me dijo una vez que era una cura para el hipo. Le pregunté si podría morir por aguantar la respiración. «No —respondió—, tu instinto se hará cargo de la situación y te obligará a respirar».

Una pena, la verdad, ya que no me vendría mal una salida. La idea me da ganas de reír; y de gritar.

Me acurruco de modo que pueda apretar la cara contra las rodillas. Tengo que pensar en un plan. Si consigo elaborar un plan, no tendré tanto miedo.

Sin embargo, no hay plan, no hay escapatoria de las profundidades de la sede de Erudición, no hay escapatoria de Jeanine y no hay otra forma de escapar de lo que he hecho.

CAPÍTULO
VEINTINUEVE

Se me olvidó el reloj.

Minutos u horas después, cuando se me pasa el ataque de pánico, eso es de lo que más me arrepiento. No de venir aquí (era una opción obvia), sino de mis muñecas desnudas, que me impiden saber cuánto tiempo llevo sentada en este cuarto. Me duele la espalda, lo que debería indicarme algo, aunque nada lo bastante definitivo.

Al cabo de un rato, me levanto y me pongo a dar vueltas, estirando los brazos sobre la cabeza. No me gusta hacer nada delante de las cámaras, pero tampoco van a averiguar nada viendo cómo me toco los pies.

Aunque esa idea hace que me tiemblen las manos, no intento apartarla, sino que me digo que soy osada y que el miedo no me resulta ajeno. Moriré en este lugar, puede que pronto. Esos son los hechos.

Sin embargo, hay otras formas de pensar en ello. Pronto honraré a mis padres muriendo como ellos, y si todo lo que creían sobre la muerte es cierto, pronto me reuniré con ellos en lo que haya después.

Sacudo las manos mientras doy vueltas por la habitación. Me siguen temblando. Quiero saber qué hora es. Llegué poco después de la medianoche y ya debe de ser por la mañana temprano, quizá las 4:00 o las 5:00. O a lo mejor no ha pasado tanto tiempo y solo me lo parece porque no he estado haciendo nada.

La puerta se abre y, por fin, me encuentro cara a cara con mi enemiga y sus guardias osados.

—Hola, Beatrice —me saluda Jeanine; va de azul erudito, lleva gafas eruditas y en su rostro se refleja esa superioridad erudita que mi padre me enseñó a odiar—. Suponía que vendrías tú.

Pero no siento odio cuando la miro, no siento nada de nada, a pesar de saber que es la responsable de incontables muertes, incluida la de Marlene. Esas muertes existen en mi mente como una cadena de ecuaciones incomprensibles, y me quedo helada, incapaz de resolverlas.

—Hola, Jeanine —respondo, porque es lo único que se me ocurre.

Aparto la mirada de los ojos gris pálido de Jeanine para observar a los osados que la flanquean. Peter está a su derecha y una mujer con arrugas en las comisuras de los labios está a su izquierda. Detrás hay un hombre calvo de cráneo anguloso. Frunzo el ceño.

¿Cómo ha conseguido Peter encontrarse en esta posición tan prestigiosa, la de guardaespaldas de Jeanine? ¿Qué lógica tiene?

—Me gustaría saber qué hora es —digo.

—¿Ah, sí? Qué interesante —responde ella.

Debería haber sabido que no me lo diría. Cada dato que recibe cuenta para su estrategia, y no me dirá la hora que es, a no ser que decida que proporcionarme la información le resulta más útil que negármela.

—Seguro que es una decepción para mis compañeros osados que todavía no hayas intentado arrancarme los ojos —comenta.

—Sería una estupidez.

—Cierto, pero encajaría en tu pauta de comportamiento de «actuar primero y pensar después».

—Tengo dieciséis años —respondo, frunciendo los labios—. Cambio.

—Qué refrescante —dice ella; deja sin entonación incluso las frases que deberían tenerla—. Vamos a hacer un pequeño recorrido turístico, ¿de acuerdo?

Da un paso atrás y señala la puerta. Lo que menos me apetece en estos momentos es salir del cuarto hacia un destino incierto, pero no vacilo. Salgo, con la mujer de aspecto severo delante de mí. Peter me sigue poco después.

El pasillo es largo y pálido. Doblamos una esquina y caminamos por un segundo pasillo que es exactamente igual que el primero.

Después recorremos dos pasillos más. Estoy tan desorientada que jamás lograría encontrar el camino de vuelta. Sin embargo, justo entonces, el aspecto del entorno cambia: el túnel blanco se abre a una gran sala en la que hombres y mujeres de Erudición, vestidos con largas chaquetas azules, se encuentran detrás de sus mesas, algunos con herramientas, otros mezclando líquidos de colores y otros más mirando pantallas de ordenador. Diría que están preparando el suero de la simulación, pero tampoco querría limitar el trabajo erudito a las simulaciones.

La mayoría se detiene para observarnos cuando pasamos por el pasillo central. Bueno, mejor dicho, para observarme. Algunos susurran, aunque casi todos guardan silencio. Aquí dentro nadie hace ruido.

Sigo a la traidora osada por una puerta y me detengo de una manera tan repentina que Peter se choca conmigo.

Esta habitación es tan grande como la anterior, pero solo hay una cosa dentro: una larga mesa metálica con una máquina al lado. Una máquina que, vagamente, reconozco como un monitor cardiaco. Y, colgando encima, una cámara. Me estremezco sin querer porque sé dónde estoy.

—Me alegro mucho de que seas tú, en concreto, la que esté aquí —dice Jeanine.

Pasa junto a mí y se sienta en el filo de la mesa, agarrándose a él con los dedos.

—Me alegro, por supuesto, por los resultados de tu prueba de aptitud —añade; su pelo rubio, que lleva muy tirante sobre el cráneo, refleja la luz y me llama la atención—. Incluso entre los divergentes, eres una especie de rareza, ya que demostraste aptitud para tres facciones: Abnegación, Osadía y Erudición.

—¿Cómo...? —empiezo, pero se me rompe la voz; me obligo a completar la pregunta—. ¿Cómo lo sabes?

—Todo a su debido tiempo —responde—. A partir de los resultados, he determinado que eres uno de los divergentes más fuertes, cosa que no digo para adularte, sino para explicar mi objetivo. Si pretendo desarrollar una simulación que no pueda contrarrestar la mente divergente, debo estudiar la mente divergente más potente de todas para apuntalar las deficiencias de la tecnología. ¿Lo entiendes? —No respondo, sigo mirando el monitor cardiaco que hay junto a la mesa—. Por lo tanto, mis compañeros científicos y yo misma te estudiaremos durante todo el tiempo que nos sea posible —sigue diciendo, y sonríe un poco—. Y después, cuando concluya el estudio, te ejecutaremos.

Eso ya lo sabía. Lo sabía, así que ¿por qué noto débiles las rodillas? ¿Por qué se me retuercen las tripas? ¿Por qué?

—La ejecución tendrá lugar aquí —añade, pasando los dedos por encima de la mesa en la que está sentada—. En esta mesa. Me ha parecido interesante enseñártela.

Quiere estudiar mi reacción. Apenas respiro. Antes pensaba que la malicia era condición necesaria para la crueldad, pero no es cierto. Jeanine no tiene razón alguna para actuar por malicia. Sin embargo, es cruel porque es capaz de cualquier cosa, siempre que la fascine. Para ella soy como un rompecabezas o una máquina rota que quiere arreglar. Me abrirá el cráneo solo para ver cómo me funciona el cerebro; moriré aquí, y la muerte llegará a ser un alivio.

—Cuando vine, ya sabía lo que pasaría —respondo—. No es más que una mesa, y me gustaría volver ya a mi cuarto.

No comprendo bien el paso del tiempo, al menos, no como antes, cuando me quedaba tiempo de sobra. Así que, cuando la puerta se abre de nuevo y Peter entra en la celda, no sé cuánto tiempo ha pasado, solo que estoy agotada.

—Vamos, estirada —dice.

—No soy de Abnegación —respondo, alargando los brazos por

encima de la cabeza para que rocen la pared—. Y ahora que eres lacayo de Erudición, no puedes llamarme estirada. Es inexacto.

—He dicho que vamos.

—¿Cómo? ¿Sin ningún comentario sarcástico? —pregunto, y lo miro fingiendo sorpresa—. ¿Nada de «Eres una idiota por haber venido; tienes el cerebro defectuoso, además de divergente»?

—Eso no hace falta ni decirlo, ¿no? O te levantas o te arrastro por el pasillo. Tú decides.

Estoy más calmada. Peter siempre ha sido cruel conmigo; esto me resulta familiar.

Me levanto y salgo de la habitación. Me doy cuenta de que el brazo de Peter, el que recibió mi disparo, ya no va en cabestrillo.

—¿Te arreglaron la herida de bala?

—Sí, ahora tendrás que encontrar otro punto débil. Qué pena que ya no me quede ninguno —responde; me agarra por el brazo y se pone a caminar más deprisa, tirando de mí—. Llegamos tarde.

A pesar de lo largo y vacío del pasillo, nuestras pisadas no tienen mucho eco. Es como si alguien me hubiese tapado las orejas y acabara de darme cuenta. Intento prestar atención a los pasillos que recorremos, pero pierdo la cuenta al cabo de un rato. Llegamos al final de uno y torcemos a la izquierda para entrar en una habitación en penumbra que me recuerda a un acuario. Una de las paredes es de espejo espía: espejo por mi lado, pero seguro que transparente por detrás.

Al otro lado hay una gran máquina con una bandeja de tamaño natural que sale de ella. La reconozco por mi libro de texto de Historia de las Facciones, en el capítulo sobre Erudición y la medicina: una máquina de resonancia magnética. Sacará fotos de mi cerebro.

Una chispa se enciende dentro de mí, y hace tanto tiempo que no la sentía que apenas la reconozco. Es curiosidad.

Una voz (la de Jeanine) me habla por un intercomunicador.

—Túmbate, Beatrice.

Miro la bandeja tamaño natural que me meterá en el interior de la máquina.

—No.

—Si no lo haces tú misma, tenemos formas de obligarte —responde ella, suspirando.

Peter está detrás de mí. Incluso con el brazo herido, era más fuerte que yo. Imagino que me pone las manos encima, me arrastra hacia el aparato, me empuja contra el metal y me aprieta demasiado las correas que cuelgan de la bandeja.

—Hagamos un trato —propongo—: si coopero, me dejaréis ver las imágenes del escáner.

—Cooperarás quieras o no.

—Eso no es verdad —respondo, levantando un dedo.

Miro el espejo, no me cuesta tanto fingir que hablo con Jeanine si miro mi reflejo mientras hablo: mi pelo es rubio, como el suyo; las dos somos pálidas y serias. La idea me inquieta tanto que pierdo el hilo de mis pensamientos durante unos segundos y me quedo con el dedo en el aire, callada.

Soy pálida de piel, pálida de pelo y fría. Siento curiosidad por las fotos de mi cerebro. Soy como Jeanine. Y eso es algo que puedo despreciar, atacar, erradicar... o usar.

293

—Eso no es verdad —repito—. Por muchas correas que uses, no me mantendrás lo bastante quieta como para que las imágenes salgan nítidas —explico, y me aclaro la garganta—. Quiero verlas. De todos modos me vas a matar, así que ¿de verdad importa lo mucho que sepa sobre mi cerebro antes de que lo hagas?

Silencio.

—¿Por qué tienes tantas ganas de verlas? —pregunta.

—Seguro que tú, precisamente, lo comprendes. Al fin y al cabo, tengo aptitud para Erudición en la misma medida que la tengo para Osadía y Abnegación.

—De acuerdo, puedes verlas. Túmbate.

Camino hasta la bandeja y me tumbo. El metal parece hielo. La bandeja se desliza hacia atrás y me encuentro dentro de la máquina. Me quedo mirando la superficie blanca. Cuando era pequeña, creía que así sería el cielo, todo luz blanca y nada más. Ahora sé que no es cierto, porque la luz blanca es amenazadora.

Oigo golpes y cierro los ojos mientras recuerdo los obstáculos de mi paisaje del miedo, los puños que aporreaban mis ventanas y los hombres ciegos que intentaban secuestrarme. Finjo que los golpes son el latido de un corazón, el ritmo de un tambor. El río que se estrella contra las paredes del abismo del complejo de Osadía. Pies que patalean el suelo en la ceremonia del final de la iniciación. Pies que corren por las escaleras después de la Ceremonia de la Elección.

Cuando se hace el silencio y la bandeja se desliza hacia el exterior, no sabría decir el tiempo que ha transcurrido. Me siento y me restriego el cuello con las puntas de los dedos.

La puerta se abre, y veo que Peter está en el pasillo.

—Vamos —me llama—. Ya puedes ver las imágenes.

Bajo de un salto de la bandeja y voy hacia él. Cuando estamos en el pasillo, sacude la cabeza.

—¿Qué? —pregunto.

—No sé cómo lo haces para conseguir siempre lo que quieres.

—Sí, porque quería acabar en una celda de la sede de Erudición. Quería que me ejecutaran.

Hablo con displicencia, como si me enfrentara a ejecuciones todos los días. Sin embargo, al mover los labios para formar la palabra «ejecutaran», me estremezco. Me aprieto los brazos para fingir que tengo frío.

—¿Y no es así? —pregunta—. Quiero decir, has venido por voluntad propia. No parece un instinto de supervivencia muy sano.

Introduce una serie de números en el teclado que hay junto a la siguiente puerta y la abre. Me meto en la sala del otro lado del espejo, que está llena de pantallas y de una luz que se refleja en los cristales de las gafas de los eruditos. Al otro lado de la habitación se cierra una puerta. Hay una silla vacía detrás de una de las pantallas, y todavía se mueve: alguien acaba de irse.

Peter se coloca demasiado cerca de mí, listo para sujetarme si decido atacar a alguien. Pero no atacaré a nadie, ¿adónde iba a ir después? ¿Tendría que seguir por este pasillo y luego recorrer otro? Y ahí me perdería. No lograría salir de aquí ni librándome de los guardias..

—Ponlas ahí —dice Jeanine, señalando la gran pantalla de la pared de la izquierda.

Uno de los científicos eruditos pulsa en su pantalla, y una imagen aparece en la pared de la izquierda. Una imagen de mi cerebro.

No sé qué estoy viendo exactamente. Sé el aspecto que tiene un cerebro y, en general, lo que hace cada región, pero no sé cómo es el mío comparado con los demás. Jeanine se da unos golpecitos en la barbilla y se queda mirando la imagen durante un rato que se me antoja muy largo.

Al final, dice:

—Que alguien explique a la señorita Prior lo que hace la corteza prefrontal.

—Es la región del cerebro que se encuentra detrás de la frente, por así decirlo —responde una de las científicas; no parece mucho mayor que yo y lleva unas enormes gafas redondas que le agrandan los ojos—. Es la responsable de organizar tus pensamientos y acciones para lograr tus objetivos.

—Correcto —dice Jeanine—. Bien, que alguien me cuente lo que observa en la corteza prefrontal lateral de la señorita Prior.

—Es grande —responde otro científico, esta vez un hombre que se está quedando calvo.

—Más específico —dice Jeanine, como si lo regañara.

Me doy cuenta de que estoy en una clase, puesto que una habitación con más de un erudito dentro es una clase. Y, para ellos, Jeanine es la profesora más valorada. Todos la miran con los ojos como platos y la boca abierta, deseando impresionarla.

—Su tamaño está muy por encima de la media —se corrige el hombre medio calvo.

—Mejor —responde Jeanine, ladeando la cabeza—. De hecho, es una de las cortezas prefrontales laterales más grandes que he visto. Sin embargo, la corteza orbitofrontal es notablemente pequeña. ¿Qué indican estos dos factores?

—La corteza orbitofrontal es el centro cerebral encargado de las recompensas. Los que exhiben un comportamiento orientado a la consecución de recompensas tienen una corteza orbitofrontal de gran tamaño —explica alguien—. Eso significa que el comportamiento de la señorita Prior no suele caracterizarse por la búsqueda de recompensas.

—No solo eso —añade Jeanine, sonriendo un poco; la luz azul de las pantallas hace que le brillen más los pómulos y la frente, aunque le proyecta sombras sobre los ojos—. No es una mera indicación sobre su comportamiento, sino también sobre sus deseos. No la motivan las recompensas. Sin embargo, disfruta de una excepcional capacidad para orientar sus acciones y pensamientos hacia los objetivos que persigue. Eso explica tanto su tendencia al comportamiento pernicioso, pero altruista, como, quizá su habilidad para zafarse de las simulaciones. ¿Cómo cambia esto nuestro enfoque con respecto al nuevo suero de simulación?

—Debería suprimir parte, aunque no toda, la actividad de la corteza prefrontal —dice la científica de gafas redondas.

—Justamente —responde Jeanine, que por fin me mira, con ojos relucientes de alegría—. Entonces, así procederemos. ¿Puedo dar por satisfecha mi parte de nuestro acuerdo, señorita Prior?

Tengo la boca seca, así que me cuesta tragar.

¿Y qué pasa si suprimen la actividad de mi corteza prefrontal, si deterioran mi capacidad para tomar decisiones? ¿Y si este suero funciona y me convierto en esclava de las simulaciones, como todos los demás? ¿Y si olvido por completo la realidad?

No sabía que toda mi personalidad, todo mi ser pudiera descartarse como un subproducto de mi anatomía. ¿Y si de verdad no soy nada más que una persona con una corteza prefrontal muy grande..., y punto?

—Sí —respondo.

Peter y yo regresamos en silencio a mi cuarto. Giramos a la izquierda, y veo a un grupo de personas al final del pasillo. Es el pasillo más largo de los que hemos recorrido, pero la distancia se acorta al verlo a él.

Dos osados traidores le sujetan los brazos, uno a cada lado, y alguien le apunta con una pistola a la nuca.

Tobias, con media cara ensangrentada y la camisa blanca manchada de rojo; Tobias, compañero divergente, de pie en la boca del horno en el que arderé.

Las manos de Peter me agarran los hombros para retenerme.

—Tobias —digo, y suena como un grito ahogado.

El traidor de la pistola empuja a Tobias para que avance hacia mí. Peter intenta también empujarme para que camine, pero mis pies permanecen clavados en el suelo. Vine aquí para que no muriera nadie. Vine aquí para proteger a toda la gente posible. Y vine aquí, sobre todo, por mantener a salvo a Tobias. Entonces, si él está aquí, ¿para qué lo estoy yo? ¿De qué sirve?

—¿Qué has hecho? —mascullo.

Está a pocos pasos de mí ya, aunque no lo suficiente como para oírme. Al pasar a mi lado, estira la mano, me coge la mía y la aprieta. La aprieta y la suelta. Tiene los ojos inyectados en sangre; está pálido.

—¿Qué has hecho? —repito, y, esta vez, la pregunta me sale de la garganta como si fuera un gruñido.

Me lanzo hacia él, intento librarme de las manos de Peter, pero solo consigo rozaduras.

—¿Qué has hecho? —le grito.

—Si tú mueres, yo muero —responde Tobias, volviendo la vista hacia mí—. Te pedí que no lo hicieras, y tú tomaste tu decisión. Estas son las repercusiones.

Desaparece al doblar la esquina. Lo último que veo de él y de los traidores osados que se lo llevan es el brillo del cañón y la sangre de la parte de atrás de su lóbulo, de una herida que no le había visto.

La energía se me escapa en cuanto él se va. Dejo de resistirme y permito que las manos de Peter me empujen hacia mi celda. Al llegar, me derrumbo en el suelo nada más entrar y espero a que se cierre la puerta para saber que se ha ido Peter, pero no se cierra.

—¿Por qué ha venido? —me pregunta.

—Porque es idiota —respondo, mirándolo.

—Bueno, ya —comenta, y yo apoyo la cabeza en la pared—. ¿Creía que podría rescatarte? —pregunta, riéndose un poco—. Suena a algo que haría un estirado.

—No lo creo —respondo; si Tobias pretendiera rescatarme, habría meditado la situación, habría traído a más gente; no habría entrado en la sede de Erudición él solo.

Los ojos se me llenan de lágrimas y no intento parpadear para apartarlas, sino que miro a través de ellas y veo cómo lo que me rodea se funde en un mismo borrón. Hace unos cuantos días jamás habría llorado delante de Peter, pero ya no me importa. Él es el menor de mis enemigos.

—Creo que ha venido a morir conmigo —respondo.

Me tapo la boca con la mano para ahogar un sollozo. Si consigo seguir respirando, podré dejar de llorar. No necesitaba ni quería que muriera conmigo, quería mantenerlo a salvo. «Qué idiota», pienso, aunque sin mucho entusiasmo.

—Eso es ridículo —comenta Peter—. No es lógico. Tiene dieciocho años, encontrará a otra novia cuando mueras. Y, si no se ha dado cuenta, es que es un estúpido.

Las lágrimas me caen por las mejillas, calientes al principio y frías después. Cierro los ojos.

—Si es así como crees que funcionan las cosas... —empiezo, tragándome otro sollozo—, el estúpido eres tú.

—Sí, lo que tú digas.

Le chirrían los zapatos al volverse, está a punto de marcharse.

—¡Espera! —lo llamo, y levanto la cabeza hacia su borrosa figura, incapaz de distinguirle la cara—. ¿Qué van a hacer con él? ¿Lo mismo que me hacen a mí?

—No lo sé.

—¿Podrías averiguarlo? —pregunto, limpiándome las lágrimas con la parte carnosa de la palma de la mano, frustrada—. ¿Podrías, por lo menos, averiguar si está bien?

—¿Y por qué iba a hacerlo? —responde—. ¿Por qué iba a hacer algo por ti?

Un segundo después oigo que se cierra la puerta.

CAPÍTULO
TREINTA

Una vez leí en alguna parte que llorar desafía cualquier explicación científica. Las lágrimas solo sirven para lubricar los ojos. No existe una razón real para que las glándulas lagrimales produzcan un exceso de lágrimas a instancias de las emociones. Creo que lloramos para liberar nuestra parte animal sin perder nuestra humanidad, porque llevo dentro una bestia que ladra, gruñe y lucha por la libertad, por Tobias y, sobre todo, por la vida. Y, por mucho que lo intento, no logro acallarla.

Así que sollozo con la cara entre las manos.

Izquierda, derecha, derecha. Izquierda, derecha, izquierda. Derecha, derecha. Nuestros giros, en orden, desde el punto de origen (mi celda) hasta nuestro destino.

Es una habitación distinta, con un sillón algo reclinado, como el de un dentista. En una esquina hay una pantalla y un escritorio. Jeanine está sentada al escritorio.

—¿Dónde está? —pregunto.

Llevo horas esperando para hacer la pregunta. Me quedé dormida y soñé que perseguía a Tobias por la sede de Osadía. Por mucho que corría, él siempre me llevaba la ventaja suficiente para verlo desaparecer al doblar una esquina, a tiempo de vislumbrar una manga o el tacón de un zapato.

Jeanine me mira con cara de no entenderme, pero no es verdad, está jugando conmigo.

—Tobias —añado de todos modos; me tiemblan las manos, aunque esta vez no es de miedo, sino de rabia—. ¿Dónde está? ¿Qué le estáis haciendo?

—No veo por qué debería darte esa información —responde Jeanine—. Y, como ya no tienes nada que ofrecer a cambio, creo que no puedes darme ninguna razón para hacerlo, salvo que quieras cambiar los términos de nuestro acuerdo.

Quiero gritarle que por supuesto, por supuesto que prefiero saber cómo está Tobias antes que saber más sobre mi divergencia, pero no lo hago. No debo tomar decisiones apresuradas. Hará lo que pretenda hacerle a Tobias, lo sepa yo o no. Es más importante comprender mejor lo que me sucede a mí.

Tomo aire por la nariz y lo expulso por la nariz. Sacudo las manos. Me siento en el sillón.

—Interesante —comenta ella.

—¿No se supone que tendrías que estar dirigiendo una facción y planificando una guerra? —pregunto—. ¿Qué haces aquí, experimentando con una chica de dieciséis años?

—Eliges formas distintas de referirte a ti según te convenga —dice, echándose atrás en su asiento—. A veces insistes en que no eres una niña, mientras que otras insistes en lo contrario. Lo que me gustaría saber es: ¿cómo te ves realmente? ¿Como una cosa o como la otra? ¿Como las dos? ¿Como ninguna?

—No veo por qué debería darte esa información —respondo, hablando con voz monótona y objetiva, como la suya.

Oigo una risa disimulada. Peter se está tapando la boca, pero Jeanine lo mira y la risa se transforma en un ataque de tos.

—Las burlas son algo infantil, Beatrice —dice—. No te favorecen.

—Las burlas son algo infantil, Beatrice —repito, imitándola lo mejor que sé—. No te favorecen.

—El suero —dice Jeanine, mirando a Peter, y él da un paso adelante y se pone a toquetear una caja negra que hay en el escritorio, de la que saca una jeringa con una aguja ya puesta.

Se acerca a mí y yo alargo una mano.

—Permíteme —le digo.

Él mira a Jeanine para ver si da permiso, y ella contesta:

—De acuerdo, adelante.

Peter me da la jeringa y yo me meto la aguja en el lateral del cuello y presiono el émbolo. Jeanine pulsa uno de los botones y todo se oscurece.

Mi madre está de pie en el pasillo con el brazo estirado para poder agarrarse a la barra de arriba. No mira a la gente que está sentada a mi alrededor, sino a la ciudad que pasa junto al autobús. Le veo arrugas en la frente y alrededor de la boca cuando frunce el ceño.

—¿Qué pasa? —le pregunto.

—Hay tanto por hacer... —responde, y señala con un pequeño gesto las ventanas del autobús—. Y quedan tan pocos de nosotros para hacerlo...

Está claro a qué se refiere: al otro lado de las ventanas hay escombros hasta donde alcanza la vista. En la acera de enfrente veo un edificio en ruinas. Fragmentos de cristal se acumulan en los callejones. Me pregunto qué habrá provocado tanta destrucción.

Ella me sonríe, y veo otras arrugas distintas junto a los rabillos de los ojos.

—Vamos a la sede de Erudición.

Frunzo el ceño. Me he pasado casi toda la vida evitando la sede de Erudición. Mi padre decía que ni siquiera le gustaba respirar el aire de aquel lugar.

—¿Por qué vamos allí?

—Nos van a ayudar.

¿Por qué noto un pinchazo en el estómago cuando pienso en mi padre? Me imagino su cara, curtida por toda una existencia de frustración con el mundo que lo rodeaba, y su pelo, corto según las prácticas abnegadas, y siento el mismo dolor en el estómago que cuando llevo mucho tiempo sin comer: un dolor hueco.

—¿Le ha pasado algo a papá? —pregunto.

—¿Por qué me preguntas eso? —pregunta ella a su vez, sacudiendo la cabeza.

—No lo sé.

No siento el dolor cuando miro a mi madre, pero sí me da la impresión de que debo grabar en mi cerebro cada segundo que estemos juntas hasta que toda mi memoria se adapte a su forma. Pero, ¿cómo no va a ser mi madre algo permanente? El autobús se detiene y las puertas se abren con un crujido. Mi madre avanza por el pasillo, conmigo detrás. Es más alta que yo, así que me quedo mirando entre sus hombros, la parte superior de su columna. Parece frágil, aunque no lo sea.

Bajo al pavimento. Trozos de cristal se rompen bajo mis pies. Son azules y, a juzgar por los agujeros del edificio de mi derecha, solían ser ventanas.

—¿Qué ha pasado?

—La guerra —responde mi madre—. Es lo que estábamos tan empeñados en evitar.

—Y... ¿cómo nos van a ayudar los eruditos?

—Me preocupa que todas las diatribas de tu padre contra Erudición te hayan hecho mal —dice con amabilidad—. Han cometido errores, por supuesto, pero ellos, como todo el mundo, son una mezcla de bien y de mal, no una cosa o la otra. ¿Qué haríamos sin médicos, sin científicos y sin profesores? —pregunta, y me acaricia el pelo—. Procura recordarlo, Beatrice.

—Lo haré —le prometo.

Seguimos caminando. Sin embargo, algo de lo que ha dicho me inquieta. ¿Es lo de mi padre? No..., mi padre siempre se está quejando de Erudición. ¿Es lo que ha dicho sobre los eruditos? Salto para evitar un gran fragmento de cristal. No, no puede ser eso, tiene razón sobre los eruditos. Todos mis profesores lo eran, y también el médico que le recolocó el brazo a mi madre cuando se lo rompió hace muchos años.

Es la última parte: «Procura recordarlo». Como si ella no fuese a tener la oportunidad de recordármelo después.

Noto que algo se mueve en mi cabeza, como si se acabara de abrir algo que estuviera cerrado.

—¿Mamá? —la llamo; ella me mira, y un mechón de pelo rubio se le sale del moño y le toca la mejilla—. Te quiero.

Apunto a una ventana con el dedo, y la ventana estalla. Partículas de cristal nos llueven encima.

No quiero despertarme en un cuarto de la sede de Erudición, así que no abro los ojos de golpe, ni siquiera cuando se desvanece la simulación. Intento conservar todo el tiempo posible la imagen de mi madre y del pelo que se le pegaba al pómulo. Pero cuando ya no veo más que el rojo del interior de mis párpados, los abro.

—Tendrás que hacerlo mejor —le digo a Jeanine.

—Esto no es más que el principio —responde ella.

CAPÍTULO
TREINTA Y UNO

Esa noche no sueño con Tobias, ni con Will, sino con mi madre. Estamos en los huertos de Cordialidad, donde las manzanas están maduras y cuelgan a pocos centímetros de nuestras cabezas. Las sombras de las hojas se le dibujan en la cara, y va vestida de negro, aunque nunca la vi de ese color cuando estaba viva. Me enseña a trenzarme el pelo, haciéndome demostraciones con uno de sus mechones y riéndose cuando mis dedos se lían.

Me despierto preguntándome cómo no me di cuenta, después de sentarme todos los días con ella a la mesa del desayuno, de que estaba llena a reventar de energía osada. ¿Era porque lo escondía muy bien? ¿O quizá porque yo, en realidad, no la miraba?

Entierro la cara en el fino colchón en el que he dormido. Nunca la conoceré. Sin embargo, por lo menos, tampoco ella sabrá nunca lo que le hice a Will. Llegados a este punto, no creo que pudiera soportar que se enterara.

Todavía estoy parpadeando para espantar el sueño de los ojos cuando sigo a Peter por el pasillo, unos segundos o unos minutos después, no sabría decirlo.

—Peter —le digo; me duele la garganta, debo de haber gritado mientras dormía—. ¿Qué hora es?

Él lleva reloj, pero la esfera está tapada, así que no lo veo. Ni siquiera se molesta en mirarlo.

—¿Por qué estás siempre llevándome de un lado a otro? —pregunto—. ¿No deberías estar participando en alguna actividad depravada? Como patear cachorritos o espiar a las chicas mientras se cambian, por ejemplo.

—Sé lo que le hiciste a Will, ¿sabes? No finjas ser mejor que yo, porque somos exactamente iguales.

En este lugar, lo único que distingue un pasillo de otro es su longitud. Decido etiquetarlos por los pasos que doy antes de doblar la esquina. Diez. Cuarenta y siete. Veintinueve.

—Te equivocas —replico—. Puede que los dos seamos malos, pero hay una enorme diferencia entre nosotros: a mí no me gusta ser así.

Peter se ríe un poco, y caminamos entre las mesas del laboratorio erudito. Entonces me doy cuenta de dónde estoy y de adónde vamos: regresamos a la habitación que me enseñó Jeanine, la habitación en la que me ejecutarán. Tiemblo tanto que me castañetean los dientes y me cuesta seguir andando, me cuesta pensar con claridad. «No es más que una habitación —me digo—. Una habitación como cualquier otra».

Qué mentirosa soy.

Esta vez, la cámara de ejecución no está vacía, sino que cuatro traidores osados se encuentran en una esquina, y dos eruditos, una mujer de piel oscura y un hombre mayor, los dos con batas de laboratorio, están junto a Jeanine, cerca de la mesa metálica del centro. Han colocado varias máquinas alrededor y hay cables por todas partes.

No sé qué hará la mayoría de esas máquinas, aunque sí distingo un monitor cardiaco. ¿Para qué lo necesita?

—Llévala a la mesa —dice Jeanine en tono aburrido.

Me quedo mirando durante un segundo la lámina de acero que me espera. ¿Y si ha cambiado de idea sobre ejecutarme? ¿Y si esta es mi hora? Las manos de Peter me sujetan los brazos, y me retuerzo con todas mis fuerzas.

Sin embargo, él me levanta en el aire sin problemas, esquiva mis patadas y me golpea contra la mesa metálica, dejándome sin resuello. Dejo escapar un grito ahogado, alzo el puño para pegar a lo loco y alcanzo sin pretenderlo la muñeca de Peter, que hace una mueca, pero los otros traidores se han acercado a ayudar.

Uno de ellos me sujeta los tobillos mientras el otro hace lo propio con los hombros. Peter se dedica a atarme con unas correas negras que evitarán que me mueva. Doy un respingo al notar el dolor en el hombro herido y dejo de forcejear.

—¿Qué está pasando? —exijo saber, arqueando el cuello para mirar a Jeanine—. ¡Acordamos cooperación a cambio de resultados! Acordamos...

—Esto es algo al margen de nuestro acuerdo —responde Jeanine, mirando la hora—. No tiene que ver contigo, Beatrice.

La puerta se abre de nuevo.

Tobias entra (cojeando), acompañado de varios traidores osados. Tiene la cara magullada y un corte en la ceja. No se mueve con su habitual cuidado, sino que avanza completamente derecho. Debe de estar herido. Intento no pensar en cómo habrá acabado así.

—¿Qué es esto? —dice con voz áspera y ronca.

De gritar, seguramente.

Se me cierra la garganta.

—Tris —dice, y se lanza hacia mí, pero los traidores son demasiado rápidos y lo agarran antes de que pueda avanzar más—. Tris, ¿estás bien?

—Sí, ¿y tú?

Asiente, pero no me lo creo.

—En vez de perder más tiempo, señor Eaton, me pareció que debía adoptar el enfoque más lógico. El suero de la verdad sería preferible, por supuesto, pero tardaríamos días en coaccionar a Jack Kang para que nos diese un poco, ya que está celosamente protegido por los veraces, y preferiría no perder tanto tiempo.

Da un paso adelante, jeringa en mano. Este suero está teñido de gris, podría ser una nueva versión de la simulación, pero lo dudo.

Me pregunto qué hará. No puede ser nada bueno, teniendo en cuenta lo satisfecha de sí misma que parece Jeanine.

—Dentro de unos segundos inyectaré este líquido a Tris. Llegados a ese punto confío en que tu instinto altruista se apodere de ti y me cuentes todo lo que necesito saber.

—¿Qué necesita saber? —pregunto, interrumpiéndola.

—Información sobre los refugios de los abandonados —responde Tobias sin mirarme.

Abro mucho los ojos. Los abandonados son nuestra última

esperanza, ahora que la mitad de los osados leales y todos los veraces están listos para la simulación, y que media Abnegación está muerta.

—No se lo digas, me van a matar de todos modos. No le des nada.

—Refrésqueme la memoria, señor Eaton —dice Jeanine—. ¿Qué hacen las simulaciones de Osadía?

—Esto no es una clase —contesta entre dientes—. Dime qué vas a hacer.

—Lo haré si responses mi pregunta. Es muy sencilla.

—Vale —dice Tobias, mirándome—. Las simulaciones estimulan la amígdala, que es la responsable de procesar el miedo, inducen una alucinación basándose en dicho miedo, y después transmiten los datos a un ordenador para procesarlos y observarlos.

Es como si se lo hubiese memorizado. Puede que lo haya hecho, ya que se pasó mucho tiempo dirigiendo las simulaciones.

—Muy bien —lo felicita ella—. Cuando estaba desarrollando las simulaciones osadas, hace años, descubrimos que ciertos niveles de potencia sobrecargaban el cerebro y lo insensibilizaban demasiado con respecto al terror como para inventar nuevos entornos. Fue ahí cuando diluimos la solución para que las simulaciones fuesen más instructivas. Sin embargo, todavía recuerdo cómo lo hicimos —explica, y da unos golpecitos en la jeringa con la uña—. El miedo es más poderoso que el dolor. Así que ¿hay algo que quieras decirme antes de que inyecte a la señorita Prior?

Tobias aprieta los labios.

Y Jeanine me pincha con la aguja.

Empieza sin hacer ruido, con el latido de un corazón. Al principio no estoy segura de quién es el dueño del corazón que oigo, puesto que late demasiado fuerte como para ser mío. Entonces me doy cuenta de que sí, de que es el mío, y de que se acelera cada vez más.

Me sudan las palmas de las manos y la parte de atrás de las rodillas.

Entonces empiezan los gritos.

Y

no

puedo

pensar.

Tobias forcejea con los traidores osados junto a la puerta.

Oigo algo que suena como el grito de un niño a mi lado y retuerzo la cabeza para ver de dónde viene, pero solo hay un monitor cardiaco. Por encima de mí, las líneas entre las baldosas del techo se retuercen y deforman para convertirse en criaturas monstruosas. El olor a carne podrida lo impregna todo; me dan arcadas. Las criaturas monstruosas adoptan una forma más definida: son pájaros, cuervos, con picos tan largos como mi antebrazo y alas tan oscuras que parecen tragarse toda la luz.

—Tris —dice Tobias, y aparta la vista de los cuervos.

Está junto a la puerta, donde estaba antes de la inyección, salvo que ahora tiene un cuchillo. Lo aparta de su cuerpo, le da la vuelta para que apunte hacia él, hacia su estómago, y se lo acerca de modo que la punta de la hoja le toque el cuerpo.

—¿Qué haces? ¡Para!

—Lo hago por ti —responde, sonriendo un poco.

Entonces empuja el cuchillo despacio, y la sangre le mancha el dobladillo de la camiseta. Tengo náuseas, tiro de las correas que me sujetan a la mesa.

—¡No, para!

Forcejeo, y en una simulación ya habría conseguido liberarme, así que eso significa que esto es real, es real. Grito, y Tobias se clava el cuchillo hasta el mango. Se derrumba en el suelo y la sangre forma charcos rápidamente a su alrededor. Los pájaros de sombras vuelven hacia él sus ojillos negros y se abalanzan sobre su cuerpo en un tornado de alas y garras para picotearle la piel. Le veo los ojos a través del remolino de plumas; sigue consciente.

Un pájaro aterriza en los dedos que sujetan el cuchillo. Tobias lo saca de nuevo, y el arma cae al suelo. Debería desear que estuviera muerto, pero soy tan egoísta que me veo incapaz de hacerlo. Levanto la espalda de la mesa; todos los músculos se me contraen, y me duele la garganta por culpa de este grito que ya no forma palabras y no quiere parar.

—Sedante —ordena una voz severa.

Otra aguja en el cuello, y mi corazón empieza a ralentizarse.

Sollozo de alivio. Durante unos segundos solo consigo sollozar de alivio.

Eso no ha sido miedo, era otra cosa, una emoción que no debería existir.

—Soltadme —dice Tobias, y suena más ronco que antes.

Parpadeo deprisa para ver a través de las lágrimas. Tiene marcas rojas en los brazos, en los puntos donde lo sujetaban las manos de los traidores, pero no se muere, está bien.

—Solo os lo diré si me soltáis.

Jeanine asiente, y él corre hacia mí. Me coge una mano y me acaricia el pelo. Cuando aparta las puntas de los dedos, están húmedas de lágrimas, pero no se las seca. Se inclina sobre mí y aprieta su frente contra la mía.

—Los refugios de los abandonados —dice en tono apagado, con la boca pegada a mi mejilla—. Tráeme un mapa y te los marcaré.

Tiene la frente fresca y seca. Me duelen los músculos, seguramente por haberlos tenido encogidos durante el tiempo que Jeanine haya dejado actuar el suero.

Retrocede, aunque seguimos con los dedos entrelazados hasta que los traidores tiran de él para llevárselo a otra parte. Mi mano cae en la mesa como un peso muerto. No quiero seguir luchando contra las correas, lo único que deseo es dormir.

—Ya que estás aquí... —dice Jeanine cuando Tobias y sus acompañantes desaparecen; levanta la vista y centra sus ojos pálidos en uno de los eruditos—. Ve a por él, es la hora. Mientras duermes —añade, dirigiéndose a mí—, realizaremos una pequeña intervención para observar unas cuantas cosas sobre tu cerebro. No será nada invasivo. Sin embargo, antes de nada..., te prometí total transparencia en estos procedimientos, así que me parece justo que sepas exactamente quién me ayudará en mis investigaciones —explica, y sonríe un poco—. Es la misma persona que me informó sobre las facciones para las que tenías aptitudes y que metió a tu madre en la última simulación, para que fuese más eficaz.

Mira hacia la entrada mientras el sedante empieza a hacer efecto, de modo que veo todo borroso por los bordes. Vuelvo la vista atrás y, a través de la bruma de las drogas, lo veo:

Caleb.

CAPÍTULO
TREINTA Y DOS

Me despierto con dolor de cabeza. Intento volverme a dormir (al menos, cuando estoy dormida estoy tranquila), pero la imagen de Caleb de pie en la entrada me importuna una y otra vez, acompañada de los graznidos de los cuervos.

¿Por qué no me pregunté nunca cómo sabían Eric y Jeanine de mi aptitud para tres facciones?

¿Por qué no pensé en que solo había tres personas en el mundo que lo sabían: Tori, Caleb y Tobias?

El corazón me late con fuerza. No tiene sentido. No sé por qué me iba a traicionar Caleb. Me pregunto cuándo pasaría: ¿después de la simulación del ataque? ¿Después de la huida de Cordialidad? ¿O sería mucho antes, cuando mi padre seguía con vida? Caleb nos contó que abandonó Erudición al descubrir lo que planeaban; ¿nos mintió?

Seguramente. Me aprieto la frente con la palma de la mano. Mi hermano prefirió la facción antes que la sangre. Debe de haber un motivo, a lo mejor ella lo amenazó o lo coaccionó de algún modo.

Se abre la puerta, pero ni levanto la cabeza ni abro los ojos.

—Estirada.

Es Peter, por supuesto.

—Sí.

Cuando aparto la mano de la cara, un mechón de pelo cae con ella. Lo miro por el rabillo del ojo; mi pelo nunca había estado tan grasiento.

Peter deja una botella de agua y un sándwich al lado de la cama. La idea de comer me da náuseas.

—¿Te han frito el cerebro? —pregunta.

—Creo que no.

—No estés tan segura.

—Ja y ja. ¿Cuánto tiempo llevo dormida?

—Un día, más o menos. Se supone que tengo que llevarte a las duchas.

—Si dices algo sobre lo mucho que necesito una, te meteré un dedo en el ojo —lo amenazo, cansada.

La habitación me da vueltas cuando levanto la cabeza, pero consigo bajar las piernas de la cama y levantarme. Peter y yo recorremos el pasillo. Sin embargo, cuando doblo la esquina para llegar al baño, vemos a algunas personas al otro extremo.

Una de ellas es Tobias. Puedo ver el punto en el que nuestros caminos se cruzarán, entre donde estoy ahora y la puerta de mi celda. Me quedo mirando, aunque no a él, sino a ese lugar en el que estará cuando intente tocarme la mano, como hizo la última vez que pasamos el uno junto al otro. Me cosquillea la piel de los nervios. Durante un segundo, volveré a tocarlo.

Seis pasos hasta que nos encontremos. Cinco pasos.

Sin embargo, a los cuatro pasos, Tobias se detiene. Todo su cuerpo se desmorona, lo que pilla desprevenido al traidor que lo vigila. El guardia lo suelta un instante, y Tobias cae al suelo. Entonces se da la vuelta, se lanza hacia delante y agarra la pistola de la pistolera del osado, que es más bajo que él.

La pistola se dispara. Peter se tira hacia la derecha, arrastrándome con él. Me rozo la cabeza contra la pared. La boca del guardia osado está abierta, debe de estar gritando, pero no lo oigo.

Tobias le da una fuerte patada en el estómago, y la osada que llevo dentro admira su postura (perfecta) y su velocidad (increíble). Entonces se vuelve y apunta a Peter, pero Peter ya me ha soltado.

Tobias me coge del brazo izquierdo, me ayuda a levantarme y empieza a correr. Doy tropezones tras él. Cada vez que mi pie toca el suelo, el dolor se me clava en la cabeza, pero no puedo parar. Parpadeo para espantar las lágrimas. «Corre», me digo, como si eso lo fuese a hacer más fácil. La mano de Tobias es fuerte y áspera; dejo que me guíe por otro pasillo.

—Tobias —susurro, sin resuello.

Se detiene y me mira.

—Oh, no —dice, rozándome la mejilla con los dedos—. Vamos, a mi espalda.

Se inclina, le echo los brazos al cuello y oculto la cara entre sus omóplatos. Me levanta sin dificultad y me agarra la pierna con la mano izquierda. En la derecha todavía lleva la pistola.

Corre y, a pesar de mi peso, es veloz. Pienso tontamente en cómo puede haber sido de Abnegación. A mí me parece específicamente diseñado para la velocidad y la precisión letal. Sin embargo, no es por su fuerza, o no especialmente; es listo, pero no fuerte. Solo lo bastante fuerte como para cargar conmigo. Aunque los pasillos están vacíos, no será por mucho tiempo. Pronto tendremos a todos los osados del edificio corriendo detrás de nosotros y quedaremos atrapados en este laberinto. ¿Cómo piensa dejarlos atrás?

Levanto la cabeza justo a tiempo de ver que nos hemos pasado una salida.

—Tobias, te la has pasado.

—¿El... qué? —pregunta, entre jadeos.

—La salida.

—No intento escapar. Si lo hacemos, nos dispararán —responde—. Intento... encontrar una cosa.

Sospecharía que esto es un sueño si no fuera por lo intenso del dolor de cabeza. Normalmente, solo mis sueños tienen tan poco sentido. Si no intentaba escapar, ¿por qué me ha llevado consigo? ¿Y qué hace, si no está escapando?

Se detiene de repente y está a punto de dejarme caer. Ha llegado a un pasillo ancho con cristales a ambos lados, detrás de los cuales se ven oficinas. Los eruditos están paralizados en sus escritorios, mirándonos. Tobias no les hace caso; por lo poco que veo, tiene la mirada fija en la puerta del final del pasillo. En la puerta hay un cartel que dice: «CONTROL- A».

Tobias registra todas las esquinas de la habitación y dispara a la cámara del techo, a nuestra derecha. La cámara cae al suelo. Después dispara a la cámara de la izquierda, y la lente se hace añicos.

—Hora de bajar —dice—. Se acabó la carrera, te lo prometo.

Me deslizo por su espalda y le doy la mano. Tobias se dirige a una puerta cerrada por la que acabamos de pasar y entra en un armario de suministros. Cierra la puerta y mete una silla bajo el pomo para bloquearla. Lo miro; tengo un estante lleno de folios a mi espalda. Encima de nosotros, la luz azul parpadea. Sus ojos me recorren la cara casi como si deseara comerme.

—No tengo mucho tiempo, así que iré al grano —dice, y asiento—. No he venido en una misión suicida, sino por dos razones: la primera era encontrar las dos salas centrales de control para que, cuando ataquemos, sepamos qué destruir primero y librarnos así de todos los datos de las simulaciones, de modo que no puedan activar los transmisores de los osados.

Eso explica la carrera sin huida; y hemos encontrado una sala de control, al final de ese pasillo.

Me quedo mirándolo, todavía desorientada.

—La segunda razón —añade, aclarándose la garganta— es asegurarme de que aguantabas, porque tenemos un plan.

—¿Qué plan?

—Según uno de nuestros infiltrados, en principio han programado tu ejecución para dentro de dos semanas a contar desde hoy —responde—. Al menos, esa es la fecha prevista por Jeanine para la nueva simulación a prueba de divergentes. Así que, dentro de catorce días, los abandonados, los osados leales y los abnegados que están dispuestos a luchar entrarán en el complejo de Osadía y destruirán su mejor arma: el sistema informático. Eso significa que superaremos en número a los osados traidores y, por tanto, a los eruditos.

—Pero le has dicho a Jeanine dónde están los refugios.

—Sí —contesta, frunciendo un poco el ceño—. Eso es un problema. Pero, como ambos sabemos, muchos de los abandonados son divergentes, y bastantes de ellos ya se iban hacia el sector abnegado cuando nos fuimos, así que solo se verán afectados algunos de los refugios. Así que seguirán contando con una población muy numerosa para contribuir a la invasión.

Dos semanas, ¿conseguiré sobrevivir dos semanas aquí dentro? Ya estoy tan cansada que me cuesta permanecer en pie sola. Ni siquiera me atrae demasiado el rescate que propone Tobias; no quiero la libertad, sino dormir. Quiero que esto acabe.

—No... —empiezo, pero me ahogo con las palabras y empiezo a llorar—. No puedo... aguantar... tanto.

—Tris —me regaña; él nunca me mima, ojalá lo hiciera solo por esta vez—, tienes que hacerlo. Tienes que sobrevivir.

—¿Por qué? —La pregunta se me forma en el estómago y me sale de la garganta como un gemido; lo que quiero es golpearle el pecho con los puños como una niña con rabieta. Se me llenan los ojos de lágrimas, y, aunque sé que me comporto de una manera ridícula, no puedo parar—. ¿Por qué tengo que sobrevivir? ¿Por qué no hacen algo los demás? ¿Y si yo no quiero seguir haciendo esto?

Y me doy cuenta de que por «esto» me refiero a la vida. No la quiero, quiero a mis padres y llevo semanas deseando estar con ellos. He intentado regresar a su lado con todas mis fuerzas, y ahora que estoy tan cerca de conseguirlo me dice que no lo haga.

—Lo sé —responde, y jamás le había oído hablar con una voz tan tierna—. Sé que es difícil, que es lo más difícil que has hecho —añade, y yo sacudo la cabeza—. No puedo obligarte, no puedo obligarte a sobrevivir —dice, y me aprieta contra él para acariciarme el pelo y metérmelo detrás de la oreja; sus dedos me recorren el cuello hasta bajar al hombro—. Pero lo harás. Da igual que creas no poder hacerlo, lo harás porque así eres tú.

Echo la cabeza atrás y lo beso. No es un beso tímido ni vacilante, sino un beso de los de antes, de cuando estaba segura de nosotros. Le acaricio la espalda y los brazos, como hacía antes.

No quiero decirle la verdad: que se equivoca, que no quiero sobrevivir a esto.

Se abre la puerta y los traidores osados se meten como pueden en el armario. Tobias da un paso atrás y ofrece la pistola, con la culata por delante, al traidor más cercano.

CAPÍTULO
TREINTA Y TRES

—Beatrice.

Me despierto de golpe. La habitación en la que estoy ahora (que no sé para qué experimento será) es grande, con pantallas en la pared trasera, luces azules colocadas un poco por encima del suelo y filas de bancos acolchados en el centro. Estoy sentada en el banco más alejado con Peter a mi izquierda y la cabeza recostada en la pared. Sigo sin dormir lo suficiente.

Ahora desearía no haber despertado. Caleb está de pie a pocos metros; apoya el peso en una pierna y no parece demasiado seguro de sí mismo.

—¿Te fuiste realmente de Erudición en algún momento? —le pregunto.

—No es tan sencillo...

—Sí que lo es —le digo sin emoción, aunque desearía chillarle—. ¿En qué momento decidiste traicionar a tu familia? ¿Antes de que murieran nuestros padres o después?

—Hice lo que tenía que hacer. Crees que entiendes todo esto, Beatrice, pero no es verdad. Esta situación... es mucho más grande de lo que imaginas —me asegura, y sus ojos me suplican que lo comprenda, pero reconozco el tono: es el que empleaba para regañarme cuando éramos más pequeños. Puro sentimiento de superioridad.

La arrogancia es uno de los defectos de los eruditos, lo sé. Yo la tengo a menudo.

—Todavía no has respondido a mi pregunta —insisto mientras me pongo de pie.

—Esto no es por Erudición —responde, retrocediendo—, sino por todo el mundo. Por todas las facciones y por la ciudad. Y por lo que hay al otro lado de la valla.

—Me da igual —contesto, aunque no es cierto, ya que me pica la curiosidad con la frase «al otro lado de la valla». ¿Al otro lado? ¿Cómo va a tener nada que ver con lo que haya fuera?

Entonces recuerdo algo: Marcus dijo que la información que poseían los abnegados era lo que había provocado el ataque de Jeanine. ¿Esa información también tiene que ver con lo de fuera?

Aparco la idea por el momento.

—Creía que lo tuyo eran los hechos. ¿La libertad de información? Bueno, ¿qué me dices de este hecho, Caleb?: ¿cuándo...? —empiezo, pero se me rompe la voz—. ¿Cuándo traicionaste a nuestros padres?

—Siempre he sido erudito —responde en voz baja—. Incluso cuando se suponía que era abnegado.

—Si estás con Jeanine, te odio. Igual que te habría odiado nuestro padre.

——Nuestro padre —repite él, soltando una risa burlona—. Nuestro padre era erudito, Beatrice. Me lo contó Jeanine..., estaba en el mismo curso que ella en el colegio.

—No era erudito —respondí al cabo de unos segundos—. Decidió abandonarlos. Eligió una identidad distinta, como tú, y se convirtió en otra cosa, solo que tú has elegido esta... esta maldad.

—Has hablado como una verdadera osada —dice Caleb bruscamente—. Es una cosa o la otra, nada de matices. El mundo no funciona así, Beatrice. La maldad depende del lado en el que estés.

—Da igual dónde esté, seguiré pensando que controlar mentalmente a toda una ciudad es malvado —insisto; me tiembla el labio—. ¡Seguiré pensando que entregar a tu hermana para que la estudien y ejecuten es malvado!

Es mi hermano, pero me gustaría hacerlo pedazos.

Sin embargo, en vez de intentarlo, me siento de nuevo. Jamás lograría hacerle el daño suficiente para que su traición dejara de dolerme. Y duele, me duele en todo el cuerpo. Me llevo los dedos al pecho para masajearlo y quitar parte de la tensión.

Jeanine y su ejército de científicos eruditos y traidores osados entra justo cuando me limpio las lágrimas de las mejillas. Parpadeo rápidamente para que no se dé cuenta. Apenas me mira.

—Vamos a ver los resultados, ¿de acuerdo? —anuncia.

Caleb, que ahora está de pie junto a las pantallas, pulsa algo en la parte delantera de la sala, y las pantallas se encienden. Se llenan de palabras y números que yo no entiendo.

—Descubrimos algo muy interesante, señorita Prior —empieza Jeanine; nunca la había visto tan contenta, casi sonríe..., aunque no del todo—. En tu cerebro abundan unas neuronas muy concretas llamadas, simplemente, neuronas especulares. ¿Podría explicarle alguien a la señorita Prior para qué sirve esta clase de neuronas?

Los científicos eruditos alzan las manos todos a una. Ella señala a una mujer de más edad que está en primera fila.

—Las neuronas especulares se disparan cuando se realiza una acción o cuando se ve a otra persona realizando esa acción. Nos permiten imitar el comportamiento.

—¿Son responsables de algo más? —pregunta Jeanine, examinando a su «clase» como mis profesores de Niveles Superiores. Otro erudito levanta la mano.

—Del aprendizaje de las lenguas, de comprender las intenciones de los demás basándose en su comportamiento, hmmm... —frunce el ceño—. Y de la empatía.

—En concreto —dice Jeanine, y, esta vez, sí que me dedica una amplia sonrisa que le abre surcos en las mejillas—, alguien con muchas neuronas especulares bien potentes podría tener una personalidad flexible, capaz de imitar a los demás según requiera la situación, en vez de permanecer constante.

Entiendo por qué sonríe: es como si me hubiese abierto la mente y sus secretos se derramaran por el suelo para que por fin los viera.

—Es probable que una personalidad flexible tenga aptitudes para más de una facción —sigue diciendo—, ¿no cree, señorita Prior?

—Probablemente —respondo—. Si ahora consiguieras una simulación que suprimiera esa habilidad en concreto, acabaríamos de una vez con esto.

—Cada cosa a su tiempo. Reconozco que me sorprende que estés tan ansiosa por llegar a tu ejecución.

—No es verdad —respondo, cerrando los ojos—, no estás nada sorprendida —añado, suspirando—. ¿Puedo volver ya a mi celda?

Debo de parecer indiferente, pero no es así, lo que necesito es volver a mi cuarto para poder llorar en paz. Pero no quiero que ella lo sepa.

—No te pongas demasiado cómoda —gorjea Jeanine alegremente—. Pronto tendremos un suero que probar.

—Sí, lo que tú digas.

Alguien me sacude los hombros. Me despierto de golpe, buscando a mi alrededor, y veo a Tobias arrodillado junto a mí. Lleva una chaqueta de traidor osado y tiene un lado de la cabeza cubierto de sangre. La sangre le sale de una herida en la oreja; le han arrancado la parte de arriba. Hago una mueca.

—¿Qué ha pasado? —pregunto.

—Levanta, tenemos que correr.

—Es demasiado pronto, no han pasado dos semanas.

—No tengo tiempo para explicártelo. Vamos.

—Dios mío, Tobias.

Me siento y lo abrazo, apretando la cara contra su cuello. Sus brazos me sujetan, me consuelan y me dan calor. Si está aquí, significa que estoy a salvo. Mis lágrimas le dejan la piel resbaladiza.

Se levanta y me pone en pie, lo que hace que me palpite la herida del hombro.

—Los refuerzos no tardarán en llegar, vamos.

Dejo que me saque del cuarto y bajamos por el primer pasillo sin dificultad, pero, en el segundo, nos encontramos con dos guardias osados, un chico joven y una mujer de mediana edad. Tobias dispara dos veces en cuestión de segundos, acierta en ambas, un tiro en la cabeza y otro en el pecho. La mujer, que ha recibido el disparo en el pecho, se derrumba junto a la pared, pero no muere.

Seguimos adelante. Un pasillo, después otro, todos me parecen iguales. La mano de Tobias nunca vacila. Sé que, si puede lanzar un cuchillo con la precisión necesaria para darme en la punta de la oreja, también puede acertar a placer en los soldados osados que nos persigan. Pasamos por encima de cuerpos caídos (la gente que Tobias ha matado para llegar hasta mí, seguramente) y, finalmente, damos con una salida de incendios.

Tobias me suelta la mano para abrir la puerta, y la alarma contra incendios me chilla en los oídos, pero seguimos corriendo. Jadeo, sin resuello, pero no me importa, no cuando por fin estoy escapando, no cuando esta pesadilla por fin termina. Se me empieza a nublar la visión por los bordes, así que me agarro al brazo de Tobias y me sujeto con fuerza, confiando en que él me conduzca sana y salva al pie de las escaleras.

Me quedo sin escalones que bajar y abro los ojos. Tobias está a punto de abrir la puerta de salida, pero lo freno.

—Tengo que... recuperar... el aliento...

Hace una pausa, y apoyo las manos en las rodillas, echándome hacia delante. Todavía me palpita el hombro. Frunzo el ceño y lo miro.

—Vamos, salgamos de aquí —me insiste.

El alma se me cae a los pies. Me quedo mirándolo a los ojos, que son azul oscuro, con un parche de azul claro en el iris derecho.

Le sujeto la barbilla con la mano y acerco sus labios a los míos para besarlo muy despacio, suspirando al retirarme.

—No podemos salir de aquí porque esto es una simulación —le digo.

Había tirado de mi mano derecha para levantarme. El verdadero Tobias habría recordado que tengo una herida en el hombro.

—¿Qué? —pregunta, frunciendo el ceño—. ¿No crees que si estuviera en una simulación lo sabría?

—No estás en una simulación, tú eres la simulación —respondo, y levanto la mirada para añadir en voz alta—: Tendrás que hacerlo mejor, Jeanine.

Lo único que necesito es despertarme, y sé cómo hacerlo, no es la primera vez: en mi paisaje del miedo, cuando rompí un tanque de cristal tocándolo con la palma de la mano, o cuando hice que apareciese una pistola en la hierba para disparar a los pájaros. Me saco una navaja del bolsillo (una navaja que no estaba ahí hace un segundo) y obligo a mi pierna a ser tan dura como el diamante.

Me intento clavar la navaja en el muslo, y la hoja se dobla.

Me despierto con lágrimas en los ojos y oigo el grito de frustración de Jeanine.

—¿Qué ha sido? —pregunta.

Entonces le quita la pistola a Peter de la mano y recorre la habitación a grandes zancadas para ponérmela contra la cabeza. Me pongo rígida, me quedo fría. No me va a disparar. Soy un problema que no es capaz de resolver, no me va a disparar.

—¿Qué es lo que te da la pista? Dímelo, dímelo si no quieres que te mate.

Me levanto poco a poco del sillón, me pongo en pie y aprieto la piel aún más contra el frío cañón.

—¿Piensas que te lo voy a decir? ¿De verdad piensas que me creo que me matarás sin averiguar antes la respuesta a tu pregunta?

—Chica estúpida —dice—. ¿Crees que esto va sobre ti y tu anómalo cerebro? Esto no es por ti, no es por mí, ¡es por mantener esta ciudad a salvo de los que quieren mandarla al infierno!

Reúno las pocas fuerzas que me quedan y me abalanzo sobre ella, arañando la piel que encuentran mis uñas, clavándoselas lo más fuerte que puedo. Ella grita a todo pulmón, un sonido que hace que me arda la sangre. Le doy un puñetazo en la cara.

Un par de brazos me rodean, me apartan de ella, y un puño me da en el costado. Gruño y sigo tirando hacia Jeanine, aunque Peter me mantiene a raya.

—El dolor no me obligará a decírtelo. El suero de la verdad no me obligará a decírtelo. Las simulaciones no me obligarán a decírtelo. Soy inmune a las tres cosas.

Le sangra la nariz y tiene unos buenos arañazos en las mejillas y en el lateral del cuello; la sangre que mana los ha puesto rojos. Me lanza una mirada furibunda y se pellizca la nariz para contener la hemorragia; tiene el pelo revuelto y la mano libre temblorosa.

—Has fallado, ¡no puedes controlarme! —le grito, y lo hago tan fuerte que me duele la garganta; en vez de seguir forcejeando, me derrumbo sobre el pecho de Peter—. Nunca podrás controlarme.

Dejo escapar unas carcajadas locas y amargas. Saboreo su ceño fruncido, el odio en sus ojos. Era como una máquina; era fría y sin sentimientos, con la lógica como única guía. Y yo la he roto.

La he roto.

CAPÍTULO
TREINTA Y CUATRO

Una vez en el pasillo, dejo de intentar llegar a Jeanine. Me duele el costado, donde Peter me ha dado el puñetazo, aunque no es nada comparado con la sensación de triunfo que me hace palpitar las mejillas.

Peter me acompaña a la celda sin decir palabra. Me quedo de pie en el centro del cuarto un buen rato, mirando la cámara de la esquina izquierda de la pared del fondo. ¿Quién me estará observando continuamente? ¿Serán traidores osados, para vigilarme, o los eruditos, para observarme?

Cuando se me pasa el calor de la cara y remite el dolor del costado, me tumbo.

Una imagen de mis padres flota por mi cerebro en cuanto cierro los ojos. Una vez, cuando tenía unos once años, me paré en la puerta de su dormitorio para ver cómo hacían la cama los dos juntos. Mi padre sonreía a mi madre mientras tiraban de las sábanas hacia atrás y las alisaban en perfecta sincronía. Por la forma en que la miraba, sabía que ella le inspiraba un gran respeto, mayor que el que sentía por él mismo.

Ni el egoísmo ni la inseguridad le impedían ver toda su bondad, como a menudo nos ocurre a los demás. Esa clase de amor solo es posible en Abnegación. Yo no lo conozco.

Mi padre: nacido en Erudición, criado en Abnegación. Solía resultarle difícil estar a la altura de las exigencias de la facción que había escogido, igual que a mí, pero lo intentaba, y era capaz de reconocer el verdadero altruismo cuando lo veía.

Aprieto la almohada contra el pecho y oculto el rostro en ella. No lloro. Solo me duele.

La pena no pesa tanto como la culpa, pero te quita mucho más.

—Estirada.

Me despierto sobresaltada, con las manos todavía aferradas a la almohada. Hay una mancha de humedad en el colchón, bajo mi cara. Me siento y me seco los ojos con las puntas de los dedos.

Las cejas de Peter, que suelen arquearse por el centro, están arrugadas.

—¿Qué ha pasado?

Sea lo que sea, no puedo ser bueno.

—Han programado tu ejecución para mañana a las ocho de la mañana.

—¿Mi ejecución? Pero no ha..., no ha desarrollado la simulación todavía; no puede haber...

—Ha dicho que seguirá experimentando con Tobias.

—Oh —es lo único que se me ocurre decir.

Me agarro al colchón, y me balanceo adelante y atrás, adelante y atrás. Mi vida se acaba mañana. Puede que Tobias sobreviva lo suficiente para escapar en la invasión de los abandonados. Los osados elegirán a un nuevo líder. No les costará atar todos mis cabos sueltos.

Asiento con la cabeza. No queda familia, no quedan cabos sueltos, no es una gran pérdida.

—Podría haberte perdonado, ¿sabes? —digo—. Por intentar matarme durante la iniciación. Seguramente lo habría hecho.

Guardamos silencio un momento. No sé por qué le he dicho eso, puede que solo porque es cierto, y esta noche, sobre todo esta noche, ha llegado el momento de la sinceridad. Esta noche seré sincera, sacrificada y valiente. Divergente.

—Nunca te lo he pedido —responde, y se vuelve para marcharse, pero, entonces, se detiene en la puerta y añade—: Son las nueve y veinticuatro.

Decirme la hora es un pequeño acto de traición y, por tanto, un acto de valentía. Puede que sea la primera vez que Peter se comporta de verdad como un osado.

Moriré mañana. Hace mucho tiempo que no estaba segura de nada, así que esto es como un regalo. Esta noche, nada. Mañana, lo que haya después de la vida. Y Jeanine todavía no sabe cómo controlar a los divergentes.

Cuando empiezo a llorar, aprieto la almohada contra el pecho y dejo que ocurra. Lloro con ganas, como un niño, hasta que me arde la cara y me dan náuseas. Puedo fingir ser valiente, aunque no lo soy.

Supongo que ahora toca pedir perdón por todo lo que he hecho, pero estoy segura de que nunca terminaría con la lista.

Además, no creo que lo que haya después de la vida dependa de que recite correctamente mi lista de transgresiones: eso suena demasiado a Erudición, precisión sin alma. No creo que la otra vida dependa de que yo haga o deje de hacer algo.

Mejor será que haga lo que me enseñó Abnegación: olvidarme de mí, proyectarme hacia fuera y esperar que lo que venga sea mejor que esto.

Sonrío un poco. Ojalá pudiera contarles a mis padres que moriré como una abnegada. Creo que se sentirían orgullosos.

Esta mañana me he puesto la ropa limpia que me han dado: pantalones negros (demasiado anchos, pero ¿qué más da?) y una camiseta negra de manga larga. Sin zapatos.

Todavía no es la hora. Me descubro entrelazando los dedos e inclinando la cabeza. A veces, mi padre hacía eso por las mañanas antes de sentarse a desayunar, aunque nunca le pregunté qué hacía. De todos modos, me gustaría sentir que vuelvo a pertenecer a mi padre antes de..., bueno, antes de que acabe todo.

Unos silenciosos segundos después, Peter entra para decirme que ha llegado el momento de irse. Apenas me mira, dirige su ceño fruncido a la pared de atrás. Supongo que habría sido mucho pedir ver una cara amable esta mañana. Me pongo de pie, y juntos caminamos por el pasillo.

Tengo los dedos de los pies fríos, se me pegan a las baldosas. Doblamos una esquina y oigo gritos ahogados. Al principio no entiendo lo que dice la voz, pero, cuando nos acercamos, toma forma.

—¡Quiero ...la! —Tobias—. ¡... verla!

—No puedo hablar con él una última vez, ¿no? —pregunto a Peter.

—No, pero hay una ventana. A lo mejor si te ve se callará de una vez.

Me lleva por un pasillo sin salida que solo tiene dos metros de largo. Al final hay una puerta, y Peter está en lo cierto, veo una ventanita cerca de la parte superior, unos treinta centímetros por encima de mi cabeza.

—¡Tris! —grita Tobias, y aquí oigo mejor su voz—. ¡Quiero verla!

Levanto la mano y aprieto la palma contra el cristal. Los gritos cesan, y su cara aparece al otro lado. Tiene los ojos rojos y la cara llena de manchas del mismo color. Pero sigue siendo guapo. Me mira durante unos segundos y después apoya la frente en el cristal para pegarla a la mía. Finjo que puedo notar la calidez de su cuerpo a través de la ventana.

A continuación, apoya la frente en la puerta y cierra los ojos con fuerza.

Bajo la mano y me doy media vuelta antes de que abra los ojos. Me duele el pecho, es peor que cuando me dispararon en el brazo. Me aferro a la parte delantera de mi camiseta, parpadeo para espantar las lágrimas y me reúno con Peter en el pasillo principal.

—Gracias —digo en voz baja, aunque pretendía decirlo más alto.

—Lo que tú digas —responde él, frunciendo de nuevo el ceño—. Vámonos ya.

Oigo ruido en alguna parte, delante de nosotros: el sonido de una multitud. El siguiente pasillo está lleno de traidores osados, altos y bajos, jóvenes y viejos, armados y desarmados. Todos llevan la banda azul de la traición.

—¡Eh! —grita Peter—. ¡Haced paso!

Los que están más cerca y lo oyen se aprietan contra las paredes para hacernos sitio. Los demás los imitan poco después, y todos guardan silencio. Peter retrocede para dejarme pasar delante; me conozco el camino.

No sé cuándo empiezan, pero, en algún momento, alguien golpea la pared con el puño, después se le une otra persona, y avanzo por el pasillo entre estos solemnes, aunque escandalosos, traidores que no dejan de mover los puños. Los golpes van tan deprisa que el corazón se me acelera para ponerse a su ritmo.

Algunos inclinan la cabeza a mi paso, no sé por qué. Tampoco me importa.

Llego al final del pasillo y abro la puerta de la cámara de mi ejecución.

La abro yo.

Los traidores osados abarrotan el pasillo; la multitud erudita abarrota la sala de la ejecución, pero aquí ya me han abierto paso. Me estudian en silencio en mi camino hacia la mesa de metal del centro de la habitación. Jeanine está a unos cuantos pasos. Los arañazos de la cara todavía se le ven bajo el maquillaje aplicado a toda prisa. No me mira.

Cuatro cámaras cuelgan del techo, una en cada esquina de la mesa. Me siento primero, me limpio las manos en los pantalones y me tumbo.

La mesa está helada, y el frío se me mete por la piel y me cala hasta los huesos. A lo mejor resulta apropiado, ya que eso le pasará a mi cuerpo cuando la vida lo abandone: se quedará frío y pesado, más pesado de lo que jamás haya sido. En cuanto al resto de mí, no estoy segura. Algunas personas creen que no iré a ninguna parte, y puede que tengan razón, pero también puede que no. En cualquier caso, estas especulaciones ya no me sirven de nada.

Peter me mete un electrodo bajo el cuello de la camiseta y me lo pega al pecho, justo encima del corazón. Entonces une un cable al electrodo y lo conecta al monitor cardiaco. Oigo mi latido, fuerte y veloz. Pronto no habrá nada donde ahora noto ese ritmo firme.

Entonces surge de mí un único pensamiento:

«No quiero morir».

Nunca me tomé en serio las reprimendas de Tobias por arriesgar mi vida. Creía que quería estar con mis padres y que todo esto acabara. Estaba segura de querer emular su sacrificio. Pero no. No, no.

Dentro de mí hierve y arde el deseo de vivir.

«¡No quiero morir, no quiero morir, no quiero!».

Jeanine da un paso adelante con una jeringa llena de suero morado. En sus gafas se refleja la luz fluorescente que tenemos encima, así que apenas le veo los ojos.

Todas y cada una de las partes de mi cuerpo cantan al unísono: «¡Vive, vive, vive!». Creía que, para dar mi vida a cambio de la de Will, a cambio de la de mis padres, tenía que morir, pero me equivocaba; necesito vivir mi vida a la luz de sus muertes. Necesito vivir.

Jeanine me sujeta la cabeza con una mano y me introduce la aguja en el cuello con la otra.

«¡No he terminado —grito en mi cabeza, y no a Jeanine—. ¡Todavía no he terminado aquí!».

Empuja el émbolo. Peter se inclina hacia mí y me mira a los ojos.

—El suero hará efecto en un minuto —dice—. Sé valiente, Tris.

La palabra me sorprende, ya que es justo lo que me dijo Tobias cuando me metió en mi primera simulación.

El corazón se me acelera.

¿Por qué me dice Peter que sea valiente? ¿Por qué iba a decirme algo amable en general?

De repente, se me relajan todos los músculos del cuerpo. Una sensación pesada y líquida me recorre las extremidades. Si esto es la muerte, no está tan mal. Se me quedan los ojos abiertos, aunque la cabeza me cae a un lado. Intento cerrarlos y no puedo, no puedo moverme.

Entonces, el monitor deja de pitar.

CAPÍTULO
TREINTA Y SEIS

Pero sigo respirando. No una respiración profunda, no lo suficiente como para dejarme satisfecha, pero respiro. Peter me cierra los párpados. ¿Sabe que no estoy muerta? ¿Lo sabe Jeanine? ¿Me ve respirar?

—Lleva el cadáver al laboratorio —dice Jeanine—. La autopsia está programada para esta tarde.

—De acuerdo —responde Peter, y empuja mi mesa.

Oigo murmullos a mi alrededor al pasar junto al grupo de mirones eruditos. Se me caen las manos por el borde al doblar una esquina y dan contra la pared. Noto un pinchazo de dolor en la punta de los dedos, aunque no consigo mover la mano por mucho que lo intento.

Esta vez, cuando bajamos por el pasillo de traidores osados, está en silencio. Al principio, Peter camina despacio, después dobla otra esquina y acelera. En el siguiente pasillo va tan deprisa que casi corre y se detiene de repente. ¿Dónde estoy? Todavía no podemos haber llegado al laboratorio. ¿Por qué se para?

Peter mete los brazos bajo mis rodillas y mis hombros, y me levanta. Se me cae la cabeza contra su hombro.

341

—Para ser tan pequeña, pesas mucho, estirada —masculla.

Sabe que estoy despierta. Lo sabe.

Oigo una serie de pitidos y algo que se desliza..., una puerta cerrada con llave que se abre.

—¿Qué qui...? —La voz de Tobias. ¡Tobias!—. Oh, Dios mío. No...

—Ahórrame el lloriqueo, ¿vale? —dice Peter—. No está muerta, solo paralizada. Durará aproximadamente un minuto. Y ahora, prepárate para correr.

No lo entiendo.

¿Cómo lo sabe Peter?

—Deja que la lleve yo —dice Tobias.

—No, tú tienes mejor puntería que yo. Coge mi pistola. Yo llevo a Tris.

Oigo cómo sale la pistola de la pistolera. Tobias me pasa una mano por la frente, y los dos empiezan a correr.

Al principio solo oigo el estruendo de sus pisadas, y la cabeza me rebota tanto que me duele. Noto un cosquilleo en las manos y en los pies.

—¡Izquierda! —le grita Peter a Tobias.

Entonces, alguien grita desde el otro extremo del pasillo:

—¡Eh! Pero ¿qué...?

Un disparo. Nada más.

Sigue la carrera.

—¡Derecha! —grita Peter; oigo otro tiro, y después otro—. Guau —masculla—. Espera, ¡para ahí!

Cosquilleo en la espalda. Abro los ojos justo cuando Peter abre otra puerta. Se lanza a toda velocidad por ella y, justo antes de darme en la cabeza contra el marco, saco el brazo y nos detenemos.

—¡Cuidado! —digo con dificultad.

Todavía noto la garganta tan tensa como cuando me pusieron la inyección y me cuesta respirar. Peter se pone de lado para pasar por la puerta y la cierra con el talón antes de dejarme caer en el suelo.

La habitación está casi vacía, salvo por una fila de cubos de basura que recorre la pared y una puerta metálica cuadrada al otro lado, con el tamaño justo para que entre uno de los cubos.

—Tris —dice Tobias, agachándose a mi lado; está pálido, casi amarillo.

Quiero decirle tantas cosas... Pero lo primero que me sale es:

—Beatrice.

—Beatrice —se corrige, riéndose un poco, y me da un tierno beso en los labios; yo me aferro a su camiseta.

—Si no queréis que os vomite encima, será mejor que lo dejéis para después.

—¿Dónde estamos? —pregunto.

—Es la incineradora de basuras —responde Peter, dándole una palmada a la puerta cuadrada—. La he apagado. Nos llevará al callejón. Y espero que tu puntería sea perfecta, Cuatro, si quieres salir vivo del sector de Erudición.

—No te preocupes por mi puntería —contesta Tobias; él, como yo, va descalzo.

—Tris, tú primero —dice Peter, abriendo la puerta de la incineradora.

La tolva para la basura tiene más o menos un metro de ancho por un metro veinte de alto. Meto una pierna dentro y, con la ayuda de Tobias, paso también la otra pierna. Me da un vuelco el estómago al deslizarme por el corto tubo de metal. Después, una serie de rodillos me golpean la espalda al pasar sobre ellos.

Huele a fuego y a ceniza, pero no me he quemado. Entonces caigo, me doy en los brazos contra una pared metálica y gruño. Aterrizo en un suelo de cemento, duro, y el dolor del impacto me pone de gallina la piel de las espinillas.

—Ay —digo, alejándome de la abertura mientras grito—. ¡Adelante!

Las piernas ya se me han recuperado cuando aterriza Peter, que lo hace de lado, en vez de sobre los pies. Gruñe y se aleja a rastras de la abertura para recuperarse.

Miro a mi alrededor. Estamos dentro de la incineradora, que estaría completamente a oscuras de no ser por las líneas de luz que rodean una puertecita al otro lado. El suelo es de metal sólido en algunas zonas y de rejilla de metal en otras. Todo huele a basura podrida y a fuego.

—No te quejarás de que nunca te llevo a sitios bonitos —dice Peter.

—Jamás se me ocurriría —respondo.

Tobias cae en el suelo, aterriza de pie y después inclina las rodillas hacia delante y pone una mueca. Lo ayudo a levantarse y después me pego a él. Es como si aumentara la intensidad de todos los olores, imágenes y sentimientos del mundo. Estaba casi muerta y ahora estoy viva. Gracias a Peter.

A Peter, precisamente.

Peter cruza la rejilla del suelo y abre la puertecita. La luz entra a chorros en la incineradora. Tobias se aleja conmigo del olor a fuego, del horno metálico, y salimos a la sala de paredes de cemento en la que se encuentra.

—¿Tienes esa pistola? —pregunta Peter a Tobias.

—No, me pareció más interesante disparar las balas con la nariz, así que me la dejé arriba.

—Vamos, sácala de una vez.

Peter saca otra pistola y sale de la habitación de la incineradora. Nos encontramos en un húmedo pasillo con tuberías al aire en el techo, aunque solo tiene unos tres metros de largo. El cartel que hay junto a la puerta dice «SALIDA». Estoy viva y me marcho de aquí.

La zona que va desde la sede de Osadía a la sede de Erudición no tiene el mismo aspecto en el sentido contrario. Supongo que todo parece distinto cuando no vas de camino a la muerte.

Cuando llegamos al final del callejón, Tobias aprieta un hombro contra la pared y se inclina un poco para asomarse por la esquina. Su rostro no expresa ninguna emoción cuando saca un brazo y, tras apoyarlo en la pared del edificio, dispara dos veces. Me meto los dedos en las orejas e intento no prestar atención a los disparos y a lo que me recuerdan.

—Deprisa —dice Tobias.

Corremos, Peter primero, yo segunda y Tobias el último, por Wabash Avenue. Vuelvo la vista atrás para ver a quién ha disparado Tobias y veo a dos hombres en el suelo, detrás de la sede de Erudición. Uno no se mueve, y el otro se agarra un brazo y corre hacia la puerta. Enviarán a otros a perseguirnos.

Noto la cabeza embotada, seguramente de cansancio, aunque la adrenalina me mantiene en pie.

—¡Toma la ruta menos lógica! —grita Tobias.

—¿Qué? —dice Peter.

—La ruta menos lógica, ¡así no nos encontrarán!

Peter tuerce a la izquierda, baja por otro callejón, esta vez lleno de cajas de cartón con mantas deshilachadas y almohadas manchadas; supongo que será una antigua vivienda de los sin facción. Salta por encima de una caja contra la que yo me estrello; la aparto de una patada.

Al final del callejón tuerce a la izquierda, hacia el pantano. Estamos de nuevo en Michigan Avenue, a plena vista de la sede de los eruditos, si a alguien se le ocurre mirar hacia la calle.

—¡Mala idea! —grito.

Peter toma la siguiente calle a la derecha. Al menos, todas las calles están despejadas, sin señales de tráfico por el suelo, ni agujeros que tengamos que esquivar. Me arden los pulmones como si hubiese inhalado veneno. Las piernas, que, al principio, me dolían, ahora están entumecidas, cosa que me viene mejor. Oigo gritos a lo lejos.

Entonces se me ocurre: lo menos lógico sería dejar de correr.

Agarro a Peter por la manga y lo arrastro hacia el edificio más cercano. Tiene seis plantas de altura y unas grandes ventanas dispuestas en cuadrícula, divididas por pilares de ladrillo. La primera puerta que pruebo está cerrada, pero Tobias dispara contra la ventana que hay al lado hasta que se rompe y la abre desde dentro.

El edificio está completamente vacío, ni una silla, ni una mesa. Y hay demasiadas ventanas. Nos dirigimos a las escaleras de emergencia, y me arrastro bajo el primer rellano para ocultarnos. Tobias se sienta a mi lado, y Peter frente a nosotros, con las rodillas contra el pecho.

Intento recuperar el aliento y calmarme, pero no me resulta fácil. Estaba muerta. Estaba muerta y, de repente, ya no lo estaba, y ¿por qué? ¿Por Peter? ¿Peter?

Me quedo mirándolo. Sigue con su cara de inocencia, a pesar de todo lo que ha hecho para demostrar que no tiene nada de inocente. El pelo que le cae sobre la cabeza está liso, brillante y oscuro, como si no acabásemos de correr más de un kilómetro a toda velocidad. Sus ojos redondos examinan las escaleras y después se concentran en mi cara.

—¿Qué? —pregunta—. ¿Por qué me miras así?

—¿Cómo lo has hecho?

—No ha sido tan difícil. Teñí de morado un suero paralizante y lo cambié por el suero letal. Sustituí el cable que se suponía que leería tu latido por otro sin conexión. La parte del monitor cardiaco fue más complicada; tuve que pedir ayuda con el remoto y demás a un erudito..., no entenderías el sistema aunque te lo explicara.

—¿Por qué lo has hecho? —pregunto—. Me querías muerta, ¡estabas dispuesto a hacerlo tú mismo! ¿Qué ha cambiado?

Aprieta los labios y no aparta la mirada hasta pasado un buen rato. Entonces abre la boca, vacila y por fin dice:

—No puedo deberle nada a nadie, ¿vale? La idea de que te debía algo me ponía enfermo. Me despertaba en plena noche con ganas de vomitar. ¿Deberle algo a una estirada? Es ridículo, absolutamente ridículo. Y no podía permitirlo.

—¿De qué me hablas? ¿Me debías algo?

—El complejo de Cordialidad —responde, poniendo los ojos en blanco—. Alguien me disparó, la bala iba directa a mi cabeza; me habría acertado entre los ojos. Y tú me apartaste de un empujón. Antes de eso estábamos en paz: yo casi te mato en la iniciación y tú casi me matas durante la simulación del ataque; todo bien, ¿no? Pero, después...

—Estás loco —dice Tobias—. El mundo no funciona así..., no estamos todos llevando la cuenta.

—¿Ah, no? —dice Peter, arqueando las cejas—. No sé en qué mundo vivirás tú, pero, en el mío, las personas solo tienen dos motivos para hacer algo por ti: el primero es que quieren algo a cambio; y el segundo es que creen deberte algo.

—Esos no son los únicos motivos —le digo—. A veces lo hacen porque te quieren. Bueno, puede que tú no, pero...

—Esa es la típica estupidez que diría una estirada ilusa —se burla Peter.

—Supongo que tendremos que asegurarnos de que nos debas algo —comenta Tobias—, si no queremos que vayas corriendo al mejor postor.

—Sí, más o menos así es como funciona.

Sacudo la cabeza. No me imagino vivir de ese modo, siempre controlando quién me ha dado qué y qué debería darle a cambio, incapaz de sentir amor, lealtad o perdón; un tuerto con un cuchillo en la mano deseando sacarle el ojo a alguien. Eso no es vida, es una versión inferior de la vida. Me pregunto dónde la habrá aprendido.

—Bueno, ¿cuándo creéis que podremos salir de aquí? —pregunta Peter.

—Dentro de un par de horas —responde Tobias—. Deberíamos ir al sector de Abnegación, allí es donde estarán ya los abandonados y los osados que no estén conectados a las simulaciones.

—Fantástico.

Tobias me rodea con un brazo, y yo aprieto la mejilla contra su hombro y cierro los ojos para no tener que mirar a Peter. Hay mucho que decir, aunque no sé bien el qué, pero no podemos decirlo ni aquí ni ahora.

Mientras caminamos entre las calles que antes fueran mi hogar, las conversaciones mueren poco a poco y todas las miradas convergen en mí. Por lo que ellos saben (y estoy segura de que lo saben, porque a Jeanine se le da bien difundir las noticias), morí hace menos de seis horas. Me doy cuenta de que algunos de los abandonados junto a los que paso tienen manchas de tinte azul. Están listos para la simulación.

Ahora que estamos aquí, a salvo, noto los cortes en las plantas de los pies, provocados por la carrera por el basto pavimento y por los fragmentos de cristal de las ventanas rotas. Cada paso escuece. Me concentro en eso en vez de en las miradas.

—¿Tris? —dice alguien delante de nosotros.

Levanto la cabeza, y veo a Uriah y a Christina en la acera, comparando revólveres. Uriah suelta la pistola en la hierba y sale corriendo hacia mí. Christina lo sigue, aunque más despacio.

Uriah me alcanza, pero Tobias le pone una mano en el hombro para detenerlo. Me embarga la gratitud; creo que ahora mismo no sería capaz de soportar un abrazo de Uriah, ni sus preguntas, ni su sorpresa.

—Ha pasado por mucho —explica Tobias—, necesita dormir. Estará en esta calle, en el número treinta y siete. Ven a verla mañana.

Uriah me mira con el ceño fruncido. Los osados no comprenden bien las restricciones, y Uriah solo ha conocido esa facción. Sin embargo, debe de respetar la opinión de Tobias sobre mí, ya que asiente y dice:

—Vale, mañana.

Christina me aprieta un poco el hombro cuando pasamos junto a ella. Intento mantenerme derecha, pero mis músculos son como una jaula que me empuja los hombros hacia abajo. Los ojos que me siguen por la calle me pinchan en la nuca. Me siento aliviada cuando Tobias nos conduce al camino de entrada a la casa gris que pertenecía a Marcus Eaton.

No sé de dónde saca Tobias la fuerza para entrar por esta puerta. Para él, esta casa debe de albergar los ecos de los gritos de su padre, los correazos, y las horas pasadas dentro de armarios pequeños y oscuros; sin embargo, no parece tan inquieto cuando nos conduce a Peter y a mí a la cocina. Todo lo contrario, es como si se irguiera más. Pero puede que así sea Tobias: es fuerte en los momentos en los que se supone que debería ser débil.

Tori, Harrison y Evelyn están en la cocina. Verlos me abruma. Apoyo el hombro en la pared y cierro los ojos, apretándolos con fuerza. Tengo grabada en el interior de los párpados la silueta de la mesa de ejecución. Abro los ojos, intento respirar. Están hablando, pero no oigo lo que dicen. ¿Por qué está aquí Evelyn, en la casa de Marcus? ¿Dónde está Marcus?

Evelyn echa un brazo por encima de Tobias y le toca la cara con la otra mano, apretando la mejilla contra la de su hijo. Le dice algo. Él sonríe al retirarse. Madre e hijo, reconciliados. No sé si es buena idea.

Tobias me da media vuelta y, tras ponerme una mano en el brazo y otra en la cintura para evitar la herida del hombro, me empuja hacia las escaleras. Subimos juntos.

Arriba está su antiguo dormitorio y el antiguo dormitorio de sus padres, con un cuarto de baño entre los dos, y nada más. Me lleva a su dormitorio y me quedo parada un momento, observando la habitación en la que ha pasado gran parte de su vida.

No me quita la mano del brazo, no ha dejado de tocarme de algún modo desde que salimos del hueco de las escaleras de aquel edificio, como si temiera que me rompiese si no me sujeta.

—Marcus no entró ni una vez en mi cuarto desde que me fui, estoy bastante seguro —dice—. Porque no había nada fuera de su sitio cuando regresé.

Los miembros de Abnegación no tienen mucho para decorar, ya que lo decorativo se considera un capricho y un exceso, pero Tobias tenía las pocas cosas que se nos permitía poseer: una pila de trabajos del instituto, una pequeña estantería y, curiosamente, una escultura hecha con cristal azul y que descansa sobre su cómoda.

—Mi madre me la regaló a escondidas cuando era pequeño. Me dijo que la guardara donde nadie la viera. El día de la ceremonia, la puse sobre la cómoda antes de irme para que él la viera. Un pequeño acto de rebeldía.

Asiento. Es raro estar en un lugar que contiene un único recuerdo tan completo. Esta habitación es el Tobias de dieciséis años, el que está a punto de elegir Osadía para huir de su padre.

—Vamos a curarte los pies —dice, pero no se mueve, se limita a pasar los dedos al interior de mi codo.

—Vale.

Entramos en el baño de al lado y me siento en el borde de la bañera. Él se sienta a mi lado, y me pone una mano en la rodilla mientras abre el grifo y pone el tapón. El agua cae en la bañera y me cubre los dedos de los pies. Mi sangre la vuelve rosa.

Tobias se agacha dentro de la bañera, me pone el pie en su regazo y me lava con cuidado los cortes más profundos con una toallita. No noto nada, ni siquiera cuando me los enjabona. Nada. El agua se pone gris.

Recojo la pastilla de jabón y le doy vueltas en las manos hasta tener la piel cubierta de una espuma blanca. Le cojo las manos y paso los dedos por ellas, procurando llegar al interior de las líneas de las palmas y a los espacios entre los dedos. Sienta bien hacer algo, limpiar algo y volver a tocar a Tobias.

Dejamos el suelo del baño lleno de agua mientras nos mojamos para enjuagarnos. El agua me da frío, pero no me importa temblar. Saca una toalla y empieza a secarme las manos.

—No sé... —digo, y mi voz suena ahogada—. Toda mi familia está muerta o son traidores; ¿cómo voy...?

Mis palabras no tienen sentido. Los sollozos me estremecen el cuerpo, la mente, todo. Me aprieta contra él, y el agua de la bañera me empapa las piernas. Su abrazo es fuerte. Me quedo escuchando el latido de su corazón y, al cabo de un rato, consigo que el ritmo me calme.

—Yo seré tu familia —me dice.

—Te quiero —respondo.

Ya se lo dije una vez, antes de ir a la sede de Erudición, pero estaba dormido. No sé por qué no lo dije cuando podía oírlo. Puede que me diera miedo confiarle algo tan personal como mi devoción o que temiera no saber lo que era querer a alguien. Sin embargo, ahora creo que lo más aterrador era no haberlo dicho antes de que fuera demasiado tarde. No decirlo antes de que casi fuera demasiado tarde para mí.

Soy suya y él es mío, y ha sido así desde el principio.

Se me queda mirando. Espero, con las manos agarradas a sus brazos para no caerme, mientras él medita su respuesta.

—Dilo otra vez —dice, frunciendo el ceño.

—Tobias, te quiero.

Tiene la piel resbaladiza por el agua y huele a sudor, y mi camiseta se le pega a los brazos cuando se rodea con ellos. Aprieta la cara contra mi cuello y me besa justo por encima de la clavícula, me besa en la mejilla, me besa en los labios.

—Yo también te quiero —dice.

CAPÍTULO
TREINTA Y SIETE

Se tumba a mi lado hasta que me duermo. Suponía que sufriría pesadillas, pero debo de estar demasiado cansada, porque mi mente permanece vacía. Cuando abro los ojos de nuevo, él no está, aunque sí una pila de ropa en la cama, a mi lado.

Me levanto, me meto en el baño y me siento en carne viva, como si me hubieran raspado toda la piel hasta dejarme limpia y cada aliento me picara un poco; sin embargo, también me siento estable. No enciendo la luz porque sé que será pálida y brillante, como las luces del complejo de Erudición. Me ducho a oscuras, apenas capaz de distinguir el jabón del acondicionador, y me digo que saldré de allí convertida en alguien nuevo y fuerte, que el agua me curará.

Antes de salir del baño me pellizco las mejillas con ganas para que la sangre salga a la superficie. Es una estupidez, pero no quiero parecer débil y agotada delante de todos.

Cuando regreso a la habitación de Tobias, Uriah está tirado boca abajo en la cama, Christina sostiene en alto la escultura de la cómoda de Tobias para examinarla y Lynn se ha acercado a Uriah, almohada en alto, y lo mira con una sonrisa malvada.

Lynn golpea a Uriah en la nuca.

—¡Hola, Tris! —saluda Christina.

—¡Ay! —grita Uriah—. ¿Cómo es posible que seas capaz de hacerme daño con una almohada, Lynn?

—Es por mi excepcional fuerza bruta —responde ella—. ¿Te han pegado un tortazo, Tris? Tienes una mejilla de color rojo chillón.

No me habré pellizcado la otra lo suficiente.

—No, es mi... rubor matutino.

Pruebo a soltar la broma como si fuera un idioma nuevo. Christina se ríe, puede que un poco más de lo que merecía mi comentario, pero agradezco el esfuerzo. Uriah rebota en la cama unas cuantas veces en su camino hacia el borde.

—Entonces, eso de lo que no estamos hablando —dice, y hace un gesto hacia mí—. Casi te mueres, un sádico tarta de fresa te salvó, y ahora estamos todos metidos en una guerra muy seria con los abandonados como aliados.

—¿Tarta de fresa? —pregunta Christina.

—Argot osado —dice Lynn, sonriendo—. Se supone que es un insulto muy gordo, pero ya no lo usa nadie.

—Porque es demasiado ofensivo —añade Uriah, asintiendo.

—No, porque es tan estúpido que ningún osado con un mínimo de sentido común lo usaría. Vamos, que ni siquiera se le pasaría por la cabeza. Tarta de fresa. ¿Cuántos años tienes, doce?

—Y medio —responde él.

Me da la sensación de que las pullas son en mi honor, para que no tenga que decir nada. Solo puedo reírme. Y lo hago, tanto como para deshacer un poco el nudo que se me ha formado en el estómago.

—Abajo hay comida —dice Christina—. Tobias ha preparado huevos revueltos, que, por cierto, resulta que es una comida asquerosa.

—Eh, a mí me gustan los huevos revueltos —protesto.

—Pues será un desayuno de estirados —responde, cogiéndome del brazo—. Vamos.

Juntas bajamos las escaleras, nuestros pasos hacen un ruido que jamás se habría permitido en casa de mis padres. Mi padre siempre me regañaba por bajar las escaleras corriendo. «No debes llamar la atención —decía—. Es una falta de cortesía con las personas que te rodean».

Oigo voces en el salón, un coro entero, de hecho, salpicado de alguna que otra carcajada y de una melodía apenas audible que tocan con un instrumento, un banjo o una guitarra. No es lo que cabría esperar de una casa abnegada, donde todo está siempre en silencio por muchas personas que haya reunidas. Las voces, las risas y la música dan vida a las adustas paredes. Hasta yo siento algo más de calor.

Me quedo en la entrada del salón. Hay cinco personas encajadas en el sofá de tres plazas echando una partida de un juego de cartas que reconozco de la sede de Verdad. En el sillón hay un hombre con una mujer sobre el regazo, y alguien está sentado en el brazo del mismo sillón, con una lata de sopa en la mano. Tobias está sentado en el suelo, con la espalda apoyada en la mesita. Todo en su postura sugiere comodidad: una pierna doblada, la otra extendida, un brazo sobre la rodilla, la cabeza ladeada para escuchar... Nunca lo había visto tan relajado sin una pistola. Ni siquiera creía que fuera posible.

Noto que se me cae el alma a los pies, igual que cuando descubro que me han mentido, aunque no sé exactamente quién me ha mentido esta vez ni sobre qué. Sin embargo, esto no es lo que me enseñaron a creer sobre los abandonados. Me enseñaron que su destino era peor que la muerte.

Sigo donde estoy unos segundos, hasta que la gente se percata de mi presencia. Su conversación muere poco a poco. Me seco las palmas de las manos en el borde de la falda. Demasiados ojos y demasiado silencio.

Evelyn se aclara la garganta.

—Gente, esta es Tris Prior. Me parece que ayer oísteis hablar mucho de ella.

—Y Christina, Uriah y Lynn —añade Tobias; le agradezco el intento de desviar la atención de los presentes, aunque no funciona.

Me quedo pegada al marco de la puerta unos instantes y, entonces, uno de los abandonados (un hombre mayor, de piel arrugada cubierta de tatuajes), dice:

—¿No se supone que estás muerta?

Algunos se ríen y yo intento sonreír, pero me sale una sonrisa torcida y pequeñita.

—Se supone —respondo.

—No nos gusta darle a Jeanine Matthews lo que quiere —dice Tobias.

Se levanta y me pasa una lata de guisantes, aunque no está

357

llena de guisantes, sino de huevos revueltos. El aluminio me calienta los dedos.

Se sienta, así que me siento a su lado y como un poco. No tengo hambre, pero sé que necesito comer, de modo que mastico y trago. Ya estoy acostumbrada a la forma de comer de los abandonados, así que le paso los huevos a Christina y acepto la lata de melocotones de Tobias.

—¿Por qué está todo el mundo acampado en casa de Marcus? —le pregunto.

—Evelyn lo echó. Dijo que también era su casa y que él la había usado muchos años, así que le tocaba a ella —responde Tobias, sonriendo—. Eso provocó una discusión muy violenta en el patio delantero, pero, al final, ganó Evelyn.

Miro a la madre de Tobias. Está en la otra esquina del cuarto, hablando con Peter mientras come más huevos de otra lata. El estómago me da un vuelco. Tobias habla de ella casi con adoración, pero yo todavía recuerdo lo que me dijo sobre la fugacidad de mi papel en la vida de Tobias.

—Hay pan por alguna parte —dice, levantando una cesta de la mesita para pasármela—. Coge dos, lo necesitas.

Mientras mastico la corteza del pan, miro a Peter y a Evelyn de nuevo.

—Creo que intenta reclutarlo —explica Tobias—. Sabe cómo hacer que la vida sin facción resulte pero que muy atractiva.

—Cualquier cosa con tal de sacarlo de Osadía. Me da igual que me haya salvado la vida, no me gusta.

—Con suerte, ya no tendremos que seguir preocupándonos por las distintas facciones cuando esto acabe. Creo que será bueno.

No digo nada, no me apetece discutir con él aquí, ni recordarle que no será tan sencillo convencer a Osadía y a Verdad de que se unan a los abandonados en su cruzada contra el sistema de facciones. Puede que suponga otra guerra.

Se abre la puerta principal y entra Edward. Hoy lleva un parche con un ojo azul pintado encima, párpado medio bajado incluido. El efecto del enorme ojo sobre su atractivo rostro resulta tanto grotesco como gracioso.

—¡Eddie! —lo saluda alguien, pero el ojo bueno de Edward ya ha dado con Peter.

Cruza la habitación, a punto de tirar de una patada la lata que alguien tiene en la mano. Peter retrocede hacia las sombras del marco de la puerta como si intentara fundirse con él hasta desaparecer.

Edward se detiene a pocos centímetros de los pies de Peter y se mueve como si fuese a darle un puñetazo. Peter retrocede a tal velocidad que se da con la cabeza contra la pared. Entonces, Edward sonríe y todos los abandonados que nos rodean se ríen con él.

—No eres tan valiente a plena luz del día —dice Edward, y añade, dirigiéndose a Evelyn—: Asegúrate de no proporcionarle ningún utensilio. Nunca se sabe lo que hará con ellos.

Mientras habla, le quita el tenedor a Peter.

—Devuélvemelo —le dice él.

Edward sujeta a Peter por el cuello usando la mano libre y aprieta los dientes del tenedor justo contra la nuez del otro chico. Peter se pone rígido y colorado.

—Mantén la boca cerrada cuando yo esté cerca —dice Edward en voz baja— o volveré a hacer esto, solo que, la próxima vez, te lo clavaré en el esófago.

—Ya vale —dice Evelyn.

Edward suelta el tenedor y a Peter. Después cruza la habitación y se sienta al lado de la persona que lo ha llamado Eddie hace un momento.

—No sé si lo sabrás —dice Tobias—, pero Edward es un poquito inestable.

—Ya lo intuía.

—Aquel chico, Drew, el que ayudó a Peter con la maniobra del cuchillo de untar, al parecer cuando lo echaron de Osadía intentó unirse al mismo grupo de abandonados en el que estaba Edward. Date cuenta de que ahora no lo ves por ninguna parte.

—¿Lo mató Edward?

—Casi —responde Tobias—. Está claro que por eso aquella otra trasladada..., ¿se llamaba Myra?, dejó a Edward. Ella era demasiado dulce para soportarlo.

Me siento vacía al pensar que Drew estuvo a punto de morir a manos de Edward. Drew también me atacó a mí.

—No quiero hablar de eso —digo.

—Vale —responde Tobias, tocándome el hombro—. ¿Te cuesta volver a una casa abnegada? Quería habértelo preguntado antes. Si te resulta difícil, podemos irnos a otra parte.

Me termino el segundo trozo de pan. Todas las casas abnegadas son iguales, así que este salón es idéntico al mío, y es verdad que me trae recuerdos si lo observo con atención: la luz que entra por los estores cada mañana, lo suficiente para que mi padre pudiera leer; el entrechocar de las agujas de punto de mi madre todas las noches. Sin embargo, las imágenes no me asfixian; es un comienzo.

—Sí, pero no tanto como cabría esperar —digo, y él arquea una ceja—. En serio. Las simulaciones de la sede de Erudición... me ayudaron, en cierto modo. A resistir, supongo —añado, frunciendo el ceño—. O puede que no. A lo mejor me ayudaron a dejar de resistirme tanto, a dejarlo ir. —Sí, eso suena más acertado—. Algún día te lo contaré —le digo, y mi voz suena como si estuviese muy lejos.

Me toca la mejilla y, aunque estamos en un cuarto lleno de gente, abarrotado de risas y charlas, me besa muy despacio.

—¡Eh, Tobias! —dice el hombre de mi izquierda—. ¿Es que no te criaron los estirados? Creía que lo más que hacía tu gente era... rozarse las manos o algo así.

—Entonces, ¿cómo explicas que haya tantos niños abnegados? —pregunta Tobias, arqueando las cejas.

—Los crearon por pura fuerza de voluntad —interviene la mujer que está sentada en el brazo del sillón—. ¿No lo sabías?

—No, no tenía ni idea —responde, sonriendo—. Mis disculpas.

Todos se ríen, nos reímos, y de repente caigo en que puede que esté conociendo a la verdadera facción de Tobias. No se caracterizan por una virtud concreta. Reclaman todos los colores, todas las actividades, todas las virtudes y todos los defectos.

No sé qué los une, lo único que tienen en común, según parece, es el fracaso. Sea lo que sea, parece suficiente.

Al mirarlo me da la impresión de verlo por fin como es, en vez de como es en relación conmigo. ¿Hasta qué punto lo conozco si no había visto esto antes?

El sol comienza a ponerse. El sector abnegado dista de guardar silencio. Los osados y los abandonados vagan por las calles, algunos con botellas en la mano, otros con pistolas.

Delante de mí, Zeke empuja la silla de ruedas de Shauna por delante de la casa de Alice Brewster, antigua líder de Abnegación. No me ven.

—¡Hazlo otra vez! —grita ella.

—¿Seguro?

—¡Sí!

—Vale...

Zeke echa a correr detrás de la silla. Entonces, cuando ya casi ni lo veo, se apoya sobre los asideros de la silla de modo que los pies no toquen el suelo, y los dos vuelan calle abajo, Shauna chillando y Zeke riendo.

Doblo a la izquierda en el siguiente cruce y bajo por la agrietada acera hacia el edificio en el que Abnegación celebraba sus reuniones mensuales. Aunque es como si hubiese pasado mucho tiempo desde la última vez que estuve en él, todavía recuerdo dónde está. Una manzana al sur, dos manzanas al oeste.

El sol sigue su camino hacia el horizonte a medida que avanzo. Los edificios se destiñen a la luz de la tarde, así que todos parecen grises.

La fachada de la sede de Abnegación no es más que un rectángulo de cemento, como todos los demás edificios del sector, aunque, cuando abro la puerta, los familiares suelos y filas de bancos de madera me dan la bienvenida. En el centro de la sala hay un tragaluz que deja entrar un cuadrado de luz naranja. Es el único adorno.

Me siento en el antiguo banco de mi familia. Antes me sentaba al lado de mi padre, y Caleb, al lado de mi madre. Ahora es como si fuera la única superviviente. La última Prior.

—Es agradable, ¿verdad? —dice Marcus, que entra y se sienta frente a mí, con las manos sobre el regazo y la luz del sol entre los dos.

Tiene un enorme moratón en la mandíbula, donde Tobias le dio el puñetazo, y el pelo recién rapado.

—No está mal —respondo, poniéndome derecha—. ¿Qué haces aquí?

—Te vi entrar —dice, y se examina las uñas con atención—. Y quiero hablar contigo sobre la información que robó Jeanine Matthews.

—¿Y si es demasiado tarde? ¿Y si ya sé lo que es?

Marcus levanta la cabeza y entorna los oscuros ojos. Su mirada es mucho más venenosa de lo que jamás será la de Tobias, aunque tenga los ojos de su padre.

—No es posible.

—Eso no lo sabes.

—Sí que lo sé, en realidad. He visto lo que le pasa a la gente que descubre la verdad. Es como si se les hubiera olvidado lo que buscaban y dieran vueltas por ahí, intentando recordarlo.

Un escalofrío me recorre la columna y se me extiende por los brazos, poniéndome el vello de punta.

—Sé que Jeanine decidió asesinar a media facción para robarla, así que debe ser muy importante —digo, y hago una pausa; sé otra cosa más, pero acabo de darme cuenta.

Justo antes de atacar a Jeanine, me dijo: «Esto no es por ti. No es por mí».

Y por «esto» se refería a lo que me estaba haciendo, a intentar encontrar una simulación que funcionara conmigo. Con los divergentes.

—Sé que tiene algo que ver con los divergentes —le suelto—. Sé que la información tiene que ver con lo que hay más allá de la valla.

—Eso no es lo mismo que saber lo que hay al otro lado.

—Bueno, ¿me lo vas a contar o piensas ponerlo en alto para que salte como un perrito para cogerlo?

—No he venido por el capricho de discutir, y no, no te lo voy a contar, pero no porque no quiera. Es porque no tengo ni idea de cómo describírtelo. Tendrás que verlo por ti misma.

Mientras habla, noto que la luz del sol se vuelve más naranja que amarilla y proyecta sombras más oscuras sobre su rostro.

—Me parece que Tobias tenía razón —le digo—: te gusta ser el único que lo sabe. Te gusta que yo no lo sepa. Te hace sentir importante. Por eso no me lo cuentas, no porque sea indescriptible.

—Eso no es verdad.

—¿Y cómo voy a creérmelo?

Marcus me mira y yo le devuelvo la mirada.

—Una semana antes del ataque de la simulación, los líderes abnegados decidieron que había llegado el momento de revelar a todo el mundo la información del archivo. A todo el mundo, a toda la ciudad. Pretendíamos hacerlo, aproximadamente, siete días después del ataque. Resulta obvio por qué no pudimos cumplirlo.

—¿Ella no quería que revelarais lo que hay al otro lado de la valla? ¿Por qué no? ¿Y, para empezar, cómo sabía ella algo sobre el tema? Creía que habías dicho que solo los líderes abnegados lo sabían.

—No somos de aquí, Beatrice. Nos colocaron aquí con un objetivo específico. Hace un tiempo, los eruditos se vieron obligados a pedir ayuda a los eruditos para alcanzar ese objetivo, pero, al final todo se torció por culpa de Jeanine. Porque ella no quiere hacer lo que se supone que debemos hacer. Antes prefiere recurrir al asesinato.

Nos colocaron aquí.

El cerebro me bulle por el exceso de información. Me agarro al borde del banco en el que estoy sentada.

—¿Qué se supone que debemos hacer? —pregunto, y mi voz es poco más que un susurro.

—Te he contado lo suficiente para convencerte de que no miento. En cuanto al resto, de verdad que no me considero a la altura de la tarea de explicártelo. El único motivo por el que te he revelado tanto es que la situación ha llegado a un punto crítico.

Crítico. De repente, entiendo el problema: el plan de los abandonados es destruir no solo los datos importantes de Erudición, sino toda la información que posee. Arrasarán con todo.

No me parecía una buena idea desde el principio, pero sabía que podríamos superarlo, ya que los eruditos seguirían sabiendo la información relevante, aunque no contaran con sus datos. Sin embargo, esto es algo que desconocerían hasta los eruditos más sabios; algo que, si se destruye, no lograríamos replicar.

—Si te ayudo, traicionaré a Tobias. Lo perderé —digo, tragando saliva—. Así que necesito una buena razón.

—¿Aparte de hacerlo por el bien de nuestra sociedad? —pregunta Marcus, que arruga la nariz de asco—. ¿Eso no te basta?

—Nuestra sociedad está hecha polvo, así que no, no me basta.

—Tus padres murieron por ti, es cierto —dice Marcus, suspirando—, pero, la noche en que casi te ejecutan, tu madre no había ido a la sede de Abnegación a salvarte. No sabía que estabas allí. Intentaba recuperar el archivo que guardaba Jeanine. Y cuando oyó que estabas a punto de morir, corrió a salvarte y dejó el archivo en sus manos.

—Eso no es lo que me dijo ella —respondí, airada.

—Mentía porque debía hacerlo. Pero, Beatrice, el hecho es que..., el hecho es que tu madre sabía que, seguramente, no saldría viva de la sede de Abnegación, pero que tenía que intentarlo. Estaba dispuesta a morir por ese archivo, ¿lo entiendes?

Los abnegados están dispuestos a morir por cualquier persona, amigo o enemigo, si la situación lo requiere. Quizá por eso les cueste sobrevivir a situaciones en las que su vida corre peligro. No obstante, hay pocas cosas por las que estén dispuestos a morir. No valoran demasiado las cosas del mundo físico.

Así que, si no miente y de verdad mi madre estaba dispuesta a morir por hacer pública esta información..., yo daría lo que fuera por alcanzar ese objetivo.

—Intentas manipularme, ¿no?

—Supongo que eso tendrás que decidirlo tú —responde mientras las sombras se le introducen en las cuencas de los ojos como si fuesen agua oscura.

CAPÍTULO
TREINTA Y OCHO

Me tomo mi tiempo en el camino de vuelta a la casa de los Eaton e intento recordar lo que me dijo mi madre cuando me salvó del tanque durante el ataque de la simulación. Algo sobre haber vigilado los trenes desde el inicio del ataque.

«No sabía qué haría cuando te encontrara, pero mi intención era salvarte».

Pero cuando rememoro su voz en mi cabeza, suena distinto. ¿Dijo «No sabía qué haría cuando te encontrara» o «No sabía qué haría cuando te encontré»? Porque entonces habría querido decir que no sabía cómo salvarme a mí y también el archivo.

«Pero mi intención era salvarte».

Sacudo la cabeza. ¿Lo dijo así o manipulo mis recuerdos por lo que me ha contado Marcus? No hay forma de saberlo, solo debo decidir si confío en él o no.

Y aunque haya hecho cosas crueles y malvadas, nuestra sociedad no se divide en «buenos» y «malos». La crueldad no convierte a una persona en deshonesta, igual que la valentía no te convierte en alguien amable. Marcus no es ni bueno ni malo, sino un poco de todo.

Bueno, seguramente sea más malo que bueno.

Pero eso no quiere decir que mienta.

En la calle que tengo delante veo el resplandor naranja de un fuego. Alarmada, aprieto el paso y veo que las llamas salen de unos enormes cuencos metálicos del tamaño de personas que han colocado en las aceras. Los osados y los abandonados están reunidos alrededor, con una estrecha separación entre ambos grupos. Y, ante ellos, están Evelyn, Harrison, Tori y Tobias.

Localizo a Christina, Uriah, Lynn, Zeke y Shauna a la derecha del grupo de osados, y me pongo a su lado.

—¿Dónde has estado? —pregunta Christina—. Te hemos buscado por todas partes.

—He ido a dar una vuelta. ¿Qué está pasando?

—Por fin nos van a contar el plan de ataque —dice Uriah, ansioso.

—Ah.

Evelyn levanta las manos con las palmas hacia fuera y los abandonados guardan silencio. Están mejor entrenados que los osados, cuyas voces tardan treinta segundos en irse apagando.

—Durante las últimas semanas hemos desarrollado un plan para luchar contra Erudición —dice Evelyn, y su grave voz se proyecta sin problemas—. Y, una vez terminado, nos gustaría contároslo.

Evelyn señala a Tori con la cabeza, y ella la releva.

—Nuestra estrategia no se centra en un solo punto, sino que es más amplia. No hay forma de saber qué eruditos apoyan a Jeanine. Por lo tanto, podemos suponer que todos los que no la apoyan ya han salido de la sede de Erudición.

—Sabemos bien que el poder de Erudición no reside en su gente, sino en su información —dice Evelyn—. Mientras posean esa información, no nos libraremos de ellos, y menos cuando muchos de nosotros estamos conectados a sus simulaciones. Llevan demasiado tiempo usando la información para controlarnos y dominarnos.

Un grito surge del grupo de abandonados y se extiende entre los osados, une a la multitud como si formásemos parte de un único organismo y siguiésemos las órdenes de un solo cerebro. Sin embargo, no sé bien qué pensar ni qué sentir. Parte de mí también grita, exige la destrucción de los eruditos y de todo lo que les importa.

Miro a Tobias. Su expresión no revela nada, y está detrás del brillo del fuego, con lo que apenas se le ve. Me pregunto qué pensará de esto.

—Siento deciros que los que recibisteis el disparo con los transmisores de la simulación tendréis que quedaros aquí —dice Tori—, ya que los eruditos podrían activaros en cualquier momento y usaros como armas.

Se oyen unos cuantos gritos de protesta, aunque nadie parece demasiado sorprendido. Puede que porque saben demasiado bien lo que Jeanine es capaz de hacer con las simulaciones.

Lynn gruñe y mira a Uriah.

—¿Tenemos que quedarnos?

—Tú tienes que quedarte —responde él.

—A ti también te dispararon, lo vi.

—Divergente, ¿recuerdas? —dice él; Lynn pone los ojos en blanco, y él sigue hablando a toda prisa, seguramente para ahorrarse la teoría de la conspiración divergente de Lynn—. De todos modos, te apuesto a que nadie lo comprueba, ¿y qué posibilidades hay de que te active a ti específicamente, si sabe que todos los demás con transmisores se han quedado atrás?

Lynn frunce el ceño y se lo piensa, pero parece más alegre (todo lo alegre que puede parecer Lynn, claro) cuando Tori sigue con su discurso.

—El resto nos dividiremos en grupos mixtos de abandonados y osados. Un solo grupo de gran tamaño intentará entrar en la sede de Erudición y subirá por el edificio para limpiarlo de la presencia erudita. Otros grupos más pequeños irán directamente a los niveles superiores del edificio para acabar con ciertos dirigentes clave. Esta noche se entregarán las misiones de cada grupo.

—El ataque tendrá lugar dentro de tres días —dice Evelyn—. Preparaos. Será difícil y peligroso. Pero los abandonados están acostumbrados a las dificultades.

Al oír esto, los abandonados lanzan vítores, y me recuerdan que nosotros, los osados, somos los mismos que, hace pocas semanas, criticábamos a Abnegación por darles comida y otros artículos necesarios. ¿Cómo nos ha costado tan poco olvidarlo?

—Y los osados están acostumbrados al peligro...

Todos los que me rodean alzan los puños y gritan. Noto sus voces dentro de mi cabeza, además de un fuego triunfal en el pecho que me hace querer unirme a ellos.

La expresión de Evelyn es demasiado neutra para alguien que

da un discurso tan apasionado. Es como si llevara puesta una máscara.

—¡Abajo con Erudición! —chilla Tori, y todos lo repiten, todas las voces se unen, al margen de su facción; compartimos un enemigo común, pero ¿nos convierte eso en amigos?

Me doy cuenta de que Tobias no se une al grito, ni tampoco Christina.

—Esto no está bien —dice ella.

—¿Qué quieres decir? —pregunta Lynn mientas las voces siguen subiendo de tono—. ¿No recuerdas lo que nos hicieron? ¿Que metieron nuestras mentes en una simulación y nos obligaron a disparar a otra gente sin darnos cuenta? ¿Que asesinaron a todos los líderes de Abnegación?

—Sí —responde Christina—. Es que... Invadir la sede de una facción y asesinar a todo el mundo, ¿no es eso lo que los eruditos hicieron con los abnegados?

—Esto es diferente, esto no es un ataque gratuito, no provocado —dice Lynn, mirándola con el ceño fruncido.

—Sí, sí, lo sé —responde Christina.

Me mira. Yo no digo nada. Tiene razón, no está bien.

Camino hacia la casa de los Eaton en busca de silencio.

Abro la puerta principal, subo las escaleras y, cuando llego al antiguo dormitorio de Tobias, me siento en la cama y miro por la ventana a los abandonados y los osados reunidos en torno a las fogatas, riendo y hablando. Sin embargo, no se mezclan; sigue existiendo una incómoda división entre ellos, los abandonados a un lado y los osados al otro.

Observo a Lynn, Uriah y Christina al lado de uno de los

fuegos. Uriah mete la mano en las llamas, aunque muy deprisa, para no quemarse. Su sonrisa parece una mueca, ya que la tristeza la tuerce.

Al cabo de unos minutos oigo pisadas en las escaleras, y Tobias entra en el cuarto y se quita los zapatos junto a la puerta.

—¿Qué pasa? —pregunta.

—Nada, en realidad. Es que pensaba que me sorprende que los abandonados hayan aceptado trabajar con Osadía tan fácilmente. Tampoco es que hayamos sido amables con ellos alguna vez.

Se pone a mi lado en la ventana y se apoya en el marco.

—No es una alianza natural, ¿verdad? —dice—. Pero compartimos el mismo objetivo.

—Ahora mismo, pero ¿qué pasará cuando cambien los objetivos? Los abandonados querrán librarse de las facciones, y los osados, no.

Tobias aprieta los labios. De repente recuerdo a Marcus y a Johanna caminando juntos por el huerto... Marcus tenía la misma expresión cuando le ocultaba algo.

¿Habrá heredado Tobias esa expresión de su padre? ¿O para él significa algo distinto?

—Estás en mi grupo —dice—. Durante el ataque. Espero que no te importe. Se supone que debemos abrir camino hacia las salas de control.

El ataque. Si participo en el ataque, no podré ir a por la información que robó Jeanine a los abnegados. Tengo que elegir una cosa o la otra.

Tobias dijo que encargarse de Erudición era más importante

que descubrir la verdad, y, si no hubiese prometido a los abandonados control sobre todos los datos eruditos, puede que estuviese en lo cierto. Sin embargo, me ha dejado sin alternativa. Debo ayudar a Marcus, si es que existe una posibilidad, por pequeña que sea, de que esté diciendo la verdad. Debo trabajar contra las personas que más quiero.

Y, ahora mismo, debo mentir.

Me retuerzo los dedos.

—¿Qué es? —pregunta.

—Sigo sin poder disparar un arma —respondo, mirándolo—. Y, después de lo que pasó en la sede de Erudición... —digo, y me detengo para aclararme la garganta—. Arriesgar la vida ya no me resulta tan atractivo.

—Tris —dice, rozándome la mejilla con la punta de los dedos—, no hace falta que vayas.

—No quiero parecer una cobarde.

—Eh —responde, y me sujeta la mandíbula con los dedos, que me refrescan la piel; me mira con aire serio—, ya has hecho más que nadie por esta facción. Eres... —Suspira y apoya su frente en la mía—. Eres la persona más valiente que he conocido. Quédate aquí. Debes curarte.

Me besa y me siento como si fuese a desmoronarme de nuevo, empezando por lo más profundo. Cree que estaré aquí, cuando, en realidad, estaré trabajando contra él, trabajando con ese padre que tanto desprecia. Esta mentira..., esta mentira es la peor que le he contado. Jamás podré retirarla.

Cuando nos separamos, temo que oiga lo mucho que me tiembla el aliento, así que me vuelvo hacia la ventana.

CAPÍTULO
TREINTA Y NUEVE

—Ah, sí, tienes toda la pinta de ser una blandengue que toca el banjo —dice Christina.

—¿En serio?

—No, qué va, ni de lejos. Espera..., deja que lo arregle, ¿vale?

Rebusca en su bolso unos segundos y saca una cajita. Dentro hay tubos y contenedores de distintos tamaños que reconozco como maquillaje, aunque no sabría qué hacer con ellos.

Estamos en casa de mis padres. Era el único lugar que se me ocurría para prepararme. Christina no tiene ningún reparo en ponerse a registrarlo todo; ya ha descubierto dos libros de texto metidos entre la cómoda y la pared, prueba del aprendizaje erudito de Caleb.

—A ver si lo entiendo bien —comento—: saliste del complejo de Osadía para prepararte para la guerra... ¿y te llevaste la bolsa de maquillaje?

—Sí, supuse que a la gente le costaría más dispararme si viera lo irresistiblemente atractiva que soy —dice, arqueando una ceja—. No te muevas.

Le quita la tapa a un tubo negro del tamaño de uno de mis

dedos y deja al descubierto un palo rojo. Pintalabios, claro. Me toca los labios con él varias veces hasta cubrírmelos de color. Lo veo cuando los frunzo.

—¿Alguna vez te han hablado del milagro de depilarse las cejas? —pregunta, sosteniendo unas pinzas en alto.

—Aléjalas de mí.

—Vale —responde, suspirando—. Sacaría el colorete, pero estoy bastante segura de que el color no te irá bien.

—Sorprendente, teniendo en cuenta lo parecidos que son nuestros tonos de piel.

—Ja-ja.

Cuando nos vamos, tengo los labios rojos, las pestañas rizadas y un vestido rojo chillón. Y un cuchillo amarrado al interior de la rodilla. Todo muy lógico.

—¿Dónde se reunirá con nosotras Marcus, el destructor de vidas? —dice Christina, que va de amarillo Cordialidad, en vez de rojo; el color brilla en contraste con su piel.

—Detrás de la sede de Abnegación —respondo entre risas.

Caminamos por la acera a oscuras. Los demás estarán cenando (me he asegurado de ello), pero, por si nos topamos con alguien, llevamos chaquetas negras que ocultan casi por completo nuestra ropa cordial. Salto por encima de una grieta en el cemento, más por hábito que por otra cosa.

—¿Adónde vais vosotras dos? —dice la voz de Peter.

Vuelvo la vista atrás; está de pie en la acera, detrás de nosotras. Me pregunto cuánto tiempo lleva ahí.

—¿Por qué no estás con el grupo de ataque, cenando? —pregunto.

—No tengo —responde, dándose en el hombro al que disparé—. Estoy herido.

—¡Sí, ya! —dice Christina.

—Bueno, no quiero ir a la batalla con un puñado de tipejos sin facción —dice Peter con ojos brillantes—. Así que me quedo aquí.

—Como un cobarde —responde Christina, torciendo la boca—. Que los demás arreglen el desastre por ti.

—¡Sí! —exclama en una especie de hurra malicioso; da una palmada—. Que os divirtáis muriendo.

Cruza la calle, silbando, y se larga en dirección contraria.

—Bueno, lo hemos distraído —dice Christina—. No ha vuelto a preguntar adónde íbamos.

—Sí, bien —respondo, aclarándome la garganta—. Bueno, en cuanto a este plan, es un estupidez, ¿verdad?

—No es... una estupidez.

—Venga ya. Confiar en Marcus es una estupidez. Intentar engañar a los osados de la valla es una estupidez. Ponernos en contra de Osadía y los abandonados es una estupidez. Las tres cosas juntas... es una estupidez nueva y desconocida hasta ahora por la raza humana.

—Por desgracia, también es el mejor plan que tenemos —me recuerda—, si queremos que todos sepan la verdad.

Confié esta misión en Christina cuando creía que me iban a matar, así que parecía una tontería no confiar en ella ahora. Me preocupaba que no quisiera ir conmigo, pero se me olvidó de dónde procedía: de Verdad, donde no hay nada más importante que conocer los hechos. Puede que ahora sea osada, pero, si algo he aprendido con todo esto, es que, en realidad, nunca dejamos atrás nuestras antiguas facciones.

—Entonces, aquí es donde creciste. ¿Te gustaba? —pregunta, frunciendo el ceño—. Supongo que no, si decidiste marcharte.

El sol se acerca poco a poco al horizonte a medida que avanzamos. Antes no me gustaba la luz del atardecer porque hacía que el sector abnegado resultara aún más monocromático de lo que ya es de por sí, pero ahora me consuela ese tono gris inalterable.

—Me gustaban algunas cosas y odiaba otras —digo—. Y luego había otras cosas que no sabía que tenía hasta que las perdí.

Llegamos a la sede, cuya fachada no es más que un cuadrado de cemento, como todo lo demás en Abnegación. Aunque me encantaría entrar en la sala de reuniones y respirar el olor a madera vieja, no tenemos tiempo. Nos metemos por el callejón adyacente al edificio y caminamos hasta el fondo, donde Marcus dijo que esperaría.

Una camioneta azul celeste está allí, con el motor encendido y Marcus al volante. Dejo que Christina vaya delante para que ella se meta en el asiento del centro. No quiero sentarme cerca de él si puedo evitarlo. Es como si odiarlo mientras trabajo con él atenuara la traición a Tobias.

«No tienes alternativa —me digo—. No hay otra manera».

Con eso en mente, cierro la puerta y busco el cinturón para cerrármelo. Solo encuentro el extremo deshilachado de uno, junto con una hebilla rota.

—¿De dónde has sacado esta basura? —pregunta Christina.

—Se la robé a los abandonados. Ellos las arreglan. No ha sido fácil arrancarla. Será mejor que os libréis de esas chaquetas, chicas.

Hago una bola con ellas y las tiro por la ventana entreabierta. Marcus mueve la camioneta, que gruñe. Casi espero que el cacharro se quede inmóvil cuando pise el acelerador, pero se mueve.

Por lo que recuerdo, se tarda aproximadamente una hora en llegar a la sede de Cordialidad desde el sector de Abnegación, y para el viaje hace falta un conductor experimentado. Marcus se dirige a una de las calles principales y pisa el acelerador. Damos una sacudida hacia delante y estamos a punto de meternos en uno de los agujeros de la calzada. Me agarro al salpicadero para mantenerme firme.

—Relájate, Beatrice, no es la primera vez que conduzco un coche —dice Marcus.

—Yo también he hecho muchas cosas en la vida, ¡pero eso no quiere decir que se me den bien!

Marcus sonríe y gira a la izquierda para no golpear un semáforo caído. Christina suelta un gritito cuando pasamos por encima de más escombros, como si se lo estuviera pasando mejor que nunca.

—Una estupidez nueva y desconocida, ¿no? —me dice, alzando la voz para hacerse oír por encima del rugido del viento que atraviesa la cabina.

Me agarro al asiento e intento no pensar en lo que he tomado para cenar.

Cuando llegamos a la valla, vemos a los osados de pie junto a nuestros focos, bloqueando la puerta. Las bandas azules de los brazos destacan sobre el resto de la ropa. Intento parecer afable. No conseguiré convencerlos de que soy cordial si los miro con el ceño fruncido.

Un hombre de piel oscura con una pistola en la mano se acerca a la ventanilla de Marcus. Primero lo ilumina a él con la linterna, después a Christina y después a mí. Entrecierro los ojos para protegerlos del haz de luz, y me obligo a sonreírle como si no me importara en absoluto que me apuntaran a los ojos con linternas y a la cabeza con pistolas.

Si de verdad es así como piensan en Cordialidad, deben de estar todos trastornados. O han comido demasiado pan del suyo.

—Bueno, dime, ¿qué hace un abnegado conduciendo un camión con dos cordiales? —pregunta el hombre.

—Estas dos chicas se han presentado voluntarias para llevar provisiones a la ciudad —dice Marcus—, y yo me he presentado voluntario para acompañarlas y asegurarme de que lleguen sanas y salvas.

—Además, no sabemos conducir —comenta Christina, sonriendo—. Mi papi intentó enseñarme hace años, pero yo no dejaba de confundir el pedal del acelerador con el del freno, ¡imagínese el desastre! En fin, que Joshua ha sido pero que muy amable al ofrecerse a llevarnos porque, si no, habríamos tardado una eternidad, y las cajas eran tan pesadas...

El osado levanta la mano.

—Vale, vale, ya lo pillo.

—Ay, claro, lo siento —dice Christina entre risitas—. Es que me he puesto a explicarlo porque parecías muy desconcertado, y con razón, porque ¿cuántas veces se encuentra uno a un...?

—Vale —la corta el hombre—. ¿Y cuándo pensáis regresar a la ciudad?

—No demasiado pronto —responde Marcus.

—De acuerdo, adelante.

Asiente con la cabeza mirando a los otros osados de la puerta. Uno de ellos introduce una serie de números en el teclado, y la puerta se desliza a un lado para dejarnos pasar. Marcus saluda con la cabeza al guardia que nos abre y sigue conduciendo por el trillado camino que acaba en la sede de Cordialidad. Los faros de la camioneta iluminan marcas de neumáticos, y hierba e insectos de la pradera que van de un lado a otro. En la oscuridad, a mi derecha, veo luciérnagas que se encienden a un ritmo similar al latido de un corazón.

Al cabo de unos segundos, Marcus mira a Christina.

—¿Qué narices ha sido eso?

—No hay nada que los osados odien más que el alegre parloteo de los cordiales —dice Christina, encogiéndose de hombros—. Supuse que, si lo molestaba, se distraería y nos dejaría pasar.

Sonrío enseñando todos los dientes.

—Eres un genio —le digo.

—Lo sé —responde, y mueve la cabeza como si se echara la melena sobre el hombro, aunque, en realidad, no tiene pelo para eso.

—Salvo que Joshua no es un nombre abnegado —dice Marcus.

—Lo que tú digas. Como si alguien fuera a darse cuenta. Veo el brillo de la sede de Cordialidad más adelante, el familiar grupito de edificios de madera con el invernadero en el centro. Atravesamos el manzanar. El aire huele a tierra caliente. De nuevo recuerdo a mi madre estirándose para coger una manzana del árbol en este mismo huerto, hace años, cuando vinimos a ayudar a los cordiales con la cosecha. Noto una punzada de dolor en el pecho, pero el recuerdo no me abruma, como hace pocas semanas. Puede que sea porque esta misión es para honrarla. O puede que me inquiete demasiado lo que va a suceder como para llorar su pérdida como es debido. En cualquier caso, algo ha cambiado.

Marcus aparca la camioneta detrás de una de las cabañas dormitorio. Por primera vez me fijo en que no hay llaves en el contacto.

—¿Cómo lo has arrancado?

—Mi padre me enseñó muchas cosas sobre mecánica y ordenadores —responde—. Conocimientos que pasé a mi hijo. No pensarías que lo ha averiguado todo él solito, ¿no?

—Pues la verdad es que sí, eso pensaba.

Abro la puerta y bajo de un salto. La hierba me roza los dedos de los pies y la parte de atrás de las pantorrillas. Christina se pone a mi derecha y echa la cabeza atrás.

—Aquí es todo tan distinto que casi se te olvida lo que está pasando allí —dice, señalando la ciudad con el pulgar.

—A menudo se les olvida —comento.

—Pero saben lo que hay más allá de la ciudad, ¿no? —pregunta.

381

—Saben tanto como las patrullas osadas —dice Marcus—, que es que el mundo de fuera es algo desconocido y potencialmente peligroso.

—¿Cómo sabes lo que saben ellos? —pregunto.

—Porque es lo que les contamos nosotros —responde antes de dirigirse al invernadero.

Miro a Christina y ella me mira a mí. Después corremos para alcanzarlo.

—¿Qué significa eso?

—Cuando alguien te confía toda la información, debes decidir cuánto deben saber los demás. Los líderes abnegados les contamos lo que teníamos que contarles. Esperemos que Johanna siga con sus costumbres de siempre. Normalmente está en el invernadero a estas horas de la noche.

Abre la puerta. El aire es igual de denso que la última vez que estuve aquí, aunque ahora también está algo brumoso. La humedad me enfría las mejillas.

—Vaya —dice Christina.

La luz de la luna baña el invernadero, así que no cuesta distinguir las plantas de los árboles y las estructuras artificiales. Las hojas me rozan la cara al caminar por el borde de la habitación. Entonces veo a Johanna agachada junto a un arbusto con un cuenco en las manos, recogiendo unas cositas que parecen frambuesas. Lleva el pelo peinado hacia atrás, así que le veo la cicatriz.

—Creía que no volvería a verla, señorita Prior —me dice.

—¿Es porque se supone que estoy muerta?

—Siempre espero que los que viven bajo el imperio de las armas mueran por ellas. Sin embargo, a menudo me llevo agradables sorpresas —responde, y apoya el cuenco en las rodillas para mirarme—. Aunque tampoco me engaño pensando que has venido porque te gusta estar aquí.

—No, hemos venido por otra razón.

—Vale —dice, levantándose—. Pues vamos a hablar de ello.

Lleva el cuenco al centro de la habitación, donde tienen lugar las reuniones de Cordialidad. La seguimos a las raíces del árbol, donde se sienta y me ofrece el cuenco de frambuesas. Cojo un puñadito y se lo paso a Christina.

—Johanna, esta es Christina —dice Marcus—. Osada nacida en Verdad.

—Bienvenida a la sede de Cordialidad, Christina —la saluda Johanna, esbozando una sonrisa cómplice; es curioso que dos personas nacidas en Verdad puedan acabar en sitios tan dispares: Osadía y Cordialidad—. Dime, Marcus —añade a continuación—, ¿a qué se debe la visita?

—Creo que Beatrice debería encargarse del asunto, yo solo hago de transporte.

Ella me mira sin cuestionarlo, aunque, por su mirada cautelosa, me doy cuenta de que preferiría hablar con Marcus. Lo negaría si se lo preguntara, pero estoy casi segura de que Johanna Reyes me odia.

—Hmmm... —empiezo; no es mi momento más brillante; me seco las palmas de las manos en la falda—. Las cosas se han puesto feas.

Las palabras salen a borbotones, sin sutilezas ni sofisticación. Explico que los osados se han aliado con los abandonados y que planean destruir Erudición por completo, dejándonos sin una de las dos facciones esenciales. Le cuento que en el complejo de Erudición hay información importante, además de todos los conocimientos que poseen, que es vital recuperar. Cuando termino, me percato de que no le he contado qué tiene eso que ver con ella o con su facción, pero es que no sé cómo decirlo.

—Estoy algo desconcertada, Beatrice. ¿Qué quieres que hagamos, exactamente?

—No he venido a pediros ayuda —respondo—. Creía que debíais saber que va a morir mucha gente y muy pronto. Y sé que no te gustaría quedarte aquí sin hacer nada mientras sucede, aunque parte de tu facción sí lo desee.

Ella baja la mirada, y su sonrisa torcida la traiciona y me deja claro que he dado en el clavo.

—También quería preguntarte si podemos hablar con los eruditos que protegéis aquí. Sé que están escondidos, pero necesito ponerme en contacto con ellos.

—¿Y qué pretendes hacer?

—Dispararles —respondo, poniendo los ojos en blanco.

—No tiene gracia.

—Lo siento —digo, suspirando—. Necesito información, nada más.

—Bueno, tendréis que esperar a mañana. Podéis dormir aquí.

Me quedo dormida en cuanto mi cabeza toca la almohada, pero me despierto más temprano de lo anticipado. Por el brillo cercano al horizonte calculo que el sol está a punto de salir.

Al otro lado del estrecho pasillo, entre dos camas, está Christina, con la cara contra el colchón y una almohada encima de la cabeza. Entre nosotras hay una cómoda con una lámpara encima. Los tablones de madera del suelo crujen al pisarlos, da igual por dónde lo hagas. Y en la pared de la izquierda hay un espejo, colocado sin pensárselo mucho. Todos, salvo los abnegados, dan por sentados los espejos. Todavía me estremezco un poco cuando veo uno al descubierto.

Me visto sin molestarme en no hacer ruido; ni quinientos osados ruidosos podrían despertar a Christina cuando está profundamente dormida, aunque un susurro erudito quizá sí. Tiene ese don.

Salgo al exterior cuando el sol se asoma entre las ramas de los árboles y veo a un grupo de cordiales reunidos cerca del huerto. Me acerco para averiguar lo que hacen.

Están de pie en círculo, cogidos de la mano. La mitad son adolescentes y la otra mitad, adultos. La mayor, una mujer de pelo gris trenzado, habla.

—Creemos en un Dios que ofrece la paz y la valora —dice—. Así que daos la paz y valoradla.

Yo no lo consideraría una señal para hacer nada, pero parece que los cordiales sí. Todos se mueven a una, buscan a la persona que tienen frente a ellos en el círculo y le dan las manos. Cuando todos tienen pareja, se quedan así varios segundos, mirándose los unos a los otros. Algunos murmuran una frase, otros sonríen, y otros guardan silencio y no se mueven. Después se separan y pasan a otra persona para realizar la misma serie de acciones.

Nunca antes había presenciado una ceremonia cordial. Solo estoy familiarizada con la religión de la facción de mis padres, a la que parte de mí todavía se aferra y que los demás consideran una tontería: las oraciones antes de cenar, las reuniones semanales, los actos de servicio al prójimo, los poemas sobre un Dios sacrificado... Esto es algo distinto y misterioso.

—Ven, únete a nosotros —dice la mujer de pelo gris; tardo unos segundos en darme cuenta de que habla conmigo. Me llama, sonriente.

—Oh, no, solo estoy...

—Vamos —insiste, y es como si no me quedara más remedio que dar unos pasos adelante y ponerme entre ellos.

Ella es la primera que se me acerca para darme la mano. Sus dedos están secos y rugosos, y sus ojos buscan los míos, insistentes, aunque me siento rara al enfrentarme a su mirada.

Una vez que lo hago, el efecto es inmediato y peculiar. Me quedo quieta, todas y cada una de las partes que me componen se quedan quietas, como si pesaran más de lo normal, solo que no es un peso desagradable. Sus ojos son castaños, de un mismo tono uniforme, y no se mueven.

—Que la paz de Dios esté contigo —dice en voz baja—, incluso en tiempos turbulentos.

—¿Por qué iba a estarlo? —pregunto en voz baja para que no lo oiga nadie más—. Después de todo lo que he hecho...

—Esto no es por ti. Es un regalo. No puedes ganártelo, si no, dejaría de ser un regalo.

Me suelta y pasa a otra persona, pero me quedo con la mano

extendida, sola. Alguien se acerca para tomármela, pero me retiro del grupo, primero andando y después corriendo.

Me meto entre los árboles lo más deprisa que puedo, y solo cuando los pulmones me arden, paro.

Aprieto la frente contra el tronco más cercano, aunque me araña la piel, y reprimo las lágrimas.

Todavía por la mañana, aunque un poco más tarde, camino bajo la llovizna hacia el invernadero principal. Johanna ha convocado una reunión de emergencia.

Permanezco lo más oculta posible, en el borde de la sala, entre dos grandes plantas que están suspendidas en una solución mineral. Tardo unos minutos en encontrar a Christina, que está vestida de amarillo cordial en el lateral derecho del invernadero, pero no cuesta ver a Marcus, que se encuentra entre las raíces del árbol gigante con Johanna.

Johanna tiene las manos entrelazadas delante de ella y el pelo peinado hacia atrás. La herida que le dejó la cicatriz también le dañó el ojo: la pupila está tan dilatada que sobrepasa el iris, y el ojo izquierdo no se mueve con el derecho al examinar a los cordiales que tiene frente a ella.

Sin embargo, no hay solo cordiales. También hay personas con el pelo muy corto y moños apretados que deben de pertenecer a Abnegación, y unas cuantas filas de personas con gafas que deben de ser eruditos. Cara está entre ellos.

—He recibido un mensaje de la ciudad —dice Johanna cuando todos se callan—. Y me gustaría comunicároslo.

Se tira del dobladillo de la camisa y vuelve a entrelazar las manos. Parece nerviosa.

—Los osados se han aliado con los abandonados. Pretenden atacar Erudición dentro de dos días. Su batalla no solo será contra el ejército erudito y osado, sino también contra los eruditos inocentes y los conocimientos que tanto les ha costado adquirir. —Baja la mirada y sigue hablando—. Sé que no reconocemos líderes, así que no tengo derecho a dirigirme a vosotros como si lo fuera, pero espero que me perdonéis si, solo por esta vez, os pido que reconsideremos nuestra decisión de no involucrarnos.

Se oyen murmullos. No se parecen en nada a los murmullos osados, ya que son más suaves, como pajaritos que salen volando de sus ramas.

—Al margen de nuestra relación con los eruditos, sabemos mejor que ninguna otra facción lo esencial que resulta su papel en esta sociedad —dice—. Hay que protegerlos de una masacre innecesaria, no ya porque sean seres humanos, sino porque, además, no podemos sobrevivir sin ellos. Propongo que entremos en la ciudad como fuerzas de paz no violentas e imparciales para poner freno en todo lo posible a la extrema violencia que, sin duda, tendrá lugar. Por favor, habladlo entre vosotros.

La lluvia espolvorea sus gotitas por los paneles del techo. Johanna se sienta en una raíz del árbol a esperar, pero los cordiales no empiezan a conversar sin más, como la última vez que estuve aquí. Los susurros, que apenas se distinguen de la lluvia, se convierten en un tono de voz normal, y oigo algunas voces que se alzan sobre otras, casi gritando, aunque no del todo.

Cada voz que se alza me estremece. He presenciado multitud de discusiones en mi vida, sobre todo en los últimos dos meses, pero ninguna me asustó tanto como esta. Se supone que los cordiales no discuten.

Decido no esperar más. Camino por el borde de la sala de reuniones, metiéndome como puedo entre las personas que están de pie, y saltando por encima de manos y piernas estiradas. Algunos se me quedan mirando; puede que vista una camisa roja, pero los tatuajes de la clavícula se ven más que nunca, sobre todo de lejos.

Me paro cerca de la fila de eruditos. Cara se levanta y cruza los brazos cuando me acerco.

—¿Qué haces aquí? —me pregunta.

—Vine a contarle a Johanna lo que pasaba —respondo—. Y a pedir ayuda.

—¿A mí? ¿Por qué...?

—A ti, no —digo, intentando olvidar lo que dijo sobre mi nariz, aunque me cuesta—. A todos vosotros. Tengo un plan para salvar parte de los datos de vuestra facción, pero necesito vuestra ayuda.

—En realidad —interviene Christina, que aparece junto a mi hombro izquierdo—, el plan es de las dos.

Cara me mira, después la mira a ella y vuelve a mirarme a mí.

—¿Queréis ayudar a Erudición? No lo entiendo.

—Tú querías ayudar a Osadía —digo—. ¿Crees que eres la única persona que no cumple a ciegas todas las órdenes de su facción?

—Encaja en tu patrón de comportamiento —dice Cara—.

Al fin y al cabo, disparar a los que se te interponen es un rasgo de Osadía.

Noto un pinchazo en la garganta. Se parece mucho a su hermano, desde la arruga entre las cejas a las mechas oscuras de su pelo rubio.

—Cara —dice Christina—. ¿Nos vas a ayudar o no?

—Sí, obviamente —responde, suspirando—. Y seguro que los demás también. Reuníos con nosotros en el dormitorio erudito cuando acabe la asamblea para contarnos vuestro plan.

La asamblea dura otra hora más. Para entonces, ya no llueve, aunque el agua todavía salpica los paneles de las paredes y el techo. Christina y yo hemos estado sentadas, con la espalda apoyada en una de las paredes, absortas en un juego que consiste en sujetar con el pulgar el pulgar del contrario. Ella siempre gana.

Finalmente, Johanna y los demás que han salido como líderes de la discusión se ponen en fila en las raíces del árbol. Johanna tiene la cabeza gacha y se ha soltado el pelo, que se la tapa un poco. Se supone que debe contarnos el resultado de la conversación, pero se queda allí, con los brazos cruzados, dándose toquecitos en el codo con la punta de los dedos.

—¿Qué está pasando? —pregunta Christina.

Johanna por fin levanta la vista.

—Resulta obvio que ha sido difícil llegar a un acuerdo —dice—, pero la mayoría de vosotros desea mantener nuestra política de no intervención.

A mí me da igual que Cordialidad decida ir a la ciudad o no, aunque empezaba a albergar la esperanza de que no fueran todos unos cobardes, ya que, para mí, esta decisión suena a cobardía pura y dura. Me hundo un poco en el suelo.

—No deseo instigar una división dentro de nuestra comunidad, una comunidad que me ha dado tanto —dice Johanna—, pero mi conciencia me obliga a ir en contra de esta decisión. Si alguna persona más siente que su conciencia la obliga a marcharse a la ciudad, será bienvenida.

Al principio me pasa como a los demás, que no sé bien qué está diciendo. Johanna ladea la cabeza, de modo que la cicatriz es de nuevo visible, y añade:

—Si mi decisión supone que ya no podré seguir formando parte de Cordialidad, lo entenderé. Pero —dice, sorbiéndose la nariz—, por favor, tened por seguro que, si os dejo, os dejo con amor y no con rencor.

Johanna inclina la cabeza para despedirse de la multitud, se mete el pelo detrás de las orejas y se dirige a la salida. Unos cuantos cordiales se ponen en pie a toda prisa, después otros tantos más y, pronto, todo el grupo está de pie, y algunos de ellos (no muchos, pero algunos) se van detrás de ella.

—Esto no es lo que me esperaba —comenta Christina.

CAPÍTULO
CUARENTA

El dormitorio de Erudición es uno de los más grandes de la sede de Cordialidad. Hay doce camas en total: una fila de ocho apretujadas en la pared del fondo y dos muy juntas a cada lado, dejando un enorme espacio en el centro de la sala. En ese espacio hay una gran mesa cubierta de herramientas, trozo de metal, engranajes, y piezas y cables de viejos ordenadores.

Christina y yo acabamos de explicar nuestro plan, que nos ha sonado mucho más tonto con más de una docena de eruditos mirándonos mientras hablábamos.

—Vuestro plan es defectuoso —dice Cara, que es la primera en comentar algo.

—Por eso hemos venido a veros —respondo—, para que nos digáis cómo arreglarlo.

—Bueno, en primer lugar, en cuanto a esos datos tan importantes que queréis rescatar —dice—, es ridículo grabarlos en un disco. Los discos acaban rompiéndose o en manos de las personas equivocadas, como todos los objetos físicos. Sugiero que uséis la red de datos.

—¿La... qué?

Ella mira a los demás eruditos. Uno de ellos (un joven de piel morena y gafas), dice:

—Adelante, cuéntaselo, ya no hay razón para guardar ningún secreto.

—Muchos de los ordenadores del complejo de Erudición están configurados para acceder a los datos de los ordenadores de las demás facciones —me explica Cara—. Por eso a Jeanine le resultó tan sencillo ejecutar la simulación del ataque desde un ordenador de Osadía en vez de uno erudito.

—¿Qué? —exclama Christina—. ¿Quieres decir que podéis daros un paseo por los datos de cualquier facción siempre que queráis?

—No se puede «dar un paseo» por los datos —dice el joven—. Es ilógico.

—Es una metáfora —responde Christina—. ¿No? —añade, frunciendo el ceño.

—¿Una metáfora o una simple figura retórica? —dice él, también frunciendo el ceño—. ¿O es la metáfora una categoría concreta dentro del conjunto más general de «figuras retóricas»?

—Fernando, céntrate —lo frena Cara, y él asiente—. El hecho es que la red de datos existe y eso es cuestionable desde un punto de vista ético, aunque creo que ahora puede suponernos una ventaja. Igual que los ordenadores pueden acceder a los datos desde las otras facciones, también pueden enviar datos a otras facciones. Si enviamos los datos que deseáis rescatar a todas las facciones, sería imposible destruirlos por completo.

—Cuando dices «enviamos», ¿insinúas que...? —empiezo.

—¿Que iremos con vosotras? Obviamente no iremos todos, pero algunos sí debemos hacerlo. ¿Cómo esperáis moveros por la sede de Erudición vosotras solas?

—Te das cuenta de que, si venís, podéis acabar recibiendo un tiro —dice Christina, sonriendo—. Y no vale esconderse detrás de nosotras porque no queréis romperos las gafas o algo así.

Cara se quita las gafas y las parte por el puente.

—Arriesgamos la vida al abandonar nuestra facción —dice— y la arriesgaremos de nuevo para salvar a nuestra facción de sí misma.

—Además —añade una vocecita detrás de Cara, y una niña de no más de diez u once años se asoma a su codo; tiene el pelo corto como yo, aunque negro, y un halo de cabellos encrespados alrededor—, tenemos aparatos útiles.

Christina y yo intercambiamos miradas.

—¿Qué clase de aparatos? —pregunto.

—No son más que prototipos —responde Fernando—, así que mejor no los inspeccionéis con un ojo demasiado crítico.

—No te preocupes, lo del ojo crítico no es lo nuestro —dice Christina.

—Entonces, ¿cómo mejoráis las cosas? —pregunta la niña.

—No lo hacemos, la verdad —responde Christina, suspirando—. En realidad es como si no hicieran más que empeorar.

—Entropía —dice la niña, asintiendo con la cabeza.

—¿Qué?

—Entropía —repite la niña alegremente—. Es la teoría que dice que toda la materia del universo tiende gradualmente a

394

alcanzar la misma temperatura. También se la conoce como «muerte térmica».

—Elia —dice Cara—, eso es de un burdo simplismo.

Elia le saca la lengua a Cara, y yo no puedo reprimir la risa. Jamás había visto a un erudito sacarle la lengua a alguien, pero, en fin, tampoco había interactuado nunca con muchos eruditos jóvenes. Solo con Jeanine y la gente que trabaja para ella, incluido mi hermano.

Fernando se agacha al lado de una de las camas y saca una caja. Tras rebuscar en ella durante unos segundos, saca un disco pequeño y redondo. Está fabricado en un material pálido que a menudo he visto en la sede de Erudición, aunque en ninguna otra parte. Me lo acerca en la palma de la mano. Cuando voy a cogerlo, aparta la mano de golpe.

—¡Cuidado! —dice—. Me lo llevé de la sede, no es algo que hayamos inventado aquí. ¿Estabas allí cuando atacaron Verdad?

—Sí, justo allí.

—¿Recuerdas cuando se rompió el cristal?

—¿Y tú? ¿Estabas tú allí? —pregunto, entrecerrando los ojos.

—No, lo grabaron y enseñaron las imágenes en la sede de Erudición. Bueno, parecía como si el cristal se hubiese roto por los disparos, pero no es cierto. Uno de los soldados eruditos lanzó uno de estos discos cerca de las ventanas. Emite una señal que, aunque no se oye, es capaz de romper el cristal.

—Vale, ¿y por qué son armas útiles?

—Descubrirás que la gente se distrae mucho cuando todas las ventanas se rompen a la vez —responde, sonriendo—. Sobre todo en la sede de Erudición, que tiene muchas ventanas.

—Vale.

—¿Qué más tienes? —pregunta Christina.

—A los cordiales les gustará este —dice Cara—. ¿Dónde está? Ah, aquí.

Saca una caja negra de plástico lo bastante pequeña como para que le quepa en la mano. En la parte superior de la caja hay dos piezas metálicas que parecen dientes. Enciende un interruptor en el fondo de la caja, y un hilo de luz azul sale del hueco entre los dientes.

—Fernando —dice Cara—, ¿quieres hacer una demostración?

—¿Estás de coña? —responde él, con los ojos muy abiertos—. No pienso volver a hacerlo. Eres peligrosa con esa cosa.

Cara le sonríe y nos explica:

—Si os tocara con este aturdidor ahora mismo, sufriríais un dolor atroz y después quedaríais inutilizadas. Fernando lo sufrió ayer en sus propias carnes. Lo inventé para que los cordiales pudieran defenderse sin disparar a nadie.

—Eso es... muy comprensivo por tu parte —comento, frunciendo el ceño.

—Bueno, se supone que la tecnología sirve para que la vida sea mejor. Creas en lo que creas, hay una tecnología para ti.

¿Qué es lo que decía mi madre en aquella simulación?: «Me preocupa que todas las diatribas de tu padre contra Erudición te hayan hecho mal». ¿Y si estaba en lo cierto, a pesar de ser una simulación? Mi padre me enseñó a ver Erudición de una manera muy concreta. Nunca me enseñó que no juzgaban las creencias de los demás y que procuraban diseñar las cosas para ellos dentro de los límites de dichas creencias. Nunca me contó que podían ser graciosos o capaces de criticar a su propia facción desde dentro.

Cara se lanza sobre Fernando con el aturdidor y se ríe cuando él retrocede de un salto.

Nunca me contó que un erudito podía ofrecerse a ayudarme, incluso después de haber matado a su hermano.

El ataque empezará por la tarde, antes de que esté demasiado oscuro como para ver las cintas azules de los brazos que distinguen a los osados traidores. En cuanto terminamos de elaborar el plan, atravesamos el huerto en dirección al claro donde guardan los camiones. Cuando salgo de entre los árboles, veo que Johanna Reyes está subida al capó de una de las camionetas, con las llaves colgándole de los dedos.

Detrás espera un pequeño convoy de vehículos llenos de cordiales..., y no solo de cordiales, porque veo abnegados entre ellos, con sus serios cortes de pelo y sus inmutables bocas. Robert, el hermano mayor de Susan, está con ellos.

Johanna baja de un salto del capó. En la parte de atrás hay una pila de cajas en las que pone «MANZANAS», «HARINA» y «MAÍZ». Es una suerte que solo tengamos que encajar a dos personas.

—Hola, Johanna —la saluda Marcus.

—Marcus, espero que no te importe que te acompañemos a la ciudad.

—Claro que no, tú primero.

Johanna entrega a Marcus las llaves y se sube en la parte descubierta trasera de una de las camionetas. Christina se dirige a la cabina y yo a la parte de atrás, con Fernando.

—¿No quieres sentarte delante? —pregunta Christina—. Y te haces llamar osada...

—Me voy a la parte de la camioneta en la que hay menos posibilidades de que vomite.

—Potar forma parte de la vida.

Estoy a punto de preguntarle si piensa vomitar mucho en el futuro próximo, cuando la camioneta arranca de un tirón. Me agarro al lateral con ambas manos para no caer, pero, al cabo de unos minutos, cuando me acostumbro a los baches y saltos, me suelto. Las otras camionetas ruedan con estrépito delante de nosotros, detrás de la de Johanna, que es la que abre la marcha.

Estoy tranquila hasta que llegamos a la valla. Espero encontrarme con los mismos guardias que intentaron detenernos en el camino de ida, pero la puerta está abandonada y abierta. Noto que me nace un temblor en el pecho y se me extiende hasta las manos. Con tanto conocer gente nueva y hacer planes, se me había olvidado que mi plan es meterme derechita en una batalla que podría costarme la vida. Justo cuando acababa de darme cuenta de que merecía la pena vivir.

El convoy frena al atravesar la valla, como si esperase que alguien saliera corriendo y nos detuviese. Todo está en silencio, salvo las cigarras de los lejanos árboles y los motores de las camionetas.

—¿Crees que ha empezado ya? —pregunto a Fernando.

—Puede. Puede que no. Jeanine tiene muchos informantes. Seguramente alguien le habrá contado que iba a pasar algo, así que ha ordenado a las fuerzas osadas que vuelva a la sede de Erudición.

Asiento, aunque, en realidad, estoy pensando en Caleb. Era uno de esos informantes. Me pregunto por qué estaba tan convencido de que era mejor ocultarnos el mundo exterior; tan convencido como para traicionar a las personas que, en teoría, deberían ser más importantes para él, con tal de ayudar a Jeanine, a la que no le importaba nadie.

—¿Conociste a un chico llamado Caleb?

—Caleb —repite Fernando—. Sí, había un Caleb en mi clase de iniciados. Era muy inteligente, pero..., ¿cómo se dice coloquialmente? Un pelota —dice, sonriendo—. Los iniciados estaban algo divididos entre los que aceptaban todo lo que decía Jeanine y los que no. Obviamente, yo me encontraba entre estos últimos. Caleb estaba entre los primeros. ¿Por qué preguntas?

—Lo conocí cuando estaba prisionera —digo, y mi voz me suena distante hasta a mí—. Solo era por curiosidad.

—Yo no lo juzgaría con demasiada dureza. Jeanine puede ser muy persuasiva si no eres suspicaz por naturaleza. Yo siempre he sido suspicaz por naturaleza.

Me quedo mirando por encima de su hombro izquierdo al horizonte que se aclara a medida que nos acercamos a la ciudad. Busco los dos dientes de lo alto del Centro y, cuando por fin los encuentro, me siento mejor y peor a la vez; mejor, porque el edificio me resulta muy familiar, y peor, porque ver esos dientes significa que ya nos queda poco para llegar.

—Sí, yo también —digo.

CAPÍTULO
CUARENTA Y UNO

Para cuando llegamos a la ciudad, ya nadie habla en la camioneta, no hay más que labios apretados y caras pálidas. Marcus esquiva baches del tamaño de personas y piezas de autobuses rotos. El recorrido es más suave cuando salimos del territorio de los abandonados y entramos en las partes más limpias de la ciudad. Entonces oigo los disparos. A lo lejos suenan como pequeños estallidos.

Me quedo desorientada un momento y solo veo a los líderes de Abnegación de rodillas en el pavimento, junto a los rostros impávidos de los osados armados; solo veo a mi madre dando media vuelta para abrazar las balas, y a Will cayendo al suelo. Me muerdo el puño para ahogar un grito, y el dolor me devuelve al presente.

Mi madre me pidió que fuera valiente, pero, de haber sabido que su muerte me asustaría tanto, ¿se habría sacrificado tan de buena gana?

Marcus se aparta del convoy, gira por Madison Avenue y, cuando estamos a dos manzanas de Michigan Avenue, donde se desarrolla la lucha, mete la camioneta en un callejón y apaga el motor.

Fernando salta al suelo y me ofrece un brazo.

—Vamos, insurgente —dice, guiñándome un ojo.

—¿Qué? —le digo mientras acepto su brazo y me deslizo por el lateral de la camioneta.

Él abre la bolsa en la que estaba sentado y que está llena de ropa azul. Rebusca en ella y nos lanza prendas a Christina y a mí. A mí me tocan una camiseta azul chillón y un par de vaqueros azules.

—Insurgente —repite—. Nombre. Una persona que se opone a la autoridad establecida, no necesariamente beligerante.

—¿Es que tienes que ponerle nombre a todo? —dice Cara, pasándose las manos por el apagado cabello rubio para ponerse los mechones sueltos detrás de las orejas—. Simplemente estamos haciendo una cosa y, por casualidad, resulta que la hacemos en grupo. No hace falta ponernos una etiqueta nueva.

—Es que resulta que me gusta categorizar —contesta Fernando, arqueando una de sus oscuras cejas.

Lo miro. La última vez que irrumpí en la sede de una facción, lo hice con una pistola en la mano y dejando cadáveres a mi paso. Esta vez quiero que sea distinto, necesito que sea distinto.

—Me gusta —le digo—. Insurgente. Es perfecto.

—¿Ves? —le dice Fernando a Cara—. No soy el único.

—Felicidades —responde ella con ironía.

Me quedo mirando mi ropa erudita mientras los demás se desnudan.

—¡No hay tiempo para el pudor, estirada! —me dice Christina mientras me echa una mirada significativa.

Sé que tiene razón, así que me quito la camiseta roja que llevaba puesta y me meto la azul. Miro de reojo a Fernando y a Marcus para asegurarme de que no me observan, y me cambio también de pantalones. Tengo que enrollar el dobladillo de los vaqueros cuatro veces y, cuando me abrocho el cinturón, se me fruncen por arriba como el cuello de una bolsa de papel arrugada.

—¿Te ha llamado estirada? —pregunta Fernando.

—Sí, me trasladé de Abnegación a Osadía.

—Ah —dice, frunciendo el ceño—. Menudo cambio. Esa clase de cambios de personalidad de una generación a la siguiente es casi imposible en estos tiempos, genéticamente hablando.

—A veces la personalidad no tiene nada que ver con la facción que se elige —digo, pensando en mi madre; ella abandonó Osadía no porque no estuviera preparada para vivir allí, sino porque era más seguro ser divergente en Abnegación. Y después estaba Tobias, que se pasó a Osadía para escapar de su padre—. Hay otros muchos factores que tener en cuenta.

Para escapar del hombre al que me he aliado. Noto una punzaba de culpa.

—Como sigas hablando así, jamás descubrirán que no eres una erudita de verdad.

Me paso un peine por el pelo para alisarlo y después me lo meto detrás de las orejas.

—Espera —me dice Cara, y me aparta una parte del pelo de la cara para sujetarlo detrás con una horquilla plateada, como suelen hacer las chicas eruditas.

Christina saca las armas que hemos traído y me mira.

—¿Quieres una? —pregunta—. ¿O prefieres el aturdidor?

Me quedo mirando la pistola de su mano. Si no me llevo el aturdidor, no podré defenderme de las personas que no dudarán en disparar contra mí. Si lo hago, reconoceré mi debilidad delante de Fernando, Cara y Marcus.

—¿Sabes lo que diría Will? —pregunta Christina.

—¿El qué? —digo, y se me rompe la voz.

—Te diría que lo superes. Que dejes de ser tan irracional y cojas la estúpida pistola.

Will tenía poca paciencia con lo irracional. Christina debe de estar en lo cierto; ella lo conocía mejor que yo.

Y ella, que perdió a un ser querido aquel día, igual que yo, fue capaz de perdonarme, un acto que debe de haberle resultado casi imposible. Habría sido imposible para mí de haberse intercambiado los papeles. Entonces, ¿por qué me cuesta tanto perdonarme?

Cierro el puño en torno a la pistola que me ofrece Christina. El metal se ha calentado con su mano. Noto que el recuerdo del disparo a Will intenta asomarse a mi mente, así que me esfuerzo por reprimirlo, pero no se deja. Suelto la pistola.

—El aturdidor es una opción perfectamente válida —dice Cara mientras se quita un pelo de la manga de la camiseta—. En mi opinión, los osados son demasiado rápidos con el gatillo.

Fernando me ofrece el aparato. Ojalá pudiera expresarle mi gratitud a Cara, pero ella no me está mirando.

—¿Cómo voy a esconder esto? —pregunto.

—No te molestes —responde Fernando.

—Vale.

—Será mejor que nos vayamos —dice Marcus, mirando la hora.

El corazón me late tan deprisa que me marca cada segundo, aunque el resto de mi cuerpo parezca entumecido. Apenas noto el suelo. Jamás había estado tan asustada y, teniendo en cuenta todo lo que he visto en las simulaciones y todo lo que hice durante el ataque, eso no tiene sentido.

O puede que sí. Sea lo que sea lo que los abnegados pretendieran enseñar a todos antes del ataque, bastó para que Jeanine tomara medidas drásticas y terribles para detenerlos. Y ahora estoy a punto de terminar el trabajo, el trabajo por el que murió mi antigua facción. Ahora está en juego algo mucho más importante que mi vida.

Christina y yo vamos delante. Corremos por las aceras limpias y llanas de Madison Avenue, dejamos atrás State Street y nos dirigimos a Michigan Avenue.

A media manzana de la sede de Erudición, me paro en seco.

Delante de mí hay un grupo de gente dispuesto en cuatro filas, una persona cada medio metro de distancia, con las pistolas en alto y preparadas. Parpadeo y se convierten en osados controlados por la simulación en el sector de Abnegación, durante el ataque. «¡Contrólate! ¡Contrólate, contrólate, contrólate!...». Parpadeo de nuevo y vuelven a ser los veraces..., aunque algunos de ellos, vestidos de negro, parecen osados. Si no me ando con cuidado, perderé la noción de la realidad, no sabré ni dónde estoy, ni qué día es, ni quién soy.

—Dios mío —dice Christina—. Mi hermana, mis padres... ¿Y si...?

Me mira, y creo saber lo que piensa porque yo ya lo he experimentado antes: «¿Dónde están mis padres? Tengo que encontrarlos». Sin embargo, si sus padres han acabado en la misma situación que estos veraces, controlados por la simulación y armados, no puede hacer nada por ellos.

Me pregunto si Lynn estará en una de esas filas, en otra parte.

—¿Qué hacemos? —pregunta Fernando.

Me acerco a los veraces. Puede que no estén programados para disparar. Me quedo mirando los ojos vidriosos de una mujer que va vestida con una blusa blanca y unos pantalones negros. Tiene pinta de acabar de salir del trabajo. Doy otro paso.

¡Bang! Me tiro al suelo instintivamente y me cubro la cabeza con las manos antes de arrastrarme de vuelta, hacia los zapatos de Fernando. Él me ayuda a ponerme en pie.

—¿Y si mejor no hacemos eso? —me dice.

Me echo un poco adelante, no demasiado, y me asomo al callejón entre el edificio que tenemos al lado y la sede de Erudición. También hay veraces en el callejón. No me sorprendería que hubiera una densa capa de veraces rodeando todo el complejo.

—¿Existe alguna otra entrada a la sede? —pregunto.

—No que yo sepa —responde Cara—. A no ser que quieras saltar de un tejado a otro.

Se ríe un poco al decirlo, como si fuera un chiste, y yo arqueo las cejas.

—Espera —dice—, no estarás pensando...

—¿El tejado? No. Las ventanas.

Camino hacia la izquierda procurando no avanzar ni un centímetro hacia los veraces. El edificio de la izquierda se solapa con la sede de Erudición al final de este lateral. Debe de haber ventanas de un edificio mirando a las del otro.

Cara masculla algo así como que en Osadía son todos unos cabezotas pirados, pero corre detrás de mí, al igual que Fernando, Marcus y Christina. Intento abrir la puerta de atrás del edificio, pero está cerrada con llave.

Christina da un paso adelante y dice:

—Retroceded.

Apunta con la pistola a la cerradura, me tapo la cara con un brazo y ella dispara. Oímos un fuerte estallido y un zumbido agudo, los efectos secundarios de disparar una pistola en un espacio tan reducido. La cerradura está rota.

Tiro de la puerta para abrirla y entro. Me encuentro con un largo vestíbulo con suelo de baldosas y puertas a ambos lados, algunas abiertas, otras cerradas. Cuando me asomo a las abiertas, veo filas de viejos escritorios y pizarras en las paredes, igual que las de la sede de Osadía. El aire huele a moho, como las hojas del libro de una biblioteca mezcladas con el olor a solución limpiadora.

—Antes era un edificio comercial —dice Fernando—, pero los eruditos lo transformaron en colegio, para los estudios posteriores a la Elección. Después de las obras de renovación en la sede, hace como una década (ya sabes, cuando todos los edificios del Millennium se conectaron), dejaron de enseñar aquí. Era demasiado antiguo y costaba demasiado actualizarlo.

—Gracias por la clase de historia —dice Christina.

Cuando llego al final del vestíbulo, entro en una de las aulas para averiguar dónde estoy. Se ve la parte de atrás de la sede de Erudición, aunque no hay ventanas al otro lado del callejón, a la altura de la calle.

Justo al otro lado de la ventana, tan cerca que casi podría tocarla si saco la mano, hay una niña veraz que lleva un arma del largo de su antebrazo. Está tan quieta que me pregunto si seguirá respirando.

Estiro el cuello para mirar hacia las ventanas más altas. Sobre mi cabeza, en el edificio del colegio, hay muchas ventanas. Sin embargo, en la fachada trasera de la sede solo hay una que esté en línea con otra de aquí. Y está en la tercera planta.

—Buenas noticias —anuncio—: he encontrado un sitio por el que entrar.

CAPÍTULO
CUARENTA Y DOS

Todos se desperdigan por el edificio en busca de los cuartos de la limpieza, siguiendo mis instrucciones de encontrar una escalera. Oigo chirridos de deportivas en las baldosas y gritos de «He encontrado uno..., no espera, aquí solo hay cubos, déjalo» y «¿Qué altura de escalera necesitamos? No vale con una de tijera, ¿no?».

Mientras registran el lugar, yo localizo el aula de la tercera planta que da a la ventana erudita. Después de tres intentos, acierto con la ventana correcta.

Me asomo al exterior, por encima del callejón, y grito:

—¡Eh!

Después me agacho a toda velocidad, pero no oigo disparos. «Bien —pienso—, no reaccionan al ruido».

Christina entra en el aula con una escalera bajo el brazo y los demás detrás.

—¡La tengo! Creo que será lo bastante larga cuando la extendamos.

Intenta volverse demasiado deprisa, y la escalera golpea a Fernando en el hombro.

—¡Oh! Perdona, Nando.

El porrazo le ha ladeado las gafas. El chico sonríe a Christina, se las quita y se las guarda en el bolsillo.

—¿Nando? —le pregunto—. Creía que a los eruditos no os gustaban los apodos.

—Cuando una chica guapa te pone un apodo, lo más lógico es aceptarlo.

Christina aparta la mirada y, al principio, creo que es por vergüenza, pero entonces veo que hace una mueca, como si, en vez de un cumplido, le hubiesen dado un tortazo. La muerte de Will está demasiado reciente como para coquetear con ella.

La ayudo a guiar el extremo de la escalera a través de la ventana para cruzar el hueco entre los dos edificios. Marcus nos echa una mano para estabilizarla. Fernando deja escapar un grito triunfal cuando la escalera llega a la ventana erudita.

—Ahora hay que romper el cristal —digo.

Fernando saca el dispositivo correspondiente del bolsillo y me lo ofrece.

—Seguramente tu puntería es mejor.

—No cuentes con ello —respondo—, mi brazo derecho está fuera de servicio. Tendría que lanzar con la izquierda.

—Yo lo hago —dice Christina.

Pulsa el botón del lateral del dispositivo y lo lanza furtivamente hacia el otro lado del callejón. Aprieto los puños, a la espera. El cacharro rebota en el alféizar y rueda hasta el cristal. Vemos un relámpago de luz naranja y, de repente, la ventana (y las ventanas que hay encima, debajo y al lado de esta) revientan en cientos de pedacitos que llueven sobre los veraces de abajo.

Al hacerlo, los de abajo se vuelven y disparan al cielo. Todo el mundo se tira sobre las baldosas, pero yo me quedo de pie, en parte maravillada por la perfecta sincronía de sus movimientos y en parte indignada por la forma en que Jeanine Matthews ha vuelto a convertir a los seres humanos de otra facción en piezas de una máquina. Ni una de las balas acierta en las ventanas del aula y, por supuesto, ninguna entra dentro.

Como no disparan de nuevo, me asomo para mirarlos: han regresado a sus posiciones originales, la mitad mirando hacia Madison Avenue y la otra mitad, hacia Washington Street.

—Solo reaccionan ante el movimiento, así que... no os caigáis de la escalera —digo—. El que vaya primero tendrá que asegurarla al otro lado.

Me doy cuenta de que Marcus, que se supone que debería presentarse voluntario como abnegado que es, no lo hace.

—¿Hoy no te sientes muy estirado, Marcus? —le dice Christina.

—Si yo fuera tú, tendría cuidado con los blancos de mis insultos —responde—. Sigo siendo la única persona de los presentes que puede encontrar lo que buscamos.

—¿Es una amenaza?

—Iré yo —digo antes de que Marcus responda—. También soy en parte estirada, ¿no?

Me meto el aturdidor en la cintura de los vaqueros y me subo a un pupitre para tener un mejor ángulo de visión. Christina sostiene la escalera por el lateral, y yo me subo encima y empiezo a avanzar.

Una vez pasada la ventana, coloco los pies en los estrechos bordes de la escalera y las manos en los travesaños. La escalera parece tan sólida y estable como una lata de aluminio; cruje y se hunde con mi peso. Intento no mirar abajo, a los veraces; intento no pensar en que sus armas podrían alzarse y dispararme.

Me quedo mirando mi destino, la ventana erudita, y respiro de manera superficial, deprisa. Solo quedan unos cuantos travesaños.

Una brisa recorre el callejón y me empuja hacia un lado, y pienso en cuando escalé la noria con Tobias. Él me sujetaba. Ahora no queda nadie para hacerlo.

Echo un vistazo al suelo, tres plantas más abajo, a los ladrillos, que son más pequeños de lo que deberían, a las filas de veraces esclavizados por Jeanine. Me duelen los brazos (sobre todo el derecho), aunque sigo avanzando por el hueco.

La escalera se mueve, se acerca más al borde del marco de la ventana del otro lado. Christina mantiene firme un extremo, pero no puede hacer nada para evitar que se deslice el otro. Aprieto los dientes e intento no moverla demasiado, pero no soy capaz de arrastrar ambas piernas a la vez. Tengo que dejar que la escalera se balancee un poco. Solo quedan cuatro travesaños.

La escalera da un tirón a la izquierda, y entonces, al mover el pie derecho hacia delante, no acierto en el travesaño.

Chillo cuando el cuerpo se me inclina a un lado y me abrazo a la escalera, con la pierna colgando en el aire.

—¿Estás bien? —me dice Christina desde detrás.

No respondo, subo la pierna y la meto bajo el cuerpo. Mi caída ha hecho que la escalera se aparte aún más del alféizar. Ya solo se apoya en un milímetro de hormigón.

Decido avanzar deprisa. Me lanzo hacia el alféizar justo cuando la escalera termina de resbalarse. Me aferro al borde, y el hormigón me araña las puntas de los dedos, que cargan con todo mi peso. Oigo varias voces gritar detrás de mí.

Aprieto los dientes para subir, y el hombro derecho me chilla de dolor. Doy patadas al edificio de ladrillo, esperando que me dé tracción, aunque no ayuda. Grito entre dientes mientras tiro de mi cuerpo hacia la ventana, con medio cuerpo dentro y medio cuerpo todavía colgando. Por suerte, Christina no dejó que la escalera cayera demasiado.

Ningún veraz me dispara.

Me meto en la habitación erudita, que resulta ser un cuarto de baño. Me dejo caer en el suelo, sobre el hombro izquierdo, y procuro respirar a pesar del dolor. Me caen gotas de sudor por la frente.

Una mujer erudita sale de uno de los compartimentos, y yo me pongo en pie como puedo, saco el aturdidor y apunto hacia ella sin pensar.

Ella se queda paralizada y levanta los brazos; se le ha quedado pegado un poco de papel higiénico en el zapato.

—¡No dispares! —exclama, con los ojos a punto de salírsele de las órbitas.

Entonces recuerdo que voy vestida como los eruditos, así que dejo el aturdidor en el borde del lavabo.

—Mis disculpas —le digo, intentando adoptar el lenguaje

formal que suelen emplear en Erudición—. Estoy un poco nerviosa después de todo lo sucedido. Regresamos para recuperar parte de los resultados de las pruebas del... Laboratorio 4-A.

—Oh —dice la mujer—. No parece muy aconsejable.

—Los datos son de suma importancia —respondo, intentando sonar tan prepotente como algunos de los eruditos que he conocido—. Preferiría que no acabasen acribillados a balazos.

—No soy quién para obstaculizar vuestra misión —dice—. Ahora, si me disculpas, voy a lavarme las manos y a ponerme a cubierto.

—Suena bien —respondo; decido no avisarla de que tiene papel higiénico pegado al zapato.

Me vuelvo para mirar hacia la ventana. Al otro lado del callejón, Christina y Fernando intentan levantar la escalera para colocarla de nuevo sobre el alféizar. Aunque me duelen los brazos y las manos, me asomo por la ventana y agarro el otro extremo de la escalera para apoyarla en su sitio. Después la sujeto para que Christina cruce a rastras.

Esta vez la escalera es más estable, y Christina pasa al otro lado sin problemas. Me releva para sujetarla mientras yo pongo la papelera frente a la puerta para que no entre nadie más. Después meto los dedos bajo el chorro del grifo de agua fría para calmarlos.

—Esto es bastante inteligente, Tris —comenta.

—No hace falta que te sorprendas tanto.

—Es que... —dice, haciendo una pausa—. Tenías aptitudes para Erudición, ¿verdad?

—¿Importa? —pregunto en un tono demasiado seco—. Las facciones están destrozadas y, además, eran una estupidez desde el principio.

Jamás había dicho algo semejante. Ni siquiera lo había pensado. Sin embargo, me sorprende descubrir que me lo creo..., me sorprende descubrir que estoy de acuerdo con Tobias.

—No intentaba insultarte. Tener aptitudes para Erudición no es algo malo. Y menos ahora.

—Lo siento, es que estoy... tensa. Nada más.

Marcus entra por la ventana y se deja caer en el suelo. Cara es sorprendentemente ágil, se mueve sobre los travesaños como si estuviese tocando las cuerdas de un banjo, rozándolos brevemente antes de pasar al siguiente.

Fernando será el último y se encontrará en la misma posición que yo, con la escalera suelta por un extremo. Me acerco a la ventana para avisarle de que se detenga si veo que la escalera se resbala.

Fernando, el que yo pensaba que no tendría problemas, avanza con más torpeza que los demás. Seguramente se ha pasado toda la vida detrás de un ordenador o de un libro. Se arrastra con la cara roja y se aferra a los travesaños tan fuerte que tiene las manos moteadas y moradas.

A medio camino del callejón, veo que algo se le sale del bolsillo. Son sus gafas.

—¡Ferna...! —grito, pero ya es tarde.

Las gafas caen, golpean el borde de la escalera y se estrellan contra el pavimento.

Como una ola, los veraces de abajo se giran todos a la vez y disparan hacia arriba. Fernando chilla y cae sobre la escalera. Una bala le da en la pierna. No he visto dónde han acabado las demás, pero compruebo que no ha sido en un buen sitio cuando la sangre empieza a gotear entre los travesaños de la escalera.

Fernando se queda mirando a Christina, lívido. Christina se lanza hacia él, por la ventana, dispuesta a subirlo.

—¡No seas idiota! —la detiene él con voz débil—. Dejadme aquí.

Es lo último que dice.

CAPÍTULO
CUARENTA Y TRES

Christina entra en la habitación. Todos guardamos silencio.

—No pretendo ser insensible, pero tenemos que irnos antes de que los osados y los abandonados entren en el edificio —dice Marcus—. Si no lo han hecho ya.

Oigo unos golpecitos en la ventana y miro rápidamente, creyendo durante una fracción de segundo que será Fernando intentando entrar, pero no es más que lluvia.

Salimos del baño detrás de Cara. Ahora es nuestra líder, ya que es la que mejor conoce la sede de Erudición. Christina va detrás, después Marcus, después yo. Nos encontramos en un pasillo de Erudición que es idéntico a cualquier otro pasillo de Erudición: pálido, brillante y estéril.

Pero este pasillo está más activo que nunca. Gente de azul corre de un lado a otro, en grupos y sola, gritándose cosas como: «¡Están a las puertas! ¡Subid todo lo que podáis!» o «¡Han inutilizado los ascensores! ¡Corred a las escaleras!». Es entonces, justo en el centro del caos, que recuerdo que me he dejado el aturdidor en el cuarto de baño. Vuelvo a estar desarmada.

Los traidores osados también pasan corriendo junto a nosotros, aunque menos desesperados que los eruditos. Me pregunto qué estarán haciendo Johanna, los cordiales y los abnegados en medio de este caos. ¿Estarán atendiendo a los heridos? ¿O se han puesto entre las armas osadas y los eruditos inocentes para recibir balazos en nombre de la paz?

Me estremezco. Cara nos conduce hasta una escalera trasera y nos unimos a un grupo de aterrados eruditos para subir uno, dos, tres tramos de escaleras. Entonces, Cara abre con el hombro una puerta al lado del rellano, manteniendo la pistola pegada al pecho.

Reconozco esta planta.

Es mi planta.

Se me embota un poco la cabeza. Estuve a punto de morir aquí. Deseé morir aquí.

Freno y me quedo atrás. No consigo librarme de este aturdimiento, aunque la gente pasa volando por mi lado y Marcus me grita algo que no consigo oír bien. Christina da media vuelta, me agarra y tira de mí hacia Control-A.

Dentro de la sala de control veo filas de ordenadores, pero, en realidad, no las veo; una especie de gasa me tapa los ojos. Intento apartarla parpadeando. Marcus se sienta frente a uno de los ordenadores y Cara, frente a otro. Enviarán todos los datos de aquí a los ordenadores de las otras facciones.

Detrás de mí, la puerta se abre y oigo a Caleb decir:

—¿Qué hacéis aquí?

Su voz me despierta y me vuelvo para quedarme mirando su pistola.

Tiene los ojos de mi madre, de un verde pálido, casi gris, aunque la camisa azul hace que el color parezca más potente.

—Caleb, ¿qué crees que estás haciendo?

—¡Estoy aquí para evitar que vosotros hagáis algo! —exclama con voz temblorosa; la pistola le tiembla en las manos.

—Hemos venido a salvar los datos eruditos que los abandonados quieren destruir —digo—. No creo que quieras detenernos.

—Eso no es verdad —responde, y señala a Marcus con la cabeza—. ¿Para qué lo ibais a traer a él si no fuera porque buscáis otra cosa? ¿Algo más importante para él que todos los datos eruditos juntos?

—¿Te lo ha contado Jeanine? —pregunta Marcus—. ¿A ti, a un niño?

—Al principio no me lo contó, ¡pero no quería que eligiera una facción sin conocer antes los hechos!

—Los hechos son que la realidad la aterra —dice Marcus—, mientras que a los abnegados, no. No. Ni tampoco a tu hermana, y eso la honra.

Frunzo el ceño. Me dan ganas de pegarle incluso cuando me alaba.

—Mi hermana no sabe en lo que se mete —dice Caleb con cariño, mirándome de nuevo—. No sabe lo que quieres enseñar a todo el mundo..., ¡no sabe que lo arruinará todo!

—¡Estamos aquí con un propósito! —exclama Marcus, casi a gritos—. ¡Hemos terminado nuestra misión y ha llegado el momento de hacer lo que nos enviaron a hacer!

No sé nada del propósito ni de la misión de los que habla Marcus, pero Caleb no parece desconcertado.

—No nos enviaron a nosotros —responde Caleb—. Nuestra única responsabilidad es para con nosotros mismos.

—Esa es la clase de pensamiento interesado que cabe esperar de alguien que ha pasado tanto tiempo con Jeanine Matthews. ¡Estás tan poco dispuesto a renunciar a tu bienestar que el egoísmo te despoja de toda humanidad!

No quiero seguir escuchando esto. Mientras Caleb mira a Marcus, me vuelvo y le doy una buena patada en la muñeca. El impacto lo sorprende, y se le cae la pistola. La lanzo al otro lado del cuarto con la punta del pie.

—Tienes que confiar en mí, Beatrice —me dice; le tiembla la barbilla.

—¿Después de que la ayudaras a torturarme? ¿Después de que permitieras que estuviese a punto de matarme?

—No la ayudé a tor...

—¡Pues está claro que no la detuviste! Estabas allí mismo y te quedaste mirando...

—¿Qué iba a hacer? ¿Qué...?

—¡Podrías haberlo intentado, cobarde! —grito tan fuerte que noto la cara caliente y se me saltan las lágrimas—. Intentarlo aunque fallaras, ¡porque me quieres!

Jadeo para recuperar el aliento. Lo único que oigo es a Cara tecleando, manos a la obra. Caleb no parece tener respuesta; su expresión de súplica desaparece poco a poco hasta dejarle el rostro vacío.

—Aquí no encontraréis lo que buscáis —dice—. Jeanine no

guardaría unos archivos tan importantes en los ordenadores públicos. No sería lógico.

—Entonces, ¿los ha destruido? —pregunta Marcus.

—No cree en destruir la información —responde Caleb, sacudiendo la cabeza—. Solo en contenerla.

—Bueno, gracias a Dios. ¿Dónde la guarda?

—No os lo voy a decir.

—Creo que lo sé —digo.

Caleb ha dicho que no guardaría la información en un ordenador público. Eso quiere decir que la guarda en uno privado: o el de su despacho o el del laboratorio del que me habló Tori.

Caleb no me mira.

Marcus recoge el arma de Caleb y le da la vuelta en la mano, de modo que la culata le sobresalga del puño. Después echa el brazo atrás y golpea a Caleb bajo la mandíbula. A mi hermano se le ponen los ojos en blanco y cae al suelo.

No quiero saber cómo ha perfeccionado Marcus esa maniobra.

—No podemos dejar que salga corriendo a contarle a los demás lo que estamos haciendo —dice Marcus—. Vamos, Cara puede encargarse del resto, ¿verdad?

Cara asiente sin apartar la mirada de la pantalla. Con un nudo en el estómago, salgo de la sala de control con Marcus y Christina en dirección a las escaleras.

El pasillo de fuera no está vacío. Hay trocitos de papel y huellas sobre las baldosas. Marcus, Christina y yo corremos en fila hacia las escaleras. Clavo la mirada en la nuca de Marcus, donde la curva del cráneo asoma a través del pelo rapado.

Lo único que veo cuando lo miro es un cinturón que cae sobre Tobias y la culata de un revólver golpeando la mandíbula de Caleb. Me da igual que haya hecho daño a Caleb (yo también lo habría hecho), pero, de repente, la rabia me ciega, no soporto que sea a la vez un hombre que sabe cómo hacer daño a los demás y un hombre que se pasea por ahí presumiendo ser el modesto líder de Abnegación.

Sobre todo porque he decidido unirme a él, lo he elegido a él, en vez de a Tobias.

—Tu hermano es un traidor —dice cuando doblamos la esquina—. Se merece algo peor, no hace falta que me mires así.

—¡Cállate! —le grito, empujándolo con fuerza contra la pared; está demasiado sorprendido para defenderse—. ¡Te odio, ya lo sabes! Te odio por lo que le hiciste, y no me refiero a Caleb.

—Me acerco a su cara y susurro—: Y aunque puede que no te dispare yo misma, ten por seguro que no te ayudaré si alguien intenta matarte, así que será mejor que reces a Dios por no verte en esa situación.

Se me queda mirando, indiferente en apariencia. Lo suelto y me dirijo de nuevo a las escaleras con Christina pisándome los talones y Marcus unos pasos por detrás.

—¿Adónde vamos? —pregunta Christina.

—Caleb ha dicho que lo que buscamos no estará en un ordenador público, así que tiene que estar en uno privado. Por lo que sé, Jeanine solo tiene dos ordenadores privados, uno en su despacho y otro en su laboratorio.

—Entonces, ¿a cuál vamos?

—Tori me contó que el laboratorio de Jeanine tenía unas medidas de seguridad demenciales, y yo ya he estado en su despacho y es una habitación normal.

—Entonces..., laboratorio.

—Última planta.

Llegamos a la puerta y, cuando la abrimos, un grupo de eruditos, niños incluidos, corren escaleras abajo. Me agarro a la barandilla y me abro camino entre ellos a codazos, sin mirarlos a la cara, como si no fueran humanos, sino una masa que me estorba.

En vez de parar, siguen saliendo más personas del siguiente rellano, un flujo constante de gente vestida de azul bajo una pálida luz azul, con el blanco de los ojos brillando como si fueran lámparas en contraste con todo lo demás. Sus sollozos de terror rebotan cien veces en la cámara de cemento, haciendo eco; chillidos de demonios con ojos encendidos.

Cuando llegamos al rellano de la séptima planta, la multitud va clareando hasta desaparecer. Me paso las manos por los brazos para librarme de los fantasmas de pelo, mangas y piel que me han rozado en el camino de subida. Veo la parte de arriba de las escaleras desde donde estamos.

También veo el cadáver de un guardia con los brazos colgando del borde de un escalón y, de pie sobre él, un abandonado con un parche en el ojo.

Edward.

—Mira quién es —dice.

Está en lo más alto de un corto tramo de siete escalones, y yo estoy al pie del mismo tramo. El traidor osado yace entre nosotros con los ojos vidriosos y una mancha oscura en el pecho producto de algún disparo, seguramente de Edward.

—Es una vestimenta extraña para alguien que se supone que odia a los eruditos —sigue diciendo—. Creía que estarías en casa, esperando a que tu novio regresara convertido en un héroe.

—Como ya habrás adivinado, no era una opción —respondo, subiendo un escalón.

La luz azul proyecta sombras sobre los tenues huecos bajo los pómulos de Edward, que se lleva la mano a la espalda.

Si está aquí, quiere decir que Tori ya está arriba. Lo que quiere decir que puede que Jeanine ya esté muerta.

Noto que tengo a Christina detrás de mí; la oigo respirar.

—Vamos a pasar por ahí —digo, subiendo otro escalón.

—Lo dudo —contesta, y saca la pistola. Me lanzo sobre él, por encima del guardia herido, y Edward dispara, pero le he sujetado la muñeca, así que no apunta bien.

Me pitan los oídos e intento mantener el equilibrio sobre la espalda del guardia muerto.

Christina lanza un puñetazo por encima de mi cabeza y conecta con la nariz de Edward. No consigo mantenerme sobre el cadáver, caigo de rodillas y le clavo las uñas en la muñeca a Edward. Él me dobla el brazo hasta que me caigo de lado, dispara de nuevo y acierta en la pierna de Christina.

Entre jadeos, Christina saca la pistola y dispara. La bala da en el costado de Edward, que grita y suelta la pistola antes de caer de boca. Cae encima de mí, y yo me golpeo la cabeza contra uno de los escalones de cemento. El brazo del guardia muerto se me clava en la columna.

Marcus recoge la pistola de Edward y nos apunta con ella a los dos.

—Levanta, Tris —dice, y a Edward—. Tú, no te muevas.

Busco con la mano la esquina de un escalón y me arrastro como puedo entre Edward y el guardia para salir. Edward se sienta sobre el guardia (como si fuera una especie de cojín) y se agarra el costado con ambas manos.

—¿Estás bien? —pregunto a Christina.

—Aaah —dice, con una mueca—. Sí, me ha dado en el lateral, no en el hueso.

Me acerco para ayudarla a levantarse.

—Beatrice —me detiene Marcus—, tenemos que dejarla aquí.

—¿Qué quieres decir con «dejarla»? ¡No podemos irnos! ¡Podría suceder algo terrible!

Marcus me aprieta el esternón con el índice, justo el hueco entre los omóplatos, y se inclina sobre mí.

—Escúchame —dice—, Jeanine Matthews se habrá retirado a su laboratorio al primer signo de ataque porque es la habitación más segura del edificio. Y en cualquier momento decidirá que Erudición está perdida y es mejor borrar los datos que arriesgarse a que los encuentre alguien, de modo que esta misión no servirá de nada.

Y habré perdido a todos: a mis padres, a Caleb y, por último, a Tobias, que nunca me perdonará por trabajar con su padre, sobre todo si no tengo forma de demostrar que merecía la pena.

—Vamos a dejar aquí a tu amiga —insiste, y noto su rancio aliento en la cara— y vamos a seguir, a no ser que quieras que vaya yo solo.

—Tiene razón —dice Christina—, no hay tiempo. Me quedaré aquí y evitaré que Ed os siga.

Asiento. Marcus quita el dedo y me deja una dolorosa marca circular. Me la restriego para calmar las molestias y abro la puerta de la parte superior de las escaleras. Vuelvo la vista atrás antes de atravesarla, y Christina, que se aprieta el muslo con una mano, esboza una sonrisa de pena.

CAPÍTULO
CUARENTA Y CUATRO

La siguiente habitación es, más bien, un pasillo: es ancho, pero no largo, con baldosas azules, paredes azules y techo azul, todo del mismo tono. Y todo brilla, pero no sé de dónde sale la luz.

Al principio no veo puertas, pero, una vez que mis ojos se adaptan a la sorpresa del color, veo un rectángulo en la pared, a mi izquierda, y otro en la pared de la derecha. Solo dos puertas.

—Tenemos que dividirnos —digo—. No tenemos tiempo para probar las dos juntos.

—¿Cuál quieres? —pregunta Marcus.

—La derecha. Espera, no, la izquierda.

—Vale, yo iré a la de la derecha.

—Si soy la que encuentra el ordenador, ¿qué debería buscar?

—Si encuentras el ordenador, habrás encontrado a Jeanine. Supongo que te sabrás un par de formas para obligarla a hacer lo que quieras. Al fin y al cabo, no está acostumbrada al dolor.

Asiento con la cabeza. Caminamos al mismo ritmo hacia nuestras respectivas puertas. Hace un momento habría dicho que separarme de Marcus sería un alivio, pero entrar sola conlleva una responsabilidad. ¿Y si no consigo atravesar las medidas de seguridad que Jeanine, sin duda, ha montado para evitar intrusos? ¿Y si, aun consiguiendo atravesarlas, no encuentro el archivo correcto?

Pongo la mano en el pomo de la puerta. No parece tener cerradura. Cuando Tori dijo que las medidas de seguridad eran demenciales, creía que hablaba de escáneres oculares, contraseñas y cerrojos, pero, por ahora, todo está abierto.

¿Por qué será que eso me preocupa más?

Abro la puerta, Marcus abre la suya, nos miramos y entro en la habitación.

La habitación, igual que el pasillo de fuera, es azul, aunque aquí queda claro de dónde sale la luz: del centro de cada panel del techo, el suelo y las paredes.

Una vez que se cierra la puerta, oigo un golpe seco, como el de un pestillo al encajarse. Me agarro otra vez al pomo de la puerta y lo intento bajar con todas mis fuerzas, pero no cede. Estoy atrapada.

Unas lucecitas cegadoras me apuntan desde todos los ángulos. Mis párpados no bastan para bloquearlas, así que tengo que ponerme las palmas de las manos sobre ellos.

Oigo una voz femenina muy tranquila:

—Beatrice Prior, segunda generación. Facción de origen: Abnegación. Facción elegida: Osadía. Divergente confirmada.

¿Cómo sabe esta habitación quién soy? ¿Y qué quiere decir «segunda generación»?

—Categoría: Intruso.

Oigo un clic y separo los dedos lo justo para ver si han desaparecido las luces. No es así, pero las lámparas del techo están liberando un vapor tintado. Me tapo la boca por instinto. En pocos segundos me encuentro rodeada de una niebla azul. Y, después, nada en absoluto.

La oscuridad es tan completa que, cuando me pongo la mano delante de la nariz, ni siquiera distingo su silueta. Aunque debería avanzar y buscar una puerta al otro lado del cuarto, temo moverme..., ¿quién sabe lo que me pasará si lo hago?

Entonces, las luces cambian y me encuentro en la sala de entrenamiento de Osadía, en el círculo en el que peleábamos. Tengo tantos recuerdos distintos de este círculo, unos triunfales, como la paliza a Molly, otros que me persiguen, como cuando Peter me dejó inconsciente a golpes. Olfateo el aire y huele igual, a sudor y polvo.

Al otro lado del círculo hay una puerta que no debería estar ahí. La miro, frunciendo el ceño.

—Intruso —dice la voz, y ahora suena como la de Jeanine, aunque podría ser cosa de mi imaginación—, tienes cinco minutos para llegar a la puerta azul antes de que el veneno surta efecto.

—¿Qué?

Pero sé lo que ha dicho: cinco minutos. No debería sorprenderme, ya que esto es obra de Jeanine, con la misma falta de conciencia que ella. Me estremezco y me pregunto si será el veneno, si ya estará apagando mi cerebro.

«Concéntrate». No puedo salir, tengo que avanzar o...

O nada, tengo que avanzar.

Doy un paso hacia la puerta, pero alguien me bloquea el paso. Es baja, delgada y rubia, con oscuros círculos bajo los ojos. Soy yo.

¿Un reflejo? Agito la mano delante de ella para ver si me imita, pero no lo hace.

—Hola —digo, y no responde; tampoco lo esperaba.

¿Qué es esto? Trago saliva para destaponarme los oídos, que parecen rellenos de algodón. Si Jeanine ha diseñado esto, es probable que se trate de una prueba de inteligencia o de lógica, lo que significa que tengo que pensar con claridad, lo que a su vez significa que tendré que calmarme. Junto las manos sobre el pecho y aprieto, esperando que la presión me haga sentir a salvo, como un abrazo.

No sirve.

Doy un paso a la derecha para ver mejor la puerta, y mi doble da un salto hacia el mismo sitio, rozando el suelo con los pies, para bloquearme.

Aunque creo que sé lo que pasará si camino hacia la puerta, tengo que intentarlo. Salgo corriendo para rodearla, pero ya está lista: me agarra por el hombro herido y me lanza a un lado. Grito tan alto que me hago daño en la garganta; es como si me hundieran poco a poco unos cuchillos en el costado derecho. Cuando empiezo a caer de rodillas, me da una patada en el estómago y caigo despatarrada en el suelo, donde respiro el polvo.

Me doy cuenta de que es justo lo que habría hecho yo de haber estado en su situación. Lo que significa que, para derrotarla, tengo que pensar en cómo derrotarme. Y ¿cómo voy a ser mejor luchadora que yo misma, si conoce las mismas estrategias que yo y cuenta con la misma astucia y los mismos recursos que yo?

Se acerca de nuevo, así que me pongo en pie como puedo e intento no hacer caso del dolor del hombro. El corazón me late más deprisa. Quiero darle un puñetazo, pero ella llega primero. Me agacho en el último segundo, me da en la oreja y me desequilibra.

Retrocedo unos pasos con la esperanza de que no me persiga, pero lo hace. Vuelve a por mí, esta vez me agarra por los hombros y me baja hacia su rodilla doblada.

Levanto las manos para meterlas entre mi estómago y su rodilla, y empujo con todas mis fuerzas. No se lo esperaba; retrocede, tambaleante, aunque no cae.

Corro hacia ella y, cuando siento el impulso de darle una patada, me doy cuenta de que ella siente lo mismo. Me aparto de su pie.

En cuanto quiero hacer algo, ella también lo quiere. El mejor resultado posible sería un empate..., pero necesito vencer para atravesar la puerta, para sobrevivir.

Intento pensarlo detenidamente, pero vuelve a atacarme, concentrada, con el ceño fruncido. Me agarra el brazo y yo agarro el suyo, de modo que estamos unidas, antebrazo con antebrazo.

Echamos los codos atrás a la vez y los lanzamos hacia delante. Me inclino en el último segundo y le doy el codazo en los dientes.

Las dos gritamos. La sangre le salpica el labio y me cae por el antebrazo. Aprieta los dientes y chilla, abalanzándose sobre mí, más fuerte de lo que yo me esperaba.

Su peso me desequilibra. Me sujeta contra el suelo con las rodillas e intenta darme un puñetazo en la cara, pero cruzo los brazos delante de mí, así que me golpea en los brazos, y cada puñetazo es como una piedra.

Dejo escapar el aire pesadamente, la agarro por la muñeca y empiezo a ver por el rabillo del ojo unos puntitos que bailan. Veneno.

«Concéntrate».

Mientras ella forcejea para soltarse, yo levanto la rodilla hacia el pecho y la empujo con ella; el esfuerzo me hace gruñir hasta que consigo ponerle el pie en el estómago. Le doy una patada y noto que tengo la cara ardiendo.

El rompecabezas lógico: en una pelea entre dos individuos idénticos, ¿cómo puede ganar uno?

La respuesta: no puede.

Se pone en pie y se limpia la sangre del labio.

Por lo tanto, no debemos de ser idénticas, ¿qué nos diferencia?

Se dirige de nuevo a mí, pero necesito más tiempo para pensar, así que, por cada paso que avanza ella, yo retrocedo otro. La habitación me da vueltas y se agita, y yo me inclino a un lado y rozo el suelo con los dedos para mantenerme firme.

¿Qué nos diferencia? Tenemos la misma masa, el mismo nivel de habilidades, los mismos patrones de pensamiento...

Veo la puerta por encima de sus hombros y me doy cuenta: tenemos objetivos distintos. Yo tengo que llegar a esa puerta y ella debe protegerla. Sin embargo, aunque sea una simulación, seguro que no está tan desesperada como yo.

431

Corro hacia el borde del círculo, donde hay una mesa. Hace un momento estaba vacía, pero conozco las reglas de las simulaciones y cómo controlarlas. Una pistola aparece sobre ella en cuanto la imagino.

Me doy contra la mesa y la visión se me llena de puntitos. Ni siquiera me duele el golpe; noto los latidos del corazón en la cara, como si el órgano se hubiese liberado de las ataduras del pecho y hubiese migrado al cerebro.

Al otro lado del cuarto aparece una pistola en el suelo, delante de mi doble. Las dos vamos a por las armas.

Noto el peso de la pistola y su suavidad, y me olvido de mi doble; me olvido del veneno; me olvido de todo.

Se me cierra la garganta, es como si una mano me la apretara. Me palpita la cabeza por la repentina falta de aire, y siento el corazón latirme por todas partes, por todas partes.

Al otro lado del cuarto, ya no es mi doble la que me impide alcanzar mi objetivo, sino Will. No, no, no puede ser Will. Me obligo a respirar. El veneno corta el suministro de oxígeno al cerebro. No es más que una alucinación dentro de una simulación. Me trago un sollozo.

Durante un instante vuelvo a ver a mi doble con la pistola, aunque tiembla visiblemente y sostiene el arma lo más lejos posible de su cuerpo. Está tan débil como yo. No, no como yo, porque ella no se está quedando ciega y sin aire, pero casi tan débil, casi.

Entonces regresa Will, con sus muertos ojos de simulación y el pelo formándole un halo amarillo sobre la cabeza. Edificios de ladrillo surgen a ambos lados, aunque detrás de él sigue la puerta, la puerta que me separa de mi padre y de mi hermano.

No, no, es la puerta que me separa de Jeanine y de mi objetivo.

Tengo que atravesar la puerta, tengo que hacerlo.

Levanto la pistola, aunque me duele el hombro al hacerlo, y me sujeto la mano con la otra para que no se mueva.

—Lo... —empiezo, pero me ahogo, y las lágrimas me bañan las mejillas y se me meten en la boca; saben a sal—. Lo siento.

Y hago lo único que mi doble es incapaz de hacer, porque no está lo bastante desesperada: disparo.

CAPÍTULO
CUARENTA Y CINCO

No lo veo morir otra vez.

Cierro los ojos en el instante de apretar el gatillo y, cuando los abro, es la otra Tris la que yace en el suelo, entre las manchas oscuras que me nublan ojos; soy yo.

Suelto la pistola y corro hacia la puerta, a punto de tropezar con ella. Me lanzo contra la superficie, giro el pomo y caigo al otro lado. La cierro y sacudo las manos dormidas para recuperar su uso.

La siguiente habitación es tan grande como la primera, y también tiene una luz azul, aunque más pálida. Hay una gran mesa en el centro, y fotografías, diagramas y listas pegados en las paredes.

Respiro hondo un par de veces y empiezo a recuperar la visión; mi pulso también regresa a la normalidad. Entre las fotografías de las paredes reconozco mi propia cara, la de Tobias, la de Marcus y la de Uriah. Una larga lista de lo que parecen ser elementos químicos está pegada al lado de nuestras fotos. Han tachado todos con un rotulador rojo. Aquí debe de ser donde Jeanine desarrolla los sueros de la simulación.

Oigo voces en alguna parte, delante de mí, y me regaño mentalmente: «¿Qué estás haciendo? ¡Corre!».

—El nombre de mi hermano —oigo—. Quiero que lo digas.

La voz de Tori.

¿Cómo ha atravesado la simulación? ¿También es divergente?

—Yo no lo maté —dice la voz de Jeanine.

—¿Crees que eso te exonera? ¿Crees que eso significa que no mereces morir?

Tori no grita, sino que gime, toda su pena se le escapa entre los labios. Me dirijo a la puerta, pero demasiado deprisa, ya que me golpeo la cadera contra la esquina de la mesa y tengo que pararme, dolorida.

—No alcanzas a comprender las razones de mis actos —dice Jeanine—. Estaba dispuesta a realizar un sacrificio por el bien común, algo que nunca has comprendido, ¡ni siquiera cuando éramos compañeras de clase!

Me acerco cojeando a la puerta, que es de cristal esmerilado. Se desliza para dejarme entrar, y veo a Jeanine apretada contra la pared y a Tori a unos cuantos pasos, con la pistola en alto.

Detrás de ellas hay una mesa de cristal con una caja plateada encima (un ordenador) y un teclado. Una pantalla de ordenador ocupa toda la pared de enfrente.

Jeanine se me queda mirando, pero Tori no se mueve ni un milímetro; ni siquiera parece oírme. Tiene la cara roja y manchada de lágrimas, y le tiemblan las manos.

No estoy segura de ser capaz de encontrar el archivo yo sola. Si Jeanine está aquí, puedo obligarla a buscarlo por mí, pero, si está muerta...

—¡No! —grito—. ¡Tori, no lo hagas!

Pero ella ya tiene el dedo en el gatillo. Me abalanzo sobre ella con todas mis fuerzas, y mis brazos la golpean en el costado. La pistola se dispara y oigo un grito.

Me doy de cabeza contra el suelo. Sin hacer caso de las estrellitas que me bailan en los ojos, me tiro sobre Tori. Empujo la pistola, que se desliza por el suelo y se aleja de nosotras.

«¿Por qué no la has cogido, idiota?».

El puño de Tori me acierta en el lateral del cuello. Me quedo sin aire, y ella aprovecha la oportunidad para desembarazarse de mí y arrastrarse a por la pistola.

Jeanine está en el suelo, con la espalda contra la pared y la pierna manchada de sangre. ¡La pierna! Entonces lo recuerdo y golpeo con fuerza a Tori cerca de la herida de bala del muslo. Ella chilla, y yo consigo ponerme en pie.

Doy un paso hacia el arma caída, pero Tori es demasiado rápida. Me abraza las piernas y tira de ellas. Caigo de rodillas al suelo, pero sigo por encima de ella, así que le encajo un puñetazo en las costillas.

Ella gruñe, pero no se detiene; me arrastro hacia la pistola y ella me muerde la mano. Es un dolor distinto a cualquiera de los golpes que he recibido, distinto incluso a una herida de bala. Grito a todo pulmón, más de lo que creía posible, y las lágrimas me nublan la vista.

No he llegado tan lejos para permitir que Tori dispare a Jeanine delante de mí antes de conseguir lo que necesito.

Tiro de la mano para arrancarla de la boca de Tori mientras se me oscurece la visión por los bordes y, lanzándome por el suelo, llego hasta la culata de la pistola, me giro y apunto a Tori.

Mi mano. Tengo la mano cubierta de sangre, al igual que la barbilla de Tori. La escondo para que me resulte más sencillo no hacer caso del dolor y levantarme, sin dejar de apuntar hacia ella.

—No te creía una traidora, Tris —dice, y suena como un ladrido, no como un sonido humano.

—No lo soy —respondo, y parpadeo para que las lágrimas me caigan por las mejillas y me permitan ver mejor—. Ahora mismo no te lo puedo explicar, pero... lo único que te pido es que confíes en mí, por favor. Hay algo importante, algo que solo Jeanine sabe dónde está...

—¡Es verdad! —dice Jeanine—. Está en ese ordenador, Beatrice, y solo yo puedo localizarlo. Si no me ayudas a sobrevivir, morirá conmigo.

—Es una mentirosa —dice Tori—. Una mentirosa y, si te lo crees, ¡además de traidora serás una idiota!

—Me lo creo —respondo—. ¡Me lo creo porque tiene sentido! ¡La información más confidencial que existe está guardada en ese ordenador, Tori! —exclamo; respiro hondo y bajo la voz—. Por favor, escúchame. La odio tanto como tú, no tengo ningún motivo para defenderla. Te digo la verdad, esto es importante.

Tori guarda silencio. Durante un instante creo haber ganado, haberla convencido, pero entonces responde:

—Nada es más importante que su muerte.

—Si eso es lo que te empeñas en creer, no puedo ayudarte. Pero tampoco permitiré que la mates.

Tori se pone de rodillas, se limpia la sangre de la barbilla y me mira a los ojos.

—Soy una líder de Osadía. No puedes decidir por mí.

Y, antes de que pueda pensar...

Antes de que tan siquiera pueda pensar en disparar la pistola...

Ella se saca un largo cuchillo de la bota, se abalanza sobre Jeanine y se lo clava en el estómago.

Chillo. Jeanine deja escapar un sonido horrible, un borboteo, un grito, un sonido moribundo. Veo que Tori aprieta los dientes, la oigo murmurar el nombre de su hermano («George Wu») y, de nuevo, clava el cuchillo.

Y los ojos de Jeanine se vuelven de cristal.

CAPÍTULO
CUARENTA Y SEIS

Tori se levanta con una expresión salvaje y se vuelve hacia mí. Yo no siento nada.

Todo lo que he arriesgado para llegar hasta aquí: conspirar con Marcus, pedir ayuda los eruditos, arrastrarme por una escalera a tres plantas de altura, disparar contra mí en una simulación... Y todos los sacrificios que he hecho: mi relación con Tobias, la vida de Fernando, mi posición entre los osados... Todo para nada. Para nada.

Un segundo después se abre de nuevo la puerta de cristal, y Tobias y Uriah irrumpen en la habitación como si estuviesen dispuestos a entablar batalla (Uriah tose, seguramente por el veneno), pero la batalla ya ha terminado. Jeanine está muerta, Tori se ha alzado vencedora y yo soy una traidora a Osadía.

Al verme, Tobias se detiene a medio paso, a punto de tropezarse con sus propios pies. Abre más los ojos.

—Es una traidora —dice Tori—. Ha estado a punto de dispararme por defender a Jeanine.

—¿Qué? —exclama Uriah—. Tris, ¿qué está pasando? ¿Tiene razón? ¿Y qué haces aquí?

Sin embargo, yo solo miro a Tobias. En mi pecho se enciende una chispa de esperanza, curiosamente dolorosa al combinarse con lo culpable que me siento por haberlo engañado. Tobias es tozudo y orgulloso, pero es mío, puede que me escuche, puede que exista una posibilidad de que todo lo hecho no sea en vano...

—Ya sabes por qué estoy aquí, ¿no? —digo en voz baja.

Le ofrezco la pistola de Tori. Él se acerca, con las piernas algo inestables, y la recoge.

—Encontramos a Marcus en la habitación de al lado, atrapado en una simulación —dice Tobias—. Has venido con él.

—Sí —respondo; la sangre del mordisco de Tori me cae por el brazo.

—Confiaba en ti —responde, temblando de rabia—. Confié en ti y me abandonaste... ¿para trabajar con él?

—No, él me contó una cosa, y todo lo que me contó mi hermano, todo lo que dijo Jeanine mientras estuve en la sede de Erudición encaja perfectamente con lo que me contó Marcus. Y quería..., necesitaba saber la verdad.

—La verdad —se burla—, ¿crees que un mentiroso, un traidor y un sociópata te contó la verdad?

—¿La verdad? —pregunta Tori—. ¿De qué estás hablando?

Tobias y yo nos miramos. Sus ojos, que normalmente parecen pensativos, ahora se presentan duros y críticos, como si intentaran pelarme capa a capa para examinarlas minuciosamente.

—Creo... —empiezo, pero tengo que detenerme a respirar porque no lo he convencido; he fallado, y es probable que esto sea lo último que me permitan decir antes de detenerme—. ¡Creo que el mentiroso eres tú! —exclamo con la voz rota—. Me dices que me quieres, que confías en mí, que consideras que mi perspicacia es superior a la media, pero, en cuanto esa creencia en mi perspicacia, esa confianza, ese amor se pone a prueba, todo se desmorona. —Estoy llorando, pero no me da vergüenza permitir que las lágrimas me brillen en las mejillas o me entorpezcan el habla—. Así que tuviste que mentir cuando me dijiste todas esas cosas... Tuvo que ser mentira, porque no puedo creerme que tu amor sea tan frágil.

Doy un paso hacia él, de modo que solo quede un espacio de escasos centímetros entre nosotros y los otros no puedan oírnos.

—Sigo siendo la persona que moriría antes que matarte —le aseguro, recordando la simulación del ataque y el palpitar de su corazón bajo mi mano—. Soy justo quien crees que soy. Y, ahora mismo, te estoy diciendo que sé..., que sé que esta información lo cambiará todo. Todo lo que hemos hecho y todo lo que estamos a punto de hacer.

Me quedo mirándolo como si pudiera comunicarle la verdad con los ojos, aunque eso sea imposible. Aparta la mirada, y ni siquiera estoy segura de que haya escuchado mis palabras.

—Ya basta —interviene Tori—. Llevadla abajo. La juzgaremos junto con los demás criminales de guerra.

Tobias no se mueve. Uriah me coge del brazo y me aleja de él, a través del laboratorio, a través de la habitación de la luz, a través del pasillo azul. Therese, de los abandonados, se une allí a nosotros y me mira con curiosidad.

Una vez en las escaleras, noto un suave codazo. Cuando vuelvo la vista atrás, veo una bolita de gasa en la mano de Uriah. La acepto e intento esbozar una sonrisa de gratitud, pero no me sale.

Mientras bajamos las escaleras, me aprieto con fuerza la gasa contra la mano y esquivo cadáveres sin mirarlos a la cara. Uriah me sujeta del codo para evitar que caiga. La venda de gasa no me ayuda con el dolor del mordisco, aunque me hace sentir algo mejor, y también el que Uriah, al menos, no parezca odiarme.

Por primera vez me doy cuenta de que el desprecio de los osados por las personas de más edad no es una oportunidad. Es posible que sea lo que me condene. No dirán: «Es joven, deben de haberla confundido». Dirán: «Es una adulta y ha tomado una decisión».

Por supuesto, estoy de acuerdo con ellos, tomé una decisión. Decidí elegir a mi madre y a mi padre, y su lucha.

Bajar las escaleras es más fácil que subirlas. Llegamos a la quinta planta antes de darme cuenta de que nos dirigimos al vestíbulo.

—Dame tu pistola, Uriah —dice Therese—. Alguien tiene que estar libre para disparar a posibles elementos hostiles, y tú no puedes hacerlo si tienes que estar sujetándola para que no se caiga por las escaleras.

Uriah le entrega el arma sin cuestionarlo, y yo frunzo el ceño. Therese ya tiene una pistola, ¿por qué quiere también la de Uriah? Sin embargo, no pregunto, ya tengo suficientes problemas.

Llegamos a la planta de abajo y pasamos por delante de una gran sala de reuniones llena de gente vestida de negro y blanco. Me detengo un instante para observarlos. Algunos están apiñados en grupitos, apoyados los unos en los otros, llorando. Otros permanecen solos, apoyados en las paredes o sentados en las esquinas, con los ojos apagados o mirando algo muy lejano.

—Hemos tenido que disparar a tantos... —masculla Uriah, apretándome el brazo—. Solo para entrar en el edificio, no nos quedaba más remedio.

—Lo sé.

Veo a la hermana de Christina y a su madre abrazadas a un lado del cuarto. Y, a la izquierda, a un joven de pelo oscuro que brilla a la luz fluorescente: Peter. Tiene la mano sobre el hombro de una mujer de mediana edad; la reconozco, es su madre.

—¿Qué hace ese aquí? —pregunto.

—El muy cobarde apareció después del enfrentamiento, cuando ya estaba hecho todo el trabajo. He oído que su padre ha muerto. Pero, al parecer, su madre está bien.

Peter vuelve la vista atrás y se encuentra con mi mirada durante un instante. En ese instante intento sentir algo de lástima por la persona que me salvó la vida, pero, aunque ya no albergo el odio de antes, sigo sin sentir nada por él.

—¿Por qué frenáis? —pregunta Therese—. Seguid andando.

Dejamos atrás la sala de reuniones y entramos en el vestíbulo principal, donde una vez abrazara a Caleb. El retrato gigante de Jeanine está hecho añicos en el suelo. El humo que flota en el aire se condensa alrededor de las estanterías, que han quedado reducidas a cenizas. Todos los ordenadores están destrozados, tirados por el suelo.

En el centro de la habitación, sentados en fila, están algunos de los eruditos que no lograron huir, junto con los traidores osados que han sobrevivido. Busco caras familiares y encuentro a Caleb cerca de la parte de atrás, aturdido. Aparto la vista.

—¡Tris! —oigo decir a alguien.

Christina está sentada cerca de la parte delantera, al lado de Cara, con una tela bien apretada rodeándole la pierna. Me hace señas para que me acerque, y me siento a su lado.

—¿No ha habido suerte? —pregunta en voz baja.

Sacudo la cabeza.

Christina suspira y me echa un brazo sobre los hombros. El gesto me resulta tan reconfortante que estoy a punto de llorar. Sin embargo, nosotras no somos de las que lloran juntas; somos de las que luchan juntas. Así que me trago las lágrimas.

—He visto a tu madre y a tu hermana en la habitación de al lado —le digo.

—Sí, yo también. Mi familia está bien.

—Me alegro, ¿y tu pierna?

—Bien, Cara me ha dicho que se curará; no sangra demasiado. Una de las enfermeras eruditas me ha llenado los bolsillos de pastillas para el dolor, antiséptico y gasas antes de que la bajaran aquí, así que tampoco me duele demasiado —explica; a su lado, Cara examina el brazo de otro erudito—. ¿Dónde está Marcus?

—No lo sé, tuvimos que dividirnos. Debería estar aquí abajo, a no ser que lo hayan matado o algo.

—No me sorprendería, la verdad.

La habitación es un caos durante un buen rato (gente que entra y sale corriendo, nuestros guardias abandonados cambiándose el sitio, nuevos prisioneros de azul que se sientan en nuestro grupo), pero, poco a poco, todo se calma, y entonces lo veo: Tobias aparece por la puerta que da a las escaleras.

Me muerdo el labio e intento no pensar, intento no regodearme en los fríos sentimientos que me hielan el pecho ni en el peso que noto sobre la cabeza. Me odia. No me cree.

Christina me abraza con más ganas cuando pasa junto a nosotros sin tan siquiera mirarme. Me vuelvo para observarlo. Se detiene al lado de Caleb, lo agarra por el brazo y lo pone en pie de un tirón. Caleb forcejea un segundo, pero no es ni la mitad de fuerte que Tobias y no puede soltarse.

—¿Qué? —pregunta, aterrado—. ¿Qué quieres?

—Quiero que desactives el sistema de seguridad del laboratorio de Jeanine para que los abandonados tengan acceso a su ordenador —responde Tobias sin mirar atrás.

«Y lo destruyan», pienso, y el peso sobre mi pecho aumenta todavía más, si cabe. Tobias y Caleb desaparecen de nuevo en las escaleras.

Christina se deja caer sobre mí y yo sobre ella, de modo que nos sostenemos la una a la otra.

—Jeanine activó todos los transmisores de Osadía, ¿sabes? —dice—. Uno de los grupos de abandonados cayó en la emboscada de unos osados controlados por la simulación, que llegaban tarde del sector de Abnegación, hace unos diez minutos. Supongo que ganaron los abandonados, aunque no sé cómo se puede llamar ganar a disparar a un puñado de personas con el encefalograma plano.

—Sí.

No hay mucho más que decir, y ella parece darse cuenta.

—¿Qué ha pasado después de que me dispararan? —pregunta.

Le describo el pasillo azul con dos puertas y la simulación, desde el momento en que reconocí la sala de entrenamiento osada hasta el momento en que me disparé. No le cuento la alucinación sobre Will.

—Espera, ¿era una simulación? ¿Sin transmisor?

Frunzo el ceño. No me había molestado en analizarlo, sobre todo dadas las circunstancias.

—Si el laboratorio reconoce a la gente, puede que también tenga datos de todo el mundo y pueda ofrecer un entorno simulado concreto, según tu facción.

Ahora da igual averiguar cómo configuró Jeanine la seguridad de su laboratorio, la verdad, aunque sienta bien hacer algo, pensar en un problema nuevo que resolver después de no haber conseguido solucionar el más importante.

Christina se endereza, puede que sienta lo mismo que yo.

—O el veneno contiene algún tipo de transmisor —sugiere; no había pensado en eso—. Pero ¿cómo pasó Tori? No es divergente.

—No lo sé —respondo, ladeando la cabeza.

«Puede que sí lo sea», pienso.

Su hermano lo era y, después de lo que le pasó, es posible que Tori no quisiera admitirlo, por mucho que llegara a aceptarse la divergencia.

He descubierto que las personas no son más que una capa tras otra de secretos. Crees que las conoces, que las entiendes, pero sus motivos siempre permanecen ocultos, enterrados en sus corazones. Nunca conocerás a nadie, aunque, a veces, puedes decidir confiar en alguien.

—¿Qué crees que harán con nosotros cuando nos declaren culpables? —pregunta al cabo de un minuto de silencio.

—¿Sinceramente?

—¿De verdad te parece un buen momento para ser sincera?

—Creo que nos obligarán a comer un montón de tarta y a echarnos una siesta demencialmente larga —respondo, mirándola por el rabillo del ojo.

Se ríe. Yo intento no hacerlo; si me permito reír, también empezaré a llorar.

Oigo un chillido y busco su origen entre la multitud.

—¡Lynn! —grita Uriah, que es quien había chillado.

Corre hacia la puerta, donde dos osados llevan a Lynn en una camilla improvisada fabricada con lo que parece ser un estante. Está pálida (demasiado pálida) y se sujeta el estómago con las manos.

Me pongo en pie de un salto y voy hacia ella, pero unas cuantas pistolas abandonadas me impiden avanzar demasiado. Levanto las manos y me quedo quieta, observando.

Uriah rodea la multitud de criminales de guerra, y señala a una erudita de aspecto serio y cabellos grises.

—Tú, ven aquí.

La mujer se pone de pie y se sacude los pantalones. Se acerca con paso ligero al borde de gente sentada y mira a Uriah, expectante.

—Eres médica, ¿verdad?

—Sí —responde ella.

—¡Pues cúrala! —le exige Uriah, frunciendo el ceño—. Está herida.

La doctora se acerca a Lynn y pide a los dos osados que la dejen en el suelo. Lo hacen, y ella se agacha junto a la camilla.

—Querida, aparta las manos de la herida, por favor —le pide a Lynn.

—No puedo, duele —gime ella.

—Sé que duele, pero no podré examinarla si no me la enseñas.

Uriah se arrodilla al lado de la doctora y la ayuda a apartar las manos de Lynn de su estómago. La doctora le retira la camiseta: la herida de bala no es más que un círculo rojo en la piel de Lynn, pero es como si tuviese un moratón alrededor. Nunca había visto un moratón tan oscuro.

La doctora frunce los labios, y entonces sé que Lynn puede darse por muerta.

—¡Cúrala! —exclama Uriah—. ¡Tú puedes curarla, así que hazlo!

—Todo lo contrario —responde ella, mirándolo—. Como habéis incendiado las plantas del edificio dedicadas a hospital, no puedo curarla.

—¡Hay otros hospitales! —dice, casi a gritos—. ¡Puedes sacar cosas de allí!

—Su estado es demasiado crítico —responde la médica en voz baja—. Si no os hubieseis empeñado en quemarlo todo a vuestro paso, podría haberlo intentado, pero, en estas circunstancias, intentarlo no serviría de nada.

—¡Cállate! —dice, apuntando al pecho de la doctora—. ¡No he sido yo el que ha quemado tu hospital! Es mi amiga y no..., solo quiero...

—Uri —dice Lynn—. Cállate, es demasiado tarde.

Uriah deja caer los brazos y sujeta la mano de Lynn; le tiemblan los labios.

—Yo también soy su amiga —le digo al abandonado que me apunta con su arma—. ¿Os importaría apuntarme con las pistolas desde ahí?

Me dejan pasar, y corro junto a Lynn para sostenerle la mano libre, que está pegajosa de sangre. No hago caso de las armas que me apuntan a la cabeza y me centro en su cara, que está amarillenta, en vez de blanca.

No parece percatarse de mi presencia, está mirando a Uriah.

—Por lo menos no he muerto dentro de la simulación —dice débilmente.

—Tampoco vas a morir ahora.

—No seas estúpido. Uri, escucha, yo también la quería. La quería.

—¿Que querías a quién? —pregunta, y se le rompe la voz.

—A Marlene —responde Lynn.

—Sí, todos queríamos a Marlene —responde Uriah.

—No, no en ese sentido —dice ella, sacudiendo la cabeza, y cierra los ojos.

Su mano tarda unos minutos en relajarse dentro de la mía. La guío hacia su estómago, le cojo la otra mano, que sostiene Uriah, y hago lo mismo. Él se restriega los ojos antes de que caigan las lágrimas y nos miramos por encima del cadáver de Lynn.

—Deberías contárselo a Shauna —digo—, y a Hector.

—Claro —responde, sorbiéndose la nariz mientras le toca la cara con la palma de la mano. Me pregunto si todavía tendrá las mejillas calientes. No quiero tocarla, por si descubro que no es así.

Me levanto y regreso con Christina.

CAPÍTULO
CUARENTA Y SIETE

Mi cabeza intenta arrastrarme hacia los recuerdos de Lynn en un intento por convencerme de que de verdad se ha ido, pero desecho las imágenes conforme aparecen. Algún día dejaré de hacerlo, si no me ejecutan por traidora o me hacen lo que tengan pensado nuestros nuevos líderes. Sin embargo, ahora mismo, me esfuerzo por mantener la mente en blanco, por fingir que este cuarto es lo único que ha existido y existirá. No debería resultarme sencillo, pero así es. He aprendido a ahuyentar la tristeza.

Tori y Harrison bajan al vestíbulo al cabo de un rato. Tori cojea hacia una silla (casi se me había olvidado su herida de bala, sobre todo por lo ágil que parecía al asesinar a Jeanine) y Harrison la sigue.

Detrás de ambos se encuentra uno de los osados, con el cadáver de Jeanine sobre el hombro. La deja caer como si fuera una piedra encima de una mesa, delante de las filas de eruditos y traidores osados.

Detrás de mí oigo gritos ahogados y murmullos, aunque no sollozos. La gente no llora por los líderes como Jeanine.

Levanto la mirada hacia su cuerpo, que parece mucho más pequeño en muerte que en vida. Solo es unos cuantos centímetros más alta que yo, y su pelo, unos cuantos tonos más oscuro. Ahora parece en calma, casi en paz. Me cuesta conectar este cuerpo con la mujer que conocía, la mujer sin conciencia.

Incluso ella era más complicada de lo que yo creía, guardaba un secreto que juzgaba demasiado terrible para revelárselo a nadie, impulsada por un instinto de protección atrozmente retorcido.

Johanna Reyes entra en el vestíbulo calada hasta los huesos de la lluvia y con la ropa roja manchada de un rojo más oscuro. Los abandonados la flanquean, aunque ella no parece fijarse en ellos ni en las armas que empuñan.

—Hola —saluda a Harrison y a Tori—. ¿Qué queréis?

—Quién iba a imaginar que la líder de Cordialidad sería tan seca —dice Tori, esbozando una sonrisa irónica—. ¿No va eso contra vuestro manifiesto?

—Si de verdad conocieras las costumbres cordiales, sabrías que no tienen un líder formal —responde Johanna en un tono que es a la vez dulce y firme—. Pero ya no represento a Cordialidad. Lo dejé para venir aquí.

—Sí, te he visto con tu pandillita de pacificadores, estorbando a todo el mundo —dice Tori.

—Sí, ha sido algo intencionado —contesta Johanna—, ya que estorbar significaba meterse entre las pistolas y los inocentes, y así hemos salvado un gran número de vidas.

Se le colorean las mejillas, y vuelvo a pensarlo: puede que

Johanna Reyes siga siendo preciosa. Salvo que, ahora, creo que no es preciosa a pesar de la cicatriz, sino que, de algún modo, es preciosa con ella, como Lynn con su pelo encrespado, como Tobias con esos recuerdos de la crueldad de su padre que usa de coraza, como mi madre con sus sencillas ropas grises.

—Como sigues siendo tan generosa —dice Tori—, me pregunto si no te importaría llevar un mensaje a los cordiales.

—No me sentiría cómoda marchándome para permitir que tu ejército y tú impartáis justicia como os plazca. Sin embargo, estoy más que dispuesta a enviar a alguien a Cordialidad con un mensaje.

—De acuerdo, pues diles que pronto se creará un nuevo sistema político en el que no estarán representados. Creo que es un justo castigo por no elegir un bando del conflicto. Por supuesto, estarán obligados a seguir produciendo y suministrando alimentos a la ciudad, pero lo harán bajo la supervisión de una de las facciones dirigentes.

Durante un segundo temo que Johanna se abalance sobre Tori y la estrangule, pero se yergue aún más y dice:

—¿Es esto todo?

—Sí.

—Vale. Voy a hacer algo útil. Supongo que no permitirás que entremos algunos para atender a estos heridos, ¿no? —La mirada de Tori basta como respuesta—. Eso creía. Sin embargo, recuerda que, a veces, las personas a las que oprimes se hacen más poderosas de lo que te gustaría.

Da media vuelta y sale del vestíbulo.

Sus palabras hacen que se me encienda la bombilla. Estoy

segura de que lo ha dicho como amenaza, como una amenaza casi hueca, pero mi cerebro me lo repite como si hubiese algo más..., como si bien pudiera haber aplicado sus palabras a otro grupo oprimido y no a los cordiales: a los abandonados.

Al mirar a mi alrededor, a los soldados osados y a los soldados abandonados, empiezo a ver un patrón.

—Christina, los abandonados tienen todas las armas.

Ella mira a su alrededor y después a mí, con el ceño fruncido.

Recuerdo a Therese pidiéndole la pistola a Uriah, a pesar de que ella ya tenía una. Recuerdo que Tobias apretó los labios cuando le pregunté por la incómoda alianza entre osados y abandonados, como si me ocultara algo.

Entonces, Evelyn, con porte majestuoso, hace su entrada en el vestíbulo, como una reina que regresa a su reino. Tobias no la sigue, ¿dónde está?

Evelyn se pone detrás de la mesa en la que yace el cadáver de Jeanine Matthews. Edward cojea detrás de ella. Evelyn saca una pistola, apunta al retrato caído de Jeanine y dispara.

La habitación guarda silencio. Ella deja caer la pistola en la mesa, al lado de la cabeza de Jeanine.

—Gracias. Sé que todos os preguntáis por lo que pasará ahora, así que os lo voy a explicar.

Tori se endereza en su silla y se inclina hacia Evelyn, como si quisiera decir algo, pero Evelyn no le hace caso.

—El sistema de facciones que, durante tanto tiempo, ha medrado abusando de los seres humanos que descartaba, se disolverá de inmediato. Sabemos que la transición será difícil para vosotros, pero...

—¿Sabemos? —la interrumpe Tori, escandalizada—. ¿De qué hablas, qué vas a disolver?

—Hablo de que tu facción —responde Evelyn, mirando por primera vez a Tori—, que hasta hace pocas semanas clamaba junto a los eruditos por la restricción del suministro de comida y otros artículos a los abandonados, clamor que condujo a la destrucción de los abnegados, tu facción, como digo, dejará de existir —dice, sonriendo un poco—. Y si decidís levantaros en armas contra nosotros, os va a costar encontrar las armas con las que hacerlo.

Entonces, todos y cada uno de los soldados sin facción levantan sus pistolas. Los abandonados están bien distribuidos por el borde del cuarto, y también los hay en la entrada de uno de los huecos de las escaleras. Nos tienen rodeados.

Es un plan tan elegante, tan astuto, que casi me río.

—Ordené a mi mitad del ejército que despojara a vuestra mitad del ejército de sus armas en cuanto completara la misión —dice Evelyn—. Ahora veo que han tenido éxito. Lamento el engaño, pero sabíamos que os han condicionado para aferraros al sistema de facciones como si fuera vuestra madre y que tendríamos que ayudaros a entrar en esta nueva era.

—¿Ayudarnos? —repite Tori, poniéndose de pie con gran esfuerzo y cojeando hacia Evelyn, que recoge tranquilamente su arma y apunta con ella a Tori.

—No llevo más de una década muriendo de hambre para ceder ante una mujer osada con una herida en la pierna —dice Evelyn—. Así que, si no quieres que te dispare, toma asiento entre los miembros de tu extinta facción.

Todos los músculos del brazo de Evelyn están en tensión; sus ojos no son fríos, no como los de Jeanine, aunque sí calculadores, siempre evaluando y planificando. No sé cómo esta mujer pudo plegarse en algún momento a la voluntad de Marcus. Seguramente antes no era esta misma mujer, todo acero, templada al fuego.

Tori aguanta delante de Evelyn durante unos segundos; después retrocede cojeando, alejándose de la pistola y dirigiéndose al borde de la sala.

—Los que nos habéis ayudado a acabar con Erudición seréis recompensados —dice Evelyn—. Los que os habéis opuesto a nosotros seréis juzgados y castigados por vuestros crímenes.

Alza la voz con la última frase, y me sorprende comprobar lo bien que se oye por todas partes.

Detrás de ella se abre la puerta de las escaleras, y Tobias sale con Marcus y Caleb detrás, sin que casi nadie se dé cuenta. Casi nadie, salvo yo, porque estoy entrenada para fijarme en él. Me quedo mirándole los zapatos mientras él se acerca. Son deportivas negras con ojales cromados para los cordones. Se detienen a mi lado, y él se agacha junto a mi hombro.

Lo miro, esperando encontrarme con una mirada fría e inflexible.

Pero no es así.

Evelyn sigue hablando, aunque a mí ya no me llega su voz.

—Tenías razón —dice Tobias en voz baja, en equilibrio sobre las puntas de los pies, y sonríe un poco—. Sé quién eres, solo hacía falta que me lo recordaran.

Abro la boca, pero no tengo nada que decir.

En ese momento, todas las pantallas del vestíbulo de Erudición (al menos, todas las que no acabaron destrozadas en el ataque) se encienden, incluido un proyector situado en la pared en la que antes colgaba el retrato de Jeanine.

Evelyn deja a medio terminar lo que estuviera diciendo, Tobias me da la mano y me ayuda a levantarme.

—¿Qué es esto? —exige saber Evelyn.

—Esto —dice Tobias, pero me lo dice solo a mí— es la información que lo cambiará todo.

Me tiemblan las piernas de alivio y temor.

—¿Lo has hecho tú? —pregunto.

—Lo has hecho tú —responde—. Yo solo he obligado a Caleb a cooperar.

Le rodeo el cuello con los brazos y le beso en los labios con ganas. Él me sostiene el rostro con ambas manos y me devuelve el beso. Me aprieto mucho contra su cuerpo para eliminar la distancia que nos separa, hasta que consigo hacerla desaparecer, aplastando con ella los secretos que nos ocultábamos y las sospechas que albergábamos..., para siempre, espero.

Y, entonces, oigo una voz.

Nos separamos y nos volvemos hacia la pared, donde ha aparecido la proyección de una mujer de pelo castaño corto. Está sentada a un escritorio de metal, con las manos unidas sobre él, en un lugar que no reconozco; el fondo está demasiado borroso.

—Hola, me llamo Amanda Ritter. En este archivo os contaré solo lo que necesitáis saber. Soy la líder de una organización que lucha por la justicia y la paz. La importancia de dicha lucha ha ido en aumento (y, por consiguiente, se ha hecho casi imposible) en las últimas décadas. Esta es la razón.

En la pared empiezan a aparecer imágenes, algunas pasan tan deprisa que apenas se ven. Un hombre de rodillas con el cañón de una pistola en la frente. La mujer que lo amenaza no tiene expresión alguna en el rostro. A lo lejos, una persona pequeña colgada del cuello de un poste de teléfonos. Un agujero en el suelo del tamaño de una casa, lleno de cadáveres.

Y hay más imágenes, pero se mueven deprisa, así que solo me quedo con fragmentos sueltos de sangre y huesos, muerte, crueldad y rostros impasibles.

Justo cuando ya no puedo más, aparece de nuevo la mujer en pantalla, detrás de su escritorio.

—No recordáis nada de esto, pero, si pensáis que estas acciones son obra de un grupo terrorista o de un régimen gubernamental tiránico, solo acertaréis en parte. La mitad de las personas que aparecen en estas imágenes, cometiendo esos terribles crímenes, son vuestros vecinos, vuestros parientes, vuestros colegas de trabajo. La batalla en la que luchamos no es contra ningún grupo en concreto, sino contra la naturaleza humana en sí misma... o, al menos, contra lo que ha llegado a ser.

Por esto estaba dispuesta Jeanine a esclavizar mentes y a asesinar, para que nadie lo supiera. Para mantenernos dentro de los límites de la valla, ignorantes y a salvo.

Parte de mí lo entiende.

—Por eso sois tan importantes —dice Amanda—. Nuestra lucha contra la violencia y la crueldad solo trata los síntomas de una enfermedad, no la enfermedad en sí. Vosotros sois la cura.

»Para manteneros a salvo, diseñamos una forma de separaros de nosotros, de nuestro suministro de agua, de nuestra tecnología y de nuestra estructura social. Hemos creado vuestra sociedad de un modo concreto, con la esperanza de que redescubráis el sentido moral que la mayoría de nosotros ha perdido. Con el tiempo, esperamos que empecéis a cambiar, cosa de la que casi ninguno de nosotros es capaz.

»La razón por la que os dejo estas grabaciones es que sepáis cuándo ayudarnos. Sabréis que ha llegado el momento adecuado cuando haya muchos entre vosotros cuyas mentes parezcan más flexibles que las de los demás. A estas personas las llamaréis divergentes. Una vez que su número aumente, vuestros líderes deben dar la orden para que Cordialidad abra la puerta para siempre, de modo que podáis abandonar vuestro aislamiento.

Y eso era lo que mis padres querían hacer: utilizar lo aprendido para ayudar a los demás. Abnegados hasta el final.

—La información de este vídeo se restringirá a los que estén en el Gobierno —dice Amanda—. Empezaréis de cero, pero no nos olvidéis —añade, esbozando una sonrisita—. Estoy a punto de unirme a vosotros. Como los demás, olvidaré voluntariamente mi nombre, a mi familia y mi hogar. Adoptaré una identidad nueva con falsos recuerdos y una historia falsa. Sin embargo, para que sepáis que la información que os he proporcionado es precisa, os diré el nombre que estoy a punto de asumir como propio. —Su sonrisa se ensancha y, por un momento, me da la impresión de que la reconozco—. Mi nombre será Edith Prior, y hay muchas cosas que estoy deseando olvidar.

Prior.

El vídeo acaba, y el proyector pinta la pared de azul. Me agarro a la mano de Tobias y, durante un instante, todos guardamos silencio, como si contuviésemos el aliento.

Después empiezan los gritos.

AGRADECIMIENTOS

Gracias, Dios, por ser fiel a tus promesas.

Mi agradecimiento:

A Nelson, lector de pruebas, apoyo incondicional, fotógrafo, mejor amigo y, lo más importante, marido... Creo que los Beach Boys lo dijeron mejor: solo Dios sabe lo que sería de mí sin ti.

A Johanna Volpe, no cabe imaginar una amiga o una agente mejor. A Molly O'Neill, mi editora maravillosa, por tu trabajo incesante con este libro, en todas sus facetas. A Katherine Tegen, por tu amabilidad y buen criterio, y a todo el equipo de KT Books, por vuestro apoyo.

A Susan Jeffer, Andrea Curley y la ilustre Brenna Franzitta, por vigilar mis palabras; a Joel Tippie y Amy Ryan, por hacer que este libro sea tan bello; y a Jean McGinley y Alpha Wong, porque este libro alcance más lugares de lo que yo esperaba. A Jessica Berg, Suzanne Daghlian, Barb Fitsimmons, Lauren Flower, Kate Jackson, Susan Katz, Alison Lisnow, Casey McIntyre, Diane Naughton, Colleen O'Connell, Aubrey Parks-Fried, Andrea Pappenheimer, Shayna Ramos, Patty Rosati,

Sandee Roston, Jenny Sheridan, Megan Sugrue, Molly Thomas y Allison Verost, así como a todos los de los departamentos de audio, diseño, finanzas, ventas internacionales, inventario, legal, editorial, marketing, marketing online, publicidad, producción, ventas, marketing para escuelas y bibliotecas, ventas especiales y derechos subsidiarios de HarperCollins, por hacer un trabajo fantástico en el mundo de los libros, así como en «mi» mundo de los libros.

A todos los profesores, libreros y vendedores de libros que han apoyado mis obras con tanto entusiasmo. A los blogueros de literatura, críticos y lectores de todas las edades, pelajes y países. Seguramente no soy imparcial, pero creo que tengo los mejores lectores del mundo.

A Lara Ehrich, por sus conocimientos sobre escritura. A mis amigos escritores; si nombrara a todos los autores que han sido amables conmigo ocuparía varias páginas, pero no se puede tener mejores colegas. A Alice, Mary Katherine, Mallory y Danielle…, qué amigas más fantásticas tengo.

A Nancy Coffey, por tus ojos y tu sabiduría. A Pouya Shahbazian y Steve Younger, mi fantástico equipo cinematográfico; y a Summit Entertainment, Red Wagon y Evan Daugherty, por querer vivir en el mundo que he creado.

A mi familia: a mi increíble madre/psicóloga/animadora; a Frank Sr., Karl, Ingrid, Frank Jr., Candice, McCall y Dave. Sois unas personas increíbles y estoy muy contenta de teneros.

A Beth y Darby, que me han conseguido más lectores de los que soy capaz de contar gracias a su encanto y pura determinación; y a Chase-baci y Sha-neni, que nos cuidaron tan bien en Rumanía. Y a Roger, Trevor, Tyler, Rachel, Fred, Billie y la abuela, por acogerme tan fácilmente como una más del grupo.

Mulţumesc/Köszönöm para Cluj-Napoca/Kolozsvár, por toda la inspiración y los queridos amigos que dejé allí.., aunque no para siempre.